주생전·운영전
최척전·상사동기

한국
고전
문학
전집

031

주생전·운영전
최척전·상사동기

정환국 옮김

문학동네

머리말

이 책은 16세기 말에서 17세기 전반의 주요 한문소설인 「주생전」 「운영전」 「최척전」 「상사동기」 네 작품을 번역한 것이다. 잘 알려진 대로 이 네 작품은 유형상 애정전기소설에 속한다. 중국과 달리 우리의 경우 전기소설의 전통 중 애정류가 특화되어 발전했다. 우리의 전기소설은 남녀 간 애정을 소재로 하되 그 양상이 단일하지는 않았으며, 시기마다 당대의 사회문제를 절묘하게 반영하거나 환기시켜왔다. 이런 전통의 정점에 놓이는 작품이 여기 소개한 네 작품이다.

또한 이들 작품은 시기적으로 우리 소설사에서 든든한 허리 부분에 해당하며 이후 국문소설로 전환되는 흐름에 큰 디딤돌이 될 만하다. 무엇보다 조선 중기 문학사의 전환에서 이들 작품은 빼놓을 수 없다. 좀 확대하자면, 당대 문풍의 변화나 사회 현실의 반영, 그리고 당대 사유의 집약이라는 차원에서 다른 어떤 문학 유형보다 유효한 장르였다. 이 시기 문학의 변화상을 조망하는 데 이만한 대상도 없는 셈이다. 그만큼 이들 작품은 뛰어난 작품성과 심미의식, 그리고 심장한 주제의식을 지닌다.

이러한 이유로 이들 작품에 대한 현대어역과 연구는 그동안 꾸준하게 이어져왔다. 그 성과 또한 만만치 않다. 현대어역의 경우 개별 작품에 따라 다소 차이는 있지만 지금까지 출간된 책만 십여 종이 훌쩍 넘는다. 현대어역 모음집으로 『17세기 애정전기소설』(이상구, 월인, 1999)을 비롯해 다양한 번역이 꾸준하게 이어져왔고 원문 표점본도 『한국한문소설 교합구해』(박희병, 소명출판, 2005)와 『교감본 한국한문소설 전기소설』(장효현 외, 고려대학교 민족문화연구원, 2007) 등이 있다. 그럼에도 이번에 새롭게 번역을 한 데는 이유가 있다.

이 책은 「주생전」 「운영전」 「최척전」 「상사동기」의 현대어역과 원문 주석으로 나누어 구성했다. 현대어역의 경우 본래 의미를 최대한 살리면서도 가독성을 높이고자 순전한 번역만 실었다. 반면 원문 표점본은 두 가지 부분에 중점을 두었다. 우선 각 작품의 이본을 대조해 최대한 문맥과 문리가 통하도록 재구했다. 이는 이본이 많은 고전소설의 특성을 반영하되, 나름의 정본화를 추구했다는 점에서 의미가 있다. 또하나는 주석이다. 단순한 어구 해설이나 전고를 밝히는 데 머물지 않고, 작품 전반을 이해하고 서사 전후의 맥락을 파악하는 데 도움이 되도록 가급적 상세하게 주석을 달았다. 이는 기존의 주석 달기와 일정한 차이가 있다. 이리하여 현대어역은 일반 대중도 누구나 접근하기 쉽도록 했으며, 원문은 해당 작품을 면밀하게 독파하는 데 도움이 되도록 정리했다. 결과적으로 대중 독자와 전문 연구가 모두를 고려한 결과물인 셈이다.

고전소설 중 특히 전기소설은 서사 전개도 극적일 뿐만 아니라 인물의 심리와 정감도 극대화되어 표출된다. 이를 번역으로 옮길 때 사건의 전후 사항과 인물의 동태를 여하히 살려내느냐가 관건이다. 이 부분에 많은 공력을 쏟았다. 또한 작품의 개별 서사 부분과 전체의 상이 잘 드러날 수 있도록 주석을 최대한 활용했다. 이 주석 작업에 현대어역 못지않게 시간과 공력을 들였다. 가끔 특정 부분이 과도하게 강조되었다며 타박하거나 불편해한다면, 이 자체로 필자의 의도는 성공한 것이 아닌가 싶다.

위와 같은 몇 가지 정황 때문에 작품을 다시 번역하긴 했으나 개인적으로 이 작품들을 정리해야 할 불가피한 사정도 따로 있다. 2000년 이들 작품을 주제로 박사 논문을 제출하였고 이후로도 지속적인 관심을 가졌으나, 주로 전후 소설사나 문학사 측면에서 이들 작품을 거론했지 개별 작품을 면밀하게 접근하지는 않았다. 오히려 해당 작품을 온전히 이해하기 위해 그동안 꾸준히 봐왔다고 하는 편이 맞을 듯하다. 그런데 이들 작품을 보면 볼수록 그 심도와 해당 시기 문학의 진면목에 대한 무게가 가볍지 않다는 게 실감됐다. 그래서 이번에 나의 시각으로 원문을 정리하고 번역하는 작업을 진행하게 됐다. 이들 작품에 대한 1차 결과물인 셈이다. 즉 이십 년 전부터 살펴왔던, 이제야 그 깊이를 어느 정도 파악한 정도를 이 번역본에 담았다 할 수 있겠다. 이번 작업을 계기로 이 시기를 종횡하는 소설론과 문학사 연구에 매진하리라 스스로 다짐해본다.

이 번역물을 어느 정도 정리했을 때 대학원 수업에서 학생들과 분담해 검토하는 기회를 가졌다. 이때 적지 않은 부분을 수정, 보완할 수 있었다. 후생가외를 실감하는 시간이기도 했다. 검토를 함께했던 고웅, 김미애, 박병철, 유양, 이주현, 정민진 학우에게 이 자리를 빌려 고마운 마음을 전한다.

「주생전」의 선화와 주생, 「운영전」의 운영과 김진사, 「최척전」의 옥영과 최척, 「상사동기」의 영영과 김생, 이들은 그 방향은 서로 다를지언정 엄혹한 시대와 환경 속에서 사랑이라는 무기를 통해 저마다의 세계에 맞섰다. 바람에 흔들리는 풀처럼 연약해 쉽게 꺾이기도 했으나 그 향기는 내내 주변을 맴돌았다. 급기야 이들의 속삭임은 향기로운 바람이 되어 일렁였다. 시대가 변하고 삶의 가치 또한 변했지만 지금 우리의 교감도 이야기 속 저기 저 주인공들과 다르지 않을 터이다. 이것이 인간사에

서 우리가 가질 수 있는 가장 강력한 힘이지 않을까. 이 책이 이런 믿음
에 작은 희망이 되기를 기대한다.

2022년 9월

정환국

최척전

상사동기

【 일러두기 】

1. 모든 작품의 원문에 표점을 달고 중요 용어나 고사 등에 상세한 주석을 곁들였다.
2. 각 작품의 원문은 필자가 저본을 정하고 이본들을 대조 교감하여 정본화한 것이다. 교감 과정은 따로 밝히지 않았다. 저본의 경우 「주생전」은 임형택소장본을, 「운영전」과 「상사동기」는 국립중앙도서관 소장의 『삼방요로기三芳要路記』를, 「최척전」은 고려대본으로 했다.
3. 표점은 박희병, 『한국한문소설 교합구해』(소명출판, 2005)와 장효현 외 『교감본 한국한문소설 전기소설』(고려대학교 민족문화연구원, 2007)을 참조하되 필자가 조정 및 정리했다.
4. 주석 정리는 박희병, 『한국한문소설 교합구해』(소명출판, 2005)의 도움을 많이 받았다.
5. 한자의 경우 이체자나 별자 등은 되도록 정자로 전환하여 정리했다.

주생전

떠도는 주생, 배도를 만나다

주생은 이름이 회檜다. 자는 직경直卿이며, 호는 매천梅川이다. 집안 대대로 전당錢塘에서 살았는데, 부친이 촉주蜀州의 별가別駕가 되어 촉蜀 땅으로 거처를 옮기게 되었다. 주생은 어려서부터 총명하고 슬기로웠으며 시를 잘 지었고, 열여덟 살에 태학에 들어갔다. 그곳에서 동료가 모두 그를 우러러보아 주생 또한 자부심이 적지 않았다. 그러나 태학에 입학하고 몇 년이 지나도록 과거에 합격하지 못하고 연거푸 낙방하고 말았다. 이에 자조 섞인 탄식을 했다.

"인생살이가, 작은 먼지가 바람에 흔들리는 풀에 매달린 격이군. 그렇다면 어찌 명예에 집착해 티끌세상에 묻혀 내 삶을 마치랴?"

이리하여 주생은 과거에 대한 미련을 딱 끊어버렸다. 돈 상자를 털어보니 천 냥가량이 남아 있었다. 이 돈의 절반으로 강과 호수 사이를 오갈 수 있는 배를 구입하고, 나머지 절반으로는 잡화를 사서 시시때때로 거래하여 그 이익으로 자급자족했다. 이렇게 아침에는 오吳 땅으로, 저녁에는 초楚 땅으로 마음 내키는 대로 돌아다녔다.

그러던 어느 날, 주생은 악양성岳陽城 밖에 배를 대고 걸어서 성안으로 들어갔다. 그와 가깝게 지내던 나생羅生을 만나볼 참이었다. 나생도 아주 훤칠한데다 재주가 뛰어난 인물이었다. 그는 주생을 보고 몹시 반겼다. 술을 사와서 즐거운 자리를 함께하다보니 어느새 취기가 꽤 올랐다. 주생이 배로 돌아왔을 때 날은 이미 어둑해졌다. 이윽고 달이 떠오르자 주생은 배를 띄워 강의 중류로 나와 노에 기대어 곤히 잠들고 말았다. 그 배가 저절로 바람에 따라 움직이더니 쏜살같이 나아갔다. 주생이 깼을 때는 안개에 잠긴 절에서 종소리가 울리고 달이 서편에 걸려 있었다. 보이는 것이라곤 강둑 양쪽에 우거진 나무와 어슴푸레한 새벽빛뿐이었다. 가끔 나무숲 속에서 붉은 난간과 푸른 주렴 사이 사롱의 은 등잔불이 깜박였다. 알아보니 이곳은 바로 전당이었다. 이에 그는 절구 한 수를 읊조렸다.

악양성 밖 목란 상앗대에 기댔더니
한밤중 바람 불어 취향醉鄕에 빠져들었네.
두견새 두어 번 울고 봄달 뜬 새벽
놀랍구나, 어느새 전당 땅에 와 있다니!

아침이 되자 주생은 강둑에 올라 옛 고향의 친구를 수소문했다. 이들 중 절반 이상은 죽거나 고향을 떠난 상태였다. 아쉬움에 서성이며 시를 읊조리기도 하고 휘파람을 불기도 하면서 발길을 돌리지 못하고 있었다. 그런데 마침 어릴 적 함께 장난치며 놀았던 배도俳桃라는 기녀가 있었다. 그녀는 전당에서 재주와 미모가 출중해 사람들이 '배랑俳娘'이라고 불렀다. 주생이 그녀의 집을 찾아갔더니 반색하며 반겼다. 이에 주생은 시를 지어주었다.

먼 길 방초는 몇 번이나 옷을 적셨는지
만리 돌아 고향 오니 하나하나 변했어라.
두추杜秋의 이름값만은 예전 그대로여서
작은 누각 옥발 걷자 석양이 비끼었네.

배도는 깜짝 놀라 "낭군께서 이런 재주가 있으니 남의 밑에 오래 계실 분이 아니군요. 한데 아직껏 이리 꽉 막힌 채 떠돌고 계시다니요?"라고 물었다.

"장가는 가셨어요?"

"못 갔네."

배도는 피식 웃었다.

"그렇다면 왔던 배로 굳이 돌아가지 마시고 소첩의 집에 좀 머물러 계세요. 제가 낭군님을 위해서 좋은 짝을 구해드릴게요."

배도는 그를 마음에 두고 있었기에 이렇게 말했다. 주생도 배도를 보니 곱고 어여쁜 자태라 속으론 이미 한껏 빠져들고 있었다. 그는 웃으면서 "감히 바랄 일은 아니지만……"이라고 하며 고마워했다. 이리하여 둘은 단란한 시간을 보냈다. 어느덧 날이 저물어가자 배도는 어린 계집종을 불러 주생을 별실에 모시도록 했다. 그는 별실 벽에 쓰여 있는 절구 한 수를 보게 되었다. 시어와 내용이 아주 신선했다. 계집종에게 누가 지었는지 물었다.

"아가씨께서 지으셨답니다."

그 시는 이러하다.

비파로는 「상사곡」을 연주하지 말지니
노랫소리 높아질 때면 이내 혼 끊어진다네.
발에 꽃 그림자 가득한데 그리운 사람은 없어

봄이 왔건만 갇힌 채 몇 날 밤 지새야 했는지.

이미 예쁜 자태에 반한데다 이런 시까지 보자, 주생의 마음은 온통 배도에게 사로잡혔다. 그 많던 잡념이 식은 재처럼 사그라졌다. 이 시에 차운을 해서 배도의 마음을 떠보려고 아무리 골똘히 생각하고 애써 읊조려보아도 끝내 시를 지을 수 없었다. 그렇게 밤은 이미 깊어 달빛이 땅에 깔리고 꽃 그림자만 흔들릴 뿐이었다. 바장이는 사이 별안간 문밖에서 말 울음소리와 사람 말소리가 들리더니 한참 만에야 잠잠해졌다. 주생은 퍽이나 의아하긴 하였으나 영문을 알 수 없었다. 별실에서 배도가 거처하는 방이 보이는데 그리 멀지 않았다. 비단 창 그림자 속에 붉은 초가 환하게 밝혀 있었다. 주생은 몰래 다가가 방안을 엿보았다. 배도는 혼자 앉아 고운 도화지를 펼쳐놓고 「접연화蝶戀花」 사詞를 짓고 있었다. 아직 앞 운만 짓고 뒤 운은 미처 완성하지 못한 참이었다. 주생은 느닷없이 그 창문을 열어젖히면서 말을 걸었다.

"주인의 곡조에 객이 좀 보태도 되겠소?"

배도는 화를 내는 척했다.

"미친 손님인가보구려. 어떻게 여기 왔다지요?"

"이 객이 처음부터 미친 게 아니라 주인께서 나를 미치게 만든 것이오."

배도는 그제야 미소 지으며 주생더러 뒤 운을 짓도록 했다. 그 사詞는 이러하다.

밤 깊은 작은 뜰엔 봄기운 돌아
달은 꽃가지에 걸렸고
향로에선 향 연기 하늘하늘.
창 속 여인은 수심으로 지쳐가나니

흔들리는 자락 꿈은 방초 사이를 헤매네.

봉래 열두 섬을 잘못 들어와
누가 두번천泉州이
도리어 방초를 찾을 줄 알리요?
깨고 보니 문득 나뭇가지에 새소리 들리고
발 그림자 사라지고 난간엔 새벽이 찾아왔네.

사가 끝나자 배도는 절로 일어서서는 반들반들한 잔에 향긋한 술을
따라 주생에게 권했다. 하지만 주생의 마음은 술이 아니라 다른 데 있었
기에 술을 고사하고 마시지 않았다. 배도도 주생의 속마음을 알아보고
는 이내 슬픈 표정으로 자신의 이야기를 풀어냈다.

"소첩의 선대는 원래 세가 있는 양반 집안이었답니다. 그런데 천주泉州
시박사市舶司의 관장이셨던 조부께서 죄를 짓고 서인으로 강등되는 바람
에 이때부터 자손들이 가난에 쪼들리게 되었고, 다시 재기하지 못하고
말았습니다. 소첩은 일찍 부모님을 여의고 남의 손에 자라 지금에 이르
렀지요. 몸가짐을 조신하게 하여 고결해지고자 했으나 이미 기녀의 장
부에 이름이 오른지라 어쩔 수 없이 사내들과 향락에 빠져야 했지요. 한
가하거나 혼자 있을 때면 꽃을 보며 눈물 흘리고 달을 쳐다보며 혼을
삭이지 않은 적이 없습니다. 지금 낭군을 뵈니 신수가 훤하고 재기도 발
랄하시군요. 소첩이 비천한 몸이오나 잠자리를 함께하며 오래도록 모셨
으면 하는 바람이 생기네요. 바라건대 낭군께서 훗날 출세하여 조만간
요직에 오르시거든 소첩을 기녀의 장부에서 빼내 선조의 이름을 더럽
히지 않게 해주세요. 이 못난 이의 소원은 이것으로 충분합니다. 훗날
첩을 버리고 죽을 때까지 만나주시지 않는대도 좋아요. 은혜를 갚을 겨
를이 없거늘 감히 원망을 하겠어요?"

말이 끝나자 눈물을 비 오듯 흘렸다. 주생은 이 말에 감개가 무량했다. 배도에게 다가가 허리를 끌어안고는 소매로 눈물을 닦아주었다.

"그거야 사내대장부의 본분 중 하나라네. 자네가 말하지 않아도 내 어찌 무정히 그러겠는가?"

배도는 눈물을 거두더니 얼굴빛을 고쳤다.

"『시경』에도 말하지 않았습니까? '여자는 변함이 없거늘, 사내는 두 마음을 갖는다'고. 낭군께서는 이익李益과 곽소옥霍小玉의 일을 보셨나요? 낭군께서 만약 저를 멀리하여 버리지 않으실 거라면 맹서의 글을 써주세요."

그러고는 고운 비단 한 필을 꺼내 주생에게 건넸다. 주생은 붓을 휘둘러 다음과 같이 맹서했다.

청산은 늙는 법 없고
녹수는 영원히 흐르듯이
그대 내 말을 못 믿겠거든
밝은 달이 하늘에 있다네.

배도는 다 쓴 비단 조각을 마음으로 봉하고 정성으로 꿰매 치마 띠 속에 넣어 간직했다. 그날 밤 「고당부高唐賦」를 함께 짓는 등 두 사람이 서로를 얻은 기쁨은 김생金生과 취취翠翠, 위랑魏郎과 빙빙娉娉도 따라올 수 없었다.

다음날, 주생이 간밤에 사람 소리와 말 울음소리가 난 이유를 캐묻자 배도가 얘기해주었다.

"여기서 몇 리쯤 떨어진 곳에 물가에 자리잡은 지체 높은 댁이 있어요. 바로 옛날 승상을 지낸 노盧 아무개 대감 저택이지요. 승상께서는 이미 돌아가시고 부인 마님만 홀로 계시는데 아드님과 따님을 두셨으나 아직 혼인을 하지 않았어요. 그러니 날마다 노래와 춤으로 소일하고 계신답니다. 어젯밤에 첩을 데려오라고 말을 보내신 것인데, 제가 낭군님 때문에 병을 핑계로 가지 않았지요."

　이때부터 주생은 배도에게 완전히 매료되어 만사 다 제쳐두고 날마다 거문고를 타고 술을 마시면서 사랑놀이에 빠져들었다.

운명의 상대 선화를 만나다

그러던 어느 날 정오가 가까울 무렵, 느닷없이 누군가 문을 두드리는 소리가 들렸다.

"배낭자 계시오?"

배도가 계집종더러 나가보라 하니, 다름 아닌 노승상 댁 사내종이었다. 부인의 말이라며 이렇게 전하였다.

"지금 노부인 마님께서 작은 술자리를 열고자 하는데 낭자께서 없으면 재미가 없다시면서 이렇게 말에 안장을 채워 보냈으니 귀찮아하지 마세요."

배도는 주생을 돌아보았다.

"재차 부인 마님의 분부를 욕되게 하면…… 감히 따르지 않을 수 없겠어요."

그러더니 곧장 머리와 얼굴을 손보고 옷을 갈아입고는 뒤따라 나섰다.

"밤을 새우지는 말게!"

주생은 이렇게 당부하면서 문밖까지 나와 전송했다. 밤을 넘기지 말라는 말을 서너 번이나 했다. 배도가 말에 올라타자마자 사람은 물 찬 제비처럼, 말은 날아가는 용처럼 꽃을 뒤흔들고 버들을 가리며 순식간에 가버렸다. 주생은 마음이 진정되지 않아 당장 그들 일행을 뒤따라 나섰다. 용금문湧金門을 나와 왼편으로 돌아 무지개다리에 이르자, 과연 으리으리한 집이 구름에 닿을 듯 솟아 있었다. 진실로 배도의 말처럼 물가에 자리잡은 대저택이었다. 곱게 단청한 굽은 난간이 푸른 버드나무와 붉은 살구나무 사이로 반쯤 가려져 있었다. 그곳에서 화려한 생황과 피리 소리가 공중에서 울려퍼지듯 높고 멀리 들려왔다. 이따금 음악이 그칠 때면 낭랑한 웃음소리가 밖까지 들려오기도 했다. 주생은 다리 위에서 왔다갔다하며 고시古詩 한 편을 지어 다리 난간에 썼다.

버들 넘어 잔잔한 호수엔 누각이 솟았고
붉은 용마루 푸른 기와엔 봄빛이 어렸네.
향기로운 바람에 웃음소리 전해지는데
꽃에 가려 누각 안 사람들 보이지 않네.
외려 꽃 사이 쌍으로 날아서 저 마음대로
발 속으로 날아드는 제비가 부러워라.
바장거리며 차마 돌아가는 길 나서지 못해
잔물결에 비친 낙조만 객의 수심 더하네.

이러지도 저러지도 못하는 사이 점점 석양은 붉은빛을 거두고 어두운 노을이 검푸른빛으로 아롱져갔다. 잠시 뒤 여자들이 두세 명씩 짝지어 말을 타고 붉은 대문을 나왔다. 금 안장과 옥 굴레의 광채에 사람을 비출 정도였다. 주생은 배도인가 싶어 곧장 길가 빈 점방으로 몸을 숨겨 이들의 동태를 엿보았다. 그러나 십여 명이 다 지나가도록 배도는 나오지 않았다. 정말 이상하다는 생각이 속으로 들어 다시 무지개다리께로 돌아왔다. 이미 소와 말을 분간할 수 없을 정도로 어두웠다. 급기야 주생은 다짜고짜 그 집으로 들어갔다. 아예 한 사람도 보이지 않았다. 누각 아래로 내려가도 여전히 아무도 없었다. 이젠 정말 걱정이 되었다. 그사이 달빛이 어슴푸레 밝아왔다. 누각 북편으로 연못이 보이고, 그 연못가로 온갖 꽃이 무성하게 피어 있었다. 이 꽃 사이로 좁은 길이 구불구불 나 있었다. 주생은 그 길을 따라 몰래 안으로 들어갔다. 꽃길이 다한 지점에 방 한 채가 자리했다. 다시 섬돌을 지나 서편으로 돌아 수십 걸음을 더 가자 멀찍이 시렁에 포도 덩굴을 드리운 집이 보였다. 작지만 아주 아름다운 방이었다. 비단 창이 반쯤 열려 있고 화촉畫燭이 안을 환히 비추었다. 촛불 그림자 아래에서 붉은 치마와 푸른 소매가 은은하게 움직이는 게 꼭 그림 속에 있는 듯했다.

주생은 몸을 숨긴 채 다가가 숨을 죽이고 엿보았다. 금병풍과 화려한 담요는 사람의 눈을 빼앗고도 남았다. 자주색 얇은 적삼을 입은 부인이 백옥 서안에 기대 비스듬히 앉아 있는데 쉰쯤 되어 보였다. 조용히 주위를 돌아보는 모습에선 아직 고운 자태가 남아 있었다. 부인 옆에 열네댓 정도 돼 보이는 소녀가 앉아 있었다. 검은 머리는 구름 같은 쪽머리를 했고, 뺨은 술기운에 취한 듯 조금 발그레했다. 곁눈질하는 밝은 눈동자는 흐르는 물에 가을달이 비치는 듯하고, 귀엽게 웃어 생긴 보조개는 봄꽃이 새벽이슬을 머금은 듯했다. 배도가 그 사이에 앉아 있는데, 그 모습이 봉황과 올빼미, 옥과 모래자갈 정도의 차이가 아니었다. 주생은 정신이 구름 밖으로 날아가고 마음이 공중에 떠 몇 번이나 미친듯 소리를 지르며 달려 들어갈 뻔했다.

안에서는 한 순배 술이 돌고 나자 배도가 인사를 하고 돌아가고자 했다. 부인이 한사코 붙잡자 배도는 꼭 가야 한다고 외려 간청했다. 그러자 부인은, "자네가 평소 한 번도 이런 적이 없었거늘 무슨 이유로 갑자기 이리 서둘러 가려는가? 정인情人과 언약이라도 있는가?"라고 물었다.

배도는 옷깃을 여미고 뒤로 물러나 대답했다.

"마님께서 말씀하시니 소첩이 감히 사실대로 아뢰지 않을 수 있겠사옵니까?"

결국 주생과 결연하게 된 일의 전후 사정을 낱낱이 들려주었다. 부인이 말을 꺼내기도 전에 소녀가 미소를 지으며 배도에게 눈길을 보내고는 말했다.

"왜 진작 얘기하지 않고? 잘못했다간 하룻밤의 아름다운 만남을 그르칠 뻔했네!"

부인도 웃으며 돌아가도록 허락해주었다.

주생은 허겁지겁 뛰쳐나와 배도보다 먼저 집에 다다라 이불을 뒤집어쓰고 코를 드렁드렁 골며 자는 척했다. 뒤따라 도착한 배도는 누워 잠든 주생을 보고는 손으로 흔들어 깨웠다.

"낭군님은 지금 무슨 꿈을 꾸고 계셨어요?"

주생은 대답 대신 낭랑한 소리로 시를 읊었다.

꿈에 채색구름 속 요대로 들어가
구화장 속에서 선아를 만났지!

배도는 별로 좋아하지 않으며 따졌다.

"말씀하신 선아는 도대체 누구지요?"

딱히 둘러댈 말이 없었던 주생은 계속 시를 읊조렸다.

깨어보니 기쁘게도 선아가 앞에 있네
뜰에 가득한 꽃과 달은 어쩐다지?

그러면서 배도의 등을 쓰다듬었다.

"자네가 내 선아가 아닌가?"

그제야 배도도 웃었다.

"그렇다면 낭군님도 저의 선랑이 아니겠어요?"

이때부터 이들은 서로 '선랑'과 '선아'로 호칭했다. 주생이 늦게 온 연유를 묻자 배도가 자초지종을 얘기했다.

"연회가 끝난 뒤 마님께서 다른 기녀들은 다 들여보내고 첩만 남으라더니 따로 따님 선화仙花 아가씨 방에서 간단한 술자리를 마련했지 뭐예요. 그 때문에 좀더 늦어졌어요."

주생이 하나하나 유도하듯이 묻자, 배도가 선화에 대해 말해주었다.

"선화 아가씨는 자가 방경芳卿으로, 이제 막 열다섯 살이 됐지요. 용모와 자태가 단아하면서도 고와 이 세상 사람 같지가 않다니까요. 게다가 시와 음악에도 재주가 있고 자수에도 뛰어나 저 같은 천한 계집이 감히 바랄 수준이 아니어요. 어제는 새로 지은 「풍입송風入松」을 악기로 연주해보려던 차에 제가 음률을 안다고 하였더니 붙잡으셔서 함께 곡을 탔답니다."

"그 곡을 들어볼 수 있는가?"

이에 배도가 시가 한 편을 읊조렸다.

옥창 아래 꽃 만발한데 날은 더디고
조용한 뜨락에는 발이 드리워졌네.
모랫가엔 청둥오리 비낀 햇빛을 받으며
쌍쌍이 봄 연못에서 멱감으니 부러워라.
버들 넘어 퍼진 안개 아득한 가운데
그 안엔 실버들 길게 늘어섰네.

미인이 잠에서 깨어 난간에 기댔는데
살쩍머리는 파랗고 눈썹에는 수심 일었네.
새끼 제비 조잘대고 꾀꼬리 쉰 소리에
화려한 시절 꿈속에서 저묾을 한하노라.
옥 거문고 잡고 가볍게 튕겨보지만
곡조 안 깊은 원한은 누가 알아주랴?

배도가 한 구절 한 구절 읊조릴 때마다 주생은 속으로 기발한 시상에 놀라지 않을 수 없었다. 그래서 그녀를 속여야 했다.

"이 시가는 규방 안의 춘정을 풀어낸 것이로군. 소약란蘇若蘭 같은 비단을 짜는 듯한 솜씨가 아니면 이러한 경지에 쉬이 이를 수 없지. 그렇지만 우리 선아의 꽃을 아로새기고 옥을 다듬는 재주에는 미치지 못하겠는걸!"

주생은 선화를 보고 난 후 배도를 향한 마음이 이미 옅어져버렸다. 서로 얘기를 주고받을 때는 억지로 웃거나 기뻐해줄 뿐, 온 정신이 선화에게만 쏠려버렸다.

꿈같은 하룻밤

하루는 노승상 부인이 아들 국영國英을 불러 세웠다.

"네가 열두 살이 되었는데도 아직 학문에 들지 못했으니, 훗날 어른이 됐을 때 어찌 혼자 살아가겠느냐? 듣자 하니 배낭자의 낭군인 주생이 글을 잘하는 선비라는구나. 너는 그를 찾아가 배움을 청하는 게 좋겠다."

부인이 집안의 법도를 매우 엄격하게 세웠기에 국영은 이 명을 감히 어길 수 없었다. 그날로 책을 끼고 주생을 찾아갔다. 주생은 속으로 쾌재를 불렀다.

'내 일이 이루어지겠구나!'

그래도 두세 번 삼가 거절한 다음에야 국영을 가르치기로 했다. 그러던 어느 날, 주생은 배도가 없는 틈을 타 조용히 국영에게 제의했다.

"네가 수업하느라 예까지 오고가는 게 이만저만 고달프지 않을 게다. 너희 집에 별채가 있으면 내가 네 집으로 거처를 옮기지. 그러면 너는 오가는 수고가 없고 나도 너를 가르치는 데 전념할 수 있지 않겠느냐?"

이 말을 들은 국영은 고맙다며 절까지 했다.

"감히 청하지 못했으나 진실로 바라던 바입니다!"

국영이 집으로 돌아와 부인에게 아뢰고 그날로 주생을 불러들였다. 밖에서 돌아온 배도는 이 사실을 알고 크게 놀랐다.

"선랑께서 아마 다른 생각이 있으신가보죠? 어째서 첩을 버리고 다른 데로 가시나요?"

"듣자 하니 노승상 댁에 장서가 삼만 권이나 되는데, 부인께서 돌아가신 어른이 쓰시던 물건을 함부로 들고나지 않게 한다는구려. 해서 내 남들이 보지 못한 글을 거기 가서 읽어볼 참일 뿐일세."

"낭군께서 부지런히 과거 공부를 한다면야 소첩의 복이지요."

이렇게 해서 주생은 노승상 댁으로 거처를 옮겨갔다. 그러나 낮에는 국영과 함께해야 하고 밤에는 문단속이 심해 어찌해볼 도리가 없었다. 잠 못 이루며 뒤척인 지 열흘이 되어가니 갑자기 이런 생각이 들었다.

'애당초 여기 온 이유는 선화와 사귀어보려는 것이었어. 한데 지금 꽃피는 봄도 저물어가거늘 뜻밖의 만남은 이뤄지지 않는구나. 도대체 황하의 물이 맑아지기를 기다리려면 얼마나 살아야 한단 말인가? 어두운 저녁을 틈타 당돌한 짓을 하는 편이 낫겠어. 일이 이루어지면 재상이 되는 것이고 실패하면 팽을 당해도 달게 받아들이지 뭐.'

마침 그날 밤 달이 뜨지 않았다. 주생은 몇 겹의 담장을 넘어 선화 방에 다다랐다. 회랑과 굽은 난간은 발과 장막으로 겹겹이 가려져 있었다. 얼마나 지났을까. 안을 살펴보니 인적은 끊기고 선화만 촛불을 밝힌 채 곡을 연주하고 있었다. 주생은 난간 사이에 엎드려 방에서 흘러나오는 소리를 엿들었다. 선화는 연주를 마치자 나긋나긋한 목소리로 소동파의 「하신랑賀新娘」을 읊조렸다.

발 밖에 누가 와서 여인의 문 밀치는지

팬스레 남의 꿈속 요대곡을 끊게 하는지.
그게 아니면
바람이 대를 스치는 소린가.

주생도 발 아래에서 낮은 소리로 읊조렸다.

바람이 대를 스친다 말하지 말게.
정말 여기 고운 임이 왔다오.

선화는 일부러 못 들은 척하고 촛불을 끄고 잠자리에 들었다. 주생은
마침내 방으로 들어와 잠자리를 함께했다. 선화는 아직 어린데다가 몸
까지 약해 정사를 감당하지 못했다. 옅은 구름과 흩뿌리는 비에 늘어진
버들과 예쁜 꽃처럼 향긋한 소리와 부드러운 말이 이어지는가 하면 가
볍게 웃기도 하고 살짝 얼굴을 찡그리기도 했다. 주생은 벌과 나비가 꽃
을 탐하듯 정신이 혼미하고 녹아들어 새벽이 가까워진 줄도 몰랐다. 홀
연 난간 밖 꽃가지에서 꾀꼬리의 청아한 울음소리가 들리자 그제야 깜
짝 놀라 자리에서 일어나 뒷문으로 나갔다. 연못과 건물은 고요한 채 새
벽 기운이 흐릿했다. 선화는 문밖까지 나와 주생을 보내고 다시 문을 닫
고 들어가면서, "이후로 다시는 오지 마세요! 이 일이 한번 탄로나면 죽
고 사는 걸 상상할 수 있으니까요"라고 했다.
주생은 가슴이 꽉 막히고 목이 메었다. 서둘러 나가면서 아쉬워할밖
에.
"이제 막 좋은 일이 이루어졌거늘 어찌 이리 야박하게 군단 말이오?"
그러자 선화가 씩 웃었다.
"앞에 한 말은 장난이었어요. 화내지 말고 저녁때를 기약해요."
주생은 연신 '그래그래' 하면서 돌아갔다.

방으로 돌아온 선화는 「초여름 새벽 꾀꼬리 소리를 듣고^{早夏聞曉鶯}」라는
시를 지어 창에 붙였다.

　　어둑어둑 흐리고 가랑비가 내린 뒤
　　푸른 버들 그림 같고 풀은 연기인 양.
　　봄날 수심 봄과 함께 떠나가지 않고
　　새벽 꾀꼬리 좋아 베갯머리로 찾아드네.

　다음날 밤, 주생이 다시 선화의 방을 찾았다. 그런데 느닷없이 담장
아래 나무 그늘에서 저벅저벅 신발 끄는 소리가 들려왔다. 남에게 발각
될까 두려워 주생이 당장 달아나려는 순간, 신발을 끌던 이가 청매실을
던져 그 등을 정확히 맞혔다. 낭패다 싶었으나 달리 도망칠 곳도 숨을
곳도 없던 주생은 참대숲으로 몸을 던져 엎드렸다.
　"주랑^{周郞}께서는 염려 말아요. 앵앵^{鶯鶯}이 여기 있답니다!"
　신발을 끌던 이가 낮은 목소리로 말했다. 주생은 그제야 선화에게 속
은 걸 알아채고 일어나서는 그녀의 허리를 냉큼 안았다.
　"이런, 왜 이리 사람을 놀려?"
　선화가 씩 웃었다.
　"제가 어찌 감히 낭군님을 속이겠어요? 지레 겁먹은 거지!"
　"향을 훔치고 옥을 도둑질하는 일인데 겁이 안 날 수 있겠는가?"
　말이 끝나기 무섭게 손을 붙잡고 방으로 들어갔다. 창문에 붙은 절구
시를 본 주생은 마지막 구를 가리키며 물었다.
　"고운 여인이 무슨 근심이 그리 많아 이리 썼는가?"
　그러자 선화는 슬픈 표정을 지었다.
　"여자는 죄다 수심과 함께하는가봅니다. 만나지 못하면 만나고 싶고
이미 보고 나면 떠날까 두려워하지요. 그러니 여자의 몸은 어디 간들 수

심이 없겠어요? 더구나 낭군님은 남의 집 처녀를 엿봤다는 혐의가 생겼고, 소첩은 부정하게 남자를 만났다는 욕을 받게 되었잖아요. 운이 없어 하루아침에 실정이 탄로나면 친척에게도 받아들여지지 못하고 마을에서도 더럽다 천대받을 거예요. 이리되면 낭군님과 손을 맞잡고 해로코자 해도 가능하겠어요? 오늘 일은 구름 사이의 달 아니면 낙엽 속의 꽃과 같으니, 비록 한때의 기쁨을 얻었다 하나 오래갈 수는 없으니 어떡하나요?"

말을 마치자 눈물이 흘러내렸다. 한스럽고 안타까움이 맺혀 거의 몸을 가누기 어려울 정도였다. 주생은 선화의 눈물을 닦아주며 위로했다.

"대장부가 어찌 여자 하나 챙기지 못하겠소? 내 언젠가는 매파의 주선을 통해 자네를 예로써 맞음세. 그러니 이제 그만 슬퍼하게!"

선화는 눈물을 거두고 고마워했다.

"분명 낭군 말씀대로 된다면, 어여쁜 색시가 가정을 화목하게 하는 덕은 부족할지 모르나 나물을 뜯어 제사 지내는 정성은 아끼지 않고 다할 거예요."

그러더니 화장갑 안에서 작고 예쁜 거울을 꺼내 이를 두 조각으로 나누어 하나는 자신이 간직하고 다른 하나는 주생에게 주었다.

"신방의 화촉을 밝힐 그 밤을 기다렸다가 이 거울을 합쳤으면 해요."

따로 비단 부채도 주생에게 주었다.

"이 두 가지야 보잘것없지만 제 마음을 담기엔 충분하다고 봐요. 바라건대 난새를 탈 이 여인을 잊지 말고 가을바람 앞에서 원망하는 일이 없게 해주세요. 설령 항아恒娥의 그림자를 잃더라도 밝은 달빛은 어여삐 여기셔야 한답니다."

이때부터 둘은 저녁이면 만나고 새벽이면 헤어지기를 하룻밤도 거르지 않았다.

원망으로 죽은 배도, 둘 사이를 갈라놓다

그러던 어느 날, 주생은 불현듯 이렇게 오래 만나지 않으면 배도가 의심하리라는 생각이 들어 마지못해 배도 집으로 가서 그날은 돌아오지 않았다. 선화는 밤이 되자 주생이 묵는 방에 들어왔다가 감춰둔 보따리를 몰래 풀어보았다. 거기서 배도가 준 시 몇 폭을 발견하고는 화가 나서 시샘을 견딜 수가 없었다. 참지 못한 선화는 서안 위에 있던 붓과 먹을 가져다가 그 시를 까맣게 칠해버렸다. 대신 「안아미眼兒媚」 한 편을 직접 지어 푸른빛 얇은 비단 조각에 써서 보따리 안에 던져 넣고 나가버렸다. 그 사의 내용은 이러하다.

창밖엔 띄엄띄엄 반딧불이 깜박이는데
비낀 달은 높은 누에 걸렸어라.
섬돌엔 대나무 소리만
발 가득 오동나무 그림자
고요한 밤 수심에 겨워라.

지금 탕아는 소식이 없으니

　　어디서 한가로이 노닌다지?

　　나도 미련 두지 않으려 하나

　　떠난 임 마음에 사무쳐

　　언제 돌아올지 따져보네.

　하지만 다음날 주생이 돌아오자, 선화는 어제의 질투와 원망스러웠
던 기색이 싹 가시었다. 또 보따리를 뒤졌던 일도 말하지 않았다. 이는
주생 스스로 알아차리도록 하려는 속셈이었는데, 정작 주생은 멍하니
다른 낌새를 채지 못했다.
　언젠가 하루는 부인이 잔치를 열었을 때 배도가 부름을 받아 참석하
게 되었다. 이 자리에서 부인은 주생의 학문과 행실을 칭찬하면서 자식
을 잘 가르쳐주어 감사하다는 뜻을 배도더러 전해주라고 했다. 마침 이
날 밤 주생은 술에 한껏 취해 인사불성이었다. 배도는 잠들지 않고 홀로
앉아 있다가 우연히 주생의 보따리를 열어보았다. 그랬더니 자신이 지
은 시가 먹물로 흐릿하게 지워져 있어 퍽 이상하다는 생각이 들었다. 그
러다가 그 안에서 「안아미」 사를 발견하고는 이것이 선화 짓임을 알아
챘다. 잔뜩 화가 난 배도는 이 사를 꺼내 자기 소매 안에 넣은 뒤 원래
대로 보따리를 묶어두고서 그 자리에 앉아 아침이 오기를 기다렸다. 주
생이 술에서 깨어 일어나자 배도는 서서히 캐물었다.
　"낭군께서는 예서 오랫동안 더부살이하면서 우리집으로 돌아오지 않
으니 어째서이죠?"
　"국영이 아직 학업을 마치지 못해서라네."
　"아내 될 사람의 동생을 가르치니 마음을 다 쏟지 않을 수 없는 거겠
지요."

이에 주생은 화끈 달아올라 얼굴과 목덜미가 벌게졌다.

"그게 무슨 말인가?"

배도는 한참을 말없이 있었다. 당황한 주생은 어쩔 줄 몰라 하며 얼굴을 가리고는 다짜고짜 바닥에 엎드렸다. 배도는 선화가 지은 사를 꺼내 그 앞에 내던졌다.

"담을 넘어 서로 만나고 구멍을 뚫어 엿보는 짓이 군자가 할 일인가요? 내당으로 들어가서 부인께 이 사실을 아뢰겠어요!"

그러면서 곧장 몸을 일으키자 주생은 급히 그녀를 껴안으면서 이실직고하고, 연신 머리를 조아리며 애걸했다.

"선아는 나와 영원히 함께하기로 아름다운 약속을 했잖소. 한데 어찌 사람을 이리 사지로 몰고 간단 말이오?"

이에 배도는 마음을 고쳐먹었다.

"낭군은 당장 저랑 함께 돌아가야 해요! 그러지 않으면 낭군께서 이미 언약을 저버린 것이니 제가 어떻게 약속을 지키겠어요?"

주생은 어쩔 수 없이 선화에게 다른 핑계를 대고 배도의 집으로 돌아갔다. 배도는 선화와의 일을 알고부터 다시는 주생을 '선랑'이라 부르지 않았다. 마음이 편치 않기 때문이다. 한편 주생은 선화에 대한 그리움이 더욱 깊어져 날이 갈수록 초췌해져 병을 핑계로 자리에 누운 지가 수십 일째였다.

그런데 얼마 뒤, 국영이 병으로 죽고 말았다. 이에 주생은 제수를 마련하여 선화 집으로 가서 국영의 널 앞에서 명복을 빌었다. 선화도 주생 때문에 병이 들어 남의 부축을 받아야 움직일 수 있었다. 갑자기 주생이 왔다는 소식을 듣고는 선화는 억지로 몸을 일으켜 옅게 화장을 하고 소복을 입고서 발 안에 혼자 일어나 있었다. 주생은 제를 마치고 멀리 서 있는 선화를 보게 되었다. 눈길로 애틋한 마음을 실어 보내고는 밖으로 나왔다. 그가 고개를 숙인 채 서성이고 기웃대는 사이, 선화는 이미 시야에서 사라지고 말았다.

몇 개월 뒤, 배도마저 병을 얻어 일어나지 못하게 되었다. 더이상 가망이 없어진 배도는 주생의 무릎에 누워서 울먹이며 하소연했다.

"첩은 하찮은 풀뿌리 같은 신세로 큰 나무 그늘에 의지하고 있었지요. 한데 꽃향기가 다 가시기도 전에 두견새가 먼저 울 줄 어찌 생각이나 했겠어요? 이제 낭군과 영영 이별하게 되었네요. 화려한 음악도 이젠 끝났고, 해묵은 소원도 어긋나고 말았군요. 다만 바라는 것이 하나 있다면 첩이 죽고 나면 선화 아가씨를 배필로 맞으세요. 대신 저를 낭군님이 오가는 길 옆에 묻어주세요. 그렇게만 해주면 죽는 날이 오히려 다시 사는 날이 될 거예요."

배도는 말을 마치자 기절하더니 한참 만에 깨어났다. 눈을 뜨더니 주생을 바라보았다.

"주낭군님, 주낭군님! 귀한 몸 잘 보중하고 보중하세요!"

이렇게 두세 번 되뇌다가 마침내 세상을 떠났다. 주생은 흐느끼며 통곡하고는 배도의 소원대로 호숫가 큰길 옆에 묻어주고 제문을 지었다. 그 내용은 이러하다.

유세차 모월 모일, 매천거사梅川居士는 노랗고 붉은 제수로 배낭자의 영전에 제를 올립니다. 오호라, 영령이여! 꽃 같은 마음은 아름답고 고왔으며, 달 같은 자태는 가볍고도 부드러웠소. 기방의 춤사위를 배웠으나 바람이 이를 속였고, 그윽한 골짜기 난초의 자색을 지녔으나 아침 이슬이 붉은 꽃을 적셨다오. 회문시回文詩는 소약란蘇若蘭에 어찌 자리를 양보할 것이며, 염사艶詞는 가운화賈雲華라도 이름을 다투기 힘들었소. 이름은 비록 기녀의 장부에 올랐으나 그 품은 뜻은 깊고도 곧았다오. 아무개는 바람 속의 솜처럼 마음이 흔들리고 물 위의 부평초처럼 외로운 처지로, 말 향沫鄕의 나물을 캐서 좋아하는 마음을 표하고 동문東門 밖 버들의 약속을 저버리지 않아 서로 잊지 말자던 뜻을 지키고자 했다오. 밝은 달이 떴을 땐 높은 누각의 창은 밤새 고요했고, 아름다운 맹서를 할 땐 꽃 뜨락에 봄이 화창했소. 술 한 잔에 노래 몇 가락이라, 시간이 흘러가면 일이 바뀌고 기쁨이 다하면 슬픔이 생기는 줄 어찌 알았겠소? 비취 이불이 따뜻해지기도 전에 원앙의 꿈이 먼저 깨니, 즐거웠던 마음은 구름이 흩어지듯 고마운 정은 비가 걷히듯 사라졌다오. 아무리 봐도 비단치마는 색이 바랬고, 귀를 기울여도 패옥 소리마저 멎었구려. 한 자 비단 조각엔 아직 향이 남았고 붉은 현의 거문고는 부질없이 은 책상에 남았구나. 이제 남교藍橋의 옛집은 홍랑紅娘에게나 부탁해야겠소. 아! 가인은 만나기 어려운 법이라 했거늘 그 덕스러운 말소리 잊을 수 없고, 옥 같고 꽃 같은 모습이 아직도 눈앞에 아른거리오. 이 무구하고 창창한 천지 사이에 한은 끝이 없거늘 타향에서 짝을 잃었으니 이제 누구를 의지하리오? 예전 배를 수리해 다시 가던 길을 나서려 해도 아득한 바다와 강, 높고 아스라한 하늘과 땅 한가운데서 외로운 돛으로 만릿길을 누구에 의지해서 간단 말이오? 훗날 한 번 곡하려고 해도 기약하기 어려울 터, 산에는 구름 떠가고 강에는 조수가 돌아오거늘 낭자만 떠났으니 이 얼마나 쓸쓸한지? 제를 올리는 자는 술을 붓고 정을 표하는 이는 글을 지어 바람 맞으며 한 번 절하니 부디 향기로운 혼에 닿기를! 아, 슬프다! 상향.

제를 마치고 두 계집종과도 작별했다.

"너희는 이 집을 잘 지키거라. 내 훗날 뜻을 이루거든 반드시 돌아와서 너희를 거두마!"

계집종들도 눈물을 흘렸다.

"쇤네는 주인아씨를 어머니처럼 받들었고 아씨께서도 저희를 딸처럼 아껴주셨습니다. 쇤네의 운수가 기박하여 주인아씨를 일찍 잃어 마음을 믿고 의지할 분은 낭군님뿐이옵니다. 한데 이리 또 떠나시니 쇤네는 어느 분께 의지하란 말입니까?"

하염없이 소리 내어 통곡했다. 주생은 재삼 위로하여 달래고서야 눈물을 훔치며 배에 올랐다. 하나 차마 노를 저을 수가 없었다.

그날 밤 주생은 무지개다리 아래에서 묵었다. 멀리 선화의 방을 바라보니, 은 등잔에 붉은 촛불이 숲 사이로 깜박였다. 아름다운 기약은 이미 멀어졌고 뒤에 만날 길도 막연하다는 생각이 들었다. 그는 한숨을 쉬며 그 자리에서 「장상사長相思」 한 곡을 불렀다.

꽃 안개에 쌓이고
버들에도 안개 자욱하네.
애초 소식이 봄빛에 전해지는 줄 알아
사창 깊은 곳에서 잠들었지.

좋은 인연인지
나쁜 인연인지
새벽 뜨락엔 등잔불 이미 가물가물
돛배는 구름 물가를 돌아가네.

주생은 새벽까지 이런저런 생각으로 뒤척이며 잠을 이루지 못했다. 떠나자니 선화와는 영영 이별이고, 머물자니 배도와 국영이 이미 죽은지라 애오라지 기댈 데도 없었다. 아무리 생각해보아도 하나도 잡히는 게 없었다. 날이 밝자 어쩔 수 없이 배를 띄워 노를 저었다. 선화가 머무는 뜰과 배도의 무덤이 점점 눈에서 멀어졌다. 산을 돌고 강이 굽이지자 아예 완전히 가로막혔다.

못다 한 사랑

주생의 외가 쪽 장로張老란 분은 호주湖州의 갑부였다. 평소 친척들과 화목하기로 유명했기에 주생은 일단 이분을 찾아가 신세 지기로 했다. 장로는 주생에게 묵을 집을 내주는 등 대접을 후히 해주었다. 이리하여 주생은 비록 몸은 편안해졌으나 선화를 그리워하는 정은 날로 깊어만 갔다. 잠 못 이루는 날이 계속되었고, 어느덧 봄철이 다가왔다. 이때가 만력萬曆 임진년1592이었다. 날이 다르게 초췌해져가는 주생의 얼굴을 본 장로가 이상하다 싶어 캐물었다. 주생은 감히 숨길 수 없어 선화와의 일을 사실대로 털어놓았다. 장로가 말했다.

"그런 속사정을 왜 진작 말하지 않았느냐? 너의 외숙모가 노승상과 동성이라 대대로 집안끼리 관계가 끈끈했단다. 내 너를 위해 혼사를 추진할 것이야."

다음날 장로는 아내더러 편지를 써서 일에 익은 사내종을 전당으로 보내 두 집안의 혼례 문제를 협의하도록 했다.

한편 선화는 주생과 이별한 후 파리한 모습으로 침상에 누워 지냈다.

검었던 머리가 성글어지고 붉었던 뺨은 해쓱해졌다. 부인도 딸이 이렇게 된 게 주랑 때문임을 알았기에 선화의 뜻을 이루어주려고 했다. 그러나 주생이 이미 전당을 떠난 터라 달리 손쓰지 못하고 있었다. 이런 와중에 갑자기 장로의 부인 노씨盧氏의 편지를 받자 온 집안이 기뻐하며 떠들썩했다. 선화도 억지로 일어나 단장을 하니 예전 모습을 되찾은 듯 싶었다. 그리고 마침내 이해 구월로 혼롓날을 잡았다.

주생은 날마다 포구로 나가 심부름 간 종이 돌아오기만을 애타게 기다렸다. 열흘이 채 지나지 않아 사내종이 돌아왔다. 혼사가 정해졌다는 소식을 전하고 아울러 선화가 직접 쓴 편지도 건네주었다. 주생이 편지를 뜯어보니 분향과 눈물 자국이 선명했다. 애달프고 안타까운 선화의 모습이 그려지고도 남았다. 그 편지 내용은 이러하다.

운수가 기구한 첩 선화는 머리 감고 재계하고서 주랑 족하게 글을 올립니다. 첩은 본래 약한 몸으로 깊은 규방에서만 자랐지요. 청춘은 쉬이 지나간다는 생각을 할 때면 거울을 덮고 절로 슬퍼졌답니다. 아름다운 여인이 꽃다운 마음을 품고 있자니 남을 대하면 부끄러울 뿐입니다. 길가의 수양버들을 보면 춘정이 마구 일어 걷잡을 수가 없고, 나뭇가지 위에 앉은 꾀꼬리 소리를 들으면 새벽녘에도 아득한 생각에 젖곤 했지요. 그러다가 하루아침에 고운 빛깔의 나비가 마음을 전하고 선계의 학이 길을 인도했는지, 동편에 달이 뜰 때 아름다운 임이 내 방으로 찾아왔지요. 당신이 담을 넘었으니 제가 어찌 감히 사랑하지 않을 수 있었겠어요? 선약을 다 찧어도 가파른 선계에는 오를 수 없고, 거울을 반으로 나누었어도 공연히 이별했다가 만나지 못하는 약속이 되고 말았네요. 좋은 일은 지속되기 어렵고 아름다운 기약은 쉽게 어긋나는 법이니, 이를 어찌한답니까? 마음으로 임을 그리워하고 몸으로 애달파 할 뿐입니다. 임은 떠나고 봄이 왔건만 감감무소식이라, 봄비는 배꽃에 툭툭 떨어지고 대문은 황혼에 닫혀 있네요. 뒤척이고 뒤척이다 이렇게 야위었으니 이는 다 낭군 때문이랍니다. 비단 휘장은 텅 비어 낮에도 적막하고 은 등잔엔 불이 꺼져 밤에도 침침하답니다. 한순간에 몸은 망가졌어도 정은 백년토록 남은지라 시든 꽃이 뺨을 스치고 조각달이 눈에 맺힐 때면 이내 넋은 벌써 흩어져 날개가 있다 한들 날 수가 없군요. 진작 이를 알았더라면 살지 않은 게 차라리 나았겠지요. 그런데 이제 월하노인의 소식으로 혼롓날을 기다릴 수 있게 되었네요. 혼자 애태우며 지내다보니 병이 깊어 꽃 같던 얼굴은 윤기를 잃었고 구름 같던 살쩍은 빛을 잃었답니다. 낭군께서 첩을 다시 보면 전날의 은정이 사라질까 싶네요. 다만 두려운 일은 이 보잘것없는 뜻을 표현하기도 전에 아침 이슬마냥 졸지에 구천의 길을 밟는 것이랍니다. 그러면 이 한은 끝이 없을 테지요. 아침에 낭군을 만나 한 번 살뜰한 마음을 나누고 저녁에 깊은 방에 갇히더라도 원망하지 않을 거예요. 구름 산 천릿길에 소식을 자주 전할 수 없기에 목을 빼고 멀리 바라보자면 뼈가 으스러지고 혼이 날아가겠군요. 호주는 땅이 외져 장독에 걸릴 수 있으니 힘써 자신을 아껴 천만 잘 보중하기를…… 천 갈래 만 갈래 이 마음을 지금 다 말하지 못하겠네요. 돌아가는 인편을 시켜 붙여 보냅니다. 모월 모일 선화 드림.

주생은 편지를 다 읽고 나자 꿈에서 막 깬 듯하고 술에 취했다가 깨어난 듯했다. 슬프기도 하고 기쁘기도 했다. 구월이 언제인가 꼽아보니 아직도 한참 멀었다. 날짜를 더 앞당겨 잡고자 장로에게 부탁하여 다시 종을 전당으로 보냈다. 그리고 그 인편에 선화에게 답 편지를 써서 보냈다.

방경 족하! 소중한 삼생의 인연으로 천 리 먼 곳으로부터 편지를 받았구려. 당신의 물건과 또 당신을 그리워하는 마음이 아련하지 않을 수 있겠소? 전에 당신 뜰에 뛰어들어 수풀에 숨었을 때 춘심이 한 번 일자 욕정을 참기 어려웠소. 하여 꽃 사이에서 언약을 맺고 달빛 아래에서 인연을 맺었잖소. 분에 넘치게 나를 받아주어 고운 언약을 할 수 있었소. 가만 생각해보면 이 생애에 깊은 은혜를 갚기는 난망한 일이 되었소. 하나 인간 세상의 좋은 일은 조물주가 시기하곤 하여 하룻밤 사이의 이별이 마침내 이렇게 해를 넘기는 긴 한이 될 줄 어떻게 알았겠소? 서로 멀리 떨어져 그 사이를 산과 강이 가로막아, 먼 하늘가에서 혼자 말 타면서 얼마나 슬퍼하고 그리워했는지? 오 땅 구름 위의 기러기 울음소리나 초 땅 산봉우리에서 슬피 우는 원숭이 소리 들으며 객사에서 홀로 잠들곤 했다오. 외로운 등불만 애를 태우니 목석이 아닌 이상 어찌 슬프지 않겠소? 아, 방경이여! 이별의 아픔은 내가 잘 알고 있소. 옛사람들도 '하루도 못 보면 그것이 삼 년 같다'고 하지 않았소. 이것으로 따져보면 한 달은 구십 년이 되는구려. 가을을 기다려 혼례일을 잡는다면 나를 저 거친 산의 시든 풀 속에서나 찾을 수 있을 게요. 정은 다할 수 없고 말도 다할 수 없어 종이를 대하니 목이 메일 뿐 다시 무슨 말을 하겠소! 모월 모일 아무개 드림.

그런데 이 편지가 미처 선화에게 전해지기도 전에 마침 조선이 왜적의 침략을 받았다. 다급해진 조선은 명나라 조정에 병력을 요청했다. 이에 신종 황제는 '조선이 지극한 정성으로 우리를 섬기기에 구원하지 않을 수가 없다. 게다가 조선이 망하면 압록강 서쪽은 편히 베고 누울 곳이 못 될 것이다. 하물며 망하고 끊어진 나라를 다시 잇게 해주는 일은 천자의 소임이 아닌가'라고 판단하고, 제독提督 이여송李如松에게 특명을 내려 군대를 이끌고 가서 적을 토벌하라 했다. 행인사行人司의 행인行人 설번薛藩이 조선에서 돌아와 황제에게 이렇게 아뢰었다.

"북방의 병사들은 북쪽 오랑캐를 잘 제압하고, 남방의 병사들은 왜적을 잘 물리치옵니다. 이번 정벌은 남방 군대가 아니면 불가능하옵니다."

이 건의에 따라 급히 호남, 절강 지역의 병력을 징집했다. 유격장군遊擊將軍 아무개가 평소 주생의 이름을 알던 터라 그를 불러 서기관으로 임명했다. 주생은 갈 수 없다고 했으나 받아들여지지 않아 결국 조선으로 오게 되었다. 그는 안주安州의 백상루百祥樓에 올라 칠언 고시를 지었다. 이 시의 전편은 잊어버렸고, 마지막 결구만 기억했다.

> 수심에 겨워 홀로 강가 누에 오르니
> 누 밖에는 청산이 얼마나 많은지.
> 고향을 그리워하는 내 눈길은 막았어도
> 시름으로 지나온 길은 끊기 어렵네.

이듬해인 계사년1593 봄, 명나라 군대가 왜적을 대파하여 경상도까지 추격해 내려갔다. 그러나 주생은 선화를 그리워하던 끝에 고칠 수 없는 깊은 병을 얻고 말았다. 그는 군대를 따라 남하하지 못하고 개성에 낙오한 채 있었다. 내가 마침 일이 있어 개성에 갔다가 역관에서 그를 만나게 되었다. 말이 통하지 않아 글로 써서 교분을 나누었다. 주생은 내가 글을 잘 안다고 하여 아주 살갑게 대했다. 병이 난 이유를 물었더니 슬픈 표정을 하고서 답하지 않았다. 이날 비가 내려 발이 잡히는 바람에 그와 등불을 밝힌 채 밤새 얘기를 할 수 있었다. 주생은 나에게 「답사행踏莎行」 한 편을 보여주었다.

> 외론 그림자 기댈 곳 없고
> 이별의 심정 풀기 어려워라.
> 어둑어둑 강가 나무 사이로 기러기 날아가고
> 객사 창문 꺼져가는 등불에도 마음 놀라거늘
> 황혼녘 들리는 빗소리는 어찌 견딜지?

낭원은 구름 속에 가렸고

영주는 바다에 막혔어라.

옥루의 구슬발 지금은 어떠할까?

고단한 이내 몸 물 위의 부평초라도 되어

하룻밤 새 흘러 오강으로 갈 수 있다면.

사의 내용이 심상치 않아 누차 간곡하게 물었더니, 주생이 그 자초지종을 앞의 내용과 같이 얘기해주었다. 그러면서 전대에서 책 한 권을 꺼내 보여주었다. 제목이 '화간집花間集'이었다. 주생이 선화 및 배도와 화답한 시가 백여 수였고, 셋이 함께 읊은 사도 십여 편이었다. 주생은 나를 보고 눈물을 떨구며 시 한 수를 애써 부탁했다. 나는 원진元稹의 「회진시會眞詩」를 본떠 삼십 운의 배율시를 지어 이 책의 끝에 써주고, 이어 이렇게 위로해주었다.

"대장부가 근심해야 할 것은 공명의 성취 여부 아니겠소. 세상 어디에든 아름다운 여인이 없겠소? 더구나 조선도 안정을 되찾아 명군이 돌아갈 수 있게 되었으니, 동풍은 이미 주랑周郎을 위해 불고 있소. 그러니 부디 교씨喬氏가 남의 집에 갇혔다고 애태우지 마오!"

다음날 이른 아침 우리 둘은 인사를 나누고 헤어졌다. 주생은 수차례나 고맙다고 하면서 이런 부탁을 했다.

"비웃음이나 살 일이니 굳이 남들에게 전하진 마시오."

이때 그의 나이는 스물일곱으로, 이마와 눈썹이 훤한 게 바라보면 꼭 그림 속 인물 같았다.

계사년1593 한여름, 무언자無言子 권여장權汝章이 쓰다.

운영전

폐허가 된 옛 수성궁에서 운영과 김진사를 만나다

수성궁壽聖宮은 안평대군安平大君의 옛 사저로, 한성 인왕산仁王山 아래에 있다. 주변 산천이 수려한데다 용이 서리고 호랑이가 걸터앉은 형국이다. 그 남쪽으로는 사직단이, 동쪽으로는 경복궁이 있다. 인왕산의 한 줄기가 구불구불 내려와 이 궁 앞에서 불쑥 솟았다. 그리 높거나 가파르진 않으나 이곳에 올라가서 내려다보면, 한성의 사방으로 뚫린 거리와 시전, 그리고 성안의 가옥이 바둑알이나 별처럼 펼쳐져 있다. 하나하나 손가락으로 가리킬 수 있는 게 마치 실이 가닥으로 나뉜 것과 진배없었다. 동편을 바라보면 아스라한 궁궐엔 복도가 하늘에 비껴 있고, 푸르스름하게 쌓인 구름과 안개가 아침저녁으로 아름다운 풍경을 선사했다. 이야말로 진정 최고의 명승지라 할 만하다. 한때의 술꾼이나 활 쏘는 도반, 노래패나 목동, 시인 묵객이 꽃과 버들 피는 봄철이나 단풍 드는 가을이면 하루도 거르지 않고 이곳에 소풍을 와서 음풍농월하며 돌아갈 줄 모르고 즐기곤 했다.

청파리靑坡里의 선비 유영柳泳도 수성궁의 경치를 익히 들었던 터라 한

번 가서 노닐고 싶은 생각이 있었다. 그러나 옷이 남루한데다 외모도 볼품없어 다른 풍류객들의 비웃음거리가 될까봐 발이 떨어지려다가도 멈칫멈칫한 지가 꽤 되었다.

만력萬曆 신축년1601 춘삼월 열엿샛날 유생은 막걸리 한 병을 샀다. 사내종은 고사하고 잘 아는 친구도 없던 터라 직접 술병을 끼고서 혼자 궁문으로 들어갔다. 그를 본 사람들은 저들끼리 손가락질하고 비웃었다. 유생은 겸연쩍어 몸 둘 바를 몰라 하다가 곧장 후원으로 들어갔다. 높은 곳에 올라 사방을 둘러보니, 이제 막 전란을 치른 터라 한성의 궁궐과 성안의 화려했던 집은 온통 쓰러져 온전한 게 없었다. 무너진 담과 깨진 기와, 버려진 우물과 망가진 섬돌만 남은 이곳엔 초목만 무성했다. 동편의 행랑채 몇 칸만이 우뚝하니 외따로 남아 있을 뿐이었다. 유생은 바위와 시내가 깊고 그윽한 서편 정원으로 들어가보았다. 그곳엔 무더기 꽃이 활짝 피어 있었다. 맑은 연못에는 꽃 그림자가 드리워져 있고, 땅에도 꽃이 가득 떨어져 뒹굴었다. 이곳은 인적이 닿지 않았다. 산들바람이 한 번 불자 꽃향기가 진동했다. 그는 홀로 바위 위에 앉아 소동파의 "아침에 조원각에 오르니 봄은 벌써 지나가고, 꽃은 땅에 가득 떨어졌어도 쓰는 사람 없네"라는 구절을 읊조리다가 문득 가져온 술병을 풀어 다 마셔버렸다. 취기가 돌자 바위 가에 누운 채 돌을 베개 삼아 머리를 기댔다.

얼마 후 술이 깬 유생은 고개를 들어 주변을 둘러보았다. 놀던 사람들은 다 흩어져 돌아가고 산에는 달이 벌써 떠오르고 있었다. 거뭇한 연기가 버들개지에 감돌고 바람은 꽃잎을 흔들었다. 그때였다. 한마디 부드러운 말소리가 바람을 따라 들려왔다. 이상하다 싶어 자리에서 일어나 살펴보니, 한 젊은이가 아주 아리따운 아가씨와 싸리 자리에 앉아 있었다. 이들은 유생이 다가오자 환한 낯으로 일어나 맞았다. 읍을 하고 난

유생은 젊은이에게 물었다.

"수재께선 누구이기에 낮이 아닌 이 밤에 여기에 있는 것이오?"

젊은이는 미소로 답을 했다.

"옛 분들이 '옛친구처럼 수레를 마주하고 대한다'고 하더니, 바로 지금을 두고 한 말인가보네요."

이리하여 셋은 솥발처럼 마주앉아 이야기를 나누게 되었다. 젊은 여인이 낮은 소리로 '애들아' 하고 부르자 계집종 둘이 숲속에서 나왔다. 그녀는 둘에게 일렀다.

"오늘밤 옛 정인과 해후한 이곳에서 다시 기약지 않았던 귀한 손님을 만나게 되었구나. 그러니 오늘 이 밤을 그냥 조용히 허투루 보낼 수가 없겠어. 너희는 술과 안주를 준비하고 아울러 붓과 벼루를 함께 가져오너라."

영을 받은 두 계집종이 왔던 길로 가서는 잠시 뒤 돌아왔는데 가뿐한 모습이 나는 새가 오가는 듯했다. 유리잔에 자하주紫霞酒를 담았고, 은쟁반에 진기한 과일과 먹을 것을 차려 왔다. 백옥 술잔에 술을 따라 마셨더니 술맛과 안주 모두 이 세상 것이 아니었다. 세 순배 돌자 여인이 술을 권하며 새 곡조를 불렀다.

> 깊고 깊은 곳에서 임과 이별하니
> 그 인연 끝나지 않았지만 어떻게 할지.
> 꽃 피던 봄을 슬퍼한 지 몇 번이었던가
> 운우지정은 꿈이지 현실이 아니네요.
> 지난 일 다 흩어져 이미 묻혔거늘
> 부질없이 지금 사람더러 눈물짓게 하네요.

노래가 끝나자 흐느껴 우니 얼굴에 구슬 같은 눈물방울이 흘러내렸다.

유생은 이상한 생각이 들어 자리에서 일어나 예의를 차리고서 물었다.

"제가 뛰어난 시 재주가 있는 것은 아니지만 일찍이 유자의 공부를 한 터라 글의 공력은 어느 정도 알고 있소. 지금 이 곡을 들어보니, 격조는 맑고 빼어나나 묻어나는 심정은 슬프고 처량하네요. 몹시 괴이쩍군요. 오늘 밤 이 만남은 달이 대낮같이 밝고 시원한 바람이 살랑살랑 불어오기에 정말이지 즐길 만하거늘 마주보며 슬피 울다니요? 술잔을 권하여 서로를 믿을 수 있는 살가운 정이 생겼는데도 이름을 말해주지 않고 품은 마음도 드러내지 않으니 이 또한 의아합니다."

유생은 먼저 자기 이름을 말해주고 두 사람에게 캐물었다. 그러자 젊은 이가 탄식하며 대답했다.

"성과 이름을 말하지 않은 건 그럴 만한 이유가 있지요. 당신이 꼭 알고 싶어하면 알려주는 거야 뭐 어렵겠습니까? 하나 얘기하려면 사연이 아주 길답니다."

즐거웠던 기색이 싹 사라지고 서글픈 표정으로 한참 있더니 이윽고 그가 입을 열었다.

"제 성은 김씨입니다. 열 살 때부터 시문을 잘해 학당에서 이름이 났지요. 열네 살에 진사시에 제이과第二科로 급제하여 그때 사람들은 모두 저를 '김진사金進士'로 불렀답니다. 저는 나이는 어리지만 의기가 있었고 생각이 호탕하여 자신을 잘 누르지 못했지요. 게다가 이 여자와의 일로 부모님께서 물려준 이 몸을 끝내 불효자로 만들고 말았지 뭡니까. 천지간에 용납되지 못할 죄인일 뿐입니다. 이런 죄인의 이름을 뭣하러 억지로 알려 하십니까? 이 여인의 이름은 운영雲英이고, 저 두 아이의 이름은 녹주綠珠와 송옥宋玉이지요. 다 안평대군의 궁녀들이랍니다."

유생이 다그쳤다.

"말을 꺼내놓고 끝맺지 못하면 애초 하지 않은 것만 못하지요. 안평대군이 계셨던 빛나는 시절의 일과 진사께서 가슴 시려 하는 연유를 자세히 들어볼 수 있겠소?"

진사는 운영을 돌아보았다.

"계절이 누차 바뀌고 세월이 오래되었으니, 그때 일을 자네는 잘 기억할 수 있겠는가?"

"가슴속에 맺힌 원망을 언제라도 잊어본 적이 있겠어요? 첩이 얘기해볼 테니 낭군께선 옆에 계시다가 빠진 부분을 보충해서 붓으로 더해주세요."

이리 말하면서 운영이 다시 계집종에게 일렀다.

"너희는 벼루를 가져와야겠다!"

그 이야기는 이러했다.

안평대군의 의심을 산 운영의 시

장헌대왕莊憲大王의 여덟 왕자님 중에 안평대군께서 가장 총명하셨지요. 주상께서는 대군을 몹시 아끼시어 상도 수없이 내리셨답니다. 그 때문에 대군은 전답과 하인은 물론 재물까지도 여러 대군 중 으뜸이었지요. 보령 열셋에 궁궐을 나와 사저에 머물게 되었는데, 그 사저 이름이 바로 이곳 수성궁이었답니다. 대군께서는 유업儒業을 자처하여 밤에는 글을 읽고 낮에는 시를 짓거나 글씨를 쓰며 한시도 허투루 보낸 적이 없었지요. 당대의 문인들과 재주 있는 선비들이 모두 대군의 사저로 모여들어 서로의 장단점을 재느라 닭이 울고 새벽별이 뜰 때까지 강론하기를 게을리하지 않았답니다. 대군께서는 서법에도 뛰어나 온 나라에 명성이 자자했지요. 문종文宗께서 동궁이셨을 때 집현전 학사들과 대군의 필법을 토론하곤 했는데 그때마다 "내 동생이 중국에서 태어났더라면 왕희지王羲之에게는 미치지 못했더라도 조맹부趙孟頫보다야 못하겠는가?"라며 칭찬해 마지않았지요.

그러던 어느 날, 대군께서 여러 궁녀에게 이런 얘기를 했지요.

"세상에서 제 분야에 일가를 이룰 재주는 필시 편안하고 조용한 곳을 정해 그곳에서 부지런히 다듬은 뒤에야 이루어질 수 있는 법이니라. 도성문 밖은 산천이 고요한데다 여염집과도 꽤 떨어져 있지. 하니 거기서 공부를 한다면 전심전력할 수 있을 것이야."

당장 수성궁 옆에 정사精舍 십여 칸을 짓고 편액을 '비해당匪懈堂'이라고 걸었지요. 또 그 곁에 단을 쌓고 이름을 '맹시단盟詩壇'이라 했고요. 그 이름을 보고 의미를 생각하라는 뜻이었지요. 이리하여 당대 문장가들과 명필들이 맹시단으로 모여들었답니다. 문장으로는 성삼문成三問 어른이, 필법으로는 최흥효崔興孝 어른이 최고였지만 이분들도 대군의 재주에는 미치지 못했지요.

하루는 대군께서 술에 취해 저희 시녀들을 불렀답니다.

"하늘이 재주를 내리는데 남자에게만 많이 주고 여자에겐 인색했겠느냐? 지금 시대에 문장으로 자임하는 자들이 적지 않다만 치켜세울 만하지도 않고, 저들 중에 특별히 출중한 자도 보이지 않는구나. 하니 너희도 문장에 힘쓰도록 하거라!"

이러시면서 젊고 예쁜 궁녀 열 명을 뽑아 가르치셨답니다. 제일 먼저 『언해소학諺解小學』을 주면서 읽고 암송하게 한 뒤 『중용』『대학』『논어』『맹자』, 그리고 『시경』과 『서경』 및 『통감절요通鑑節要』까지 다 가르치셨지요. 이어 이백李白과 두보杜甫의 당시唐詩 수백 수를 가려 뽑아 읽혔답니다. 그러자 오 년 안에 과연 다들 글재주를 갖추게 되었지요. 대군께서는 들어오시면 첩들더러 눈앞을 떠나지 못하게 막고서 시를 짓도록 한 다음, 이를 품평하여 그 수준을 따져 상과 벌을 내렸답니다. 권장하는 방편으로 삼은 게지요. 이리하여 첩들의 초절한 기상은 비록 대군께는 미치지 못했지만 음률의 청아함과 구법의 완숙함이 성당盛唐 시인들의 울타리를 엿볼 만했습니다. 그 열 명의 이름은 소옥小玉, 부용芙蓉, 비경飛瓊, 비취翡翠, 옥녀玉女, 금련金蓮, 은섬銀蟾, 자란紫鸞, 보련寶蓮, 운영雲英인데, 운영이 바로 첩이랍니다. 대군께서는 첩들을 매우 아끼시어 항상 바깥출입을 못 하게 하셨지요. 궁 안에서만 생활하게 하면서 남과 말을 섞지 못하게 했답니다. 하여 대군께서 날마다 문사들과 술잔을 주고받으며 기예를 다투실 때도 첩들은 그분들을 가까이서 뵌 적이 없었지요. 이는 바깥사람이 혹시라도 알게 될까 염려해서였답니다. 항상 이런 영을 내리곤 하셨지요.

"시녀가 한번 궁궐 문을 나가는 날이면 그 죄는 마땅히 죽음에 해당하고, 바깥사람이 궁녀의 이름을 아는 날이면 그 죄도 죽임을 면치 못할 것이야!"

또 하루는 대군께서 밖에서 돌아오셔서는 첩들을 불렀답니다.

"오늘 문사 아무개 아무개와 술을 마셨다. 그때 한줄기 푸른 이내가 궁궐 나무에서 피어올라 성가퀴를 두르기도 하고 산기슭으로 날기도 했지. 해서 내가 먼저 오언절구 한 수를 짓고 좌객들에게 차운을 하라고 했겠다. 한데 다 내 맘에 차지 않더구나. 너희가 나이순대로 각자 지어서 올려보거라."

소옥 언니가 제일 먼저 지어 올렸지요.

파르스름한 이내 베 짠 듯 가늘어
바람 따라 함께 문으로 들어가네.
희미한 채 짙어졌다 옅어지니
황혼이 가까워진 줄도 몰랐네.

이어 부용 언니가 올렸지요.

공중으로 멀리 날아서 비가 되고
땅에 닿았다가 다시 구름이 되네.

저녁 무렵 산빛이 어두워지니
그윽한 생각 초군을 향하네.

비취 언니도 올렸답니다.

꽃잎을 덮으니 벌은 힘을 잃고
대를 두르니 새가 둥지를 헤매네.
황혼녘에 보슬비로 변해
창밖엔 추적추적 빗소리만.

비경 언니도 올렸지요.

애살구 싹을 맺기 어렵고
외론 참죽만 푸르렀네.
엷은 그늘이 순간 짙어지더니
해 저물자 어둠이 또 찾아왔네.

옥녀 언니도 올렸지요.

가는 비단같이 살짝 해를 가리고
길고 파르스름하니 산에 걸쳤네.
산들바람 불어 점점 흩어지더니
다시 작은 연못을 적시네.

금련 언니도 올렸지요.

산 아래 찬 이내가 쌓이더니
궁궐 나무 곁으로 날아드네.
바람 불어 걷잡지 못하다가
해 비끼자 하늘에 가득하네.

은섬 언니도 올렸고요.

산골짜기 음산한 기운 마구 일고
연못 누대엔 푸른 그림자 흐르네.
날아가 어디로 갔나 싶었더니
연잎의 이슬 구슬로 남았네.

자란 언니도 올렸지요.

아침엔 골짝 향한 문 어둡게 하더니
연이은 높다란 나무 아래로 깔리네.
잠깐 사이 어느새 날아가
서편 산과 앞 시내에 머무네.

첩도 지어 올렸고요.

멀리 푸르고 가는 이내 바라보며
여인은 비단 짜기를 마쳤네.
바람 앞에 홀로 슬퍼하다가
날아가 무산巫山에 떨어지네.

마지막으로 보련이도 올렸답니다.

　작은 골짝은 봄 그늘 속에 있고
　장안은 물기운 속에 잠겼네.
　이 세상 사람들로 하여금
　홀연 비취 궁전을 짓게 했네.

시를 다 보고 난 대군께서는 몹시 놀랐답니다.
"만당晚唐의 시에 견주어도 우열을 가리기가 힘들겠고, 근보謹甫 이하
저들은 이제 따라올 수도 없겠는걸!"
두세 번 읊조려도 누구 시가 더 나은지 우열을 가리지 못하시더니 한
참 만에 말하셨지요.
"부용의 시에 초군을 그리워하는 정조가 있으니 내 퍽 가상히 여기노
라. 비취의 시는 「이소離騷」와 『시경』의 대아大雅·소아小雅에 견줄 만하
고, 옥녀의 시는 그 뜻이 맑고 높은 격조가 있으며 마지막 구에선 은은
한 여운까지 남는구나. 내 이 두 시를 제일 위에 두마."
이윽고 다시 말씀하시더군요.
"내 처음 너희의 시를 봤을 땐 우열을 구분할 수 없었으나 두세 번 음
미하며 따져보니, 자란의 시가 뜻이 깊고 멀어 절로 탄성을 자아내고 들
뜨게 하는구나. 나머지 시들도 다 청신하고 좋다. 한데 운영의 시만은
분명 임을 그리워하며 슬퍼하는 속마음이 드러나 있구나. 맘에 담고 있
는 자가 누구인지 모르겠군. 마땅히 캐물어야 하겠으나 그 재주가 아까
워 지금은 그대로 두기로 하마."
이 말씀에 첩은 곧장 뜰로 내려가 엎드려 울면서 답했지요.
"시어를 엮던 중에 우연히 나온 것일 뿐이옵니다. 어찌 다른 뜻이 있
겠나이까? 지금 주군을 의심하게 했으니 첩은 만 번 죽어도 아깝지 않

을 것이옵니다.”

대군께서는 돌아와 앉으라고 명했지요.

“시는 마음에서 나오는 법, 가린다고 숨길 수 없느니라. 너는 더 말을 말거라!”

그 자리에서 채색 비단 열 단을 꺼내 저희 열 사람에게 나누어주셨답니다. 대군께서는 한 번도 첩을 사사로이 따로 부르지 않으셨으나 궁궐 사람들은 다들 대군이 첩에게 마음을 두었다고 여겼지요.

저희 열 사람은 자기 거처로 물러나와 화촉을 밝게 돋우고 칠보로 장식한 서안에 『당률唐律』한 권을 펴놓고 옛 시인들의 궁원시宮怨詩를 품평했답니다. 하지만 저는 혼자 병풍에 기댄 채 수심에 겨워 진흙상처럼 말 없이 있었지요. 그러자 소옥 언니가 그런 저를 돌아보고 이러더군요.

“낮에 이내를 가지고 시를 지었다가 주군께 의심을 샀었지. 그 때문에 속으로 걱정되어 말이 없는 거야? 아니면 주군께 마음이 기운데다 시침할 영광이 있을 거라 몰래 기뻐서 말을 안 하는 거야? 무슨 마음을 품었는지 알 수가 있어야지.”

첩은 옷깃을 여미며 대답했지요.

“언니는 내가 아니니 제 마음을 어찌 알겠어요? 지금은 시 한 수를 짓고자 하는데 기발한 문구가 떠오르지 않아 고심하느라 말하지 않았을 뿐이에요.”

옆에 있던 은섬 언니도 거들더군요.

“마음에 둔 바를 좇느라 마음이 여기에 없는 게지. 그러니 주위 사람들의 말은 지나가는 바람일 뿐이고. 네가 말하지 않은 이유를 난 어렵지 않게 알 수 있겠는걸. 한번 시험해봐야지.”

하면서 창밖의 포도 시렁을 주제로 네 개의 운자를 맞춰 칠언시를 지어보라고 재촉했지요. 첩은 입에서 나오는 대로 곧장 이렇게 읊조렸답니다.

구불구불 얽힌 덩굴은 용이 꿈틀거린 듯
퍼런 잎사귀 그늘 이루니 홀연 마음이 이네.
여름 뜨거운 햇빛 기세에도 뚫고 뻗치며
맑은 날 서늘한 그림자 도리어 비고 밝기만.
실 뽑듯 시렁을 휘감으니 마음이 있는 듯
구슬 드리운 포도알은 정성 보이려는 듯.
혹여 훗날 때를 만나 변화한다면
응당 비구름 타고 삼청으로 오르겠지.

소옥 언니가 낭랑하게 읊조리더니 이윽고 일어나 절을 하더군요.
"정말 세상에 없는 재주네! 풍격은 높지 않아 옛 가락 같지만 한순간
에 이렇게 짓다니. 이런 건 시인들이 가장 어려워하는 부분이기도 하거
늘. 칠십 제자가 공자님을 따르듯이 내 자네에게 진심으로 복종하려네."
그러자 자란 언니가 중심을 잡았지요.
"말을 함부로 해서는 안 되는 법, 뭘 그리 지나치게 칭찬을 하는가?
다만 단어가 꿈틀꿈틀 높이 날아오르려는 기세가 있기는 하네."
이에 자리한 모두들 "정확한 평이야!"라고 했지요. 제가 비록 이 시로
해명을 했지만 여러 언니의 의심이 다 풀린 것은 아니었지요.

운명적인 만남

다음날, 문밖에서 수레와 말이 잔뜩 몰려오는 소리가 들렸답니다. 문지기가 헐레벌떡 달려들어와 아뢰더군요.

"여러 손님이 오셨나이다!"

대군께서는 동편 객실을 치우게 하고 손님을 맞아들였지요. 이분들은 당대 문인들과 재사들이었고요. 자리에 앉자 대군께서 저희가 이내를 소재로 지은 시를 보여주었지요. 모두들 깜짝 놀라 묻더이다.

"오늘 뜻하지 않게 성당의 음률을 다시 보게 되었나이다. 저희는 겨뤄볼 수도 없겠나이다. 이런 세상에 없는 보물을 나리께서는 어디서 얻었나이까?"

대군께서는 미소를 지으셨지요.

"어찌 그럴 리가 있겠소? 어린 종놈이 우연히 길거리에서 주워 가지고 온 거라 누가 지었는지도 알 수 없네. 필시 여염의 재주 있는 자의 손에서 나오지 않았는가 싶네."

그분들의 의구심은 수그러들지 않았답니다. 잠시 뒤 성삼문 어른이 도착하여 시를 보고는 이렇게 말했답니다.

"재주는 다른 시대에서 빌리지 못하는 법이옵니다. 고려 때부터 지금까지 육백 년 동안 우리 조정에서 시로 이름을 떨친 이가 셀 수 없이 많았사오나 잠기고 흐려 고상하지 못하거나 너무 가볍고 맑기만 하여 들뜨고 경박한 데로 흘러버렸답니다. 저마다 음률에 부합되지 않거나 성정을 잃곤 하였는데. 소인은 이런 것들은 감상하고 싶지 않았지요. 한데 지금 이 시들을 보니 풍격이 청신하고 지취가 초절한 맛이 있어 속세의 자취가 조금도 담겨 있지 않군요. 이는 필시 깊은 궁궐에서 세상 사람들과 만나지 못한 채 옛사람의 시만 읽고 밤낮으로 읊조리고 왼 끝에 스스로 터득한 이들의 작품인 듯합니다. 그 뜻을 자세히 음미해보니, '바람 앞에 홀로 슬퍼하다가'라 함은 남을 그리워하는 마음이 있는 것이고, '외론 참죽만 푸르렀네'라 함은 정절을 지키려는 의지가 있는 것이고, '바람 불어 걷잡지 못하다가'라 함은 절개를 지키기 어려운 상황을 말하는 것이고, '그윽한 생각 초군을 향하네'라 함은 임금을 향한 충정이 있는 것입니다. 또 '연잎의 이슬 구슬로 남았네'와 '서편 산과 앞 시내에 머무네'라 함은 천상의 신선이 아니라면 이렇게 형용하지 못할 터이옵니다. 비록 격조가 높고 낮은 차이는 있으나 재주를 닦은 기상은 대략 같으니 나리께선 분명 궁궐 안에 이 열 신선을 모아 가르치고 계시지 않은지요? 바라건대 숨기지 마시고 한번 만나게 해주옵소서."

대군은 이 말에 속으로는 탄복했으나 겉으로는 인정하지 않으시더군요.

"근보가 시를 보는 안목이 있다고 누가 말했던가? 내 궁 안에 어찌 이런 사람들이 있을라고? 혼자 너무 빠져 있는 게 아닌가."

이때 저희 열 사람은 창문 틈을 통해 이 대화를 몰래 듣고는 탄복하지 않을 수 없었지요.

그날 밤 자란 언니는 저에게 지극정성으로 물었지요.

"여자가 살면서 시집을 가고픈 마음이야 다 있는 법이야. 네가 그리워하는 사람이 어떤 정인인지 모르겠구나. 아무튼 네 얼굴이 점점 예전 모습을 잃어가는 게 안타까워, 진정으로 물어보는 것이니 숨기지 말고 얘기해주면 좋겠어."

저는 일어나서 고마워하며 이렇게 이실직고했답니다.

궐 안 사람이 너무 많은데다 담과 담이 이어져 두려운 나머지 함부로 입을 열 수가 없었어요. 지금 간곡하게 살펴주는 언니의 마음을 아는데 어떻게 숨길 수 있겠어요? 그러니까 작년 가을, 누런 국화가 피기 시작하고 붉게 물들었던 잎사귀가 막 시들려던 때였어요. 대군께서는 홀로 서실에 앉아 저더러 먹을 갈고 큼지막한 비단 폭을 펼치게 하더니 칠언율시 열 수를 베끼고 계셨지요. 어린 종이 밖에서 들어와 아뢰기를, "젊은 유생이온데 자신을 김진사라고 하면서 뵙기를 청하옵니다"라고 하데요. 대군께서는 존안이 확 펴지면서 "김진사가 왔구나!" 하고는 어서 맞아들이라고 명하시어 선비 차림을 한 그분이 종종걸음으로 섬돌을 올라오는데 새가 날개를 편 듯하지 뭐예요. 자리에 와서 절을 올리고 앉아 있는데, 그 거동과 모습이 꼭 신선 속에나 있는 분 같았어요. 대군께서는 단번에 이분에게 빠져 자리를 옮겨 마주앉으시더군요. 진사님도 자리를 짐짓 물러나면서 황공해했어요.

"외람되이 성은을 입어 여러 번 높은 성명을 더럽혔사옵니다. 지금 이렇게 모시게 되니 몸 둘 바를 모르겠나이다."

대군께선 외려 위로하셨어요.

"내 오랫동안 자네의 명성을 흠모했네. 높은 양반을 이렇게 걸음하게 했으니 민망하나 덕분에 이 서재가 환하게 되었네. 내겐 큰 기쁨이라네."

진사님이 처음 방으로 들어올 때 저와 얼굴이 마주쳤지요. 대군께서는 진사님이 아직 어린 유생이라고 쉬이 여기셨던지 저더러 자리를 피하라고 하지 않으셨어요. 대군께서 진사님에게 이런 요청을 하더군요.

"가을 경치가 너무 좋군. 시 한 수를 지어 이 서재를 빛내주게."

진사님은 자리에서 물러나며 황송해했어요.

"헛된 명성은 실상을 망치옵니다. 시의 율격을 소인이 어찌 감히 알겠사옵니까?"

이윽고 대군께서는 금련 언니더러 노래를 부르고 부용 언니더러 거문고를 뜯고 보련이더러 퉁소를 불고 비경 언니더러 술잔을 올리도록 했지요. 저더러는 벼루를 받들게 했고요. 그때 저는 나이 어린 여자의 몸으로 낭군님을 단번에 보고 정신이 혼미하고 아득해진 게지요. 낭군께서도 저를 돌아보고는 미소를 머금은 채 자주 눈길을 주었고요. 다시 대군께서 "내가 자네를 대접하는 정성이 이토록 지극한데 자네는 어찌 이리 옥음 한 수 짓기를 아껴 서재의 분위기를 무색하게 한단 말인가?"라며 다그쳤어요. 그제야 진사님이 붓을 쥐고 오언율시 한 수를 짓데요.

기러기 남쪽으로 날아가니
궁궐의 가을빛 깊었어라.
찬 물가에선 연밥이 터지고
서리 맞은 국화는 꽃잎 맺혔네.
비단 자리의 고운 여인들
거문고에 백설요를 부르네.
한 말 유하주 술잔에 나누니
먼저 취해 이 마음 주체할 수 없네.

대군께서는 이 시를 두세 번이나 읊조리더니 놀라워했어요.

"이른바 천하의 기이한 재주라고 하는 게 이런 거군! 왜 이리 늦게 만난 거지?"

그 자리에 함께한 우리도 동시에 서로 바라보며 감동한 낯빛을 감출 수 없었고요.

"이는 필시 왕자교王子喬가 학을 타고 인간 세상에 내려온 거야. 어떻게 저런 분이 있는 걸까?"

대군께서는 술잔을 잡고 물어보데요.

"옛날 시인으로 누가 종장이라고 보는가?"

"소인의 본 바로 말씀드리자면 이백李白은 천상의 신선이옵니다. 오랫동안 옥황상제를 향안 앞에서 모시다 현포玄圃로 내려와 놀다가 옥액玉液을 다 마셔 취흥을 이기지 못한 나머지 온갖 나무와 아름다운 꽃을 꺾어 비바람을 따라 인간 세상에 여기저기 흩은 기상이지요. 노조린盧照鄰과 왕발王勃은 해상의 신선이옵니다. 해와 달이 뜨고 지는 중에 구름 빛은 갖가지로 변하며, 푸른 파도가 요동치니 고래가 물을 내뿜는 격이지요. 거기에 섬들이 아스라하며 풀과 나무가 울울창창하고 마른잎은 물결에 넘실거려, 물새의 노래와 교룡의 눈물이 다 저들의 흉금에 들어 있습지요. 이는 시 가운데 조화를 부린 것이옵니다. 맹호연孟浩然은 운율이 최고인데, 이는 사광師曠에게서 배웠으니 익혀서 최고가 된 것이옵니다. 이상은李商隱은 신선술을 익혔으나 일찍부터 시마詩魔에 시달려 일생 동안 지은 시가 귀신의 말 아닌 게 없지요. 나머지 다른 시인들이야 많지만 무어 다 진술하겠사옵니까?"

대군께서 다시 묻더군요.

"날마다 문사들과 시를 논할 때면 두보杜甫를 최고로 치는 이가 많거늘, 자네 말은 어찌된 것인가?"

"그렇사옵니다! 세속에 물든 선비들이 추앙하는 바로 말한다면 그렇사옵니다. 하나 이는 생선회와 구운 고기가 사람의 입을 즐겁게 하는 것과 같은 이치옵니다. 두보의 시는 정말로 회와 고기이옵니다."

"온갖 시체를 갖춘데다 비유와 흥취가 지극히 정묘하거늘 어찌 두보를 경시할 수 있겠는가?"

이에 진사님은 황공해하더군요.

"소인이 어찌 감히 두보를 경시하겠사옵니까? 그 긴 형세를 따지자면, 사방 오랑캐가 중화를 유린한 것에 격분한 저들을 한나라 무제武帝가 정벌하고자 미앙궁未央宮에 납시자 수백만의 날랜 용사가 수천 리에 늘어서 있는 격이옵니다. 또 그 장대한 점을 말씀드리자면, 사마상여司馬相如가 「장문부長門賦」를 짓고, 사마천이 「봉선서封禪書」를 초하게 할 만한 형세이지요. 신선을 구할진댄, 동방삭東方朔이 옆에서 보좌하고 서왕모西王母가 천도복숭아를 바치는 격이고요. 이 때문에 두보의 문장은 정말이지 온갖 체를 구비했다고 말할 만하옵니다. 그럼에도 이백에 견주어본다면 이는 하늘과 땅이 같이할 수 없고, 강과 바다가 같을 수 없는 정도의 차이가 아니옵니다. 왕발과 맹호연에 견준다면, 두보가 수레를 몰고 앞서 가면 이들이 채찍을 잡고 뒷길을 다투는 정도라 하겠습니다."

대군께서는 "자네 말을 들으니 가슴속이 환하게 뚫려 큰바람을 몰고 천상에 오르는 듯 황홀하네. 해도 두보의 시는 천하의 수준 높은 문장이어서 비록 악부樂府에는 미치지 못한대도 어찌 왕발이나 맹호연 등과 길을 다투겠는가? 그렇긴 하나 우선 이리 놔두도록 하지. 자네는 다시 한 번 시를 읊어 한층 더 이 방을 밝혀주게"라시데요. 진사님이 이번에는 네 운의 칠언율시 한 수를 바로 지어 도화지에 써서 바쳤고요.

이내 흩어진 연못엔 이슬 기운 서늘하고
물빛 같은 푸른 하늘 밤은 어이 긴고?
산들바람 뜻이 있는 듯 대발에 불어오고
흰 달은 다정하니 소당으로 들어오네.
어둠 걷힌 뜰 가에 소나무 그림자 드리우고
흔들리는 술잔 안엔 국화향이 무젖었네.

완적阮籍이 젊었을 적부터 술을 잘 마셔
술동이 속에 취해 미친 걸 괴이치 말기를.

대군께서는 더욱 기발하다고 칭찬하시면서 앞으로 다가가 진사님 손을 맞잡으시더군요.

"자네는 아무래도 지금 세상의 재주꾼이 아니야. 내 이 시를 가지고 잘됐느니 못됐느니 따지지도 못하겠네. 게다가 글만 뛰어난 게 아니고 글씨도 정말 신묘하네. 하늘이 자네를 우리나라에 태어나게 한 것은 필시 우연이 아닐 게야."

그러면서 다시 초서로 붓을 휘갈기는 중에 잘못하여 그만 파리 날개만한 한 점 먹물이 제 손가락에 떨어졌지 뭐예요. 저는 이걸 영광으로 여겨 닦아내지 않았어요. 주변의 언니들은 돌아보고 미소를 지으며 용문에라도 오른 걸로 치라더라고요. 때는 한밤이 넘어서며 인정을 재촉하자, 대군께서는 기지개를 켜고 하품을 하시데요.

"내가 취했네. 자네도 물러가 쉬도록 하게. '내일 아침 다시 생각이 있거든 거문고를 들고 오게'라는 시구를 잊지 말게나."

다음날, 대군께서는 진사님의 두 시를 재삼 음미하더니 탄복하셨어요.

"근보와 재주를 다툰다 해도 청아한 자취는 오히려 낫겠는걸!"

저는 이때부터 잠자리에 들어도 잠이 오지 않았고, 먹는 것도 줄고 마음도 힘들어 언제부턴가 옷이 헐거워졌어요. 언니는 눈치채지 못했나요?

저의 이런 얘기를 듣고 자란 언니가 말하더군요.

"아, 내가 잊고 있었어! 지금 네 말을 들으니 술에서 깬 것처럼 깜박 떠오르는걸."

궁궐 담을 넘다

이후 대군께서는 자주 진사님을 만났는데, 이후로는 아예 우리와 가까이하지 못하게 했지요. 하여 첩은 매번 문틈으로 엿볼 수밖에 없었답니다. 하루는 고운 도화지에 오언율시 한 수를 적었답니다.

베옷에 혁대 두른 선비님
옥 같은 풍모는 신선인 듯.
매번 주렴 사이로 선망하거늘
어쩌서 월하의 인연 없는지?
얼굴 씻으면 눈물은 물로 흐르고
거문고 타니 한은 줄을 울리네.
가슴속 원망은 끝이 없어
고개 들어 하늘에 호소할 뿐.

이 시와 금비녀 하나를 함께 싸서 열 겹으로 단단히 묶은 다음 진사님께 부치려고 했으나 전달할 인편이 없더군요. 그날 저녁 달 밝은 밤에 대군께서 술자리를 열고 손님들을 불러 큰 연회를 열었답니다. 그 자리에서 진사님의 재주를 한껏 칭찬하면서 앞서 지은 시 두 편을 보여주었지요. 손님들이 저마다 돌려가며 보고는 입이 마르도록 칭찬하고 탄복하면서 진사님을 한 번 뵙기를 청하더군요. 대군께서 즉시 하인과 탈것을 보내 진사님을 맞았답니다. 얼마 후 진사님이 도착하여 자리에 앉았는데, 몹시 야윈 모습에 좋던 풍채도 쭈그러들어 전날의 기상을 전혀 볼 수 없더군요. 이를 본 대군께서 위로했지요.

"우리 진사가 나라를 걱정하는 마음도 없을 텐데, 부러 못가를 거닐며 초췌해진 굴원屈原이 되었단 말인가?"

함께 자리한 손님들이 이 말에 크게 웃었답니다. 진사님은 일어나 몸 둘 바를 몰라 했지요.

"소인은 빈천한 유생일 뿐이온데 외람되이 나리의 총애를 입었사옵니다. 복이 지나치면 화가 생기듯이 병이 온몸에 퍼져 음식을 전혀 들지 못하옵니다. 남에게 의지해야 겨우 움직이는 형편이옵고요. 지금 다시 분에 넘친 부름을 받자와 겨우 부축을 받아서 뵈러 왔사옵니다."

그제야 손님들은 모두 무릎을 바로 하며 경대했답니다. 진사님은 아직 젊은 선비라 말석에 자리했기에 바깥과는 벽 하나만을 사이에 두었지요. 밤이 깊어지자 손님들이 거나하게 취했기에 그때 제가 벽에 구멍을 내어 그 틈으로 엿보자 진사님도 제 의도를 알아채고 모퉁이 쪽으로 향해 앉더군요. 제가 봉한 편지를 구멍 너머로 던지자 진사님은 이를 주워서 집으로 돌아갔지요. 편지를 뜯어보고는 슬픔을 가누지 못하면서 차마 손에서 놓질 못했답니다. 저에 대한 생각이 이전보다 갑절은 커져 더이상 자신을 가눌 수 없었지요. 답신을 보내고자 해도 전해줄 이가 없어 홀로 애태울 뿐이었지요.

마침 동대문 밖에 사는 한 무녀가 용하다고 이름이 나 있었어요. 그녀가 궁궐을 출입하며 꽤 신임을 받는다는 소식을 접하게 되었답니다. 진사님이 그 집을 찾아갔지요. 그녀는 아직 서른이 되지 않은 꽤 미인으로, 일찍이 과부가 되어 음탕한 여자를 자처하고 있었지요. 진사님이 찾아오자 진수성찬으로 술상을 차려놓고 극진하게 대접하기를 이만저만이 아니었답니다. 하나 진사님은 술잔을 잡고도 마시지 않았답니다.

"오늘은 급한 일이 생겨 내일 다시 오겠네."

다음날 또 찾아가서도 전날과 똑같이 말도 못 꺼내고, "내일 다시 오겠네!"라고만 했지요. 무녀는 진사님의 범속지 않은 모습을 보고 내심 반해버렸던 터였지요. 한데 연일 찾아오면서도 한마디 꺼내지 않는 걸 보고 이리 마음먹었답니다.

'젊은 사내라서 필시 부끄럽고 껄끄러워 말을 못 하는 거겠지. 내가 먼저 유혹하여 밤이 될 때까지 붙잡아두었다가 동침을 해버려야겠군.'

다음날 그녀는 목욕세안하고 머리를 손질한 다음, 화장을 짙게 하고 온갖 꾸미개로 치장했답니다. 꽃을 수놓은 요와 화려한 방석을 펴놓고 어린 계집종더러 문밖에 앉아 진사님을 기다리라고 했지요. 진사님이 다시 찾아왔을 때 화려하게 꾸민 무녀와 펴놓은 고급스러운 자리를 보고는 속으로 해괴하다 싶었답니다. 무녀가 물었지요.

"오늘밤이 무슨 밤이기에 이런 옥 같은 분을 만나게 되었을까요?"

하나 진사님은 애초 마음이 없었기에 그 말에는 대꾸도 하지 않은 채 웃음기 싹 가신 얼굴엔 근심이 가득해 보였지요. 그녀가 진사님에게 화가 나는 게 당연했지요.

"과부 집에 젊은 사내가 뭘 이리 자주 들락날락거린담?"

이에 진사님이 드디어 입을 열었지요.

"자네가 용하다면 어째서 내가 온 이유를 모른단 말인가?"

무람해진 무녀는 곧바로 굿자리로 가서는 신에게 절을 올리며 방울을 흔들고 악기를 켜더니 온몸을 덜덜 떨었지요. 잠시 뒤 몸을 추스르며 말했답니다.

"참으로 불쌍한 낭군이군요. 맞지도 않은 수로 이룰 수 없는 계획을 이루려 하다니. 마음먹은 것을 이룰 수 없을 뿐만 아니라 세 해가 지나지 않아 황천 사람이 되고 말겠소!"

이 말을 들은 진사님은 눈물을 흘리며 매달렸지요.

"자네가 말하지 않아도 나 또한 알고 있네. 하나 마음에 원한이 맺혀 백약으로도 풀 수 없다네. 자네가 용한 무당이라고 하니 자네를 통해 짧은 편지라도 전할 수 있다면 죽어도 원이 없겠네."

"천한 무당이라 굿거리가 있으면 간혹 궁궐을 출입하기는 하나, 들라는 명이 없으면 감히 들어갈 수 없어요. 하지만 낭군을 위해 한번 가보리다."

진사님은 품속에서 봉해놓은 편지 하나를 꺼내 넘겨주었답니다.

"잘못 전해주어 큰 화를 만들지 않도록 조심조심하게!"

무녀는 그 편지를 가지고 궁문으로 들어갔지요. 하지만 궁궐 사람들이 그녀가 들어온 걸 보고 수상해하더군요. 그녀는 다른 말로 둘러대며 저에게 눈짓을 보내 사람이 없는 뒤뜰로 오라 하여 편지를 전해주었답니다. 방으로 돌아와 뜯어보니 편지에는 이렇게 쓰여 있었답니다.

딱 한 번 눈빛으로 맺어진 이후 내 마음과 넋은 날아가고 뒤흔들려 진정할 수 없었소. 성 서편을 바라볼 때마다 몇 번이나 애가 끊어졌는지. 저번에 벽 사이로 전해준 편지로 잊을 수 없는 당신의 소식을 확인했소. 다 펼치기도 전에 목이 메고 가슴이 먹먹해졌으며, 다 읽기도 전에 눈물이 떨어져 글자를 적셨다오. 그때부터 잠을 청해도 이룰 수 없었고 음식을 먹으려 해도 넘길 수가 없었소. 병이 가슴속을 틀어막아 약을 백방으로 써봐도 소용이 없으니 이제 황천길이 보이는지라 어서 죽기를 바랄 뿐이오. 하늘이 굽어살피고 귀신이 몰래 도와 혹시 살아생전에 이 한을 한 번

이라도 풀 수 있다면 이 몸을 부수어 가루라도 만들어 천지신명 영전에
바치겠소. 종이를 대하니 목이 메거늘 다시 무슨 말을 하겠소? 갖추지 못
하오. 삼가 씀.

편지 하단에는 또 시 한 수가 적혀 있었지요.

> 겹겹의 누각은 저녁이라 문이 닫히고
> 나무 그늘과 구름 그림자 희미하기만.
> 떨어진 꽃잎 흘러 도랑 따라 나오고
> 진흙물은 제비 난간으로 바삐 돌아가네.
> 베개에 기대어도 호접몽을 이루지 못해
> 눈이 뚫어져라 기다리나 소식은 없어라.
> 고운 얼굴 눈에 선한데 왜 말이 없는지
> 녹음 속 꾀꼬리 울고 눈물은 옷을 적시네.

다 읽고는 아무 소리도 못 낸 채 기가 턱 막혔지요. 입은 있어도 말이
나오지 않았고 눈물이 다해 피가 흘러내릴 지경이었답니다. 그럼에도
병풍 뒤에 몸을 숨기고서 남이 알까 두려워할 뿐이었지요.
그때부터 잠시도 잊을 수 없어 멍한 듯 미친듯 말과 표정에 다 드러
났으니, 주군께서 의심하고 언니들이 괴이쩍다고 했던 게 실로 근거 없
는 게 아니었답니다. 자란 언니도 한이 있는 여자라서 이 말을 듣고는
울음을 삼키며 말했지요.
"시는 마음에서 우러나오는 법, 속일 수 없는 거지."

그러던 어느 날, 대군께서 비취 언니를 불렀답니다.
"너희 열 명이 한집에서 같이 지내다보니 공부에 전력하지 못하는 것

같다. 다섯 명을 나누어 서궁西宮에 거처하도록 하라!"

이리하여 저와 자란, 은섬, 옥녀, 비취 언니는 그날로 서궁으로 옮기게 되었답니다. 서궁을 두고 옥녀 언니는 "그윽한 꽃과 가느다란 풀도 있고 흐르는 물과 향기로운 숲도 있으니, 산속 별장과 진배없구나. 정말이지 독서당讀書堂이라 하겠는걸"이라고 했지요. 저는 이렇게 답했답니다.

"궁궐 지키는 말단 관리도 아니고 그렇다고 비구니도 아닌데 이 깊은 궁궐 안에 갇혔으니, 이야말로 장신궁長信宮이라 하겠네요."

언니들은 이 말에 탄식하며 슬퍼했답니다. 그뒤 편지 한 통으로 진사님께 제 마음을 전하고 싶어 지극정성으로 무녀를 따르며 간절하게 요청했답니다. 하지만 그녀는 끝내 궁으로 들어오려 하지 않았지요. 아마도 진사님이 자기에게 마음을 주지 않아 섭섭함이 남았나봅니다.

그런 어느 날 밤, 자란 언니가 저에게 이런 은밀한 제안을 했답니다.

"궁궐 안에서 우리가 매년 중추절이면 탕춘대蕩春臺 아래 시냇가에 가서 빨래를 했잖니. 그때는 술잔을 벌이고서 놀다가 끝내잖아. 금년에는 이 행사를 소격서동昭格署洞에서 치르면 오가는 중에 무녀를 찾아볼 수 있을 거야. 이게 제일 좋은 방법 같아."

저는 그렇다고 생각하여 중추절이 오기를 애타게 기다렸지요. 그 하루 보내기가 삼 년 같았답니다. 비취 언니도 이 말을 넌지시 듣고는 모르는 척 저에게 말하더군요.

"운영이 네가 처음 궁궐에 들어왔을 땐 얼굴이 배꽃 같아 분을 바르지 않아도 타고난 자태가 예뻤지. 그래서 궁궐 사람들이 너를 괵국부인虢國夫人이라 불렀고. 한데 요사이 얼굴은 예전 같지 않고 점점 옛 모습을 잃어가니 대체 뭔 까닭이래?"

저는 이렇게 답했답니다.

"타고난 바탕이 허약하다보니 무더운 시기가 될 때면 으레 더위를 먹어 앓곤 해요. 오동나뭇잎이 떨어지고 수놓은 휘장에 서늘한 기운이 들면 차차 나아질 거예요."

그런 비취 언니가 시 한 수를 지어 장난삼아 주었는데, 놀리는 취지가 다분하더군요. 그러나 내용이 절묘하여 그 재주에 감탄하면서도 희롱당한 게 부끄러웠지요.

이러구러 두세 달이 지나자 계절은 청량한 가을이 되었답니다. 저녁이면 서늘한 바람이 불어오고 실국화는 노란 꽃을 피웠지요. 풀벌레 소리 잠잠해질 때쯤 하얀 달빛은 은은했고요. 저는 속으로 기뻤으나 말하는 중에는 이를 드러내지 않았답니다. 그런데 은섬 언니가 이러더군요.

"편지 쓰기에 좋은 때는 바로 오늘 같은 밤일 테니 인간 세상의 즐거움이 어찌 천상과 다를까?"

저는 서궁 언니들에게는 이미 숨길 수 없는 일이라는 걸 알고 이실직고했지요.

"남궁 언니들은 모르게 해줬으면 좋겠어요."

때는 기러기가 남쪽으로 날아가고 이슬이 방울져 맑은 시내에서 빨래하기 정말 좋은 시절이 되었지요. 여러 언니와 확실한 날짜를 잡으려고 했지만 의견이 엇갈려 빨래터를 잡지 못했답니다. 남궁 사람들이 "하얀 돌이 널린 맑은 시내로는 탕춘대 아래만한 곳이 없지!"라고 하면 서궁 언니들은 "소격서동의 시내도 성문 밖 못잖으니 하필 가까운 데를 두고 멀리서 찾겠는가?"라며 응수했지요. 남궁 사람들이 고집을 부려 이를 받아들이지 않는 바람에 결정하지 못하고 헤어졌답니다. 그날 밤 자란 언니가 말하더군요.

"남궁의 다섯 사람 중에 소옥 언니가 논의를 주도하니, 용한 계책을 써서 그 마음을 돌려볼게."

이에 옥등을 앞세워 남궁으로 찾아갔답니다. 금련 언니가 반기며 맞이하더군요.

"한번 서쪽과 남쪽으로 갈리고 나선 저 진秦 땅과 초楚 땅처럼 막혔네. 오늘밤 뜻밖에 고운 발걸음으로 왕림해주셨으니 살뜰한 후의가 이렇게 고마울 때가."

소옥 언니는 시큰둥하며 이러더군요.

"무얼 고맙다고! 바로 유세객인걸."

자란 언니는 옷매무새를 바로 하고는 정색을 했지요.

"'남의 마음을 내가 잘 헤아린다'거늘 바로 언니를 두고 한 말인가봐요."

"가는 걸 서궁 사람들이 소격서동으로 정하고자 했으나 내가 끝까지 고집을 부려 자네가 이 밤중에 찾아온 게 아닌가. 그러니 유세객이라고 하는 게 마땅하지 않은가?"

"서궁 다섯 사람 중에 나만 성안으로 가자는 거예요."

"자네만 성안을 고집하는 건 무슨 뜻이 있어서인가?"

"내가 들으니 소격서동은 하늘 별자리에 제사하는 곳으로, 마을 이름이 '삼청三淸'이라 하네요. 우리 열 명은 필시 삼청궁의 선녀로 『황정경黃庭經』을 잘못 읽어 인간 세상에 귀양 내려온 몸이 아니겠어요. 이렇게 티끌세상에 있고 보니, 산야의 마을이나 농가나 어물전 그 어디인들 안 되겠어요. 하지만 조롱 속의 새인 양 깊은 궁궐에 꽉 갇혀 꾀꼬리 울음소리만 들어도 탄식을 하고 푸른 버들을 대해도 흐느끼는 신세가 되고 말았네요. 제비도 쌍으로 날고 깃든 새는 암수가 함께 자며, 풀도 합환초合歡草가 있고 나무도 연리지連理枝가 있다지요. 저 지각없는 초목이나 미천한 금수도 음과 양으로 태어나 기쁨을 나누지 않나요. 우리만 무슨 죄를 지었다고 이 적막한 궁궐에 일신이 가없이 갇혀 봄꽃이 피고 가을달이 뜰 때도 등불에 기대어 혼을 삭여야 한단 말이에요. 헛되이 청춘의 때를 버려 부질없이 황천의 한만 남겨야 한단 말이에요? 박명한 운명이 어찌 이다지도 심한 거죠? 우리 인생 한 번 늙으면 다시 젊어질 수 없어요.

언니 다시 한번 생각해봐요. 어찌 슬프지 않나요? 이제 맑은 시내에서 먹을 감아 몸을 깨끗이 한 다음 태을^{太乙} 사당에 들어가 머리 숙여 백배를 올리고 두 손 모아 기도하려 해요. 성령의 은밀한 보살핌을 입어 다음 세상에서는 이런 고통에서 벗어나기를 바랄 뿐 어찌 다른 뜻이 있겠어요? 우리 궁 사람들은 정으로는 형제와 같잖아요. 이런 일 하나로 당연히 의심하지 말아야 하는 데서 의심을 하니, 이는 내가 실정 없는 말을 하여 신뢰를 받지 못한 탓이에요."

소옥 언니가 일어나서는 미안해했습니다.

"내가 사리에 밝지 못해 자네에게 많이 못 미쳤네. 애초 내가 자리를 성안에 잡는 걸 거부한 이유는 성안에 평소 무뢰하고 거친 무리가 많아 혹시라도 포악한 욕을 당할까 염려해서였다네. 그래서 의심도 했던 거고. 지금 자네가 나를 멀리하지 않고 다시 살갑게 설득해주니 이제부턴 한낮에 하늘에 오르겠다고 해도 흔쾌히 따를 터요, 맨몸으로 강을 건너고 바다에 뛰어드는 일이라도 따르겠네. 이른바 남의 힘으로 이룬 일이라 하더라도 성공한 것은 매한가지일 게야."

그러자 부용 언니가 나서더군요.

"으레 일이란 마음으로 정하는 게 최상이요, 말로 정하는 건 말단이지. 두 사람이 옥신각신하여 종일토록 결정나지 않으니 일이 순조롭지 못하네. 한 집안의 일을 주군께선 알지 못하고 우리만 은밀하게 의논하는 건 불충한 짓이야. 하루 내내 언쟁한 일을 한밤이 되기도 전에 꺾어버린다면 사람들이 믿지도 않을걸. 게다가 맑은 가을 깨끗한 시내를 찾으려면 어디든 없겠는가. 성안의 제사지내는 곳으로 꼭 가겠다니 이는 올바르지 않은 일 같아. 비해당 앞이 물도 맑고 바위도 깨끗해서 매년 거기서 빨래를 해왔는데, 지금 굳이 바꾸려는 것도 마땅치 않고. 이 일 하나로 이 다섯 가지를 잃는 게 아니겠어. 난 이 결정에 따르지 않을 테야."

보련이도 끼어들었지요.

"말이란 자신을 드러내는 도구이니 삼가고 삼가지 않음에 따라 복과 재앙이 따르는 법이에요. 이 때문에 군자는 말을 신중하게 하여 입단속을 병마개처럼 했지요. 한漢나라의 병길丙吉과 장상여張相如는 하루종일 말을 하지 않아도 이루어지지 않은 일이 없었으며, 어떤 구실아치가 청산유수로 말을 잘하자 장석지張釋之가 임금께 간하여 물리친 일도 있잖아요. 제가 보니 자란 언니는 뭔가 숨긴 채 말하지 않고, 소옥 언니의 대답은 억지로 따르는 것 같아요. 부용 언니의 말도 잘 꾸미는 데 급급하니 다 제 뜻엔 맞지 않아요. 이번 빨래하러 가는 행사엔 참여하지 않을래요."

급기야 금련 언니가 "오늘밤 논쟁이 아무래도 하나로 모이지 않을 것 같네. 내가 정성껏 점이라도 쳐봐야지"라면서, 『주역』을 펼쳐놓고 점을 치고는 괘 하나를 얻더니 이렇게 풀이하더군요.

"내일 운영이가 필시 장부를 만날 괘야. 운영이의 용모와 행동거지가 인간 세상에 있는 사람 같지 않아 주군께서 마음을 뺏긴 지 오래되었잖아. 그럼에도 얘가 죽음을 마다않고 거절한 이유는 다른 게 아니라 부인마님의 은정을 차마 저버릴 수 없어서였지. 주군께선 서릿발 같은 영을 내리셨지만 운영이 몸을 상할까 걱정하여 가까이할 엄두도 못 냈고. 지금 이 고요한 곳을 버리고 저 번화한 데로 가려 하다니. 그곳의 협기 있는 젊은이들이 운영이의 예쁜 자태를 보면 필시 넋이 나가고 미칠 지경이 될걸. 비록 접근해서 치근대지는 못하겠지만 손가락질을 하거나 눈길을 보낼 텐데, 이 또한 욕을 보는 거야. 전에 주군께서 명을 내리기를 '궁녀가 궁궐 문을 나가 궁궐 밖 사람이 이름이라도 알게 되는 날이면 그 죄 죽음이 있을 뿐이다'라고 하셨잖아. 그러니 이번 일에 난 참여하지 않을 테야."

자란 언니는 일이 성사되지 않을 줄 알고 망연자실하여 자리를 뜨려고 했답니다. 그때 비경 언니가 울면서 자란 언니의 허리춤을 붙잡고 애써 가지 말라고 말리더군요. 그러면서 앵무 술잔에 운유주雲乳酒를 따라 권하는 바람에 다들 마시게 되었답니다. 다시 금련 언니가 말을 꺼냈지요.

"오늘밤 모임은 조용조용 처리해야 하거늘, 비경 언니가 저렇게 우니 정말 걱정이야."

비경 언니가 호응했지요.

"내 처음 남궁에 있었을 때 운영이와 아주 친하게 지내 생사와 영욕을 함께하기로 다짐했었네. 지금 이렇게 떨어져 지낸다고 어찌 그걸 잊었겠나? 전날 주군 앞에서 문안을 올릴 적에 운영이를 존당 앞에서 봤는데, 가녀린 허리는 비쩍 말랐고 얼굴빛이 초췌한데다 목소리는 기어들어가 말이 나오지 못할 지경이더군. 인사를 할 즈음에는 힘이 없어 땅에 쓰러져버렸고, 내가 부축해 일으켜 세우고 좋은 말로 달랬더니 이리 말을 하더군. '운이 안 좋아 병이 들었으니 언제 죽을지 모르겠어요. 저 같은 미천한 목숨이야 죽어도 아까울 게 없어요. 다른 아홉 언니의 글 짓는 재주는 날로 발전하고 있으니 훗날 좋은 시편들로 세상을 놀래키겠지요. 필시 그걸 못 볼 거 같아 이 슬픔을 견디지 못하겠어요.' 그 말이 어찌나 서글프고 안타깝던지 눈물이 나지 뭔가. 지금 생각해보니, 그 병이 그리움 때문이었군. 아! 자란이는 운영의 진정한 벗이야. 자칫 죽게 될 사람을 하늘에 제사지내는 제단에 두려 하다니 이 어찌 난감한 일이 아닌가? 하나 지금의 계획이 이루어지지 않으면 운영이는 죽어도 황천에서 눈을 감지 못할 게야. 그 원망이 남궁 사람들에게 돌아갈 건 빤하지 않은가? 『서경』에도 '좋은 일을 하면 수많은 복이 내리고, 나쁜 일을 하면 숱한 재앙이 내린다'고 했지. 하니 지금의 논의가 좋은가, 좋지 않은가? 소옥 언니가 이미 그러기로 했고 세 사람의 의견도 이를 따르자고 하지 않는가. 어떻게 중간에 그만두겠어? 설사 이 일이 누설된다고 해도 운영이만 그 죄를 받지 다른 사람들이야 무슨 연관이 있겠는가?"

그때 소옥 언니가 그러더군요.

"난 두말하지 않을 테야. 운영이를 위해서 죽을 각오니까."

자란 언니는 "따르겠다고 하는 사람이 반이고 따르지 않겠다는 사람도 반이니, 일이 성사되지 못한 거군"이라고 하면서, 일어나 가려다가 다시 앉아 저쪽 눈치를 살폈지요. 다들 이쪽 의견을 따르고 싶었으나 한입으로 두말하기가 부끄러워 머뭇거리더군요. 이에 자란 언니가 "세상일에는 정도와 권도가 있는데, 권도로 좋은 결과를 얻으면 이 또한 정도가 되는 법이우. 변통을 몰라 전에 했던 말만 고수해야겠소?"라고 권하자, 마침내 모두 동시에 그러자고 합의를 했지요.

"난 달변가가 아니고 운영이를 위한 정성에서 어쩔 수 없이 이러는 거예요."

자란 언니의 이 말에 비경 언니도 거들었지요.

"옛날 소진蘇秦은 여섯 나라의 연합 전선을 성공시켰는데, 지금 자란이는 우리 다섯 사람을 순순히 따르게 했으니 변사라 하겠는걸!"

자란 언니가 말했어요.

"소진은 여섯 나라 재상 자리의 인끈을 찼는데, 지금 나에겐 무슨 물건을 줄 테요?"

금련 언니가 맞받아쳤지요.

"연합 전선은 여섯 나라에 이익을 주었지만, 이번에 따라준 일은 우리 다섯 사람에게 뭔 이익이 있담?"

다들 쳐다보며 크게 웃었답니다. 자란 언니는, "남궁 사람들이 다 좋은 일을 하셔서 운영이가 끊어질 목숨을 다시 잇게 되었으니 어찌 절을 올려 사례하지 않을 수 있겠어요?"라고 하면서 일어나 두 번 절하자, 소옥 언니도 일어나 답배를 했답니다.

"오늘 이 일에 다섯 분이 다 따라주었네. 위로는 하늘이 있고 아래로는 땅이 있어 환한 불을 비추고 귀신이 강림했으니, 내일 딴마음이 생겨서야 되겠어?"

이에 자란 언니가 일어나 인사를 나누고 나가자 남궁 사람들도 모두 중문 밖에까지 나와 전송했답니다.

자란 언니는 서궁으로 돌아와 저에게 말해주었지요. 저는 벽에 기댄 채 일어나 재배하고 고마워했답니다.

"절 낳아준 분은 부모님이지만 절 살리신 분은 언니예요. 황천에 들어가기 전에 이 은혜는 꼭 갚을게요."

저는 앉은 채로 아침을 기다렸지요. 소옥 언니를 비롯한 남궁 언니들이 찾아와 안부를 묻기에 중당으로 자리를 옮겨 만났답니다. 소옥 언니가 제안을 하더군요.

"날이 맑고 물도 차가워졌으니 딱 빨래하기 좋은 때야. 오늘 소격서동에 자리를 만드는 게 어때?"

여덟 사람 모두 딴말하지 않았답니다. 저는 서궁으로 돌아오는 길에 흰 비단 적삼에다 가슴속에 꽉 찬 슬프고 애절함이 담긴 편지를 품고 자란 언니와 일부러 뒤처져서는 말고삐를 잡은 시종에게 일렀지요.

"동대문 밖의 무녀가 제일 영험하다더구나. 그 무당집에 가서 병을 진찰하고 올 참이다."

시종이 이 말대로 무녀의 집을 찾았답니다. 저는 무녀에게 공손한 어투로 애걸했지요.

"오늘 찾아온 이유는 다른 게 아니라 김진사님을 한 번만이라도 뵙고자 해서예요. 어서 심부름꾼을 시켜 통지해주면 죽을 때까지 이 은혜를 갚을게요."

무녀는 제 말대로 곧 진사님 집으로 사람을 보냈고, 진사님은 엎어질 듯 달려왔지요. 저희 두 사람은 마주보고서도 한마디 말도 못한 채 바라보며 눈물만 흘렸답니다. 제가 봉한 편지를 드리면서 당부했지요.

"밤을 틈타 다시 돌아올 테니 낭군님은 여기서 기다리고 계세요."

그러고는 곧장 말을 타고 자리를 떴답니다. 진사님은 편지를 뜯어서 보았지요.

지난번 무산의 신녀가 편지 한 통을 전해주었답니다. 당신의 낭랑한 목소리와 간절한 마음이 편지지 가득 묻어 있었지요. 받들어 세 번이나 읽고 나니 기쁨과 슬픔이 걷잡을 수 없이 교차하여 마음을 진정할 수 없었답니다. 당장 답장을 하고 싶었으나 인편도 없는데다 일이 탄로날까 두려웠지요. 목을 빼고 애타게 바라지만 날고자 해도 날개가 없는지라 애간장을 태우고 넋이 나간 채 다만 죽을 날을 기다릴 뿐이었지요. 죽기 전에 이 편지를 통해서라도 평생의 회한을 다 펴고자 하니 낭군님은 살펴주세요. 저는 고향이 남쪽이랍니다. 부모님은 자식 중에 저를 가장 아끼시어 나가 놀거나 소꿉장난을 쳐도 맘대로 하게 하셨지요. 뒷동산이나 물가, 매화나무나 대나무, 귤나무와 유자나무 그늘에서 날마다 즐겁게 뛰노는 게 일이었어요. 아침저녁 가릴 것 없이 이끼 낀 서덜에서 낚시질하는 무리나 꼴 베고 피리 부는 목동들이 눈에 선하네요. 나머지 산과 들의 경치와 농가의 흥취 따위는 일일이 들기 어려울 정도예요. 부모님께서는 진작 『삼강행실도』나 『칠언당음七言唐音』을 가르치셨지요. 그러다가 열세 살 때 주군의 부름을 받아 부모 형제와 먼 이별을 하고 궁궐로 들어오게 되었답니다. 하나 돌아가고픈 마음이 사라지지 않아 날마다 헝클어진 머리와 때 낀 얼굴에 남루한 옷을 입고 부러 남에게 더럽게 보이고자 했지요. 그렇게 궁궐 뜰에 엎드려 울곤 했는데, 궁궐 사람들은 '한 떨기 연꽃이 저절로 뜰에서 피었네'라고 하지 뭡니까. 부인 마님께서는 저를 자기 소생과 다를 바 없이 아끼셨고, 주군께서도 절 범상한 시녀로 대하지 않으셨지요. 궁궐 안 다른 언니들도 자매인 양 가까이하고 아껴주었지요. 이때부터 학문을 익혀 인간사의 의리를 어느 정도 알게 되었고, 음악에도 퍽 이해가 생겼답니다. 궁녀 언니들도 저의 능력에 탄복하지 않은 적이 없었지요. 서궁으로 옮긴 뒤로는 거문고와 서책에 전심하여 이쪽에 조예가 더욱 깊어져 빈객들이 지은 시는 눈에 하나도 차지 않았답니다. 그야말로 인재를 얻기 어렵다는 말이 어울릴 정도였지요! 다만 남자로 태어나 세상에 이름을 날리지 못한 신세인지라 속절없이 홍안박명의 신세로 한번 깊은 궁궐에 갇힌 뒤로는 끝내 시들어갈 뿐인 현실을 원망하게 되었으니 어찌 슬프지 않겠어요? 한 번 죽고 나면 누가 이 삶을 다시 알아줄지요? 이 때문에 원한이 속에 맺히고 원망이 가슴에 꽉 찼답니다. 매번 자수를 놓다가도 그만두고 등불에 기대거나 비단을 짜다가도 북을 던져버리고 베틀을 내려놓는가 하면, 비단 휘장을 찢고 옥비녀를 부러뜨리기도 했답니다. 잠시 취흥이 오르면 신발을 벗고 산보를 하다가 괜히 섬돌의 꽃을 따고 뜰의 풀을 뽑으며 멍한 듯 미친듯 마음을 걷잡을 수 없었지요. 그러다 작년 가을, 달밤에 낭군님의 모습과 거동을 한번 뵙게 되었지요. '천상의 신선이 죄를 지어 인간 세상에 내려온 줄 알았어요.' 저의 외모는 다른 아홉 궁녀에 비해 가장 못났는데도 무슨 전생의 인연이 있었던가요? 일필휘지하던 붓의 먹물 한 방울이 마침내 가슴속 맺힌 원한의 빌미가 될 줄 어찌 알았겠어요? 발 사이로 바라보면서 아내로서 남편을 받드는 인연일까 싶었고, 꿈속에서 뵈면 잊을 수 없는 은정이 이어지는가 싶었답니다. 비록 비단 이불 속에서의 기쁨은 한 번도 없었지만 옥 같은 낭군님의 모습은 제 눈 속에 아련하답니다. 배꽃 필 적 두견새 우는 소리나 오동나무에 밤비 내리는 소리는 애처로워 차마 들을 수 없었고, 뜰 앞의 작은 풀이 돋아나고 하늘가 외로운 구름이 떠가는 것도 헛헛한 게 차마 볼 수 없었답니다. 어쩔 때는 병풍에 의지하여 앉거나 난간에 기대서서 가슴을 치고 발을 동동 구르며 홀로 저 하늘에 호소하곤 했지요. 이런 저를 낭군께서도 마음에 두었나요? 다만 한스러운 건 낭군님을 뵙기 전에 먼저 갑자기 세상을 뜨는 것이지요. 그리되면 땅이 다하고 하늘이 없어지더라도 이 마음 사라지지 않을 것이고, 바닷물이 마르고 바위가 가루로 변하더라도 이 원한을 삭이지 못할 거예요. 오늘 빨래하러 가는 일정 때문에 두 궁의 궁녀들이 모두 모인 터라 여기에 오래 머물 수 없는 처지랍니다. 눈물은 먹물과 섞이고 혼은 비단 적삼 한 올 한 올에 맺히네요. 엎드려 바라건대 낭군께서는 한번 읽어주시기 바랍니다. 덧붙여 제 졸렬한 시구로 앞 편지 글에 삼가 답을 합니다. 아름답지는 못한 시이지만 애오라지 오래도록 사이좋은 인연의 뜻을 붙여두고자 합니다. 하나는 가을을 아파한다는 내용의 부賦이고, 또하나는 서로 그리워한다는 내용의 시랍니다.

그날 저녁이 되자 자란 언니와 저는 다시 먼저 나와 동대문 밖으로 향했지요. 소옥 언니가 씩 웃으며 절구 한 수를 지어주었는데, 거기에는 저를 놀리는 뜻이 담겨 있었답니다. 저는 속으로 부끄러워 얼굴이 붉어졌으나 꾹 참고 받았지요.

> 태을사 앞 한줄기 시내 돌아 흐르고
> 제천단 구름 끝엔 궁궐 문이 열려 있네.
> 가는 허리는 세찬 바람에 견디지 못하여
> 잠시 숲에 피했다가 저물녘에 돌아오네.

비경 언니도 곧장 이 시에 차운을 하고 금련, 부용 언니와 보련이도 이어서 차운을 했는데, 다 저를 놀리는 내용이었지요.

전 말을 타고 먼저 떠나 무녀의 집에 도착했지요. 한데 무녀는 단단히 화난 기색으로 벽을 보고 앉아 돌아보지도 않았답니다. 진사님은 비단 적삼에 쓴 편지를 품에 안고서 하루종일 눈물을 삼켰는지 실성한 사람처럼 넋을 잃고 있었지요. 그때까지 제가 온 줄도 모르셨고요. 저는 왼

손에 차고 있던 운남산雲南産 옥빛 금가락지를 빼서 진사님의 품속에 넣어주면서 말했지요.

"낭군께서 소첩을 하찮은 존재로 여기지 않으시고 천금의 옥체를 낮춰 누추한 이곳에 와서 기다려주셨군요. 소첩이 명석하지는 못하나 목석은 아니니 죽는 한이 있더라도 허락하지 않을 수 있겠어요? 이게 만약 식언이라면 여기 이 금가락지가 있답니다."

저의 일정이나 상황이 급했기에 바로 일어나 작별해야 했습니다. 눈물이 비 오듯 쏟아졌지요. 진사님께 귓속말로 이런 부탁을 했답니다.

"소첩은 서궁에 머물고 있으니 낭군께서 밤을 틈타 서편 담장을 넘어 들어오세요. 그리하면 삼생三生에 다 이루지 못한 인연을 이룰 테니까요."

말을 마치고는 옷매무새를 바로 하고 나와 먼저 궁문으로 들어갔답니다. 나머지 여덟 사람도 뒤따라왔지요. 밤이 이경쯤 되었을 때, 소옥과 비경 언니가 촛불을 밝히고서 서궁으로 찾아왔더군요.

"낮에 준 시는 아무 생각 없이 나온 터라 장난치고 놀리는 투가 없지 않았네. 이 때문에 깊은 밤도 마다하지 않고 이렇게 직접 찾아와 속죄하네."

자란 언니가 대신 응했지요.

"시를 준 다섯 사람이 모두 남궁 분이네요. 한번 궁이 나뉜 뒤로 우리의 행동과 자취가 당나라 때의 우승유牛僧孺와 이덕유李德裕가 붕당한 것과 흡사하네요. 그렇지 않나요? 하나 여자의 마음은 한가지잖아요. 대군의 궁에 오래도록 갇혀 지내다보니 가엾이 제 그림자만 보고 슬퍼하고 있잖아요. 마주 대하는 것은 등불뿐이고, 할 수 있는 것도 거문고에 노래뿐이네요. 꽃들도 망울을 머금은 채 미소 짓고, 쌍쌍의 제비도 엇갈려 날며 장난치며 놀거늘, 박명한 우리는 함께 깊은 궁궐에 매인 신세네요. 이런 것들을 보며 봄을 느낄 때면 이 감정이 어떠한지? 구름 낀 아침 누대의 신녀는 초왕楚王의 꿈속에 자주 나타나고, 왕모王母는 요대瑤臺의 잔치에 몇 번이나 참석했다지요. 여자의 마음은 같고 다름이 없을 터인데, 남궁 사람들은 왜 유독 정절을 고수하느라 항아처럼 불사약을 훔쳐 후회하듯 하지 않나요?"

비경과 소옥 언니는 주체하지 못하고 눈물을 흘리더군요.

"한 사람의 마음도 곧 천하 사람들의 마음인 것을. 지금 자네의 귀한 가르침을 듣고 보니 서글픈 마음이 절로 이는구려."

그러고는 일어나 인사를 나누고 떠났지요. 저는 자란 언니에게 "오늘 밤 제가 진사님과 만나기로 굳은 언약을 했어요. 오늘 못 오시더라도 내일은 기필코 담장을 넘어오실 거예요. 오시면 어떻게 대접하지요?"라고 묻자, "겹겹이 수놓은 휘장이고 휘황찬란한 비단 자리에 술은 강물만큼 고기는 언덕만큼 있지 않니. 혹여나 오지 못할까 걱정이지 온다면야 대접은 뭐가 어렵겠어?"라고 하더군요. 그런데 진사님은 그날 밤에 과연 오시지 않았답니다.

한편 진사님은 몰래 넘어갈 곳을 엿보았으나 담장이 높고 험해 몸에 날개가 돋지 않고서는 넘을 수가 없었지요. 집으로 돌아간 진사님은 멍하니 아무 말도 않은 채 수심에 젖어 계셨지요. 진사님의 하인 특特은 평소 술수가 많기로 소문난 놈이었답니다. 그자가 진사님의 표정을 보고는 다가와 꿇어앉더니, "진사 나리께선 분명 오래 살지 못하실 듯하옵니다!"라고 하면서 뜰에 엎드려 통곡을 하더랍니다. 진사님도 무릎을 굽혀 그의 손을 잡고는 맘속 이야기를 다 터놓았지요. 그러자 특은 "왜 진작 말씀해주지 않으셨나이까? 쇤네가 꾸려보겠나이다"라고는 당장 사다리를 만들었답니다. 그 사다리는 아주 가볍고 날렵하며 늘이거나 접을 수도 있었지요. 접으면 접은 병풍처럼 되고, 늘이면 대여섯 길은 되었지요. 손으로 들고 다닐 수도 있었고요. 특이 진사님께 이리 당부했지요.

"이 사다리를 가지고 가서 궐 담을 넘으시면 되옵니다. 안에서 다시 접었다가 펴시고, 나올 때도 똑같이 하십시오."

진사님께서 특더러 뜰에서 시연해보게 했더니 과연 그 말대로 됐답니다. 진사님은 너무 기뻐하며 그날 저녁 집을 나섰지요. 특이 다시 품속에서 개가죽 털로 만든 버선을 꺼내주었지요.

"이게 없으면 넘기 어려울 것입니다."

진사님이 그 버선을 신고 가니 나는 새처럼 발걸음이 가벼워 땅에 디뎌도 소리가 나지 않았답니다. 특이 일러준 대로 바깥담과 안쪽 담을 넘어가 대숲에 숨어 있었지요. 달빛은 대낮 같았고 궐 안은 조용했답니다. 이윽고 누군가가 안에서 나와 산보하며 낮게 읊조렸지요. 진사님이 대숲을 헤집고 얼굴을 내밀고는 "여기 사람이 와 있소!"라고 하자 그이가 웃으며 대답했지요.

"낭군님 나오셔요, 나오셔!"

이 말에 진사님은 종종걸음으로 나와 읍하면서 빌었답니다.

"젊은 사내가 솟아나는 풍정을 이기지 못해 만 번 죽을 위험을 무릅쓰고 감히 여기까지 오게 되었소. 제발 낭자께선 가엾고 불쌍한 나를 어여삐 보아 살려주시구려."

자란 언니였지요.

"진사님 오시기를 바짝 마른 가뭄에 구름과 무지개를 바라듯 애타게 기다렸답니다. 이제 다행히 뵙게 되었으니 저희가 살 것 같네요. 진사님께서는 의심치 마소서."

곧바로 자란 언니가 진사님을 모시고 들어왔지요. 진사님은 층층 계단을 거쳐 굽은 난간을 돌아 몸을 수그린 채 따라오더군요. 저는 비단 창문을 열고 옥등을 밝히고 앉아 동물 형상의 황금 향로에 울금향鬱金香을 피우고 유리 서안에 『태평광기太平廣記』 한 권을 펼쳐두고 기다렸지요. 진사님이 오신 것을 보고는 일어나 절을 올렸답니다. 낭군께서도 답배를 하고는 주인과 손님의 예로 나누어 앉았지요. 자란 언니에게 부탁하여 진수성찬에 자하주를 따라 마셨답니다. 두어 순배 돌자 진사님은 취한 척했지요.

"이 밤을 어찌한다?"

자란 언니는 그 뜻을 알아차려 휘장을 내리고 문을 닫고는 나갔지요. 저는 등불을 끄고 함께 잠자리에 들었답니다. 그 기쁨이야 알 만하겠지요. 깊은 밤을 지나 새벽이 가까워오자 닭들이 울어대 진사님은 급히 일어나 떠났답니다. 이때부터 저물녘에 들어와 새벽에 나가기를 한 밤도 빠뜨리지 않았답니다. 서로의 정은 깊어지고 뜻은 도타워져 그만둬야 한다는 걸 잊고 말았지요. 담장 안에 쌓인 눈 위로 발자국이 선명하여 궁녀들은 진사님의 출입을 다 알았기에 모두 위험하다고들 했지요.

죽음으로 맞서다

그러던 어느 날, 진사님은 홀연 좋은 일은 결국 화를 만드는 빌미가 될 거라는 생각이 들어 속으로 몹시 두려워하게 되었답니다. 종일토록 실의에 빠져 웃음을 잃고 말았지요. 그런데다 밖에서 돌아온 특이 이때부터 따지기 시작했지요.

"쉰네의 공이 아주 큰데도 아직껏 상을 주겠다는 말이 없으니 되겠어요?"

"내 명심하여 잊지 않고 있느니라. 조만간 큰 상을 내리마."

"지금 나리의 안색을 뵈니 무슨 걱정이 있는가봅니다. 무슨 일입니까?"

"운영이를 보지 못하면 병이 골수에 들겠고, 계속 만나면 그 죄를 가늠할 수가 없구나. 그러니 왜 걱정이 안 되겠느냐?"

"그러시다면 몰래 업고 도망을 치지 않고요?"

이 말에 진사님은 그렇겠다 싶어, 그날 밤 특이 알려준 계획을 저에게 물어왔지요.

"특이 이놈이 종이기는 하나 당최 슬기롭고 술수가 좋지. 이번 계획도 이놈이 알려주었으니 자네의 뜻은 어떠한가?"

저도 좋다고 했지요.

"부모님 재산이 아주 많아 제가 올라올 때 옷가지와 재물을 많이 싣고 왔어요. 게다가 주군께서 하사한 것도 상당하답니다. 이 물건들을 내버려두고 갈 수는 없어요. 하지만 지금 이것들을 실어나르려면 말이 열 필이라도 다 실어내지 못할 것 같아요."

진사님이 댁으로 돌아가 특에게 이 말을 전하자 그자가 뛸듯이 기뻐하더랍니다.

"그게 뭐 어렵겠어요?"

"그렇다면 어떻게 실어낸다지?"

"힘깨나 쓰는 쇤네 친구가 스무 명이나 있사온데, 이들은 남의 것을 빼앗고 겁박을 일삼아도 나라에서는 감당을 못한답니다. 얘들이 쇤네와 단단히 결탁해 있으니 영만 내리면 따를 것입니다. 이들더러 운반하라 하면 태산도 옮길 수 있고, 이들더러 나리를 호위하라 하면 만 명도 대적하지 못할 것입니다. 그러니 아무 의심 걱정 마십시오."

진사님이 돌아와 저에게 이 사실을 알려주었고 저도 그렇게 하기로 했답니다. 밤마다 재물을 정리하여 이레 되는 날 밤에 다 밖으로 실어냈지요. 그때 특이 제안을 했답니다.

"이런 귀한 보물을 본댁에 쌓아두면 큰 나리께서 필시 의심할 것이고, 쇤네 집에 쌓아둬도 이웃 사람들이 의심할 겁니다. 어쩔 수 없이 산속에 구덩이를 파서 깊이 묻어두고 단단히 지키는 것이 좋을까 싶은데요."

"그러다가 혹시 잃어버리기라도 하면 나와 너는 도적이라는 오명을 면치 못할 게야. 하니 너는 조심조심 잘 지켜야 한다."

"소인의 계획이 이처럼 치밀하고 친구들도 이렇게 많으니 세상에 어려울 게 뭐가 있겠어요. 뭘 두려워하세요? 더구나 쇤네가 장검을 들고 밤낮으로 그 곁을 떠나지 않을 겁니다. 제 눈을 도려내더라도 누가 이 보물은 탈취할 수 없고, 제 다리가 잘릴지언정 가져갈 수 없게 할 테니 염려 놓으세요.”

이놈은 이 귀한 보물들을 차지한 뒤 저와 진사님을 산골짜기로 끌어들여 진사님을 죽이고 저와 재물을 차지할 심산이었던 거였지요. 하지만 진사님은 물정에 어두운 선비라서 이 사실을 모르셨답니다.

하루는 대군께서 전에 지은 비해당에 좋은 작품을 현판으로 걸려고 했답니다. 그런데 여러 문객의 시가 다 마뜩잖았던 대군께서 진사님을 억지로 오라 하고 연회를 연 다음 간곡하게 부탁했답니다. 진사님이 일필휘지로 시를 완성하니 점 하나 덧붙일 게 없었지요. 산수의 경치나 집채의 모습이 그 안에 다 살아났으니, 비바람이 놀라고 귀신마저 울릴 만했지요. 대군께서는 구구절절 입이 닳도록 칭찬하고 감탄하셨답니다.

“오늘 뜻밖에 왕자안王子安을 다시 보게 되었구려!”

읊기를 마다하지 않으셨지요. 다만 한 구에 ‘담장 넘어 몰래 풍류곡을 훔치네’라는 표현이 나오자 읊조리기를 멈추고 의심하는 듯했답니다. 진사님은 일어나 물러나며 절을 올렸지요.

“소인이 술에 취해 정신을 차릴 수가 없사옵니다. 퇴청하고자 하나이다.”

대군께서는 어린 종에게 떠나는 진사님을 부축해주도록 명했답니다. 다음날 밤 진사님이 들어와 저에게 말하셨지요.

“도망가야겠어! 어제 지은 시가 대군께 의심을 샀다네. 오늘밤 도망치지 않으면 화를 면치 못할까 두렵네.”

제가 다른 걸 물었지요.

“어젯밤 꿈에 한 사람이 나타났는데 흉악하게 생겼데요. 자신을 무특선우冒頓單于라고 하면서, ‘진작 묵은 약속이 있어서 내 장성長城 아래에서 기다린 지 오래다'라고 했어요. 깨고서 놀라 자리에서 일어났어요. 꿈의 조짐이 불길한 게 너무도 괴상망측했어요. 낭군님도 이런 생각을 하셨어요?"

"꿈속의 일은 부질없는 거라 뭐 믿을 게 있겠소?"

"'장성'이라 함은 궁궐 담일 터이고, '무특'이라 함은 특을 말하는 거예요. 낭군님은 저 종놈의 속마음을 잘 알고 있나요?"

"저놈이 평소 거칠고 사납기는 하지만 나에게는 아주 충직하다네. 지금 자네와 좋은 인연을 맺을 수 있었던 것도 다 그놈 꾀였지 않은가. 처음에 충직하다가 끝에 가서 흉악해지려고?"

"낭군님 말씀이 이처럼 간절하고 애틋하니 어찌 감히 거절하겠어요? 다만 자란 언니와의 정은 자매와 같으니 알리지 않을 도리가 없어요."

이리하여 바로 자란 언니를 불러 우리 세 사람은 둘러앉았지요. 제가 진사님의 계획을 꺼냈더니 자란 언니는 깜짝 놀라 손사래를 치며 나무랐답니다.

"즐기는 날이 길어지면 금세 화를 입고 망가지지 않을 수 없는 법이야! 한두 달 사귀었으면 그것으로 됐지 담장을 넘어 도망치려 하다니, 이게 어찌 사람으로서 차마 할 일이겠어? 주군께서 자네에게 마음을 둔지 오래되었으니 도망갈 수 없는 게 하나요, 부인 마님께서 자네를 얼마나 아끼고 돌봐주었나? 도망갈 수 없는 둘째 이유야. 또 그 화가 부모님께 미칠 터 도망갈 수 없는 셋째 이유며, 그 죄가 서궁 사람들에까지 미칠 테니 도망갈 수 없는 넷째 이유라네. 더구나 천지는 한 그물과 같아 하늘로 오르고 땅으로 들어가려 한들 어디로 도망을 치겠는가? 혹여 붙잡히기라도 한다면 그 화가 자네 한 사람에만 그칠까? 꿈의 징조가 불길한 건 말할 필요도 없거니와 설혹 길하더라도 자네가 마냥 갈 수 있겠는가? 마음을 굽히고 뜻을 꺾어 조용한 곳에서 편안히 앉아 하늘에 맡기는 것만이 최선일 게야. 자네가 나이가 들고 외모가 전만 못해지면 주군의 은총도 점차 무뎌질 테지. 그런 상황을 살펴서 병이랍시고 오래 누워 지내다보면 필시 고향으로 돌아가라는 허락이 떨어질 걸세. 그때 여기 낭군님이랑 손잡고 함께 돌아가 해로한다면 이런 즐거움이 어디 있겠는가? 지금 이런 건 생각지 않고 감히 패륜할 요량을 키우다니. 자네는 사람은 속일지언정 하늘을 속일 수 있다고 보는가?"

진사님은 도망치는 일이 성사될 수 없음을 알고 한숨을 푹푹 쉬더니 울먹이며 나갔답니다.

그러던 어느 날, 대군께서 서궁의 난간에 앉아 왜철쭉이 만개한 모습을 보시고 서궁의 궁녀들에게 각각 오언절구를 지어 올리라고 하셨지요. 지은 시를 본 대군께서는 크게 칭찬하셨답니다.

"너희의 글이 날로 좋아지니 몹시 가상히 여기노라. 다만 운영이의 시는 누군가를 생각하는 뜻이 있는 게 분명하구나. 전에 이내를 두고 지은 시에 이런 뜻이 슬쩍 보이더니 지금도 그렇군. 네가 따르려는 사내가 누구더냐? 김진사가 지은 상량문上樑文에도 시어가 이상하다 싶은 게 있었다. 네가 혹시 김생을 마음에 두고 있는 게 아니더냐?"

저는 당장 뜰로 내려가 머리를 조아리며 눈물을 흘렸답니다.

"주군께서 저번에 의심하셨을 때 스스로 목숨을 끊으려 했나이다. 하지만 아직 스무 살도 안 된데다 부모님을 다시 뵙지 못하고 죽으면, 소첩의 마음 너무도 원통하옵기로 구차히 살아 지금까지 왔나이다. 이제 다시 의심을 받았으니 한 번 죽는 걸 뭐라고 아끼겠나이까? 천지의 귀신이 밝고 삼엄하게 늘어서 있나이다. 저희 다섯 사람은 한시도 떨어져 있지 않았지만 추한 이름은 다 소첩 혼자만 입었사옵니다. 살아도 죽은 것만 못하니 소첩은 이제 죽어야 할 이유를 얻었나이다."

그 즉시 비단 수건을 난간에 매달아 목을 맸답니다. 이때 자란 언니가 나섰지요.

"주군께서 이처럼 영명하시거늘 죄 없는 시녀더러 알아서 죽는 곳을 찾게 하시다니요. 지금부터 소첩들은 맹세코 붓을 잡고 시구를 짓지 않겠나이다."

대군께선 크게 노하셨으나 속으로는 제가 죽는 걸 원치 않았기에 자란 언니더러 구해주게 했답니다. 그래서 죽지 않았지요. 대군께서는 흰 명주 다섯 단을 꺼내 다섯 사람에게 나눠주셨지요.

"지은 시가 너무 아름다워 상으로 주는 것이니라!"

이때부터 진사님은 더이상 궐 출입을 못하게 되어 문을 닫고 몸져누웠답니다. 흘린 눈물이 이부자리를 적셨고 목숨이 한 가닥 실과 같아졌지요. 특이 와서 뵙고는 달랬지요.

"대장부가 죽으면 죽었지 어찌 그리움으로 한이 맺힌 걸 가지고 계집아이마냥 바보처럼 넋 놓고 슬퍼하여 천금의 몸을 버리려 하는지요? 지금 당장 이런 계획을 실행에 옮겨보는 것도 나쁘지 않겠네요. 야밤 인적이 드물 때 담장을 넘어 들어가 운영 아씨의 입을 솜으로 막고 업어 나온다면 누가 감히 쫓아오겠어요?"

"그 계획도 위험해! 한번 잘 따져보긴 하마."

그날 밤 진사님이 궐 안으로 들어왔지만 저는 병으로 일어나지 못해 자란 언니더러 맞게 했답니다. 두어 순배 술이 돌고 저는 봉한 편지를 드리면서, "이제는 다시 뵙지 못하겠네요. 삼생의 인연과 백년의 약속은 오늘밤으로 끝났어요. 혹여 하늘이 맺어준 인연이 다하지 않았다면 구천 아래에서나 다시 만나기로 해요"라고 했지요. 진사님은 편지를 부여잡고 멍하니 서서 절절히 바라보다가 가슴을 치고 눈물을 흘리면서 나갔답니다. 자란 언니도 안타까워 차마 보지 못하고 기둥에 몸을 숨긴 채 서서 눈물을 뿌렸지요. 진사님은 집으로 돌아가 겉봉을 뜯고 편지를 보셨지요.

운수 기박한 소첩 운영은 낭군님께 두 번 절 올립니다. 소첩은 비천한 몸으로 불행히 낭군님의 마음에 들게 되어 서로 그리워한 지 몇 날이고, 만나기를 바란 지 몇 번이었던가요? 다행히 하룻밤의 사랑을 이루었으나 바다와 같은 깊은 정을 다하진 못했네요. 인간사의 좋은 일엔 조물주의 시기가 많은 법, 궁궐 사람들이 알게 되고 주군께서 의심하시니 그 화가 임박했네요. 소첩이 죽어야 끝이 나겠지요. 엎드려 바라건대 낭군께서는 이별한 뒤로는 천첩을 마음속에 두어 아파하지 마시고 학업에 전념하세요. 과거에 급제하여 운로雲路에 올라 부모님을 기쁘게 해드리세요. 다만 소첩의 옷가지와 재물을 다 팔아서 불전에 이바지로 써주세요. 백방으로 기도하고 지성으로 발원하여 삼생의 연분이 후세에도 이어지도록 해주세요. 간절히 바라고 바라요.

진사님은 편지를 다 읽지 못하고 기절하여 바닥에 쓰러졌답니다. 집안 식구들이 급히 구하여 다시 정신이 들었지요. 그때 특이 밖에서 들어와 물었답니다.

"운영 아씨가 무슨 말을 했기에 이렇게 죽으려고 한답니까?"

진사님은 다른 말은 하지 않고 다만 "너는 재물이나 잘 지키고 있거라. 내 이것을 다 팔아 불전에 제수로 올리고 굳게 한 언약을 지킬 테니까"라고만 했지요.

특은 자기 집으로 돌아가 곰곰이 생각했지요.

'운영이가 나오지 못한다면 이 재물은 하늘이 나에게 준 것이야!'

벽을 향해 씩 웃었지요. 아무도 이 사실은 몰랐답니다.

하루는 그놈이 자신의 옷을 찢고 코를 쳐서 흐르는 코피를 온몸에 묻힌 다음, 머리를 풀어 헤치고 맨발로 달려들어와 뜰에 엎어져 울었다지요.

"소인이 강도에게 얻어맞았네요!"

다시 말을 잇지 못하고 기절한 양 굴었지요. 진사님은 특이 죽으면 재물 묻은 곳을 모르게 될까 염려하여 직접 약을 달여 먹이는 등 백방으로 살리려고 애를 썼고 술과 고기까지 제공했답니다. 그런 특이 십여 일 만에 일어났답니다.

"저 혼자 몸으로 산속에서 지키는데 도적떼가 들이닥쳐 쳐죽일 기세였어요. 걸음아 날 살려라 하고 도망쳐 겨우 실낱같은 목숨을 보전할 수 있었지요. 이 재물이 아니었다면 소인이 어떻게 이런 곤경에 처했겠어요? 명줄이 이리 험한데도 빨리 죽지 않았는지?"

그러면서 발을 구르고 주먹으로 가슴을 치면서 통곡을 했답니다. 부모님이 이 사실을 알게 될까 두려웠던 진사님은 따뜻한 말로 위로하고 보냈답니다.

한참 뒤에야 진사님은 이놈의 소행을 알게 되었지요. 가까이 지내던 몇 분과 거느리던 종 십여 명을 대동하고서 불시에 그의 집을 에워싸고 뒤졌답니다. 하나 남은 건 금비녀 한 쌍과 비싼 거울 한 개뿐이었지요. 이것으로라도 장물로 삼아 관가에 진정하여 추심하려 했으나, 일이 누설될까 두려워 이마저도 할 수 없었지요. 만약 이 물건을 찾지 못하면 공불도 불가한 노릇이라 속으로는 이놈을 죽이고 싶었지만 힘으로 제압할 수 없으니 꾹 참고 말하지 않을밖에요. 특은 자기 죄를 아는지라 궐 담 밖에 사는 맹인 점쟁이에게 물었지요.

"내가 저번 새벽에 이 궁궐 담장 밖을 지나가고 있었소. 한데 어떤 자가 궁궐 안에서 서편 담을 넘어 나가지 뭐요. 내 그자가 도적인 줄 알고 고성을 지르며 뒤쫓았더니 가진 물건을 내버리고 냅다 도망칩디다. 이 물건을 가지고 돌아와 보관하고서 원주인이 찾아오기를 기다리고 있었소. 한데 우리 주인은 평소 행실이 방정하지 못한 분으로, 내가 물건을 주웠다는 얘길 듣고 직접 찾아와 이걸 달라지 뭐요. 난 다른 게 아니고 비녀와 거울 두 개뿐이라고 말했지만, 주인은 굳이 들어와 내 집을 뒤지더니 이 두 물건을 찾아가졌지 뭐요. 거기에 욕심이 끝이 없어 나를 죽이기까지 하려 하고. 해서 지금 내가 도망을 치려는데 도망가는 것이 좋겠소?"

맹인은 "길하오!"라고 일러주었답니다. 옆에 있던 이웃이 주고받은 이야기를 거의 다 듣고는 그에게 물었지요.

"네 주인은 어떤 사람이기에 이렇게 종을 학대한단 말이냐?"

"제 주인은 젊고 글을 잘해 조만간 급제할 분이오. 하나 이리 탐학하니 훗날 입조하면 그 마음 씀씀이를 알 만하지 않소."

이 대화가 퍼져 궁중으로 새어나갔지요. 궁궐 사람이 대군께 이 사실을 고했고, 대군께서는 대로하셨지요. 남궁 사람들더러 서궁을 뒤지게 하여 저의 옷가지와 재물이 하나도 남지 않다는 것을 확인했지요. 급기야 서궁의 궁녀 다섯 명을 붙잡아 뜰 가운데 꿇리셨어요. 대군께서는 형구를 엄히 갖춰 눈앞에 늘어놓고 하명하셨지요.

"너희 다섯을 죽여 남의 본보기로 삼을 것이다!"

다시 곤장을 든 자에게 명하셨지요.

"곤장 수를 따지지 말고 죽을 때까지 치거라!"

저희 다섯 명은 "바라건대 한말씀만 드리고 죽겠나이다"라고 했지요.

"뭔 말을 하고 싶은 게냐? 저의를 다 얘기해보거라."

은섬 언니가 진술을 시작했답니다.

"남녀의 정욕은 음과 양으로 나뉘어 받아 귀하고 천할 것 없이 사람이면 누구나 있사옵니다. 하나 소첩들은 한번 깊은 궁궐에 갇힌 뒤로 고단한 몸 외로운 그림자 신세로 꽃을 보며 눈물을 삼키고 달을 보며 혼을 삭이옵니다. 매화나무를 오르내리는 꾀꼬리를 쌍으로 날지 못하게 하고, 주렴 위에 둥지를 튼 제비를 보고도 함께 깃들지 못하게 하는 것은 다름아니라 부러움과 질투를 누를 수 없기 때문이옵니다. 한번 궁궐 담을 넘고 보면 인간 세상의 즐거움을 알 수 있는데도 그리하지 않았던 것은 어찌 힘이 미치지 못하고 마음이 내키지 않아서이겠습니까? 오직 주군의 위엄이 두려웠기에 이 마음을 억지로 누르면서 궐 안에서 말라 죽을 작정이었사옵니다. 지금 저지른 죄가 없는데도 소첩들을 사지로 몰려고 하시니 황천 아래에서도 눈을 감지 못할 것이옵니다.”

비취 언니가 진술했답니다.

“주군 마님이 거두어주시고 아껴주신 은혜는 산보다 높고 바다보다 깊사옵니다. 이에 소첩들은 감격하면서도 송구하여 글과 음악만 일삼았을 뿐이온데, 이제 씻을 수 없는 추악한 이름이 서궁까지 퍼졌사옵니다. 살아도 죽은 것만 못하오니 엎드려 바라옵건대 속히 죽을 자리로 가게 해주시옵소서.”

옥녀 언니도 진술했답니다.

“서궁에서의 영화를 소첩도 누렸사온데 서궁의 횡액을 소첩만 면할 수 있겠사옵니까? 불길이 곤륜산崑崙山에 치솟아 옥과 돌이 모두 타버리는 형세인지라 오늘의 죽음은 그 마땅함을 얻었나이다.”

자란 언니도 진술했지요.

“오늘 일로 소첩들의 죄가 실로 헤아릴 수 없는 지경이옵니다. 이제 품은 속마음을 뭘 숨기겠사옵니까? 소첩들은 다 여항의 천한 계집들로 부친이 순舜임금님도 아니고 모친은 아황娥皇과 여영女英도 아니오나, 남녀 간의 정욕이 소첩들이라고 없겠사옵니까? 천자 목왕穆王도 매번 요지瑤池에서의 기쁨을 품었고, 영웅 항우項羽도 휘장 안에서의 눈물을 금치 못했나이다. 주군께서는 어찌 운영이만 운우의 정을 못 가지게 하시옵니까? 진사 김생은 뛰어난 분이옵니다. 이분을 내당으로 끌어들인 것도 주군이시고, 운영더러 벼루를 받들도록 한 것도 주군이십니다. 운영이 오랫동안 깊은 궁궐에 갇혀 지내 봄꽃과 가을달에 매번 마음이 아프고 오동나무에 밤비가 들이치면 몇 번이나 애가 끊겼는지 모르옵니다. 그러다가 한번 준수한 사내를 보고는 마음과 정신을 빼앗겨 그리움의 병이 골수에 들었던 것이옵니다. 불로장생의 영약이나 편작扁鵲 같은 명의가 있다 하더라도 고치기 어렵사옵니다. 하룻밤 사이에 한낱 아침 이슬처럼 갑자기 죽고 만다면 주군께서 측은해하신들 무슨 도움이 되겠사옵니까? 소첩의 어리석은 생각으로는 한 번만이라도 김생과 운영이를 만나게 하여 두 사람의 한 맺힌 마음을 풀게 해주신다면 이보다 큰 적선은 없을 것이옵니다. 지난날 운영이의 훼절은 소첩에게 그 죄가 있지 운영이에게는 책임이 없사옵니다. 소첩의 이 말은 위로는 주군을 속이지 않고 아래로는 동료를 저버리지 않은 것이옵니다. 오늘의 일로 죽는다 해도 소첩은 오히려 영광이겠나이다. 또 이것으로 운영이의 죄를 용서받을 수 있다면 백번 죽어도 좋겠나이다. 엎드려 비옵건대 소첩을 죽여 운영이의 목숨을 이어주시옵소서."

저도 진술했답니다.

"주군 마님의 은혜는 산과 바다 같사온데 정절을 끝내 지키지 못했으니 그 죄가 하나이옵니다. 앞뒤로 지은 시가 주군께 의심을 샀는데도 끝내 이실직고하지 않았으니 그 죄가 둘이옵니다. 게다가 서궁의 죄 없는 언니들이 소첩 때문에 함께 뒤집어썼으니 그 죄가 셋이옵니다. 이렇게 세 가지 큰 죄를 짓고도 살아간들 무슨 면목이겠사옵니까? 죽임을 늦춰준다 하시더라도 소첩은 응당 자결할 것이옵니다."

대군께서는 진술한 글을 다 보시고, 또 자란 언니의 공초를 다시 펼쳐 보시고는 화난 기색이 조금 누그러졌답니다. 남궁의 소옥 언니도 무릎을 꿇고 읍소했지요.

"전날 빨래터 모임을 성안에서 하지 말자고 한 것은 소첩의 의견이었사옵니다. 자란이가 한밤중에 남궁으로 찾아와서 간절하게 요청하기에 소첩도 그 뜻을 가상히 여겨 다른 궁녀들의 의견을 뿌리치고 따랐던 것이옵니다. 그러니 운영이의 훼절은 그 죄가 소첩에게 있지 운영이에게 있지 않사옵니다. 엎드려 비옵건대, 주군께서는 소첩으로 운영이의 목숨을 잇게 하옵소서."

이리하여 대군 마님의 화는 차차 누그러져, 저를 별당에 가두고 나머지 궁녀들은 모두 풀어주었답니다. 그날 밤, 저는 수건으로 목을 매 스스로 목숨을 끊었지요.

인간 세상을 돌아보며

김진사가 붓을 잡고 기록하고 운영은 옛일을 더듬어 술회했다. 그 내용이 아주 자세하고 빠짐이 없었다. 여기에 이르자 둘은 마주보며 슬픔을 누르지 못했다. 운영은 김진사에게, "이후 얘기는 낭군께서 말해주세요"라고 했다. 김진사의 후일담은 이러했다.

운영이 자결한 뒤 궁녀들은 누구 할 것 없이 형제를 잃은 것처럼 흐느끼며 통곡했지요. 이 곡소리가 궁궐 문밖으로도 들렸기에 나도 들을 수 있었답니다. 난 한참을 혼절했소. 집안 식구들은 초혼을 하고 발인을 준비하면서 한편으로는 살려내느라 애를 썼지요. 저물녘에야 깨어날 수 있었는데 정신이 좀 들자 이런 생각이 들더군요.

'일은 이미 결단났군! 불전에 이바지하기로 한 약속을 저버릴 수 없으니 구천의 혼이라도 위로해줘야겠어……'

해서 금비녀와 거울, 그리고 문방구를 모두 팔아 쌀 마흔 섬을 마련했지요. 청량사淸凉寺에 올라가 불사를 치를 참이었소. 한데 심부름할 자가 따로 없어서 특이를 불러 일렀지요.

"너의 전날 죄를 다 용서할 테니 이제라도 나에게 충성을 다하겠느냐?"

특이는 엎드려 눈물을 흘리면서 대답하더군요.

"쇤네가 분별없고 무식하오나 목석은 아니옵니다. 쇤네가 지은 죄는 머리털을 다 뽑더라도 셀 수 없을 것이옵니다. 지금 용서해주신다니 이는 마른나무에 잎이 나고 백골에 살이 붙는 격이옵니다. 감히 나리를 위해 죽음도 마다하겠습니까?"

"내 운영을 위해 불사를 열고 이바지하여 부처님께 발원할 참인데 마땅히 믿고 맡길 사람이 없구나. 네가 가야 하지 않겠느냐?"

"분부하신 대로 따르겠나이다."

그런 특이는 곧장 청량사로 올라가서는 사흘 동안 궁둥이나 만지작거리며 누워서는 중을 불러 이렇게까지 했다지 뭡니까.

"쌀 마흔 섬을 이바지로 다 쓸 필요가 뭐 있겠소? 지금 술과 고기를 한껏 준비하여 시정의 길손들이나 죄다 불러 먹이는 게 좋지 않겠소."

마침 한 마을의 여자가 지나가자 특이 이놈이 그 여자를 강제로 겁탈하여 승방에서 묵기까지 했다지 뭡니까. 열흘 남짓 지났는데도 불재를 열 생각도 하지 않았답니다. 절의 중들이 모두 분통을 터트리다가 재를 올리는 날이 되자, 특이 이놈에게 이리 일렀다지요.

"불공드리는 일은 시주가 중요한데 시주께서 이리 정결하지 못하니 그냥 진행하기에는 너무 편치 않답니다. 맑은 시내에서 목욕재계하여 몸을 깨끗이 한 다음에야 재를 올리는 게 좋겠네요."

특이는 어쩔 수 없이 나가더니 잠깐 물로 씻고는 들어왔다는군요. 불전에 꿇어앉아서는 축원이 이랬답니다.

"진사 나리는 오늘 당장 죽게 하고, 운영이는 내일이라도 다시 살려 저의 배필이 되게 해주소서."

사흘 밤낮으로 축원하는 말이 오직 이 말뿐이었다네요. 이놈이 돌아와서는 나에게 이렇게 보고하더군요.

　"운영 아씨는 필시 살아날 길이 생겼답니다. 불재를 연 날 밤 쇤네의 꿈에 나타나 '지극정성으로 이바지를 해주어 너무도 감격했네'라고 하시면서 고맙다고 눈물까지 흘리데요. 절에 있는 중들의 꿈도 그랬다고 하고요."

　나는 이 말을 곧이곧대로 믿고 실성하여 통곡을 했지요. 그때는 마침 홰나무 꽃이 노랗게 피는 시절이라 과거에 응시할 뜻이 없었지만 공부를 핑계로 청량사에 올라가 며칠 묵었답니다. 거기서 이놈이 한 일을 자세히 듣고는 분이 나서 참을 수가 없었으나 그렇다고 당장 어찌해볼 도리도 없었답니다. 목욕재계하고 불전에 나아가 부처님께 절을 올린 다음 분향하고서 합장한 채 축원했지요.

　"운영이 죽을 때 저와 한 약속이 애처로워 차마 저버릴 수 없기에 특이라는 종을 시켜 경건하게 불재를 올려 저승에서의 명복이 있기를 바랐나이다. 지금 종이 발원한 말을 듣고 보니 패악하기가 이를 데 없나이다. 운영이 남긴 소원이 다 헛것으로 돌아가고 말았기에 소인이 감히 다시 축원하나이다. 석가세존이시여! 운영이를 환생시켜주옵소서. 석가세존이시여! 소인이 운영과 짝을 맺게 해주옵소서. 석가세존이시여! 운영과 소인이 후세에서는 이런 원통함을 벗어나게 해주옵소서. 석가세존이시여! 저 특이를 죽이시어 쇠칼을 씌우고 지옥에 가두옵소서. 석가세존이시여! 저놈을 삶아 개들에게 던져주옵소서. 석가세존이시여! 진실로 이와 같이 발원해주신다면, 운영이는 비구니가 되어 열 손가락을 태워 십이 층 금탑을 조성할 것이며, 저 김생은 중이 되어 오계五戒를 버리고 세 개의 큰 사찰을 창건하여 그 은혜에 보답하겠나이다."

　축원을 끝내고 일어나 백배를 올리고 빌고 빌다가 나왔지요. 그로부터 일주일이 지나 특이는 우물에 빠져 죽었답니다. 이때부터 나는 세상

일에 뜻을 잃어 목욕재계하고 새 옷으로 갈아입은 다음 편안하고 조용한 방에 누워 나흘을 먹지 않다가 긴 한숨을 내뱉고는 끝내 일어나지 못했지요.

　김생은 다 쓰고 나자 붓을 던졌다. 두 사람은 마주보고 슬피 울며 그칠 생각을 하지 않았다. 이에 유영이 위로했다.

　"두 분이 다시 만났으니 뜻하는 바람도 이루어졌고, 원수인 종도 이미 처단되어 분이 풀렸을 텐데 어째서 이리 비통함을 금치 못하는 것이오? 다시 인간 세상으로 나올 수 없어서 한스러워하는 것이오?"

　김생은 눈물을 거두고 고마워했다.

　"우리 둘은 원통하게 죽었으나 저승에서 죄 없는 걸 가엾게 여겨 인간 세상에 다시 태어나게 해주었답니다. 하지만 저승에서의 즐거움이 인간 세상에 못지않은데다 하물며 천상의 즐거움은 말해 무엇하겠소. 이 때문에 우리는 세상에 나오는 걸 원치 않았답니다. 다만 오늘밤은 마음이 아프답니다. 대군께서 패군이 된 뒤로 주인 없는 옛 궁궐엔 까마귀와 참새만 슬피 울고 인적마저 끊겼으니 이것만으로도 몹시 슬픈 일입니다. 더구나 막 병화가 휩쓸고 간 뒤라 화려했던 가옥은 잿더미가 되고 분칠한 담장은 무너져 오직 섬돌의 꽃은 향이 짙고 뜰의 잡초만 무성하군요. 봄빛은 예전 풍광 그대로인데 사람 일은 이처럼 변화무쌍하구려. 다시 와서 옛날을 추억하니 어찌 슬프지 않겠소!"

　유영이 물었다.

　"그렇다면 그대들은 다 천상의 사람이란 말이오?"

　김생이 답했다.

　"우리 둘은 원래 천상의 신선이었소. 향안 앞에서 옥황상제를 오랫동안 모시었고. 어느 날 상제께서 태청궁太淸宮에 납시어 나에게 옥원玉園의 과일을 따오도록 명하셨소. 나는 천도복숭아와 옥과玉果, 연밥 따위를 많이 따게 되자 이를 몰래 운영에게 주었는데 그만 발각되고 말았소. 이 때문에 상제께서 우리를 인간 세상으로 귀양 보내 인간으로서의 고통을 겪게 한 것이오. 지금은 상제께서 전날의 죄를 용서하시어 다시 상청에 올라 향안 앞에서 시종하게 되었소. 다만 때때로 신선의 수레를 타고 인간 세상으로 와 옛날 노닐던 곳을 다시 찾곤 할 뿐이오."

김생은 눈물을 훔치더니 유영의 손을 붙잡고 부탁했다.

"바닷물이 다 마르고 바위가 죄다 가루가 되더라도 이 정은 없어지지 않고, 땅이 늙고 하늘이 아득해지더라도 이 한은 풀리기 어려울 것이오. 오늘밤 당신과 만나 우리의 절절한 속내를 얘기할 수 있었소. 숙세의 인연이 없고서야 어찌 가능하겠소? 간절히 바라건대 당신은 이 원고를 수습하여 사라지지 않도록 세상에 전해주시오. 다만 경박한 자들의 입으로 허랑하게 전해져 우스갯거리가 되는 일이 없게 해주시면 정말 다행이고 다행이겠소."

그런 뒤 김생은 취하여 운영의 몸에 기댄 채 절구 한 편을 읊조렸다.

궁중에 꽃잎 떨어지고 새들 날거늘
봄빛은 여전하건만 주인은 없구려.
한밤중 달빛은 저리 서늘하고
새벽이슬 물총새 깃 적시지 않았구려.

운영도 이어서 읊었다.

옛 궁의 버들과 꽃엔 봄빛이 돌고
천년 호화로움만 꿈속에 자주 드네.
오늘밤 옛 자취 찾아 노닐다보니
주체할 수 없는 눈물 수건을 적시네.

유영은 취한 채 잠시 잠들었다가 이윽고 산새 우는 소리에 깨어났다. 주변을 살펴보니 구름 연기가 땅에 자욱하고 새벽빛은 희미했다. 사방엔 아무도 없고 김생이 기록했던 책자만 남아 있을 뿐이었다. 유영은 서글픈 마음에 멍한 채로 이 책을 소매 속에 넣고 돌아왔다. 책 상자에 넣어두고 가끔씩 펼쳐보곤 했는데, 그때마다 망연자실하여 자고 먹는 걸 다 잊고 말았다. 그는 뒤에 명산을 두루 유람하다가 끝내 어찌되었는지 알 수 없다고 한다.

최척전

전란으로 맺어진 인연

최척崔陟은 자가 백승伯昇이며 남원 사람이다. 일찍 어머니를 여의고 외따로 아버지 숙淑과 함께 남원부의 서문 밖 만복사萬福寺 동편에서 살고 있었다. 그는 어려서부터 기개가 있고 뜻이 컸다. 친구 사귀기를 좋아해 사귐에 신중하고 믿음성이 있었다. 또한 자잘한 형식에 얽매 이를 지키느라 애쓰지 않았다. 부친은 일찍이 그런 그를 훈계했다.

"너는 배우지도 않고 막돼먹었으니 나중에 어떤 인간이 되려고 그러느냐? 더구나 지금 이 나라는 전운이 돌아 지방 고을에선 무사를 징집하고 있단다. 한데 너는 활로 사냥하는 일도 마다하여 이 늙은 아비의 애를 태운단 말이냐. 이제부터라도 자리에 앉아 책을 잡고 과업에 매진한다면 과거에 응시하여 급제는 못 하더라도 활을 차고 군대에 끌려가는 일은 면할 수 있을 게다. 성의 남쪽에 사는 정상사鄭上舍는 아비의 어릴 적 벗이다. 열심히 배워 글에 능통하니 초학자를 잘 훈도할 것이다. 너는 찾아가서 스승으로 모시도록 하여라."

최척은 그날로 책을 가지고 정상사를 찾아가 배움을 청했다. 이때부터 쉼없이 공부하여 몇 개월이 지나자 문장이 날로 느는 게 세찬 강물 줄기가 터진 듯했다. 마을 사람들은 누구나 할 것 없이 그의 똑똑하고 재바른 기량에 탄복했다. 그런데 강학講學을 할 때마다 열일고여덟 살 된 여자아이가 주위에 있었다. 그림 같은 눈썹에 윤기가 흐르는 검은 머리를 한 그 아이는 창문 사이에 엎드려 몸을 숨긴 채 몰래 강학하는 소리를 엿듣곤 했다.

그러던 어느 날, 정상사가 식사중이라 아직 나오지 않았고 최척 혼자 앉아 글을 외고 있었다. 느닷없이 창문 틈으로 작은 종이쪽지가 떨어졌다. 주워서 펴보니 『시경』의 「표유매標有梅」 시 마지막 장이 쓰여 있었다. 최척은 마음이 붕 떠 진정할 수가 없었다. 한밤중이면 박차고 들어가 몰래 안아버리고픈 충동이 일었으나 금세 후회했다. 김태현金台鉉의 고사로 스스로를 단속한 것이다. 한참을 생각에 잠겨 도의와 욕망이 서로 싸우던 차 이윽고 정상사가 밖으로 나오자 최척은 급히 이 종이쪽지를 소매 속에 감추었다. 일과를 마친 후 집으로 돌아오는데, 문밖에 있던 여종이 그의 뒤를 바짝 붙어 따라왔다.

"아뢸 말씀이 있사옵니다."

최척은 이미 시를 보고 마음이 들뜬데다 여종의 이 말을 듣게 되자 몹시 괴이한 생각이 들었다. 그래서 턱으로 따라오라는 시늉을 하여 자기 집으로 데려갔다. 자초지종을 자세히 묻자, 그 아이의 대답이 이랬다.

"소녀는 이李 아기씨의 종인 춘생春生이옵니다. 아기씨께서 소녀더러 낭군님께 답시를 받아오라고 말씀하셨답니다."

이 말에 최척은 갑자기 의문이 들었다.

"너는 정사부댁 아이가 아니더냐? 어째서 이씨 아기씨라고 하는 게냐?"

"주인집은 원래 경성 숭례문崇禮門 밖 청파리靑坡里에 있었사옵니다. 본가의 주인 이경신李景新 어른께서 일찍 돌아가시고 과부가 되신 심씨沈氏

마님이 혼자 따님과 살게 되었사옵니다. 그 따님은 옥영玉英 아기씨로 아까 시를 던진 분이 바로 그분입지요. 작년에 난리를 피해 강화도에서 배를 타고 와서 나주의 회진會津에 정박했다가 가을에 회진에서 다시 이곳으로 오게 되었사옵니다. 이 댁 주인께서는 마님 가족을 극진히 보살펴주었사옵니다. 옥영 아기씨의 혼처를 구해주려는 참인데 아직 좋은 신랑감을 구하지 못한 중이옵니다."

"너의 아기씨는 홀로된 어미의 딸이거늘 어떻게 글자를 잘 아느냐? 본인이 알아서 깨우친 것이더냐?"

"아기씨에게는 득영得英이라는 언니가 계신데 글을 아주 잘했사옵니다. 열아홉 살에 그만 혼인도 못 하고 일찍 돌아가셨고요. 아기씨께서는 이 언니에게서 주워들어 겨우 이름 석 자를 적을 줄 알게 된 것뿐이옵니다."

최척은 술과 먹을거리를 내와 위로하고 달래주었다. 그리고 작은 종이쪽지에 답서를 써주었다.

아침에 귀한 인사를 받고 보니 정말이지 나의 마음을 사로잡았소. 지금 또 인편을 통해 소식을 접하니 기쁜 마음 누를 길이 없소. 항상 거울 속 그림자만 그리워했을 뿐 그림 속의 실제 모습을 불러보지는 못했소. 거문고 소리로 마음을 뺏고 화장갑 속 향을 훔치는 걸 모르진 않으나 실로 저 봉래산이 몇 겹이고 약수弱水가 몇 리나 되는지 예측할 수 없는지라 이리저리 따지고 고민만 하느라 얼굴은 누렇게 뜨고 목덜미는 야위었소. 오늘 뜻밖에 양대陽臺의 비가 갑자기 꿈속으로 들어오고, 서왕모의 편지가 졸지에 도착했소. 혹여 두 집안이 혼인하는 즐거움을 이루어 월하의 인연을 맺는다면 삼생의 소원을 이룰 것이오. 이리된다면 부부로 백년해로할 것을 맹서하겠소. 글로는 말을 다 풀지 못하거니와 말이라고 내 마음을 다 드러낼 수 있겠소? 아무는 머리 숙여 답하오.

옥영은 이 편지를 받고 기쁨을 감추지 못했다. 이튿날 다시 춘생을 시켜 답서를 보냈다.

　소첩은 임금님의 수레가 다니는 한성에서 자라 적으나마 정숙한 행실을 아는 몸입니다. 하지만 불행하게도 엄친을 일찍 여의고 임진년의 난리를 만나게 되었답니다. 홀로 편모를 모시게 된데다 형제도 드문 처지로 남녘땅으로 흘러들어와 친척집에 더부살이하는 처지옵니다. 이제 쪽머리를 하고 결혼할 나이가 되었지만 아직 남편을 만나지 못했답니다. 하루아침에 다시 병기가 난무하고 도적떼가 설치면 옥구슬이 가라앉고 부서지는 걸 막기 어렵듯 강포한 자들에게 욕을 당할까 항상 두려워하였답니다. 이 때문에 늙으신 어머께서 걱정하시니 첩도 항상 마음에 걸렸고요. 그럼에도 덩굴이 필시 높다란 나무를 의지하듯 평생의 동고동락도 실로 그럴 만한 분이어야 하는 법, 정말로 이런 분이 없다면 어떻게 우러러 의지하며 끝까지 살 수 있겠어요? 이것이 내내 안타까웠답니다. 근래 낭군님을 뵈오니 말씨가 차분하고 행실이 의젓하여 진심어린 표정이 얼굴과 눈에 가득차 있더군요. 어진 지아비를 찾는다면 당신이 아니고 누구겠어요? 그래서 별 볼 일 없는 사람의 부인이 되느니 차라리 당신의 아내가 됐으면 싶지만 박명하고 기구한 첩이 합당할지 두려울 뿐이랍니다. 어제 쪽지 시를 던진 것은 음란한 짓으로 유혹하려는 뜻이 결코 아닙니다. 다만 낭군님의 의향이 어떠신지 시험해보고자 했을 뿐입니다. 첩이 비록 면목은 없으나 애초 저잣거리에 의지한 부류가 아니거늘 어찌 구멍으로 엿보는 짓을 했겠습니까? 필시 부모님께 아뢰어 예식을 갖춰 성혼할 수 있다면 정절과 신의를 스스로 지켜 감히 아내로서 남편을 공경하는 일을 소홀히 하겠습니까? 그렇지만 먼저 시편을 던지는 결례로 직접 중매한 추한 행동을 범했을 뿐만 아니라, 이렇게 사사로운 글을 주고받아 그윽하고 정갈한 지조를 더 잃고 말았네요. 이제 이렇게 속마음을 내보였으니 편지만 부질없이 전하는 일은 불필요해졌네요. 지금부터는 꼭 중매쟁이를 통해 연락하여 첩이 거듭 새벽이슬을 밟았다는 지탄을 받지 않게 해주신다면 천만다행이고 다행이겠습니다.

이 편지를 받은 최척은 기쁘기 하염없었다. 바로 부친에게 청원했다.
"소자가 들으니 경성에서 내려와 사부님 댁에 더부살이하는 홀로된 부인이 계신데, 딸이 하나 있다고 합니다. 나이와 용모가 딱 절묘하니 아버님께서 소자를 위해 한번 사부님께 구혼을 해주세요. 발 빠른 자가 먼저 차지하게 해서는 결코 안 되겠어요."
부친은 난감해했다.
"저이는 서울의 귀한 집안 출신으로 먼길을 떠돌아 붙어사는 신세이지만 마음만은 필시 부유한 집안과 혼인하고자 할 게다. 우리같이 애초 가난한 집과는 결코 이어지려 하지 않을걸."
그래도 최척은 반복하여 뜻을 고했다.
"그냥 한번 가서 말씀이라도 해주세요. 성사 여부는 하늘에 달렸잖아요."
이에 다음날 부친이 정상사를 찾아가 운을 떼자 답이 이랬다.
"나의 외사촌누이라네. 서울에서 난리를 피해 숨어온 끝에 여기까지 와서 나에게 의지하고 있네. 조카 딸아이는 맵시와 행실이 규문에서도 특출나 내가 혼사 자리를 구해서 집안을 일으켜세워줄 참이네. 영식의 재주는 익히 들어서 알고 있네. 사위가 되고자 하는 바람을 저버릴 리 만무하오만, 단지 가난한 게 마음에 걸릴 뿐이네. 내 누이와 상의해서 다시 통지함세."
최척의 부친 최숙은 이 내용을 아들에게 전해주었다. 최척은 며칠 동안 속이 바짝 타들어갔다. 전갈이 오기를 애타게 기다릴밖에.

한편 정상사가 안으로 들어와 심씨에게 이 사실을 전하자 심씨는 난색을 표했다.

"온 식구가 떠도는 신세로 고단하고 위태로워 의지할 데라곤 딸아이 하나뿐이잖아요. 부자한테 시집보내고 싶습니다. 가난한 집 자식은 어질다 해도 원치 않아요."

이날 밤 옥영은 모친을 뵙고 무슨 말을 하려 했으나 우물거릴 뿐 꺼내지 못했다. 모친이 말했다.

"네가 생각하는 게 있다면 이 어미에게 숨기지 말고 얘기하거라."

옥영은 얼굴을 붉히면서도 여전히 망설였다. 심씨가 강요한 뒤에야 말문을 열었다.

"어머니께서 저를 위해 사윗감을 구하는데 꼭 부잣집 자제를 원하시니 이 상황이 안타까울 뿐입니다. 집도 넉넉하고 사람도 어진 남편감이라면 얼마나 다행이겠습니까? 하지만 집은 먹고살기 풍족하더라도 남편감이 전혀 어질지 못하다면 우리 집안을 보존하기 어려울 거예요. 사람 됨됨이가 선량하지 않은데도 제가 남편으로 둔다면 곡식이 있다 한들 어찌 제대로 먹겠어요? 최생崔生을 가만 엿보니 날마다 삼촌께 와서 배우는 모습이 매우 정성스럽고 신실해 보였답니다. 결코 경박하고 방탕한 이가 아니니 그를 배필로 얻는다면 죽어도 여한이 없겠어요. 하물며 가난이란 선비에게 늘 있는 일이잖아요. 떳떳하지 않은 방법으로 부유해지는 걸 저는 결코 원치 않아요. 그에게 시집가기로 결정했으니 받아주세요. 사실 이런 일은 처녀인 제가 직접 말할 게 아닌 줄 알지만 사정이 아주 중요한지라 부끄럽고 껄끄러운 언사를 한다는 혐의를 무릅쓰게 되었네요. 입을 꽉 다물고 지내다가 끝내 가라는 대로 시집가서 못난 사람을 얻었다가 한평생을 망가뜨린다면 어찌되겠어요. 이미 깨져버린 시루는 다시 온전해질 수 없고 이미 물든 실은 다시 원색으로 돌아올 수 없는 격이지 않겠어요. 그때 가서 울먹인들 무슨 소용이겠어요?

후회한들 이미 늦을 테고요. 더구나 지금 저의 처지는 다른 여자들과 달라 집안에 아버지가 안 계시고 이웃 주변에 도적떼가 퍼져 있는 상황이잖아요. 정말이지 살뜰하고 믿음직하지 않은 사람이라면 어찌 어머니와 제 몸을 의지하겠어요? 차라리 안씨顔氏가 시집가기를 자청한 예를 따르고, 서매徐妹가 직접 남편을 고른 일을 피하지 않으려 해요. 어찌 깊은 규방에 숨어 남의 입이나 바라본 채 서로 잊어야 할 관계로 내버려둔단 말이에요?"

모친 심씨는 이제 어쩔 수 없었다. 다음날 정상사에게 알렸다.

"제가 어젯밤 다시 생각해봤어요. 최군이 가난하지만 그 사람됨을 보면 훌륭한 선비임은 분명한데요. 가난하고 부유함은 하늘에 달린 법이라 억지로 노력한다고 해결되는 일이 아니잖아요. 모르는 아무개와 혼인을 맺으려 힘쓰느니 차라리 이 사람을 사위로 삼았으면 싶네요."

"자네가 그럴 의향이면 내 기필코 나서서 성사시키겠네. 최군이 빈한한 선비이긴 하나 자질이 뛰어나니 경성에서 사위를 구하더라도 이런 인물은 드물 게야. 이 친구가 품은 뜻을 이루고 과업을 성취한다면 끝내 미완의 존재로 남겨지진 않을 거고."

정상사는 그날로 매파를 보내 구월 보름날에 혼례를 치르기로 언약했다. 최척은 몹시 기뻐하며 그날을 손꼽아 기다렸다.

그런데 얼마 지나지 않아 남원 출신의 전 참봉參奉 변사정邊士貞이 의병을 일으켜 영남 지역으로 출정하게 되었다. 그는 최척이 활 쏘고 말 타는 재주가 있다고 들어 마침내 그를 대동하여 갔다. 진중에 있게 된 최척은 애가 타서 병에 걸리고 말았다. 혼례일이 닥치자 문서를 올려 휴가를 내달라 요청했으나 의병장 변사정은 화를 냈다.

"지금이 어느 때인데 감히 결혼이나 하겠다고 나서다니? 전하께서는 몽진하느라 저멀리 거친 들에 계시거늘, 신하된 자로 당연히 자나깨나 창칼을 베고 있어야 하느니라. 하물며 아직 집안을 꾸릴 나이가 된 것도 아니지 않느냐? 적을 섬멸하고서 혼인해도 늦지 않을 게다."

끝내 휴가를 내주지 않았다.

종군한 최척이 돌아오지 않고 혼인할 날짜만 하염없이 다가왔다. 옥영은 먹지도 못하고 잠도 이룰 수 없었다. 날이 갈수록 점점 시름시름 앓았다. 마침 그 이웃에 양씨粱氏 성의 사내가 있었다. 그의 집은 아주 잘 살았다. 옥영이 현숙한데다 최생이 돌아오지 못하고 있다는 소식을 듣고 그 틈을 타 그녀에게 청혼해볼 참이었다. 몰래 두둑한 뇌물로 정상사의 아내를 구워삶았다. 하루속히 일을 성사시키라고 서두르자 정상사의 아내가 심씨를 설득했다.

"최군은 가난하여 하루 끼니는 물론 아비 한 사람도 봉양하기 어려워 항상 남에게 돈을 빌리는 처지이지 않은가. 앞으로 식솔들을 먹여 살리는 데 걱정이 없으리라고 보장하겠어? 더군다나 군대에 끌려간 뒤 여태 돌아오지 못한 걸 보면 생사를 기약하기도 어렵고. 양씨는 잘살아서 평소에도 재산이 많기로 유명하다네. 그의 아들도 나름 괜찮아 최군보다 못하지 않고."

어느새 정상사 부부가 한목소리로 번갈아 설득하자, 심씨도 이쪽으로 마음이 퍽 쏠리었다. 그리하여 시월 중 좋은 날을 잡아 혼례를 치르기로 단단히 약조해버렸다. 옥영은 밤에 모친에게 하소연했다.

"최낭군이 의병 군진에 들어가 매사가 의병 장군에게 매여 있기에 그런 것이지 일부러 약속을 못 지키는 게 아니잖아요? 그의 말을 들어보지도 않고 갑자기 이렇게 약조를 깨버리면 이보다 더 의롭지 못한 일이 또 있겠어요? 제 뜻을 뺏는다면 죽어도 남한테 가지 않을 거예요. 하늘 같은 어머니가 이렇게 저를 헤아려주지 않으시다니요."

"이것아, 왜 이리 정신을 못 차려? 집안 어른이 하라는 대로 하면 되지, 어린 네가 뭘 안다고?"

그러고는 침소로 가서 잠이 들었다. 한밤 비몽사몽간에 느닷없이 숨이 가빠 넘어가는 소리가 들려왔다. 잠에서 깬 심씨는 옆에 있을 딸을 더듬어 찾았으나 자리에 없었다. 깜짝 놀라 일어나보니 옥영이 창문 벽 아래에서 수건으로 목을 맨 채 엎어져 있는 게 아닌가. 손과 발은 차가웠고 목구멍에선 넘어가는 소리가 점점 잦아드는가 싶더니 아예 끊겼다. 경악한 심씨는 딸을 부르며 목에 묶인 수건을 풀면서 춘생을 발로 깨워 등잔불을 가져오라 했다. 옥영을 안고 통곡하던 심씨가 물 한 모금을 입에 넣어주자 잠시 뒤 숨이 되돌아왔다. 주인집에서도 소스라치게 놀라서 달려와 구했다. 이때부터 양씨 집과의 혼사 이야기는 아예 꺼내지 않았다.

한편, 최숙은 아들에게 편지를 보내 저간의 상황을 알려주었다. 바야흐로 시름에 병이 깊었던 최척은 이 소식을 접하고 놀랍고 불안해져 점점 병이 위중해졌다. 의병장 변사정은 최척이 위독하다는 얘기를 듣고 당장 내보내 집으로 돌려보냈다. 집에 도착한 최척은 불과 며칠 만에 묵은 병이 싹 나았다. 마침내 일월 초 길일을 잡아 정상사의 집에서 혼례를 치렀다. 재자와 가인 두 사람이 하나가 되었으니 그 기쁨이야 미뤄 짐작할 만했다. 최척은 아내와 심씨를 모시고 본가로 돌아왔다. 문에 들어서자 하인들이 들떠 맞이했다. 대청에 오르자 친척과 친지가 축하해주었다. 온 집안이 경사가 났다며 들썩였고 주변 이웃들도 무척 좋아했다. 옥영은 옷소매를 걷어붙이고서 베틀을 놓지 않았으며, 직접 우물 일과 절구질을 맡아 시아버지를 봉양하고 남편을 섬겼다. 이런 지극한 효성으로 윗사람을 받들고 아랫사람을 부림에 정성과 예법이 다 걸맞았다. 주변이나 먼 이웃까지도 옥영의 행실을 듣고는 양홍梁鴻의 아내나 포선鮑宣의 처도 그보단 낫지 못할 것이라고 했다.

최척은 아내를 얻은 뒤부터 하고자 하는 대로 일이 풀려 재산도 어느 정도 여유가 생겼다. 그런데 한 가지 걱정은 집안을 이을 자식을 아직 얻지 못한 것이었다. 매달 보름이면 이들 부부는 만복사에 가서 점지해주기를 빌었다. 이듬해 갑오년[1594] 정월 초하루에도 절에 가서 빌었다. 그날 밤 장육금불丈六金佛이 옥영의 꿈에 나타났다.

"나는 만복사의 부처이니라. 너의 경건하고 정성스러운 마음이 가상해 기특한 사내아이를 점지해줄 것이다. 낳으면 필시 비범한 상이 있을 것이니라."

달이 차자 과연 옥영은 사내아이를 낳았다. 아이의 등에 어린애 손바닥만한 붉은 사마귀가 나 있었다. 마침내 아이의 이름을 '몽석夢釋'이라 지었다.

최척은 평소 퉁소를 잘 불었다. 달이 뜬 밤이나 꽃이 핀 아침이면 옥영 앞에서 퉁소를 불곤 했다. 때는 늦은 봄이었다. 맑게 갠 밤이 깊어질 즈음 산들바람이 잠깐 불고, 흰 달이 환하게 비추었다. 흩날리는 꽃잎이 옷에 스쳐 그윽한 향이 코를 자극했다. 최척은 술항아리를 열어 술을 거르고는 잔에 가득 채워 마셨다. 서안에 기대어 퉁소를 부니 소리가 간드러지게 울렸다. 옥영은 한참을 낮은 소리로 음미하다가, "소첩은 평소 여인네가 시를 읊는 걸 싫어했으나 이런 심정이고 보니 절로 멈출 수가 없군요"라며 마침내 절구 한 수를 읊었다.

왕자교 퉁소 부는데 달은 지려 하고
바다 같은 푸른 하늘엔 새벽이슬이 차가워라.
만났으니 모름지기 함께 청란을 타고 가서
봉래산 이내와 노을 길 헤매지 말아야지요.

최척은 애초 옥영의 시 짓는 솜씨가 이 정도인 줄 몰랐다가 이 시를 듣고는 깜짝 놀랐다. 몇 번이고 절로 감탄하다가 곧 절구 한 수로 화답했다.

아스라한 요대瑤臺엔 새벽 구름 붉고
퉁소는 다 불었으되 곡은 끝나지 않았네.
그 울림 빈산에 가득한데 달은 지고
뜰의 꽃 그림자 향긋한 바람에 흔들리네.

읊고 나자, 옥영은 기쁨을 다 펴기도 전에 흥정이 다하면 슬픔이 밀려오듯이 눈물을 흘리며 애달파했다.

"인간 세상엔 변고가 많고, 좋은 일엔 마가 끼는 법이지요. 사람의 평생에서 만남과 헤어짐은 정해져 있지 않는답니다. 이런 아쉬운 생각에 감정을 주체할 수가 없네요."

최척은 옥영의 소매를 붙잡고 눈물을 닦아주며 위로해주었다.

"굽어졌다가도 펴지고 꽉 찼다가도 텅 비는 건 하늘의 정해진 이치이고, 길흉에 따라 뉘우치고 한탄하는 건 인간사에 당연한 일이라오. 설혹 불행해지더라도 이는 운명에 맡기고 편안히 받아들이면 되지 한사코 슬퍼한단 말이오? '근심할 게 아닌 걸로 괴로워한다'는 것은 옛사람들이 경계했고, '길한 것은 얘기해도 불길한 것은 입 밖에 내지 않는다'는 말도 속담에 있지 않소? 그러니 괜한 걱정으로 괴로워하여 지금 이 흥겨움을 깨지 마오."

이때부터 이들의 애정은 더욱 돈독해졌다. 두 부부는 서로 지음을 만났다며 하루도 곁을 떠나지 않았다.

부부가 다시 이별하다

때는 정유년[1597] 팔월, 왜적이 남원을 함락했다. 주민들은 모두 달아나 숨었고 최척의 식구들도 지리산 연곡燕谷으로 피란해야 했다. 피신할 때 최척은 옥영더러 남자옷으로 갈아입고 수많은 사람 속에 뒤섞이도록 했다. 그래서 그녀를 보고도 여자인 줄 아무도 몰랐다. 지리산으로 들어간 지 며칠 지나자 먹을 것이 바닥나 허기가 지자, 최척은 장정 두셋과 음식을 구하려고 산을 내려왔다. 이참에 왜적의 동태도 살피려 구례求禮까지 나왔다. 그러다가 순식간에 적병과 마주친 최척 일행은 너럭바위에 몸을 숨겨 피했다. 이날 왜적은 연곡으로 쳐들어와 주변 산과 계곡에 쫙 퍼져 남김없이 노략질을 했다. 그 바람에 최척은 돌아갈 길이 막혀 이러지도 저러지도 못했다. 사흘이 지나 적들이 물러가고 나서야 다시 연곡으로 돌아올 수 있었다. 그러나 보이는 건 길에 쌓인 시체뿐 흐르는 피가 냇물처럼 흐를 정도였다. 수풀 속에서 간간이 신음소리가 들리기에 최척이 그곳으로 가보았다. 노인들과 어린아이들이 온몸에 창상을 입은 채 쓰러져 있었다. 그들은 최척을 보고 통곡했다.

"적병이 산에 들어와 사흘 내내 쓸 만한 재물은 빼앗고 사람들을 죄다 찔러 죽이고 어린애들은 모두 잡아갔어요. 어제 이미 섬진강변으로 물러나 진을 친 모양이니 식구들을 찾으려면 강변에 가서 알아봐요."

최척은 하늘을 향해 울부짖으며 통곡하고 땅을 치며 피를 토했다. 당장 섬진강으로 달려가는데 몇 리도 채 못 갔을 때 어지럽게 널린 시체 더미 속에서 신음소리가 이어졌다 끊어졌다 하며 들릴 듯 말 듯 했다. 피가 흘러 얼굴을 덮었기에 누군지 알아볼 수 없었다. 다만 옷차림새를 살펴보니 춘생이 입었던 옷과 흡사해 큰 소리로 불렀다.

"너는 춘생이 아니더냐?"

그러자 춘생이 눈을 크게 뜨고 쳐다보았다. 목구멍에서 겨우 새는 소리가 났다.

"나리, 나리! 식구들은 다 적에게 붙잡혀 끌려갔답니다. 쉰네가 어린 몽석 도련님을 업고 있어서 도망치지 못하자 저들이 칼로 쉰네를 내리치고 가버렸어요. 쉰네는 땅에 꼬꾸라져 숨이 끊겼다가 반나절이 지나 깨어났어요. 업혀 있던 도련님은 살았는지 돌아가셨는지 끌려갔는지 남았는지 모르겠고요."

이 말을 끝으로 춘생은 맥이 풀려 다시 깨어나지 못했다. 최척은 가슴을 치고 발을 동동 구르다가 미어져 기절했다가 이윽고 숨이 돌아왔다. 하지만 다른 수가 없어 일어나서는 강을 따라 내려갔다. 강가 언덕에는 칼을 맞아 쓰러진 노약자 수십 명이 모여 울고 있었다. 이들에게 가서 물으니 이렇게 알려줬다.

"산속에 숨어 있던 우리는 왜적에게 붙잡혀 배가 있는 이곳까지 오게 되었소. 적들은 장정들만 뽑아 배에 태운 다음 우리같이 늙고 연약한 사람은 끌어내려 이렇게 칼로 해쳤지 뭐요."

너무 비통한 나머지 최척은 혼자 살 의욕을 잃고 스스로 목숨을 끊으려 했다. 옆에 있던 사람들이 막는 바람에 죽지도 못했다. 홀로 강머리를 걸었으나 갈 데가 없었다. 다시 가는 길을 더듬어 사흘 밤낮을 걸은 끝에 겨우 제집에 도착할 수 있었다. 담장은 무너지고 깨진 기왓장은 뒹굴고 타다 남은 재가 아직 꺼지지도 않은 상태였다. 주변에 쌓인 시신은 언덕을 이뤄 발 디딜 틈도 없었다.

최척은 금교金橋 어귀에서 잠시 쉬었다. 며칠 동안 먹지 못한데다 내달려 다니느라 힘이 다 빠져 기절하다시피 쓰러져 일어나지 못했다. 그런 중에 명나라 장수가 기마병 십여 명을 거느리고 갑자기 나타났다. 이들은 성안에서 밖으로 나와 금교 아래에서 말을 씻길 참이었다. 최척은 의병 부대에 있을 때 명나라 병사와 대화를 꽤 해보았기에 중국말을 조금 알았다. 이에 자기 집 식구들이 죽거나 잡혀간 사정을 이야기하고 자신은 의지할 데 없는 신세임을 하소연했다. 저들과 함께 명나라로 들어가 앞으로 살길을 찾아보리라 마음먹은 것이다. 장수가 그의 말을 듣고는 불쌍한데다 그의 뜻이 가상하다 여겼다.

"나는 오총병吳摠兵의 천총千摠인 여유문余有文이오. 내 집은 절강성 요흥부姚興府로 잘살지는 못하지만 먹고 지낼 만하오. 사람이 사는 데 서로 마음을 알아주는 게 귀한 법, 마음 가는 데 따라가거나 머물면 되지 멀고 가까운 걸 따질 필요가 있겠소. 당신이 집 식구들에게 연연하지 않는다면야 하필 미련하게 한곳만 지키느라 불안해하며 떠나지 못할 이유가 뭐가 있겠소?"

마침내 여유문은 그를 말 한 필에 태워 본진으로 돌아갔다. 최척은 용모가 시원시원하며 사려가 깊고 활쏘기와 말타기를 자유자재로 하는데다 글솜씨도 제법이어서 여유문은 그를 아끼게 되었다. 그래서 음식을 함께 먹고 잠자리도 같이했다. 얼마 지나지 않아 오총병이 군대를 철수해 돌아가게 되었다. 여유문은 최척을 전사한 군인 명부에 끼워넣어 국경을 넘어 요흥으로 돌아와 그와 함께 살게 되었다.

최척의 식구들이 처음 포로로 붙잡혀 섬진강에 이르렀을 때, 부친과 장모가 늙고 병들어서 적들의 감시가 그리 심하지 않았다. 두 사람은 느슨해진 틈을 타서 몰래 갈대숲으로 숨었다. 적들이 떠나고 나자 주변 촌가에서 걸식하며 걸어서 우여곡절 끝에 연곡사燕谷寺로 들어갔다. 그런데 그곳 승방에서 어린아이가 보채며 우는 소리가 들렸다. 심씨는 눈물을 흘리며 사돈 최숙에게 물었다.

"어떤 애의 울음소리인지, 우리 손자 소리와 똑같지 않나요?"

최숙이 급히 승방을 열고 살펴보니 과연 몽석이었다. 덥석 품에 안고서 쓰다듬으며 통곡하다가 한참 만에 주변에 물었다.

"이 아이를 어디서 데리고 왔는가?"

혜정慧正이란 승려가 나서서 알려주었다.

"길가에 널려 있는 시신더미에서 우는 소리가 들리기에 소승이 안타까운 마음에 보듬어 와서 부모를 기다리고 있었습니다. 지금 과연 이 아이가 맞다면 천운이 아니겠습니까?"

손자를 다시 찾은 최숙은 심씨와 아이를 번갈아 업고서 집으로 돌아왔다. 종들을 다시 불러모으고 집도 건사했다.

그때 옥영은 돈우頓子란 왜구에게 붙잡혔다. 돈우는 나이든 왜졸로 살생을 하지 않고 부처를 믿는 자비로운 사람이었다. 장사가 생업으로, 뱃일에 익숙했기에 왜장 소서행장小西行長이 그를 선장으로 데려온 것이었다. 그는 기민하고 똑똑한 옥영을 퍽 맘에 들어 했다. 외려 달아나지 않을까 싶어 좋은 옷과 맛난 음식으로 옥영의 마음을 달래고 안심시켰다. 하지만 옥영은 물에 몸을 던져 빠져 죽고자 두세 번이나 뱃전으로 나오곤 했다. 물론 그때마다 발각되어 제지당했다. 그러던 어느 날 밤 장육 금불이 옥영의 꿈에 다시 나타났다.

"나는 만복사의 부처니라! 조신하여 죽지 말거라. 훗날 필시 좋은 일이 생길 게다."

잠에서 깬 옥영은 이 꿈을 곱씹어보며 만에 하나라도 희망이 있겠다 싶어 드디어 억지로 음식을 먹으며 죽지 않기로 마음을 고쳤다. 돈우의 집은 나고야狼姑射에 있었다. 늙은 아내와 어린 딸만 있고 따로 아들이나 사내가 없었기 때문에 옥영더러 집안에만 머물게 했다. 이 때문에 옥영은 바깥출입이 여의치 않았다. 옥영은 돈우를 이렇게 속였다.

"저는 본래 보잘것없는 사내라서 약골에다 병치레도 많습니다. 제 나라에 있을 때도 장정이 하는 일은 감당하지 못해 재봉 일이나 밥 짓는 따위만 겨우 맡아 했습니다. 나머지 일들은 제가 정말 못합니다."

이 말에 돈우는 더욱 안쓰러워하며 이름을 '사우沙于'라고 지어주었다. 배를 타고 장사를 나갈 때면 옥영에게 항해장 일을 맡겨 태웠다. 복건성과 절강성 지역을 오가며 장사했다.

이때 최척은 요흥에 살면서 여유문과 의형제를 맺었다. 여유문은 아예 자신의 누이를 최척에게 아내로 삼아주려 했다. 최척은 고사했다.

"제 집안사람 모두 왜적에게 내몰려 연로한 부친과 연약한 아내의 생사를 지금도 알 수 없는 상황입니다. 발상하고 상복은 못 입는다고 해도 아무 일 없다는 듯 새로 혼인하여 저 혼자만 편할 요량을 할 수 있겠습니까?"

여유문은 이 말이 의롭다고 여겨 그만두었다. 그리고 그해 겨울, 여유문은 병으로 죽고 말았다. 최척은 더 오갈 데 없는 처지가 되었다. 끈 떨어진 신세가 된 그는 양자강 지역의 명승지 이곳저곳을 돌아다녔다. 용문龍門을 엿보고 우혈禹穴에 들어가보았으며, 소상강瀟湘江 물길을 따라 동정호洞庭湖에서 배를 타는가 하면, 악양루岳陽樓와 고소산姑蘇山을 오르기도 했다. 호수와 산 위에서 휘파람을 불고 구름과 물길 사이를 소요하며 훌쩍 인간 세상을 떠날 뜻을 두었다.

마침 해섬도사海蟾道士 왕용王用이 청성산青城山에 은거하면서 단약을 만들고 대낮에도 하늘을 날아오르는 법술을 부린다는 말을 듣게 되었다. 최척은 그를 찾아 촉 땅으로 들어가 배우고자 했다. 그런데 마침 호가 학천鶴川으로, 항주杭州 용금문湧金門 안에 사는 송우宋佑란 이를 만났다. 경전과 역사에 두루 밝은 그는 성공과 명예를 달가워하지 않고 글을 짓는 게 주업이었다. 또한 남에게 베푸는 걸 좋아하며 의리가 있어 최척을 진정한 친구로 맞아주었다. 최척이 촉 땅으로 간다는 소식을 듣고 술을 가져왔다. 술이 반쯤 취했을 때 최척의 자를 부르며 말했다.

　　"백승伯昇! 세상에 태어난 사람이면 누구나 오랫동안 살고 싶지 않겠소만 고금천지에 어찌 그런 이치가 있겠소? 남은 삶이 얼마나 된다고 뭣하러 복식服食하느라 주림을 참으며 저토록 고생하여 산도깨비와 이웃이 되려 한단 말이오? 자네는 모름지기 나를 따라 일엽편주를 띄워 오 땅과 월 땅을 오가며 비단과 차를 팔면서 여생을 즐겨보지 않겠소. 이 또한 달관한 자가 할 만한 일이 아니겠소?"

　　최척은 씻은 듯이 깨닫고 마침내 그와 동행하기로 했다.

최척과 옥영이 이국에서 해후하다

경자년¹⁶⁰⁰ 봄, 최척은 송우를 따라 같은 마을의 장삿배를 타고 안남으로 장사를 떠났다. 마침 일본의 장삿배 십여 척도 항구에 정박중이었다. 최척은 그곳에서 십여 일 머무르게 되었다. 때는 사월 초이틀, 하늘엔 구름 한 점 없고 물빛은 비단결 같았다. 바람도 자고 물결도 일지 않아 소리도 잦아들고 그림자마저 끊어졌다. 뱃사람들은 깊은 잠에 든 뒤라 물가의 새들만 가끔씩 울어댈 뿐이었다. 일본 배에서 염불하는 소리만이 들려왔다. 그 소리가 매우 처량했다. 최척은 혼자 선창^{船窓}에 기대어 자신의 신세를 생각하다가 불현듯 여장에서 퉁소를 꺼내 계면조^{界面調}로 한 곡을 불었다. 가슴속에 맺힌 슬픔과 원망을 풀어낸 것이었다. 그때는 바다와 하늘도 참담한 빛을 띠고 구름과 안개도 제 모습을 바꿀 정도였다. 놀라서 깬 뱃사람들은 저마다 시름에 젖어들었다. 일본 배에서 나던 염불 소리가 잦아들더니 멈췄고, 잠시 뒤 누군가가 조선말로 칠언절구 시를 읊었다.

왕자교 퉁소 부는데 달은 지려 하고
바다 같은 푸른 하늘엔 새벽이슬이 차가워라.
만났으니 모름지기 함께 청란을 타고 가서
봉래산 이내와 노을 길 헤매지 말아야지요.

다 읊고 나서 흐느끼며 탄식하는 소리가 이어졌다. 최척은 이 시를 듣
고는 얼마나 놀랐는지, 멍하니 뭔가 잃어버린 듯 자신도 모르게 퉁소를
땅에 떨어뜨렸다. 죽은 사람처럼 꼼짝도 할 수가 없었다. 이를 본 학천
이 물었다.

"왜 그러는가? 뭔 일로 그래?"

두 번을 물었으나 두 번 다 대답이 없었다. 세번째 물었을 때 최척은
말을 하려 해도 목이 메어 잇지 못하고 눈물만 줄줄 흘렸다. 시간이 좀
지나 정신을 차린 뒤에야 말을 했다.

"저 시는 바로 제 아내가 직접 지은 시로, 평소에 절대 다른 사람이 듣
고 알아볼 수 있는 게 아닙니다. 게다가 목소리도 제 아내와 너무 닮았
네요. 어떻게 저 배에 와 있는지? 결코 있을 수 없는 일이라……"

최척은 아울러 왜적이 남원을 함락했던 일을 낱낱이 얘기해주었다.
배 안 사람들은 모두 놀라며 괴이쩍어했다. 거기에 두홍杜洪이라는 젊고
용감한 자가 있었다. 그는 최척의 말을 듣고 의기에 찬 얼굴로 노를 치
더니 자리를 털고 일어났다.

"내가 가서 알아봤으면 하오!"

그러자 학천이 만류했다.

"야밤에 소란을 일으켰다가 변이라도 생길까 두렵네. 내일 아침에 차
근차근 처리하는 게 좋겠네."

주변 사람들도 모두 "그러세"라고 했다. 최척은 그 자리에 앉아 아침
이 오기를 기다렸다. 이윽고 동쪽이 막 밝아오자 당장 해안으로 내려갔

다. 정박해 있는 일본 배에 접근하여 조선말로 물었다.

"간밤에 시를 읊은 이는 분명 조선 사람이더이다. 나도 조선 사람인데 혹시 한번 만나볼 수 있겠소? 이야말로 월 땅을 떠도는 사람이 동향 사람을 만나 기뻐하는 정도겠소?"

옥영도 간밤에 배에서 통소 소리를 들은 터였다. 바로 조선의 곡조로, 전에 익히 들었던 음률과 너무 비슷했다. 속으로 자기 남편이 저 배에 와 있는 게 아닌가 의심스러워 전에 지은 시를 다시 읊어 확인해본 터였다. 이제 이 말을 듣게 되자 마음이 조급해져 어찌할 줄 몰라 하며 넘어질 듯 배에서 내려왔다. 마주친 두 사람은 놀라 소리를 지르며 껴안고서 백사장을 뒹굴었다. 목이 메고 기가 막혀 말을 할 수 없었다. 눈물이 다해 피가 맺힐 지경이라 눈을 떠볼 수도 없었다.

두 나라 뱃사람들이 담인 양 최척과 옥영 주변으로 빙 둘러 모여들었다. 처음에는 영문을 몰라 '친척을 만났나' '친구를 만났나' 했는데, 한참 뒤에 이들이 부부 사이란 얘기를 듣고는 떠들썩 돌아보며 웅성댔다.

"기이하군, 기이해! 하늘이 돕고 귀신이 도운 게야. 옛날에도 이런 일은 없었을걸."

최척은 옥영에게 부모님 안부를 물었다.

"산에서 내려와 강변으로 붙잡혀왔을 때까지만 해도 무고하셨는데 날이 저물녘 배에 탄 뒤로는 경황없이 헤어지고 말았어요."

마주한 두 사람은 통곡을 했다. 듣던 이들도 다 코끝이 찡했다. 학천이 돈우에게 요청하여 백금 세 덩이로 옥영을 사서 돌려보내주고자 한다고 이야기하자 돈우가 발끈했다.

"내가 이 사람을 만난 지 이제 네 해가 되었소. 단정하고 성실하여 한몸에서 난 형제처럼 아꼈고 먹고 잠잘 때도 잠시도 떨어진 적이 없었소. 한데 이런 부인인 줄은 여태껏 몰랐소. 지금 내 눈으로 이 광경을 보게 되었으니, 천지 귀신도 감동할 일이 아니겠소. 내 비록 변통할 줄 모르는 어리석은 인간이지만 그렇다고 목석은 아니거늘 어찌 이 일로 돈을 받아 챙긴단 말이오?"

바로 전대에서 은 열 냥을 꺼내 옥영에게 여비로 보태주었다.

"함께 생활한 지 네 해나 됐는데 하루아침에 이별이라니! 안타까운 심정이야 가슴속에 절절하지만 숱한 죽을 고비 속에서도 남편을 다시 만나게 되었으니, 이야말로 세상에 없던 일이 아니겠소. 내가 막는다면 필시 하늘이 날 용서하지 않을 게요. 사우, 잘 가시오! 부디 건승하오, 건승해!"

옥영은 돈우의 손을 붙잡고 고마워했다.

"주인어른께서 돌봐준 덕분에 죽지 않았을 뿐만 아니라 여기서 뜻밖에 남편까지 만나게 되었네요. 받은 은혜가 이만저만 아닌데 게다가 여비까지 보태주시다니 이를 어떻게 갚지요?"

최척도 재삼 고맙다고 인사하고 옥영을 데리고 배로 돌아가 머물렀다. 이웃한 배에서 이들 부부를 구경하러 연일 모여들었다. 그들 중에는 금은이나 비단 따위를 보내 전별하며 축하해주는 이도 있었다. 최척은 선물을 받고 사례했다. 학천은 집으로 돌아와 따로 한 방을 치워 이들 부부에게 거처로 내주어 편히 정착하게 해주었다.

아내를 찾은 최척은 그럭저럭 안락한 마음이었으나 먼 이국땅에 의지하였기에 주변에 아는 사람이라곤 없었다. 연로한 부친이 늘 걱정스럽고 어린 아들 때문에 맘이 아팠다. 밤낮으로 애를 태우며 살아서 고국으로 돌아갈 수 있기를 묵묵히 기도할 뿐이었다. 한 해가 지나 부부는 아들 하나를 다시 얻었다. 아이를 낳기 전날 밤 옥영의 꿈속에 장육불이 또 나타났다.

"아이를 낳으면 역시 등에 사마귀가 있을 것이야!"

부부는 몽석이 다시 온 것이라고 생각했다. 그래서 이름을 몽선夢仙이라고 지었다. 몽선이 장성하자 부부는 어진 며느리를 맞고자 했다. 마침 이웃에 홍도紅桃라는 진씨陳氏의 딸이 있었다. 그녀가 돌이 되기 전에 아버지 위경偉慶은 총병 유정劉綎을 따라 조선 원정을 갔다가 돌아오지 않고 있었다. 게다가 그녀가 성년이 되기 전에 어머니마저 돌아가셨다. 그런 홍도는 이모네 집에서 길러졌다. 그녀는 부친이 이역만리에서 죽었거나 살아 있어도 얼굴을 못 알아보리라는 현실에 항상 애통해했다. 한번이라도 부친이 죽은 나라에 가서 초혼하고 곡이나 할 수 있기를 바랐다. 한스러움이 가슴속에 맺혔으나 여자의 몸이라 어찌해야 할지 막막할 뿐이었다. 그러던 중에 몽선이 신부감을 찾는다는 소식을 듣고 이모와 의논했다.

"최씨 집 며느리가 되어 조선에 한번 가보는 게 소원이에요."

이모는 평소 그녀의 의지를 알았기에 즉시 최척을 찾아가 사정을 이야기했다. 최척과 옥영은 탄복했다.

"여자애가 그러하다니 그 맘이 정말 가상하군요."

마침내 홍도를 데려와 며느리로 맞았다.

천신만고 끝의 귀향

이듬해 기미년[1619], 누르하치가 요양遼陽으로 쳐들어왔다. 연이어 몇 개의 진이 함락되고 많은 장졸이 죽었다. 진노한 신종神宗 황제는 온 천하의 병사를 동원하여 토벌하게 했다. 소주蘇州 사람 오세영吳世英은 유격장군 교일기喬一琦의 부관이었다. 일찍이 여유문을 통해 최척이 재주와 담력을 지녔다는 걸 알고 있던 터라 그를 서기관으로 발탁하여 함께 요양으로 출동했다. 출정하는 날 옥영은 최척의 손을 잡고 눈물을 흘리며 이별을 고했다.

"이 몸 불운하여 일찍 부친을 여의었지요. 그리고 천신만고하고 구사일생한 끝에 하늘에 계신 신령의 도움으로 낭군과 해후하여, 끊어진 현을 다시 잇고 나뉜 거울을 다시 합칠 수 있었지요. 이미 끊긴 인연을 재차 맺은데다 다행히 제사를 이을 아이까지 얻었지요. 다시 함께 살며 즐거워한 지 지금껏 스무네 해가 되었네요. 전날을 돌이켜보면 죽어도 여한이 없답니다. 언제나 이 몸이 먼저 죽어 낭군의 은혜를 갚고자 했는데, 뜻하지 않게 늘그막에 또 먼 이별을 하게 되었네요. 여기서 요양까지는 수만 리나 떨어져 살아 돌아오기는 어려울 테니 훗날 만남을 어찌 기약하겠어요? 바라건대 정처 없는 이 몸 헤어지는 이 자리에서 자결하렵니다. 당신은 아내를 그리워하는 마음을 끊어낼 수 있고, 저는 아침이고 저녁이고 애타게 기다리는 아픔을 면할 수 있겠지요. 잘 가세요 낭군님! 이제 영영 이별이군요. 영별이에요!"

말을 마치고 통곡하더니 은장도를 뽑아 목을 찌르려 했다. 최척이 급히 칼을 뺏고는 위로하며 달랬다.

"저들은 보잘것없는 오랑캐라오. 어디 감히 버마재비가 수레를 막아서려고? 천자의 군대가 일대 정벌에 나섰으니 그 형세야 태산이 계란 하나를 누르는 격이라네. 종군하여 다녀오는 건 다만 시간을 쓰는 번거로움이 있을 뿐일 걸세. 쓸데없이 힘들어하지 말고 술을 준비하여 내가 전장에서 공을 세우고 돌아오는 날을 기다렸다가 축하해주어야 마땅할 걸세. 더구나 우리 몽선이가 장성하여 이제는 의지할 만하잖소. 그러니 먹는 것도 부지런히 잘 챙겨 먹게. 떠나는 길에 괜한 걱정 끼치지 말고."

마침내 최척은 서둘러 여장을 꾸려 떠났다. 요양에 당도한 최척은 수백 리에 펼쳐진 오랑캐 땅에서 조선군 병마와 함께 우모령牛毛嶺의 방책에 주둔했다. 그런데 주둔지 장군이 적을 얕잡아봤다가 전군이 패해 기세가 꺾이고 말았다. 누르하치는 명군이면 남김없이 살육했다. 조선군은 회유와 협박만 했기에 죽거나 다친 자가 없었다. 교일기는 패잔병 십여 명을 거느리고 조선 병영에 투신하여 조선 군복을 입게 해달라고 애원했다. 원수元帥 강홍립姜弘立이 남은 군복을 내주었다. 이제 죽음을 벗어날 참이었다. 그런데 종사관 이민환李民寏이 누르하치의 화를 돋울까 두려워해 줬던 군복을 다시 뺏고 이들을 적진에 압송했다. 한편 원래 조선 사람이었던 최척은 급박한 난리통에 대오에 숨었다가 홀로 빠져나와 살아남을 수 있었다. 그런데 강홍립과 그 수하가 누르하치에게 투항하는 바람에 최척과 조선 장졸들은 오랑캐 군진에 구금되었다.

이때 몽석도 무학武學 출신으로 남원에서 이 원정에 참전하여 원수 강홍립의 진중에 있었다. 누르하치가 항복한 장졸을 몇 군데로 나누어 구금했는데, 실은 최척과 몽석이 같은 곳에 수감되었다. 하지만 이들 부자는 옥에서 마주쳤어도 누가 누구인지 전혀 알아보지 못했다. 다만 몽석은 최척의 말투가 부자연스러워 조선말을 아는 명군이 살해될까 두려워하여 조선 사람으로 위장한 게 아닐까 의심하였다. 그래서 사는 데가 어디냐고 최척을 캐물었다. 최척도 오랑캐로 이쪽 상황을 정탐한다고 몽석을 의심하여 임기응변으로 둘러댔다. 전라도라고도 하고 충청도라고도 했다. 몽석은 속으로 퍽 이상했으나 더이상 따져볼 수는 없었다. 며칠이 지나자 둘은 마음이 통해 아주 가까운 사이가 되었다. 동병상련하는 처지로 의심할 여지가 없어지자, 최척은 그간 살아온 내력을 실토했다. 이에 몽석이 얼굴색이 변하며 깜짝 놀랐다. 믿기기도 하고 안 믿기기도 하던 중 몽석이 갑자기 최척에게 죽은 아들의 나이와 체형 및 생김새를 물었다. 최척은 "갑오년 시월에 태어나 정유년 팔월에 죽었고, 등에 아이 손바닥만한 붉은 사마귀가 있다네"라고 알려주었다. 몽석은 할말을 잊고 까무러쳤다. 이윽고 웃통을 벗어 등을 보여주었다.

"제가 실은 그 아이옵니다!"

최척은 비로소 몽석이 자기 아들임을 확인하고 부친과 장모 모두 생존해 계시는가 물었다. 둘은 며칠을 서로 붙들고 통곡하였다. 이들을 관리하는 집의 노호老胡가 몇 번이고 와서 저들을 보고는, 주고받는 말을 알아듣고 불쌍하고 안타까워하는 것 같았다. 하루는 다른 오랑캐가 모두 출타하자 노호가 최척이 있는 곳으로 몰래 찾아왔다. 한자리에 앉더니 조선말로 이렇게 물었다.

"자네들이 이렇게 통곡을 하니 처음 봤을 때와 너무 다르지 않은가? 특별한 일이 있는 겐가? 한번 들어볼 수 있겠나."

최척과 몽석은 변이라도 생길까 두려워 곧장 사정을 말하지 못했다.

"두려워 말게! 나도 삭주朔州의 토박이 군인이었네. 삭주부사의 끝없는 학정에 신물이 나서 식구들을 데리고 이곳 오랑캐 땅으로 들어온 지 벌써 십 년이네. 이곳 사람들은 정직하고 또 조선처럼 가혹한 관의 침탈도 없다네. 인생이란 아침 이슬과 같다지. 고향을 그리워하는 아픔에 매달려만 있겠는가? 누르하치가 나더러 정예병 팔십 명을 거느리고서 조선 사람을 관리해 도망에 대비하도록 했네. 지금 자네들 말을 듣고 보니 이거야말로 정말 기이한 일이 아닌가. 내가 누르하치에게 책임을 추궁당하는 일이 있다손 치더라도 어찌 모질게 하여 보내주지 않을 수 있겠는가?"

다음날 노호는 먹을 것을 챙겨주면서 자기 아들을 시켜 몰래 빠져나갈 길을 알려주었다. 이리하여 최척은 아들을 데리고 이십 년 만에 고국으로 생환하게 되었다. 하루속히 부친을 뵈려고 이틀 길을 하루 만에 걸어 남쪽으로 내려왔다. 그리하던 중 등에 종기가 났지만 치료할 겨를이 없었다. 은진恩津까지 내려왔을 때 종양 증세가 점점 심해졌다. 여관에서 끙끙 앓다가 숨을 헐떡였다. 금방이라도 숨이 넘어가려 했다. 아들 몽석은 걱정이 이만저만 아니었다. 백방으로 알아봤으나 침이나 약을 구하기도 어려웠다. 그런데 마침 군에서 도망쳐 숨어 지내는 중국 사람이 이 여관에 있었다. 충청도에서 영남 지방으로 가는 길이었다. 그는 최척을 보고는 깜짝 놀랐다.

"위험해! 오늘을 넘긴다면 살리지 못하겠는걸."

그는 자루에서 침을 꺼내 최척의 악창 고름을 빼주었다. 그러자 그날로 나았다. 겨우 이틀을 조리하고 나서 최척은 지팡이를 짚고서 고향집으로 돌아왔다. 식구들은 마치 죽은 사람을 본 것처럼 펄펄 뛰며 눈물바다를 이뤘다. 아버지와 아들은 서로 안고 해가 질 때까지 오열했다. 꿈만 같고 사실이 아닌 것 같았다.

한편, 심씨는 딸을 잃은 뒤로 상심한 나머지 멍하니 몽석에게만 의지하고 있었다. 그런데 몽석마저 전장에서 전사했다고 하자 아예 몸져누워 일어나지 못한 지 몇 개월째였다. 그러다가 몽석이 이렇게 아버지와 함께 돌아온 모습을 보고, 또 옥영이 살아 있다는 소식을 듣고는 허둥지둥 미친듯이 소리를 지르며 슬픈지 기쁜지 전혀 분간이 가지 않았다. 몽석은 부친을 살려준 중국인의 은혜에 감격하여 함께 데려왔다. 크게 보답할 참이었다. 최척이 그제야 물었다.

"당신은 명나라 사람이라는데 집은 어디이며 이름은 어떻게 되오?"

"나는 성이 진가陳家이고 이름은 위경이외다. 집은 항주 용금문 안에 있소. 만력萬曆 25년1597 유제독劉提督 휘하에 종군하여 순천順天에 와서 진을 쳤소. 그러던 어느 날 적의 정세를 정탐하다가 장군의 뜻을 거슬러 군법에 처해질 상황이 되었소. 어쩔 수 없이 한밤중에 몰래 달아나 그대로 조선에 남았다가 여기까지 오게 된 거요."

최척이 듣고 깜짝 놀랐다.

"당신 집에는 부모님과 처자식이 있소?"

"집에는 아내와 출정할 때 낳은 딸아이가 하나 있었소. 그때 아이는 겨우 몇 개월밖에 안 되었고."

"따님 이름이 어떻게 되오?"

"아이가 태어난 날 마침 이웃 사람이 복숭아를 주기에 이름을 '홍도'라고 지었소."

최척은 진위경의 손을 덥석 붙잡았다.

"세상에 이런 진기하고 신기한 일이 있다니! 내가 항주에 있을 때 당신 집과 이웃해 있었소. 당신 부인은 신해년1611 구월에 병으로 돌아가셨고, 홀로된 홍도는 이모인 오봉림吳鳳林의 집에서 길러졌소. 내가 홍도를 며느리로 들였고, 오늘 천만뜻밖에 당신을 여기서 만나게 되었구려."

진위경도 놀라면서 비통해 마지않았다. 한참을 소리 내어 슬퍼하다가 이윽고 자기 한탄을 했다.

"아! 나는 그동안 대구大邱에 사는 박씨 집에 더부살이를 했고, 한 노파를 얻어 침술로 겨우 입에 풀칠하며 살았소. 지금 사돈 말을 들으니 고향 마을에 와 있는 것 같소. 내 이곳으로 와서 살고 싶소."

몽석이 일어나 말했다.

"사돈어른께서는 저희 아버님을 살려준 은혜가 있을 뿐만 아니라 어머님과 아우가 따님에게 의지하고 있으니, 이미 일가가 된 분입니다. 뭐가 어려운 일이겠습니까?"

그 자리에서 진위경더러 거처를 옮기라고 했다. 몽석은 모친이 살아 계시다는 소식을 듣고 밤낮으로 마음을 졸였다. 명나라로 들어가 모셔 오고 싶었으나 갈 수단이 없어 다만 모친을 부르며 울 뿐이었다.

이즈음 항주에 남아 있던 옥영은 관군이 전몰했다는 소식을 듣고는 이제 남편은 전쟁터에서 틀림없이 비명횡사하였다고 생각했다. 통곡하는 소리가 밤낮으로 끊이지 않으니 필시 죽을 참이었다. 옥영은 물이나 미음도 입에 대지 않았다. 그런데 어느 날 밤 꿈에 장육불이 나타나 옥영의 이마를 어루만지며 말했다.

"정신 차려 죽지 말거라. 후에 반드시 기쁜 일이 있을 것이야!"

꿈에서 깬 옥영은 몽선에게 꿈 얘기를 했다.

"내가 처음 포로로 잡히던 날 물에 빠져 죽으려 했었단다. 한데 남원에 있는 만복사의 장육금불이 꿈에 나타나 '조신하여 죽지 말거라. 훗날 필시 좋은 일이 생길 게다'라고 하지 뭐냐. 그로부터 네 해 뒤 네 아버지를 안남의 바다 위에서 만났단다. 지금 내가 죽으려 하는데 또 똑같은 꿈을 꾸었단다. 네 아버지가 혹시 적의 창칼을 피한 것 아닐까? 네 아버지가 살아만 있다면 내 죽어도 사는 게 아니겠니. 다시 무슨 한이 있겠느냐?"

몽선은 눈물을 삼켰다.

"최근에 들으니 누르하치가 명군은 다 죽이고 조선 사람들은 모두 벗어나게 해주었대요. 아버지는 원래 조선인이니 분명 살아나셨을 거예요. 금불이 꿈에 헛되이 나타났겠어요? 제발 어머니께서는 잠시도 포기하려는 생각일랑 마시고 아버지가 돌아오시길 기다리세요."

이때 옥영은 순간 마음을 고쳐먹었다.

"누르하치의 소굴은 조선 땅과 겨우 네댓새 거리이니 네 아비가 살아 있대도 형세상 필시 조선으로 도망쳤을 게다. 어떻게 만리 먼길을 건너 처자식을 찾아오겠니? 아무래도 조선으로 돌아가야겠구나. 죽었다고 해도 직접 창성昌城 언저리에 가서 떠도는 혼이라도 불러 선영 곁에 장례를 치러주어야겠구나. 저 황량한 사막 밖에서 영원히 주리는 신세를 면하게 해주는 것이 내가 해야 할 책임인가 싶다. 하물며 월 땅의 새는 남쪽 가지에 둥지를 틀고 호胡 땅의 말은 북쪽을 향해 우는 법, 지금 죽을 날이 임박하니 더더욱 고향이 그리워 견딜 수가 없구나. 홀로되신 시아버님과 네 외할머니, 그리고 어린 아들을 남원이 왜적에게 함락하던 날 잃었잖니. 죽었는지 살았는지 들어서 아는 게 없다만 전에 일본 상인을 통해 듣자니, 포로가 조선 사람을 계속 보내주었다고 하더구나. 이 말이 과연 사실이라면 어찌 한 사람이라도 살아 돌아오지 않았겠니? 네 아범과 할아버지가 모두 이역에서 불귀의 객이 되었더라도 조상의 선영은 누군가 다시 지켜야 하지 않겠니? 또 안팎의 친척들이 난리통에 다 돌아가시기야 했겠니? 정말 이분들을 만나게 된다면 이 또한 좋은 일이고. 너는 배를 알아보고 식량을 마련해두거라! 여기서 조선까지는 뱃길로 근 이삼천 리는 될 게다. 천지신명이 도와주어 순풍을 만나면 열흘에서 달포 안에는 조선 해안에 당도하겠지. 내 계획은 결정됐구나."

몽선이 울면서 만류했다.

"어머니 왜 이런 말씀을 하세요? 조선에 다다를 수 있다면 이 얼마나 좋은 일이겠어요? 하지만 만리에 넘실대는 파도를 조각배 하나로 건널 여지가 있겠어요? 거친 풍랑에다가 상어나 악어 따위는 어떻고요. 무슨 화가 생길지 예측할 수 없는데다 해적이나 감시선이 도처를 가로막고 있어요. 어머니와 제가 물고기밥이라도 돼버리면 돌아가신 아버지께 무슨 보탬이 되겠어요? 소자가 비록 어리석지만, 이런 엄청난 일을 두고 감히 핑계로 미루자는 말씀을 드리는 게 아니에요."

그러자 옆에 있던 홍도가 몽선에게 말했다.

"막지 말아요, 막지 말아! 어머님 계획은 이미 확고해지셨으니 그 외의 근심거리는 따질 형편이 못 됩니다. 평탄한 땅에서도 수재나 화재, 도적떼를 피할 수 있으려고요?"

옥영도 덧붙였다.

"물길이 힘들고 벅차기는 하나 내 그동안 많이 겪어보았단다. 전에 일본에 있을 때 배를 집 삼아 생활했었지. 봄에는 복건성과 광동성으로, 가을에는 유구琉球로 장사를 갔었단다. 고래 물결과 세찬 파도에 몸을 맡긴 채 별자리를 점쳐 조수 간만을 따질 수 있었고, 바닷길 경험은 이미 익숙하니, 바람과 파도의 험하고 순조로움도 내가 담당할 게다. 배 운항에 대한 안위도 내가 맡으마. 불행한 이 환란을 벗어나는 데 어찌 적당한 방편이 없겠니?"

당장 조선과 일본 두 나라의 옷을 재봉하는 한편, 날마다 아들과 며느리에게 두 나라 말을 가르쳤다. 몽선에게는 이렇게 주의도 주었다.

"뱃길은 전적으로 노와 닻에 달려 있으니 반드시 견고하고 꼼꼼하게 준비해야 한다. 또 꼭 없어서는 안 될 게 바로 나침반이고. 날을 잡아 출항하게 되면 내 말을 어기면 안 된다!"

몽선은 더이상 말을 못하고 물러나 괜스레 홍도를 나무랐다.

"어머니께서 만 번 죽고 한 번 사는 일을 돌아보지 않고 저렇게 위험을 무릅쓴 채 감행하려고 하네. 아버지께선 이미 돌아가셨을 텐데 어머니를 어디에 모신다고 당신은 찬성한단 말이오? 왜 그리 생각이 없소?"

홍도의 답이 이랬다.

"어머님께선 지극한 정성에서 이런 큰 계획을 세운 거예요. 그러니 이 건 말로 다툴 수 있는 게 아닙니다. 지금 결코 그만두어서는 안 될 일을 여기서 포기한다면 때늦은 후회를 할까 싶네요. 잘 따르는 게 더 나을 듯해요. 소첩의 사사로운 감정이야 어느 겨를에 봐달라고 하겠어요? 태어난 지 불과 몇 달 만에 저희 아버지께선 전장에서 목숨을 잃었지요. 시신은 먼 곳에서 거두어지지도 않아 떠도는 혼이 들풀에 얽혀 있을 거예요. 이러고도 세상에 얼굴을 들고 지낸다면 그게 사람이라 하겠어요? 근래 길에 떠도는 소문을 들으니, 패한 장졸 중에 간혹 탈출하여 조선에서 떠도는 이가 아직 제법 있다고 하네요. 자식으로서 각별한 마음에 요행을 바라는 게 왜 없겠어요. 서방님 덕에 조선으로 가서 전사자가 있는 곳을 떠돌며 원통하게 죽은 넋을 조금이라도 달래기를 바라요. 아침에 들어갔다가 저녁이면 죽는다고 해도 정말이지 달게 받을 거예요."

홍도는 목놓아 울었다. 두어 줄기 눈물이 흘러내렸다.

가족 품으로

　몽선은 이제 모친과 아내의 뜻을 꺾을 수 없다는 걸 알았다. 그래서 길 떠날 채비를 서둘렀다. 경신년[1620] 이월 초하루에 배를 띄웠다. 옥영은 몽선에게, "조선 땅은 여기서 동남향이니 필시 북서풍을 기다려야 한다. 넌 노를 단단히 잡고 있다가 내 지시에 따르거라!"라고 일렀다.

　마침내 깃대에 깃발을 매달고 배 앞머리에 나침반을 두었다. 배 안을 점검해보니 이제 다 준비된 상태였다. 이윽고 복어가 뛰고 깃발이 동남방으로 누차 나부끼자, 세 사람은 힘을 합쳐 돛을 올렸다. 배는 빠르게 바다를 가로지르며 밤낮을 가리지 않고 달렸다. 화살이 가르듯 물결을 헤치고 우레가 치듯 바다를 집어삼켰다. 눈 깜짝할 사이에 등주登州와 내주萊州를 거쳐 반나절 만에 청주靑州와 제주齊州를 지나갔다. 아스라한 섬이 눈 돌릴 사이에 사라져갔다.

　하루는 명나라 정찰선을 만나게 되었다. 배가 다가와서는 캐물었다.

　"어디 배이며, 지금 어디로 가는 중인가?"

　옥영이 곧장 둘러댔다.

"우리는 항주 사람으로, 산동에 차를 사러 갑니다."

그러자 그냥 지나갔다. 다시 하루가 지났을 때 이번에는 일본 배가 와서 대려고 했다. 옥영은 즉시 일본 옷으로 갈아입고 기다렸다. 일본 선원이 물었다.

"어디서 오는 배요?"

옥영이 일본말로 대답했다.

"해산물을 캐러 바다에 나갔다가 바람에 밀려 타던 배를 버리고 항주 배를 빌려오는 길이오."

"정말 고생이구려! 이 길은 일본으로 가는 항로에서 좀 벗어나 있소. 방향을 남쪽으로 잡아서 가시오."

이 배도 이렇게 떠나갔다.

그날 밤, 남풍이 아주 세차게 불었다. 파도가 하늘에 닿을 듯하고 구름과 안개가 사방에 자욱하여 지척을 분간할 수 없었다. 노는 부러지고 돛은 찢어져 갈 방향을 잃고 말았다. 몽선과 홍도는 겁에 질려 바짝 엎드렸는데 뱃멀미까지 괴롭혔다. 옥영은 홀로 앉아 하늘에 기도하며 염불만 욀 뿐 다른 수가 없었다. 한밤이 되자 풍랑이 조금 잦아들어 우여곡절 끝에 작은 섬에 배를 댔다. 장비를 손보고 수리하느라 그곳에서 며칠 머무르며 출발하지 못하던 차에 저 먼바다에서 어떤 배가 점점 가까이 다가왔다. 옥영은 몽선더러 배 안의 짐을 보따리에 챙겨 바위틈에 숨기라고 했다. 조금 뒤 그 배에 탄 사람들이 시끄럽게 떠들며 내렸다. 말과 복장이 조선인이나 일본인도 아니었고 얼추 중국인 같았다. 무기는 들지 않았으나 맨몽둥이를 내리치며 돈이나 물건이 있나 뒤졌다. 옥영이 중국말로, "우리는 명나라 사람이에요. 바다로 고기잡이를 나왔다가 이곳에 표류한 상황이라 가진 돈이나 물건이 없어요"라고 울면서 살려 달라고 애원했다. 저들은 옥영 일행을 죽이지는 않았으나 타고 온 배를 끌어다 자기 배의 꼬리에 매달고 가버렸다.

"저들은 필시 해적이야! 듣자니 해적은 중국과 조선 사이에서 출몰하며 약탈을 일삼고 사람을 죽이는 걸 좋아하지는 않는다고 하더구나. 저들이 바로 그 해적이 분명해! 내가 아들 말을 듣지 않고 이 길을 강행했구나. 하늘이 불쌍히 여기지 않아 결국 이런 낭패를 보다니. 배를 잃었으니 이제 어쩐단 말이냐? 하늘과 맞닿은 저 아득한 바다를 날아서 건널 수도 없고, 띄울 뗏목도 없고 의지할 댓잎 하나 없으니⋯⋯ 한 번 죽는 것인데 내가 너무 늦게 죽는가보다. 우리 아들이 나 때문에 죽게 되었으니 불쌍해서 어쩌지."

옥영은 아들 며느리를 붙잡고 슬퍼하며 울부짖었다. 그 소리가 바위 벼랑에 울려퍼지고 한스러움은 층층 파도에 맺히니 물귀신도 움츠러들고 산귀신도 찡그릴 만했다. 옥영은 벼랑으로 올라가 몸을 던지려 했으나 아들과 며느리가 함께 막는 바람에 투신하지 못했다. 몽선을 돌아보며 입을 열었다.

"너희가 내 죽음을 막다니 앞으로 뭘 더 기대하려고 그러는 게냐? 자루에 남은 식량으론 겨우 사흘 버티기도 힘들 거다. 이렇게 식량이 동나기를 기다리다보면 죽는 거밖에 뭘 더하겠느냐?"

몽선이 모친을 달랬다.

"먹을 것이 다 떨어지고 나서 죽어도 늦지 않아요. 그사이 만에 하나라도 살길을 찾는다면 그땐 후회해도 소용없잖아요."

마침내 부축하여 내려왔다. 밤이 되자 바위굴에 몸을 숨겼다. 하늘이 밝아오려 했다. 옥영이 아들과 며느리에게 이런 말을 했다.

"내가 기운이 다 빠져 비몽사몽간에 장육불이 또 나타나 이러이러한 말을 하더구나. 너무 이상하지 않느냐?"

이에 세 사람은 염불하며 축원했다.

"석가세존이시여! 저희를 굽어살피소서, 굽어살펴주소서!"

이렇게 이틀이 지났을 즈음 난데없이 망망한 바다 가운데서 돛단배가 나타났다. 몽선이 놀라 모친께 알렸다.

"저 배는 지금까지 본 적 없는 거라 몹시 두려워요."

그런데 옥영은 배를 보고 기뻐하는 것이었다.

"우리는 살았다! 저 배는 바로 조선 배구나."

조선 옷으로 갈아입고는 몽선더러 벼랑으로· 올라가 옷을 흔들라고 했다. 그러자 뱃사람이 배를 멈추고 물어왔다.

"당신네는 어디 사람이기에 이 외딴섬에 있는 거요?"

옥영이 조선말로 대답했다.

"우리는 원래 경성의 양반가 사람들이오. 나주羅州로 내려가던 중에 갑자기 거친 파도를 만나 배가 뒤집히는 바람에 다른 사람들은 죽고 우리 셋만 살아남았소. 돛과 거적때기를 붙잡고 표류한 끝에 이곳에 밀려와 겨우 목숨을 부지하고 있네요."

뱃사람은 이 말을 듣고 사정을 안타까워하며 닻을 내리고 이들을 태우고 떠났다. 나중에, "이 배는 통제사統制使의 무역선이오. 관아 일정이 정해져 있어서 이 이상 돌아서 갈 수는 없소"라고 하면서 순천順天에 도착해, 해안에 정박하고서 일행을 내려주었다. 이때가 경신년1620 사월이었다.

옥영은 아들과 며느리를 데리고 여기저기 험한 길을 넘고 건넌 끝에 대엿새 만에 남원에 도착할 수 있었다. 일가가 모두 없어졌을 거라고 짐작한 그녀는 시댁의 옛집이라도 가서 보려고 만복사를 찾아가다가 금교에 다다라 멀리서 살폈다. 성곽도 마을도 예전 그대로였다. 몽선을 돌아보고는 한 곳을 손으로 가리키며 울먹였다.

"저기가 바로 네 아버지가 살던 옛집이란다. 지금은 누가 들어와서 사는지 알 수 없다만, 일단 가서 며칠 묵으며 뒷일을 꾸려보자꾸나."

그런데 집 문 앞에 도착했을 때 문밖 버드나무 아래에 앉아 손님 맞이중인 최척이 보이는 게 아닌가. 옥영이 가까이 다가가 자세히 훑어보니 바로 남편이었다. 옥영과 몽선은 동시에 소리 내어 통곡을 했다. 최척은 이제야 아내와 자식이란 걸 알고 외마디소리를 지르며 부르짖었다.

"몽석 어미가 왔구려! 이게 귀신인가 사람인가? 꿈인가 생시인가?"

몽석도 밖에서 말하는 걸 듣고 맨발로 엎어질 듯 달려나왔다. 모자가 상봉하는 마당의 이 광경이야 짐작하고도 남을 만했다. 서로 부둥켜안고 방으로 들어왔다. 오랜 병석에 있었던 심씨는 딸이 돌아왔다는 소식에 너무 놀라 꼬꾸라져서는 숨이 막혀 벌써 산 사람의 모습이 아니었다. 옥영이 모친을 안아서 부축하자 다시 숨이 돌아왔고 한참 만에 안정을 찾았다. 최척은 진위경을 불렀다.

"사돈, 따님도 왔대요!"

옥영은 홍도더러 그간의 사정을 얘기해주게 했다. 이리하여 일가 사람들은 각자 자기 자녀를 껴안았다. 죽었다가 살아나 다시 만난 듯 이들은 펄쩍 뛰며 소리치는가 하면 붙잡고 통곡을 했다. 고금 천하에 다시 이런 신기하고 절묘한 일이 있을까? 이 소식이 사방에 퍼져 구경꾼이 담을 이뤘다. 괴상타 기이하다 하던 구경꾼들은 옥영과 홍도가 겪은 일을 듣고는 무릎을 치며 탄성을 질렀다. 서로 다투어 이를 이야기로 전했다.

옥영은 최척에게 이런 말을 했다.

"우리에게 오늘이 있을 수 있었던 것은 분명 장육불의 보살핌을 입었기 때문이랍니다. 이제 들으니 장육금불도 다 무너져 없어졌다지요. 기대고 빌 데가 없어졌네요. 하늘에 계신 신령이 죽이지 않고 살려주셨으니 저희가 보답할 바를 몰라서야 되겠어요?"

이에 공양을 대겨 준비하여 폐허가 된 만복사로 가서 재계하고 흠향했다. 이후 최척과 옥영은 위로 부모를 봉양하고 아래로 자식을 키우며 남원 서편 옛집에서 살았다.

아! 아버지와 아들, 남편과 아내, 시아버지와 장모, 그리고 형제가 네

나라로 헤어져 서로를 애타게 그린 지 삼십여 년이었다. 적의 땅에서 삶을 도모하고 사지를 드나들다가 끝내 단란하게 다 모였으니 원하는 대로 이루어진 것이다. 이 어찌 사람의 힘으로 될 수 있는 것인가? 필시 옥황상제와 후토后土의 신이 이들의 지극한 정성에 감동하여 이런 기이한 일이 일어난 것이리라. 필부필부도 정성이 있으면 하늘이 이를 어기지 못하는 법이다. 정성은 가려 없어지지 않음이 이와 같다.

내가 남원의 주포周浦에 내려와 우거하고 있었는데, 그때 최척이 나를 찾아와 들려준 얘기가 위와 같다. 그러면서 이 일의 전말을 기록하여 자취가 사라지지 않도록 해달라고 청했다. 이에 부득이 그 대략을 이렇게 적는다.

천계天啓 원년 신유년1621 윤이월 아무 날 소옹素翁이 쓴다.

상사동기

봄날의 흥취, 미인을 만나다

때는 명나라 홍치弘治 연간으로 성균관 진사 김생金生이란 이가 있었다. 그의 이름은 잊었다. 외모가 티 없이 맑고 고운데다 고상한 운치도 몹시 빼어났다. 거기에 글도 잘 짓고 우스갯소리를 잘하는 그야말로 세상에서 보기 드문 뛰어난 사내였다. 자기 동네에서는 '풍류랑風流郎'으로 일컬어졌다. 이런 김생이 겨우 약관의 나이에 진사과의 제일과第一科에 합격하자, 그의 이름이 장안에 파다했다. 높은 벼슬아치와 대갓집에서는 애지중지하는 딸을 그에게 시집보내고자 혈안이 되어 혼수 비용은 따지지 않겠다며 나섰다.

그러던 어느 날, 그가 성균관에서 집으로 돌아오는 길이었다. 말 위에서 멀리 내다보니, 푸른 버들과 연붉은 살구꽃 사이로 주막이 어른거렸다. 김생은 몰려드는 춘정을 이기지 못하고 목이 타듯 술 생각이 절로 났다. 마침내 흰모시 적삼을 잡히고 진주홍주眞珠紅酒를 사서는 꽃이 그려진 자기 잔으로 그 술을 따라 마셨다. 술에 취해 주막 술독 곁에 누워버렸다. 꽃향기가 옷에 스며들고 대에 맺힌 이슬이 얼굴에 떨어졌다. 이윽고 석양이 고갯마루에 걸리고 날던 새도 숲을 찾아들었다. 말을 끌던 종이 가자고 재촉하자, 김생은 일어나 말에 올랐다. 채찍을 휘둘러 다시 귀갓길을 재촉했다. 주위로 평탄한 흰 모래가 길게 펼쳐져 있고, 가느다란 버드나무 가지는 냇가 벌판에서 하늘거렸다. 다니던 사람들도 모두 집으로 돌아갔는지 한길에는 인적이 거의 끊겼다. 김생은 흥취가 일어 낮은 소리로 읊조려 한 편의 절구를 지었다.

> 동편 길의 꽃버들을 보고는
> 자류마 앞발만 챌 뿐 가질 않네.
> 어느 곳에 고운 님이 계시는지
> 도요桃夭의 정은 끝이 없어라.

　다 읊고 취한 눈으로 얼굴을 반쯤 들었을 때 한 미인이 앞에 나타났다. 막 열여섯 살이 된 듯 보였다. 예쁜 걸음으로 사뿐히 걸어오는데 길가의 먼지 하나 일지 않았다. 몸매는 가냘프고 자태는 곱고 아름다웠다. 오다가 멈추는가 하면 이쪽저쪽으로 왔다갔다하면서 기와 조각을 주워 나무에 든 꾀꼬리를 놀래키기도 하고, 버드나무 가지를 휘어잡고는 비낀 해를 보며 우두커니 서 있기도 했다. 또 옥비녀를 빼어 검은 머리를 가볍게 긁적이기도 했다. 푸른 소맷자락은 봄바람에 나부끼고 다홍치마는 맑은 냇물에 반짝였다. 그 모습을 멀찍이서 바라보자니 김생은 정신이 마구 뒤흔들려 스스로 감정을 억제할 수 없었다. 당장 말을 채찍질하여 그녀 앞으로 다가갔다. 곁눈질하며 살펴보니, 고른 치아와 하얀 얼굴이 그야말로 국색이었다. 김생은 말을 멈추고 주변을 맴돌았다. 여인과 앞서거니 뒤서거니 하면서 온통 정신을 모아 그녀를 뚫어져라 쳐다보았다. 도무지 그냥 두고 떠날 수가 없었던 것이다. 그녀도 김생이 무정한 사람이 아님을 알아차렸는지 수줍은 듯 고개를 숙인 채 감히 쳐다보지 못했다. 그녀의 걸음이 점점 멀어지자 김생도 뒤를 따랐다. 그녀가 도착한 곳까지 가고 보니 상사동相思洞이었다. 길가 게딱지만한 두어 칸 집이 바로 그녀가 들어간 집이었다. 김생은 서성이다가 우두커니 멈춰서서 안타까운 마음을 걷잡지 못했다. 그러나 날이 이미 저물어 뾰족한 수도 없게 되자, 아쉬워하며 그곳을 떠났다. 멍하니 무언가를 잃어버린 양으로 취한 듯 정신이 나간 듯했다. 한밤중에 베개를 붙들고 잠자리에 들었으나 편히 잠을 이룰 수가 없었다. 밥을 앞에 두고도 먹을 마음이 들지 않고 억지로 먹으려 해도 목구멍으로 넘기질 못했다. 몸은 야위어 말라빠진 나무 같고 안색은 수척해져 다 타버린 재 같았다. 암담히 시름에 잠긴 채 입을 닫고 말을 하지 않았다. 집안 식구들은 물론 부모마저 그 이유를 알 수 없었다.

그렇게 열흘 남짓 지났을 때 나이든 종 막동莫同이 틈을 보아 김생을 뵙고는 눈물을 흘리면서 물었다.

"평소 도련님은 담소할 때 거침없고 대범하고 재주가 뛰어나 얽매는 법이 없으셨지요. 한데 지금 숨은 걱정거리가 있는 듯 이리 수심에 겨워 계시다니요. 무슨 일로 이렇게 초췌한 모습으로 애태우시는지요? 무슨 고민거리가 있어서 이러시는 거지요?"

김생은 슬펐으나 그 말에 수긍이 갔기에 이내 막동에게 이실직고했다. 막동은 한참을 골똘히 생각하더니 입을 열었다.

"쇤네가 도련님을 위해 마륵麿勒의 계책을 바칠 테니 더이상 애태우지 마세요."

"그렇다면 장차 어떻게 하려는 건가?"

"도련님은 빨리 좋은 술과 맛 좋은 안주를 아주 화려하고 근사하게 마련하세요. 그런 다음 즉시 그분이 갔던 집으로 찾아가 손님을 전송하기 위해 온 것처럼 하여 방 한 칸을 빌리세요. 그 방에 술자리를 차려놓고 쉰네를 불러 손님을 뫼시라 하면, 쉰네가 영을 받들어 나갔다가 한식 경쯤에 돌아와 이리 아뢸 것입니다.

'조만간 오겠다고 하옵니다. 조만간에요!'

그러면 도련님께선 다시 쉰네를 시켜 재차 모셔오라고 하세요. 쉰네도 이 영에 따라갔다가 저물녘에 돌아와서는 이리 아뢸 것이옵니다.

'오늘은 송별해줄 사람이 너무 많아 잔뜩 취한 바람에 갈 수 없으니 내일 확실히 가겠노라고 하옵니다.'

그런 뒤 도련님께서 집주인을 불러 앉히고 이미 준비한 술과 안주를 함께 취하도록 드세요. 다른 내색은 보이지 마시고 자리를 무르세요. 다음날에도 이와 똑같이 하고 그다음날에도 가서 전날과 같이 하세요. 그러면 주인은 처음엔 고마워할 것이고, 다음엔 은혜에 감사해할 것이며, 마지막엔 필시 의심할 겁니다. 고마운 마음이 들면 보답할 생각을 하게 되고, 은혜를 느끼면 목숨 바칠 생각을 하게 되고, 의심이 일면 분명 그러는 연유를 물어올 겁니다. 그때 비로소 마음을 열고 속내를 털어놓으면 계획한 일을 실행해볼 수 있을 겁니다."

김생은 참으로 그렇겠다 싶어 얼굴을 활짝 펴며 웃었다.

"내 소원이 이루어지겠구나!"

이 계획에 따라 당장 술과 안주를 준비하여 그 집을 찾아갔다. 전송연의 술자리를 마련한 것처럼 만들고 종을 보내 손님을 맞아오도록 했다. 하나같이 막동의 말처럼 한 것이다. 막동도 영을 받고 두세 번 오가기를 약속한 대로 똑같이 했다. 김생은 일부러 화를 냈다.

"에이, 참! 그 사람 이 좋은 만남을 이리도 망가뜨린단 말인가? 하나 준비해온 이 봄술을 허탕쳤다고 도로 가져갈 수는 없지. 이것으로 주인과 한잔하는 것도 나쁜 일은 아니겠구나."

바로 주인더러 오라고 불렀다. 이 주인은 칠순 노파였다. 와서 인사를 하자, 김생이 사근사근 대했다.

"할멈, 편히 앉으시오! 마침 손님을 전송하려고 여기에 자리를 잡은 것인데, 할멈이 잘 받아주니 후의에 감사할 따름이오."

즉시 막동을 불러 술과 안주를 내오라고 일렀다. 김생은 주인 할멈과 오랜 친구 사이나 된 듯 살갑게 술잔을 주고받았다. 하지만 다른 말은 한마디도 않은 채 자리를 끝냈다. 한편 김생은 '전에 보았던 그 젊은 여자가 정말 이 집 할멈의 딸인지는 모르지 않는가?'라는 생각이 들었다. 이런 생각에 답답하고 걱정이 되어 그대로 가만있을 수 없었다. 그럼에도 할멈이 깊이 감동한 뒤에 절로 의심하기를 기다렸다가 그뒤 자기 속뜻을 털어놓는 수밖에 달리 방법이 없었다.

다음날도 그 집에 가서 이전처럼 하기를 늦추지 않았다. 이렇게 두세 번 계속하자, 노파는 과연 이상히 생각했다. 그녀는 얼굴빛을 고치고 자리를 바로 하고서 물었다.

"쇤네가 적이 여쭐 게 있나이다. 길가 인가가 늘어서 있는 게 물고기 비늘처럼 즐비하니 술자리를 마련하여 손님을 전송할 곳이야 어디든 안 되겠습니까? 한데 이처럼 작고 누추한 쇤네의 집을 찾아주시다니요? 게다가 낭군님께서는 경화의 세족이며 사림의 중심이십니다. 쇤네야 궁벽한 마을의 홀어미로 떳집에서 미천하게 살고 있고요. 이미 귀천의 사이엔 삼감이 있고, 평소의 오랜 벗 같은 사이도 아니온데 외람되게도 도타운 은혜가 이렇게까지 지극하시다니요. 쇤네가 어찌 이런 대우를 받는지요? 실로 그 이유를 모르겠나이다."

이에 김생은 씩 웃으며 답했다.

"내 손님을 전송하러 왔기에 이리된 것이지 별다른 뜻은 없네. 또 할멈과는 괜히 불편한 사이가 되어서는 안 되기에 주인과 손님의 예를 다함은 당연하지 않은가."

술자리가 무르익자 김생은 문득 자줏빛 비단으로 만든 합환合歡 적삼을 풀어 노파에게 던져주었다.

"매번 자네 집을 번거롭게 하면서도 딱히 보답이 없었네. 이것으로 훗날 잊지 말자는 증표로 삼고자 하니 부디 할멈은 물리치지 말게."

노파는 더욱 감격해했으나 이럴수록 더 의구심이 들었다. 자리에서 일어나 두 번 절을 올리며 말했다.

"도련님께서 이런 것까지 주시니 쇤네의 감동하는 마음이 점점 커지옵니다. 아무래도 뭔가 까닭이 있어서 이러하온지요? 정녕 쇤네는 과부로 오랜 세월 살았으나 이웃마저 한 번도 신경써준 적이 없었는데, 하물며 낭군님께 관심을 받다니요? 만일 낭군님께서 쇤네에게 바라는 것이 있다면 비록 죽는 일이라 하더라도 거절하지 않겠나이다."

김생은 여전히 웃으면서 대답하지 않았다. 노파가 억지로 청한 다음에야 빙그레 웃으며 입을 열었다.

"이 동네 이름이 뭔가?"

"상사동이지요!"

"내가 아무래도 이 동네 이름에 썬 모양이네."

그러자 노파가 옅은 미소를 지었다.

"낭군님께서는 이 늙은이에게 변구邊嫗 역할을 바라는 것이군요? 이 동네에는 운화雲華 같은 요조숙녀가 없으니 위랑魏郞의 풍류를 어찌한단 말입니까?"

김생은 자신이 그리워하는 그 여자가 분명 여기에 없다는 것을 알고는 그만 다시 슬퍼져 낯빛을 잃고 말았다.

"내가 이미 할멈에게 후의를 입었으니 어찌 이실직고하지 않겠는가? 과연 아무 달 아무 날에 모처로부터 오다가 길 위에서 젊은 낭자를 만났는데 이제 열대여섯쯤 돼 보였네. 푸른 적삼 저고리에 붉은 비단치마를 입고, 흰 비단 버선과 자줏빛 꽃신을 신었더군. 반삭 머리에 진주 비녀를 꽂았으며, 가느다란 손가락엔 흰 구슬 가락지를 끼고 있었고, 그녀가 홍화문弘化門 앞길을 지나 구불구불 골목길을 따라갔다네. 내 젊은 협기로 들끓는 춘정을 이기지 못해 그녀를 뒤쫓았지. 그 도착한 곳이 바로 자네 집이었네. 이때부터 내 맘은 술에 취한 듯 얼어붙어 멍하니 만사를 제쳐두고 말았네. 오매불망 그녀 생각뿐이라네. 그 밝은 눈동자와 하얀 이가 자나깨나 아침이고 저녁이고 떠올라 속이 타들어가고 애가 끊어질 지경이네. 할멈은 내 이 비쩍 마른 얼굴을 보니 어떤가? 해서 손님을 불러 전별연을 한다며 자네의 집에 들락날락한 걸세. 어쩔 수 없지 않았겠는가.”

노파는 이 말을 듣고 김생의 처지가 참으로 딱하다 싶었다. 그렇긴 하나 김생을 사로잡은 이가 누구인지 알 수가 없었다. 반 식경이나 골똘히 생각하더니 의문이 확 풀렸는지 말했다.

“과연 그런 애가 있네요. 그애는 바로 쇤네의 죽은 언니 딸로, 이름이 영영英英이랍니다. 자를 난향蘭香이라고 하지요. 그애가 맞다면 이야말로 어려운 일입니다. 어려워요.”

김생이 물었다.

“무슨 이유로?”

“그애는 다름 아닌 회산군檜山君 댁 시녀랍니다. 궁궐에서 태어나 그 안에서만 자란 터라 문밖 길을 밟아본 지가 오래되었지요. 예쁜 자색이야 이미 낭군님께서 보신 대로이니 다시 말씀드릴 필요야 없겠지요. 단아한 마음가짐과 유순한 태도도 사대부 집안의 처자와 다르지 않고요. 거기에 음률도 터득하고 글까지 잘 짓는답니다. 그러니 회산 나리께서 애지중지하여 자신의 첩으로 삼으려 하고 있지요. 다만 부인 마님께서 시기하고 질투하는 성품을 버리지 못한 게 하동河東의 유씨柳氏보다 더한 까닭에 아직 그렇게는 못하고 있지요. 접때 영영이가 우리집에 거리낌 없이 올 수 있었던 건 그때가 한식이었기 때문이지요. 죽은 부모의 영전 앞에 제사를 올리기 위해 부인 마님께 휴가를 청해 왔던 것이었지요. 하지만 그때도 마침 나리께서 출타했기 때문에 그 기회에 걸음할 수 있었답니다. 그렇지 않았다면 낭군님께서 어떻게 영영이의 얼굴을 볼 수 있었겠어요? 에고! 낭군님을 위해 한번 손을 써보는 건 정말로 어렵겠네요. 어렵겠어요."

김생은 하늘을 쳐다보며 땅이 꺼질 듯 한숨을 쉬었다.

"틀렸다니, 그러면 죽을밖에!"

노파는 김생이 정말 애처로웠다. 잠시 망연자실하더니 입을 열었다.

"그만둘 수 없다면 한 가지 방법은 있겠네요. 단오라는 좋은 때가 채 한 달 정도밖에 남지 않았잖아요. 그때 쇤네가 죽은 언니를 위해 다시 간소한 제사상을 차려놓고 부인 마님께 아뢰어 영영이가 반나절 정도쯤을 얻게 해달라고 간청해보지요. 그러면 만에 하나 만날 수도 있을 거예요. 낭군님은 돌아가셨다가 그때를 기다려 와서 만나면 좋겠네요."

그러자 김생의 얼굴이 펴졌다.

"정말 할멈 말대로 된다면 인간 세상의 오월 오일은 바로 천상의 칠월 칠석이 될 것이야."

이리하여 김생과 노파는 헤어지면서 서로 만복을 기원하며 물러갔다. 집으로 돌아온 김생은 목이 빠져라 기운 해를 바라보며 어서어서 밤이 찾아오기를 고대했다. 하루 보내기가 삼 년 같아 아무래도 좋은 기약이 찾아오지 않을 것만 같았다. 하는 수 없어 자주 붓과 먹에 의지해 답답함을 풀어냈다. 「억진아憶秦娥」 한 편도 지었다.

적적한 봄
배꽃 핀 뜨락에 비바람 치는 저녁.
비바람 치는 저녁
그리워도 만날 수 없고
소식마저 끊겼어라.
그때 절세미인 만난 것 후회하노니

내 마음 어찌 돌인 양 무정하리?
공연히 그녀 그리워하여
꽃을 보면 애가 끊어지고
바람 불면 눈물 적시네.

김생, 상사동에서 애를 태우다

바야흐로 단오 때가 되었다. 김생이 노파의 집으로 갔더니 노파가 나와 몹시 반가워하며 맞았다. 김생은 안부를 묻는 것 외엔 다른 말 한마디 꺼낼 여유도 없이 물었다.

"그래, 상황이 어떤가?"

"어제 부인 마님을 찾아뵙고 얼마나 간곡히 청했다고요. 그랬더니 마님께서는 '평소라면 나리께서 영영의 출입을 매우 엄히 통제하는 터라 내 너의 청을 들어주기 어렵다만, 내일이라면 나리께서 고관대작의 초청으로 출타하여 단오 모임을 가질 게다. 그러면 내 어찌 영영에게 잠시의 여유를 주는 걸 마다하겠느냐?'고 하지 뭐예요. 부인 마님께서 진심으로 허락해주신 게지요. 다만 나리께서 출타하실지 여부가 불확실하답니다."

김생은 반신반의하며 기쁘기도 하고 두렵기도 하여 마음을 다잡을 수가 없었다. 애타는 마음으로 궤안에 기댄 채 방문을 열어놓고 그녀가 오기를 기다렸다. 그러나 해가 중천에 이르도록 그림자 하나 보이지 않았다. 가슴은 답답하고 속은 타들어갔다. 바보가 된 양 멍하니 앉아 있는 게 꼭 서리 맞은 파리 같았다. 그러다가 갑자기 벌떡 일어나서는 부채를 휘둘러 기둥을 치다가 할멈을 불러 하소연했다.

"바라보는 눈은 뚫어질 것 같고 타들어가는 애는 끊어지려 하네. 지나가는 행인들은 가까워지다 지나쳐가기만 하니, 내 바람은 끝난 게 아닌가?"

노파가 그를 위로했다.

"지성이면 감천이라 했으니, 도련님께서는 좀 진정하세요!"

이윽고 창문 밖에서 신발 끄는 소리가 나더니 점점 가까워졌다. 김생이 화들짝 놀라 돌아보니 바로 영영이 오고 있었다. 그는 손뼉을 치며 기뻐했다.

"하늘이 도운 게 아닌가?"

노파도 마치 어미가 갓난아기를 보는 양 기뻐했다. 영영은 문 앞 버드나무 아래에서 말이 휘익 울고, 뜰 가 화창한 그늘 아래 종들이 나열한 광경을 보고는 수상쩍어 머뭇거렸다. 감히 무턱대고 안으로 들어갈 수 없었던 것이다. 노파는 영영을 속여 이렇게 말했다.

"애야, 속히 들어오렴! 의심치 말고. 넌 이 도련님을 모르더냐? 도련님은 죽은 남편의 친척분이시다. 마침 누추한 우리집에 와 전별연을 할 참이란다. 너는 왜 그리 늦게 왔느냐? 네가 끝내 오지 못하는 줄 알고 이미 너희 부모 제사를 마쳤단다. 하니, 안에 들어와 속히 술과 찬을 준비하여 이 도련님께 한 잔 올리거라."

영영은 노파의 말대로 술상을 받들어 올렸다. 노파와 김생은 술잔을 서로 주고받았다. 술이 반쯤 취했을 때 김생이 영영에게 말을 걸었다.

"낭자도 여기에 와 앉게. 내 한 잔 돌림세."

영영은 부끄러워 얼굴을 숙인 채 감히 바로 쳐다보질 못했다. 노파가 거들었다.

"네가 깊은 궁궐에서만 자란 까닭에 세상 물정을 이리 모른단 말이냐? 글자를 잘 알거늘 어찌 술자리에도 예절이 있는 줄 모르더냐?"

이 말에 영영은 술을 받았다. 그래도 여전히 마뜩잖은지 떨떠름하게 술잔을 받아서는 입술에 슬쩍 댈 뿐이었다. 잠시 뒤 노파는 일부러 취한 척 자리에서 늘어졌다. 하품을 하는가 하면 기지개를 켜더니 졸립다며 영영을 돌아보고 말했다.

"내가 술 땜에 힘들어 영 편치 못하구나. 가서 좀 쉬련다. 너는 예서 어른을 좀더 뫼시거라."

노파는 바로 일어나 내실로 들어가더니 침상에 엎어져 잠에 떨어졌는데 코 고는 소리가 우레와 같았다. 이윽고 김생이 영영에게 묻기 시작했다.

"지난번 성균관에서 나오다가 홍화문 앞길에서 너를 만난 일이 있구나. 삼월 초하룻날이 바로 그때란다. 기억할 수 있겠느냐?"

영영이 답했다.

"그때, 말은 기억이 나는데 사람은 기억나지 않사옵니다."

"사람이 말보다 못하단 말이냐?"

"말은 봤어도 탄 분은 보지 못했사옵니다."

"그저 말만 기억나고 사람은 기억나지 않는다고? 초췌한 얼굴에 비쩍 마른 모습이 접때 만났을 때와 다른 사람이 된걸. 이유 없이 이렇게 됐겠느냐? 너는 내가 아니니 내 마음을 어떻게 알겠냐만."

영영이 웃었다.

"낭군께서도 소첩이 아니니 소첩이 낭군의 마음을 알지 못하는 줄 어찌 알겠어요?"

김생은 자리를 당겨 바짝 붙어앉더니 사실을 얘기했다.

"아, 난향아! 너는 어찌 그리도 무정하단 말이냐? 처음 만나 말 한마디 주고받지 못한 때부터 너를 그리워했단다. 그뒤 만나보지 못한 게 벌써 얼마인 줄 아느냐? 난향아, 너도 정녕 슬프지 않으냐? 그런 너를 손꼽아 기다렸는데 이제 왔으니 살겠구나!"

그러나 영영은 피식 웃기만 할 뿐 대답을 하지 않았다. 김생은 그녀를 이곳에 붙잡아두고 밤까지 있다가 함께 잠자리를 하자고 요구했다. 영영은 안 된다고 거절하면서 말했다.

"소첩의 주인 나리께서는 아침에 출타하셨다가 날이 저물면 돌아오십니다. 오늘도 모임에 나가셨기에 소첩이 여기에 올 수 있었답니다. 댁에 돌아오시면 꼭 소첩을 불러 의관을 벗기도록 한답니다. 이 연약한 여자의 몸으로 만 번 죽을 지경에 빠질 수 없사옵니다. 때문에 낮에는 그나마 올 수 있어도 밤에는 생각할 수 없답니다."

김생은 그녀를 이곳에 오래 붙잡아둘 수 없음을 알고, 저의를 드러내며 그녀를 건드렸다.

"정말 네 말대로라면 이 마음을 어찌한단 말이냐? 날은 이미 저물어 헤어질 시간이 닥쳤구나. 다시 만나기도 쉽지 않으니 우리의 좋은 만남은 오기 어렵지 않겠느냐? 나를 가엽게 여겨 잠깐의 정을 나누는 데 인색지 말거라."

마침내 그녀를 껴안으려 했다. 영영은 옷깃을 바로 하고 정색을 했다.

"소첩이 어찌 목석같은 사람일라고요? 낭군님의 마음속 의도를 모를 리가 있겠어요? 다만 주인 나리께서 소첩을 천하다고 박대하지 않으시고 곁을 떠나지 못하게 하고서 믿고 맡긴답니다. 중문 밖도 나가서는 안되고요. 지금 여기에 온 것만 해도 벌써 엄한 영을 어긴 겁니다. 만약 또 이런 부정한 일까지 저질러 추한 소문이 훤히 드러나 알려진다면 죽어도 그 죄가 남을 거예요. 무턱대고 낭군님 명을 따르려 한다면 그게 되겠어요?"

김생은 그녀의 허벅지를 쓰다듬으며 탄식했다.

"내 어찌 살라고? 황천의 객이 될밖에!"

급기야 그녀의 하얀 손을 붙잡고 부드러운 젖가슴을 만지더니 자신의 매끄러운 다리를 그녀의 다리에 겹쳤다. 마음 가는 대로, 하고 싶은 대로 하지 않는 짓이 없었다. 그러나 정사를 하려고 하자 되지 않았다. 김생은 분위기를 돋우며 정성을 다해 백방으로 어르고 달랬다.

"해는 급히 지나가고 달도 금세 져서 세월은 물처럼 흘러간단다. 꽃도 이미 지고 잎도 떨어지고 나면 나비도 미련을 두지 않는 법이야. 사람이라고 이와 다르겠느냐? 한순간 발그레하던 얼굴은 생기를 잃고, 눈 깜짝할 사이에 머리는 백발이 성성해지지. 아침에 구름이 되고 저녁에 비가 된 무산의 신녀도 처음부터 정을 걷잡지 못했고, 푸른 바다 파란 하늘이 펼쳐진 가운데 달 속 항아도 불사약 훔친 것을 후회한다지. 저 미천하게 태어난 새들도 날개를 나란히 하여 날며, 성질이 딱딱하기만 한 나무도 줄기를 서로 잇거늘, 하물며 정욕이 모이는 바에 어찌 사람과 사물이 다르겠느냐? 봄바람 불면 나비의 꿈은 유독 빈방의 고독을 더하고 달 뜬 밤 소쩍새의 울음소리는 어디보다 외로운 베갯머리를 놀라게 하지. 그러니 어찌 두목杜牧이 봄꽃을 늦게 찾게 해서야 되겠느냐? 위魏나라의 우언寓言에도 이르지 않았더냐. '더딘 달을 보니 젊은 날을 헛되이 저버려 부질없는 황천의 한만 남기게 되었군'이라고. 매번 서릉西陵의 푸른 나무는 천년 동안 황량한 언덕에서 적막하고, 장신궁長信宮 닫힌 문은 몇 밤이나 가을비에 쓸쓸해했는지. 아, 내가 애석하고 한스러운 건 자네의 무정함이니, 이제 살아서 뭐하겠는가? 그냥 죽을밖에."

하지만 영영은 끝내 따르지 않았다.

"낭군께서 진정 소첩을 마음에 두셨다면 훗날 다시 찾아오는 걸로 해요."

김생은 안 된다며 말했다.

"이 고운 얼굴과 한번 이별하고 나면 저 겹겹의 궐문을 두고 편지를 부치려고 해도 전할 길이 없지 않느냐. 다시 기쁜 낯으로 마주볼 희망이 있겠느냔 말이다."

영영이 이에 답했다.

"이 어찌 소첩을 안다고 할 수 있겠어요? 이달 보름날 밤에 주군 나리와 왕자대군님들께서 달구경 모임을 갖기로 약속이 잡혀 있어요. 그때 밤에 들어오셨다가 돌아가면 틀림없어요. 마침 비바람에 무너진 궐의 담장이 있는데 나리께서 궐 안 일에 신경쓰지 않아 여태 수리를 하지 않았답니다. 낭군께서는 그날 밤 어둠을 틈타 궁으로 오셔서 무너진 담장을 통해 들어오셔요. 안쪽으로 한참 들어오면 가운데에 낮은 담장 문이 있을 거예요. 소첩이 이 문을 열어두고 기다리고 있을게요. 그 문을 통해 들어와 담장을 따라 내려오다가 동편 계단으로 열 걸음쯤 더 오시면 두어 칸 침실이 있을 거예요. 낭군께서는 그곳에서 몸을 숨기고 소첩이 나오기를 기다리세요. 이러면 좋은 만남을 기약하는 데 무슨 어려움이 있겠어요?"

김생은 이 말이 퍽 그럴듯해 보였다. 그래서 굳은 약속을 하고 헤어져 돌아왔다. 단번에 길에 오르니 점점 서로 멀어지게 되었다. 김생은 말을 세우고 고개를 돌려 아리는 마음으로 혼을 삭였다.

하룻밤을 위해 궁궐 담을 넘다

김생은 이때부터 오매불망 그녀를 그리워하는 마음이 더욱 간절했다. 이내 사운四韻의 시 한 편을 지어 슬퍼했다.

궁궐 문 어디에 고운 임 갇혀 있는지
한번 헤어지고는 그 모습 묘연하네.
그날의 정겨운 몸짓 잊기 어려워
전생의 좋은 인연 맺은 줄 알았지.
지난번 애태우느라 슬픔은 비인 양
단오 가절 학수고대는 일 년 같았지.
이제 보름밤 꽃 같은 이 찾으려니
누에 올라 언제 달 둥글지 본다네.

마침내 보름날이 되었다. 그는 회산군 댁을 찾아갔다. 과연 담장이 허물어져 문처럼 휑하니 틈이 나 있었다. 그곳을 통해 안으로 들어갔다.

몰래 더 깊숙이 들어가니 작은 문이 나왔다. 그 문을 밀어보니 영영의 말대로 정말 잠겨 있지 않았다. 그 안으로 들어가 동편으로 계단을 내려가자 정말 별침에 이르렀다. 김생은 속으로 쾌재를 불렀다.

"난향이가 나를 속이지 않았구나!"

그대로 그 안에 몸을 숨긴 채 영영이 나오기를 기다렸다. 때는 달이 막 떠올랐고 시원한 바람이 살짝 불어 섬돌 위 꽃무더기에선 은은한 향이 감돌고, 뜰 앞의 푸른 대에선 성긴 소리가 맑고 상쾌했다. 그때 갑자기 문이 열리며 안에서 누군가 나오는 소리가 들렸다. 김생은 반신반의하여 숨을 죽인 채 귀를 기울였다. 발소리가 점점 가까워지며 옷에 묻은 향이 엄습했다. 눈을 뜨고 쳐다보니 바로 난향이었다. 김생은 밖으로 나와 그녀의 등을 쓰다듬으며 말했다.

"자네의 정인情人 김 아무개가 진작 여기에 있었네!"

"낭군은 정말로 믿을 수 있는 분이네요."

그녀가 그의 손을 잡으며 껴안고서 안부를 묻자 김생이 대답했다.

"그동안 참느라 만 번 죽을 지경이었네. 겨우 숨만 쉬고 있었고."

"어째서 그러셨나요?"

"거리는 가까우나 사람이 멀었기 때문 아닌가."

이런저런 얘기를 나누느라 밤이 깊은 줄도 몰랐다. 김생이 밝은 달을 쳐다보다가 흠칫 놀랐다.

"내 여기에 막 들어왔을 때는 달이 동편에 걸려 있었는데, 지금은 이미 중천이야. 밤도 반이 넘어가고 있으니 이때 함께 자야지. 언제까지 기다린단 말이냐?"

당장 난향의 옷깃을 잡고 벗기려 했다. 그러자 난향이 뿌리치며 말했다.

"낭군께서는 어찌 저를 문란한 여인네로 대하시는 겝니까? 제겐 따로 침실 하나가 있으니 그 안에서 편안하게 좋은 밤을 보냈으면 해요."

김생은 고개를 내저으며 매달렸다.

"내 이미 법을 어긴 채 죽음도 마다하지 않고 어렵사리 여기에 왔잖느냐? 한 번도 벌써 지나쳤는데 두 번이야 가당키나 하겠냐? 매사 일 처리는 만전을 기해야 하는 법, 네가 다시 이렇게 멋대로 굴면 일이 새어 나갈까 두렵구나."

그래도 영영은 "일이 탄로나고 안 나고는 다 제게 달려 있으니 낭군님은 애태우지 마세요"라고 하면서 김생의 손을 잡아끌고 들어갔다. 어쩔 수 없어 김생도 따라갔다. 무서워 잔뜩 몸을 구부린 채 걸었다. 문을 들어설 때면 깊은 연못에 닥친 듯 땅을 디딜 때도 살얼음을 밟듯 했다. 한 발짝을 옮길 때마다 아홉 번은 넘어질 듯하고, 땀이 나 발꿈치까지 흘러내리는데도 이를 의식하지 못했다. 이윽고 굽은 계단을 돌아서 회랑을 따라 문 두세 개를 지나고서야 안채에 도착했다. 궁궐 사람들은 단잠에 빠진 터라 뜰과 집안은 조용했다. 오직 비단 창문 사이로 푸른 등불이 깜박거릴 뿐이었다. 그곳이 부인 마님의 침소임을 알 수 있었다. 영영은 김생을 끌어서는 한 방으로 밀어넣었다.

"낭군님은 여기서 잠시 쉬고 계세요."

영영은 곧장 안채로 들어가더니 한동안 나오지 않았다. 김생은 무료하기 짝이 없었다. 앉았다 누웠다 하면서 속으로 괴이쩍고 수상한 생각만 차올랐다. 잠시 뒤 누군가가 종종걸음으로 중문에서 들어와 아뢰었다.

"나리마님께서 들어오십니다!"

뜰 안 가득 횃불과 촛불이 훤하게 밝혀졌다. 시녀들과 종들이 좌우에서 분주히 움직이며 부축해 뫼시고 들어왔다. 회산군은 잔뜩 취해 뜰 가운데 드러누워 깨어나지 못하고 코를 골며 점점 더 곯아떨어졌다. 영영이 부인의 명을 받들고 와서는 아뢰었다.

"찬 땅에 오래 누워 계시면 옥체를 상하실까 두렵사옵니다."

그런 다음 회산군을 일으켜세워 부축해 내실로 들어갔다. 인적도 점점 잦아들고 불빛도 꺼졌다. 영영이 오른손에 옥 등잔을 들고 왼손에 은술병을 가지고 나와서는 김생이 있는 방문을 열었다. 그때 김생은 발을 포갠 채 벽에 바짝 달라붙어 서 있었다. 이제는 죽었구나 싶었던 것이다. 영영은 씩 웃으면서 말을 걸었다.

"낭군께선 놀라고 두려웠던 모양이지요? 소첩이 위로코자 데운 술을 가져왔네요."

마침내 황금 연잎 잔에 술을 따라 권하니 김생이 받아 마셨다. 영영이 또 한 잔을 권하자 사양했다.

"마음이 정에 있지 술에 있지 않다네!"

그러면서 술상을 물리라 했다. 방안을 보니 다른 물건은 없고 주홍색 책상에 두보의 시 한 권이 펼쳐진 채 백옥 서진으로 눌려 있었고, 옥돌로 만든 탁자 위에는 단금短琴 하나가 가로놓여 있었다. 김생은 즉석에서 두 구를 먼저 읊었다.

거문고와 책 말끔하니 티끌 하나 없어
방안의 옥 같은 사람과 딱 어울리네.

영영도 따라 읊었다.

오늘밤이 무슨 밤인지 모르지만
비단 이불 옥 자리에서 귀한 손님 모시네.

이윽고 서로 끌어안고 베개를 맞댔다. 사랑놀이를 겨우 끝냈을 땐 밤이 이미 깊어 새벽닭이 '꼬끼오' 울며 새벽을 재촉했고, 멀리선 파루 종소리가 은은히 울려왔다. 김생은 일어나 옷을 챙겨 입었다. 못내 울음

섞인 소리로 몇 마디 했다.

"좋은 밤은 왜 이리 급하고 짧은지. 우리의 정은 끝이 없거늘 어떻게 이별을 한다지? 이 궐문을 한번 나가고 나면 다시 만날 기약이 없으니 이 마음을 정녕 어찌한단 말이냐?"

이 말을 들은 영영도 소리를 삼키며 눈물을 흘렸다. 고운 손으로 눈물을 훔치며 부탁했다.

"예로부터 미인은 박명하다고 했으니, 지금 이 미천한 첩만 그런 것이 아니겠지요. 살아서 이렇게 이별을 하면 죽어서도 이처럼 원망하겠지요. 살고 죽는 것이 시든 꽃과 떨어지는 낙엽 같은지라 날이 추워지길 기다릴 필요도 없겠지요. 철석같은 대장부의 마음으로 자잘한 여인네의 마음을 위한다고 성정이 상하셔서야 되겠어요? 엎드려 바라건대 낭군께서는 여기서 헤어진 뒤로는 제 얼굴일랑 마음속에만 두어 심사를 그르치지 마시고 천금의 존체를 잘 보중하셔서 학업을 폐하지 말고 힘써 하세요. 과거에 급제하여 청운의 길에 올라 평소 품었던 소원을 이루신다면 다행이고 다행이겠어요!"

그러면서 토끼털로 만든 붓을 꺼내고 용미산龍尾山 벼루를 열어, 고운 도화지를 펼치고 칠언율시를 썼다. 이를 읊어 전별하니 이러하다.

얼마나 그리워하다 오늘에야 만나
비단 창 자수 휘장에서 임을 모셨네.
등불 앞에서 마음 다 풀어놓지 못했는데
어느새 베갯머리에선 새벽종에 놀라네.
은하수도 오작이 떠남을 막지 못하거늘
어찌 무산에 다시 운우가 짙어지랴?
이제 이별하고 나면 소식이 없으리니
돌아봐도 궁문은 몇 겹으로 닫혔네.

김생은 시를 보고 슬픔을 누를 수 없어 어느새 눈물이 주르륵 흘러내렸다. 그도 붓을 적셔 화답했다.

　　등불 꺼진 사창엔 기운 달이 지니
　　견우직녀도 은하수에 막혀 이별하겠지.
　　좋은 밤 한 시각은 천금의 값어치라
　　이별의 눈물 두 줄기 갖은 한을 쏟네.
　　이제 아름다운 기약은 쉬이 막힐지니
　　좋은 일에 마가 낀다는 유래인걸.
　　훗날 혹여 볼 수 있다 하더라도
　　은정은 한이 없는데 늙어감을 어이하리.

영영이 펼쳐서 보려는데 눈물방울이 글자를 적셔 다 읽을 수가 없었다. 다시 접어 품속에 넣고는 먹먹하여 아무 말 없이 손을 잡고 바라볼 뿐이었다. 때는 새벽 등불이 가물가물하고 동창이 밝아오고 있었다. 영영은 김생을 데리고 나와 무너진 담장 밖으로 내보냈다. 둘은 서로 목이 멨으나 올 수도 없었다. 이 광경이 사별하는 것보다 참담했다.

집으로 돌아온 김생은 정신을 놓고 말았다. 보아도 물건이 보이지 않았고 들어도 소리가 들리지 않았다. 세상일에 뜻을 잃고 어디에도 집중하지 못했다. 편지 한 통이라도 써서 애절한 뜻을 전하려 했으나, 이제는 상사동에서 주선해주었던 노파도 이미 세상을 떠난 터라 부칠 인편도 없었다. 부질없이 원망스레 바라보면서 헛된 몽상만 할 뿐이었다.

김생과 영영, 재회하다

세월은 이러구러 흘러 훌쩍 지나갔다. 온갖 시름의 떨기 속에서 벌써 삼 년이 흘렀던 것이다. 정이란 게 일에 따라 변하는 법이라 했던가. 그리워하던 마음이 점점 잦아들었다. 김생은 다시 과거 공부를 시작하여 경전과 역사서를 깊이 파고 문장도 발분의 실력을 갖춰 과거시험 때를 기다렸다. 당일이 되자, 그는 나라의 선비들과 시험장에서 자웅을 겨뤘다. 대과에 연이어 합격하고 그중에서도 장원급제를 하였다. 당대에 이름이 빛나 그와 견줄 만한 이가 없었다. 삼일유가三日遊街를 치르느라 김생은 머리에 어사화를 얹고 손에는 홀笏을 들었다. 앞에서는 쌍가마가 인도하고 뒤에서는 시동들이 따랐다. 비단옷을 입은 소리꾼이 좌우에서 기량을 뽐내고 악기를 든 악공들은 저마다의 소리로 함께 연주했다. 거리를 가득 메운 구경꾼들의 눈에는 그가 천상의 낭군인 양 보였다. 김생은 정신이 반은 취하고 반은 깬 듯 기상이 호탕해졌다. 채찍을 잡고 말에 올라 하루에 들르는 집이 천을 헤아렸다.

그러던 중 갑자기 길가 어떤 집이 눈에 들어왔다. 높고 긴 담장이 백

보에 걸쳐 구불구불 이어져 있고, 푸른 기와와 붉은 난간이 사방으로 번쩍번쩍 빛이 났다. 그 안엔 온갖 꽃이 섬돌과 뜰에서 향기를 내뿜고, 춤추는 나비와 여념 없는 벌은 숲과 동산에서 요란하게 날고 있었다. 김생이 누구의 집이냐고 물었더니, 바로 회산군 댁이라 했다. 그는 문득 옛일이 떠오르며 속으로 은근히 마음이 동했다. 취한 척 말에서 떨어져 드러누운 채 일어나질 않았다. 회산군의 궁인들이 문밖으로 나왔고 빙 둘러 구경하는 사람들이 장터처럼 몰려들었다.

이때는 회산군이 세상을 떠난 지 삼 년이 되어 탈상을 막 한 뒤였다. 대군 부인은 혼자가 된 후 적적한 터였다. 따로 내키는 것도 없었기에 배우들이 노는 솜씨나 보고자 했다. 그리하여 시녀들더러 부축하라 하여 서헌西軒으로 들어와 화문석에 누워서는 죽부인을 베고 있었다. 김생은 정신을 잃고 눈을 감은 채 아무래도 깨어나지 못하는 듯했다. 이어 소리꾼들과 배우들이 뜰 가운데 늘어섰다. 여러 노랫소리와 악기 소리가 일제히 울리고 갖은 재주가 펼쳐졌다. 궁 안 시녀들은 발그레한 얼굴에 분을 바르고 까만 머리는 구름 쪽을 하고서 발을 걷고 구경했다. 이삼십 명은 되어 보였는데, 그 안에 영영은 없었다. 김생은 이상하다 싶었다. 그녀의 생사를 알 수 없었기 때문이다. 그런데 자세히 살피다보니 한 젊은 여자가 밖으로 나왔다가 자신을 보고는 다시 안으로 들어가 눈물을 훔치고 있었다. 잠깐 나왔다가 곧 들어가며 어쩔 줄 몰라 했다. 그녀가 바로 영영으로, 차마 김생을 보지는 못하나 흐르는 눈물을 주체할 수 없었던 것이다. 남에게 들킬까 두려웠기 때문이다.

김생도 그녀를 발견하고는 안타까운 마음이 간절해졌다. 그러나 날이 저물어 저녁이 찾아왔기에 더이상 그곳에 오래 머물 수는 없었다. 하품하고 기지개를 켜며 일어나서는 주변을 돌아보더니 슬쩍 놀라는 시늉을 했다.

"여기는 어디냐?"

회산군 댁의 늙은 종이 종종걸음으로 나와 아뢰었다.

"회산군 댁입니다요!"

김생은 더 놀라는 척했다.

"내가 어떻게 여기에 와 있지?"

종이 방금 전 상황을 있는 대로 아뢰자, 김생은 당장 일어나 밖으로 나가려 했다. 그러자 대군 부인이 김생의 술 갈증이 있을까 싶어 영영더러 차를 가져와 올리라고 했다. 이렇게 두 사람은 가까이 마주했으나 말은 한 마디도 꺼낼 수 없었다. 그저 눈빛만 주고받았을 뿐이다. 영영은 차를 다 대접한 다음 일어나 들어가려다가 꽃 편지 한 통을 품속에서 떨어뜨렸다. 김생이 이 편지를 주워 소매 속에 넣고 회산군 댁을 나와 말을 타고 집으로 돌아왔다. 편지를 뜯어보니 이런 내용이었다.

　　박명한 영영은 낭군 족하께 두 번 절하고 아룁니다. 소첩은 살아서 낭군님을 따르지 못하고 그렇다고 죽지도 못한 채 남은 몸 근근이 숨을 쉬며 여태껏 살아 있네요. 어찌 소첩의 미욱한 정성이 낭군님이 오지 않음을 그리워해서였겠어요? 하늘은 저리도 아득하고 땅은 이리도 막막한지요? 봄바람이 복사꽃 오얏꽃에 불어와도 소첩은 깊은 궁궐에 갇혀 있고, 밤비가 오동나무를 적셔도 소첩은 독수공방이랍니다. 거문고는 오래도록 연주하지 않아 갑이 거미줄투성이고, 화장 거울도 괜스레 간직할 뿐 화장갑에는 먼지가 가득하네요. 해가 지는 저물녘이면 한은 더해만 가니 샛별 뜨고 달이 질 때면 누가 소첩의 마음을 헤아려줄까요? 누각에 올라 멀리 바라봐도 구름이 제 눈을 가리고, 베개를 베고 잠을 자려 해도 수심으로 혼이 끊어진답니다. 아! 낭군님도 정녕 슬프지 않은지요? 불행히도 이모님마저 돌아가셨으니 편지를 보내려고 해도 길이 없었네요. 그저 당신의 얼굴이 떠오를 때마다 마음과 속이 끊어졌지요. 설령 이 몸이 다시 낭군님을 뵐 수 있다 하더라도 꽃다운 얼굴이 졸지에 시들고 말면 당신의 도타운 은혜가 펼 수 있을는지? 낭군님도 저를 그리워했었나요? 하늘이 무너지고 땅이 꺼져도 저의 한은 끝이 없을 거예요. 아, 이를 어찌한단 말입니까? 죽을밖에요. 종이를 대하니 이 슬픈 마음을 무슨 말로 해야 할지요.

편지 아랫단에는 또 칠언절구 다섯 수가 적혀 있었다.

좋은 인연 도리어 나쁜 인연 됐지만
낭군님 원망 않고 하늘을 원망할 뿐.
만약 옛정이 아직 끊어지지 않았다면
훗날 저를 찾으려면 황천으로 오시길.

하루는 고르게 나누면 열두 시각이나
한 시각도 하루도 그립지 않은 적 없지요.
그리우나 언제 다시 만나볼 수 있을지
인간 세상의 이별 너무 한스러워라.

버들과 꽃도 정이 있는 양 시들고
거울 속 수심 겨워 흰머리가 생기네요.
이제 우리 고운 임과는 좋은 일 만무하니
담장 머리 새벽닭은 누굴 위해 우는지?

이별 뒤 애써 침석의 먼지 털어내다보니
애틋하니 낭군님 앉고 누운 흔적 있네요.
적막한 깊은 궁궐에선 소식이 끊어져
봄비에 떨어지는 꽃잎만 중문을 덮었네.

깊은 회한 부치려고 해도 끝내 어려워

몇 번이나 비단 창가에서 붓만 녹였던지?

부질없이 이별 뒤 그리움의 눈물이

꽃 편지지에 떨어져 얼룩이 지게 했네요.

읽고 난 김생은 편지지를 매만지며 한참을 되뇌었다. 차마 손에서 놓을 수 없었던 것이다. 영영을 그리는 마음이 전보다 갑절이나 깊어졌다. 그러나 청조가 오지 않으니 소식을 전하기 어렵고 기러기마저 끊긴 지 오래라 편지를 부칠 수도 없었다. 끊어진 현이라 다시 이을 수 없었고, 깨진 거울이라 다시 둥글어지기 어려웠다. 애타는 마음을 걷잡을 수 없어 뒤척이지만 무슨 소용인가? 얼굴은 마르고 몸은 힘이 빠져 급기야 몸져누워 병을 얻고 말았다. 이렇게 거의 이삼 개월이 지나가고 있었다. 마침 동갑생인 이정자李正字란 이가 찾아와 문병했다. 김생은 그의 손을 잡고 속마음을 털어놓으며 병에 걸린 이유를 말해주었다. 이정자는 놀라면서 한편으로 위로해주었다.

"자네 병은 다 나았네그려. 회산군 부인께선 내 고모시라네. 사이도 좋은데다 마음이 통하니 자네 뜻을 충분히 전달할 수 있을 걸세. 게다가 부인께서 남편을 잃은 뒤 유명의 세계와 윤회의 설을 믿어 집안 재물이나 귀한 장신구를 아끼지 않고 쾌히 시주한다네. 그러니 다시 그녀를 만날 수 있을 걸세."

김생은 기뻐하며, "오늘 뜻하지 않게 다시 모산도사茅山道士를 만날 줄이야!"라고 하면서 거듭거듭 굳게 약속을 정하고서 깍듯이 예우하여 전송했다. 그날로 이정자는 회산군 부인을 찾아가 이 사실을 아뢰었다.

"지난번 아무 달 아무 날에 장원급제한 이가 술에 취해 대문 앞을 지나가다가 말에서 떨어져 인사불성이 되었잖아요. 고모님이 부축하여 서헌으로 들이라 한 일이 있지요?"

"그래 있었단다."

"영영더러 차를 올려 갈증을 덜게 한 일도 있지요?"

"그랬지!"

"그이가 제 친구로 장원급제한 김 아무개랍니다. 재주와 그릇이 남보다 월등하고 품격도 속태가 없답니다. 장차 크게 될 인물이지요. 한데 불행하게도 병에 걸려 지금 문을 닫고 누워 신음하고 있답니다. 벌써 몇 개월째라네요. 제가 아침저녁으로 찾아가 병세를 묻곤 하는데 살갗이 늘어지고 숨소리도 기어들어가 목숨이 경각에 있답니다. 너무 딱해 병이 생긴 이유를 캐물었더니 글쎄 영영 때문이라고 하지 뭡니까. 그를 살려야 하지 않겠어요?"

부인은 감격했다.

"내가 괜스레 한 아이를 아껴 우리 조카 친구가 원망하며 죽게 할 수 있겠느냐?"

당장 영영에게 명하여 김생의 집으로 가라고 했다. 다시 만난 두 사람, 그 기쁨이야 눈에 선했다. 김생의 허약했던 기운은 씻은 듯이 살아나 며칠 만에 자리를 털고 일어났다. 이때부터 그는 부귀공명과 영원히 담을 쌓고 따로 아내도 얻지 않은 채 영영과 함께 해로했다고 한다.

김생이 영영과 평소 주고받았던 시문이 아주 많아 책으로 쌓여 있었다. 그러나 자손이 없어 세상에 전해지지 못했다. 아, 애석할 일이다!

| 원본 |

주생전 周生傳

떠도는 주생, 배도를 만나다

周生名檜, 字直卿, 號梅川. 世居錢塘,[1] 父爲蜀州別駕,[2] 仍家于蜀. 生少時, 聰銳能詩, 年十八, 入太學,[3] 爲儕輩所推仰, 生亦自負不淺. 在太學數歲, 連擧不第, 乃喟然歎曰:

"人生世間, 如微塵栖弱草耳. 胡乃爲名韁所繫, 汨汨塵土中, 以終吾生乎?"

---

1) 錢塘(전당): 중국 절강성 항주시(杭州市). 진대(秦代)부터 '전당'으로 불렸으며, 남송 때 수도〔당시에는 '임안(臨安)'으로 불렸음〕이기도 하다. 이곳은 절강의 하류 지역으로 소주(蘇州)와 함께 상업 중심지였다. 13세기 『동방견문록』을 남긴 마르코 폴로가 처음 귀착한 곳이기도 하다. 중국 명승지 중 하나인 서호(西湖)를 끼고 있는데다 해안 지역 중 천주(泉州) 등과 함께 무역지 역할을 했기 때문에 예로부터 자유로운 기풍이 만연했다. 이런 연유로 특히 중국과 우리나라 애정담의 주요 배경으로 등장했다.
2) 蜀州別駕(촉주별가): 촉주는 사천성의 주명(州名)으로, 예로부터 중국 서북방 지역의 상징처럼 여겨졌다. 별가는 태수가 해당 지역을 순행할 때 수행하는 보좌관으로 한대(漢代)부터 두었던 별정직이다. 자사 행렬에서 따로 수레를 타고 직무를 수행했기 때문에 이런 이름이 붙었다. 여기서는 주생의 부친이 촉주 자사의 별가가 되었다는 뜻이다.
3) 太學(태학): '국학(國學)'이라고도 하며, 명청대까지 존속한 국도(國都)에 설치된 최고의 교육기관이었다. 우리의 경우 성균관(成均館)이 태학에 해당하므로, 성균관 자체를 태학으로 부르기도 했다.

自是, 遂絶意科擧之業, 倒篋, 中有錢百千, 以其半買舟, 往來江湖間, 以其半市雜貨, 時取贏以自給,[4] 朝吳暮楚,[5] 惟意所適.

一日, 繫舟岳陽城[6]外, 步入城中, 訪所善羅生. 羅生亦俊逸之士也, 見生甚喜, 買酒相歡, 頗不覺沈醉, 比及還舟, 則日已昏黑. 俄而月上, 生放舟中流, 倚棹困睡, 舟自爲風力所送, 其往如箭. 及覺, 則鐘鳴煙寺, 而月在西矣. 但見兩岸, 碧樹葱蘢, 曉色蒼茫, 樹陰中, 時有紗籠銀燈, 隱暎於朱欄翠箔之間. 問之, 乃錢塘也.[7] 口占一絶曰:

岳陽城外倚蘭槳, 半夜風吹入醉鄉.[8]

杜宇數聲春月曉, 忽驚身已在錢塘.

及朝登岸, 訪故里親舊, 半已凋喪, 生吟嘯徘徊, 不忍去也. 有妓徘桃[9]者,

---

4) 時取贏以自給(시취영이자급): 이른바 '사상(士商)'의 면모다. 사상은 명대에 출현한 새로운 계층으로, 유가 지식인이 과거를 포기하고 상행위로 생활을 도모하는 군을 지칭한다. 관로를 포기하고 상행위나 출판업 등 실제 일을 하거나 아예 다른 방향을 추구하는 유가 지식인을 '산인(山人)'이라 범칭했는데 사상은 이 범주에 드는 유형이었다. 명대 후기에 나타난 사류(士類)의 새로운 동향인데, 조선에서는 이런 부류가 성립되지 않았다. 요컨대 주인공 주생은 이런 사상의 면모를 보여준다는 점에서 고전소설사의 매우 독특한 인물 유형이라 할 만하다.

5) 朝吳暮楚(조오모초): 매일 오초(吳楚) 지역을 오갔다는 뜻이다. 주로 절강성과 강소성, 호남성 일대를 말하며, 이 지역이 춘추전국시대부터 오나라와 초나라로 갈려 남방 지역의 쟁패를 거듭했기 때문에 이와 같이 불린다. 전당은 과거 오나라 권역이었다.

6) 岳陽城(악양성): 호남성 악양현(岳陽縣)의 성이다. 이본 가운데 '악양루(岳陽樓)'로 표기된 것도 있는데, 이 성의 서문 쪽에 위치한 악양루는 아래로 동정호(洞庭湖)가 내려다보이는 명승 누각이다. 이곳의 경승은 이백과 두보 등이 시로 읊은 바 있으며, 송대 범중엄(范仲淹)의 「악양루기岳陽樓記」는 명편으로 알려져 있다.

7) 乃錢塘也(내전당야): 주생이 잠든 사이 배가 저절로 악양성에서 이곳 전당으로 왔다는 것인데, 악양에는 동정호가 있고 전당에는 서호가 있는바 호수 사이에 연결된 물길은 없다. 하지만 악양성 밖에서 배가 바람에 밀려 전당, 즉 항주로 도착했다는 설정이 불가능한 것도 아니다. 동정호를 낀 악양에서 양자강을 이용해 상해를 경유해 항주에 도착할 수 있기 때문이다. 따라서 이는 지리적으로는 가능하나 시간적으로는 불가능한 설정이다.

8) 醉鄕(취향): 취중에 느끼는 몽롱한 경지를 시적으로 표현한 용어다.

9) 徘桃(배도): '배'는 이본에 따라 '배(俳)' '배(裵)'로도 나와 있으나, 여기서는 '배(徘)'를 취했다. 선화(仙花)와 함께 이들 여성 인물의 이름은 상징성이 있다고 판단되는데, 선화가 '선계의

178

生少時所與同戲嬉者也. 以才色, 獨步於錢塘, 人呼之爲徘娘云. 生歸其家,
相待甚款. 生贈詩曰:

天涯芳草幾沾衣? 萬里歸來事事非.
依舊杜秋[10]聲價在, 小樓珠箔捲斜暉.

徘桃大驚曰:
"郎君有才如此, 非久屈於人者, 一何泛梗飄蓬若此哉?"
因問:
"娶未?"
生曰:
"未也."
桃笑曰:
"願郎君不必還舟, 只可寓在妾家, 妾當爲君求得一佳耦也."
蓋桃意屬生矣. 生亦見桃, 姿妍態艶, 心中甚醉, 笑而謝曰:
"不敢望也."
團欒之中, 日已晚矣. 桃令少叉鬟,[11] 引生就別室. 生見壁間, 有絶句一首,

꽃'이라는 의미라면 배도는 '방황하거나 그리워하는 복사꽃' 정도로 해석이 가능하다. 이는 작
품 안에서 두 여성 인물의 형상화로 볼 때 더욱 그렇다. 참고로 '배(俳)'도 '배회하다' '서성거리
다'는 뜻으로 쓰이는바 '배(徘)'와 통용된다. 따라서 성으로 주로 쓰이는 '배(裵)'보다는 이쪽이
더 타당하다.
10) 杜秋(두추): 당나라 때 명기다. 금릉(金陵, 즉 남경) 출신으로 시문에 뛰어나 15세에 이기
(李錡)의 첩이 되었다. 뒤에 이기가 반란을 일으켰다가 멸적(滅籍)되자, 입궁하여 경릉(景陵, 즉
헌종憲宗)의 총애를 받았다. 이후 목종(穆宗)은 그녀의 능력을 인정해 황자부모(皇子傅姆)로 임
명하기까지 했다. 두목(杜牧, 803~852)은 뒤에 고향 금릉으로 돌아와 쓸쓸하게 늙어가는 그녀
를 위해 「두추랑杜秋娘」(『번천집樊川集』권1) 시를 지었으며, 따로 전기소설 「두추전杜秋傳」을
남긴 바 있다. 이는 『태평광기太平廣記』에 「이기비李錡婢」(권275)란 제목으로 실려 전한다. 곧
배도를 두추에 비유한 것이다.
11) 叉鬟(차환): 머리를 땋아 올린 젊은 여종을 뜻하는 우리식 한자어다. 중국에서는 주로 '아
환(丫鬟)'으로 표기한다. 특히 주인을 가까이서 모시는 종을 칭한다. '차(叉)'와 '아(丫)'는 머리

詞意甚新, 問於又鬟, 又鬟答曰:

"主娘所作也!"

詩曰:

琵琶莫奏「相思曲」,[12] 曲到高時更斷魂.

花影滿簾人寂寂, 春來鎖却幾黃昏?

生既悅其色, 又見此詩, 情迷意惑, 萬念俱灰. 心欲次韻, 以試桃意, 而凝思苦吟, 竟莫能成, 而夜已深矣. 但見月色滿地, 花影扶踈. 徘徊間, 忽聞門外馬嘶人語, 良久乃止. 生心頗疑之, 未覺其由. 見桃所在室, 不甚遠, 紗窓影裡, 紅燭熒煌. 生潛往窺見, 桃獨坐, 舒彩雲牋,[13] 草「蝶戀花」[14]詞, 只就前疊, 未就後疊. 生忽啓窓, 曰:

"主人之詞, 客可足乎?"

를 땋은 모양을 나타낸다.

12)「相思曲상사곡」: 고악부 중 하나로 위진남북조시대에 정착된 악곡이다. 원래 진(晉)나라 때 석숭(石崇, 249~300)과 그의 애첩이었던 녹주(綠珠)가 부른 노래를 '오농가(懊儂歌)'라고 했는데, 그뒤 양(梁)나라 무제(武帝) 때 이 노래를 '상사곡'으로 부르게 되었다고 한다. 이후「상사곡」은 남녀의 그리움을 노래한 대표적인 악곡이 되었다. 참고로 녹주가 불렀다는「오농가」는 다음과 같다. "무명 명주실로 어렵사리 바느질하느라 제 열 손가락은 다 상처투성이네요. 한데 누런 소가 끄는 독거를 타고 맹진에 나가 놀다니요(絲布澀難縫, 令儂十指穿. 黃牛細犢車, 遊戲出孟津)."

13) 彩雲牋(채운전): 채색구름 문양이 들어간 고급 종이.

14)「蝶戀花접연화」: 사패곡(詞牌曲)의 하나이다. 원래 당대의 교방곡(敎坊曲)으로, 처음에는 '작답지(鵲踏枝)'라고 불렸으나 송대에 안수(晏殊)가 '접연화'로 고쳐 부르면서 송사(宋詞)의 대표적인 작품이 되었다. 이후로도 여러 문인이 조금씩 가사를 바꾸어 '황금루(黃金縷)' '권주렴(捲珠廉)' 등 다른 이름으로 불렸다. 쌍조(雙調) 육십 자로, 전후 단락이 각각 다섯 구로 구성된다. 참고로 안수의 '접연화' 전편을 소개하면 다음과 같다. "난간의 국화는 이내 속에 시름하고 난초는 이슬방울에 흐느끼는데, 비단 장막에 막 한기가 들자 제비는 쌍으로 날아가네. 밝은 달은 말없이 이별의 한을 곱씹다가 새벽이 되니 비낀 빛은 대갓집을 비추네(檻菊愁烟蘭泣露, 羅幕輕寒, 燕子雙飛去. 明月不語離恨苦, 斜光到曉穿朱戶)." "어젯밤 서풍에 푸른 나무 시드니, 홀로 높은 누에 올라 하늘가 다한 길을 바라보네. 고운 꽃종이에 편지 부치려 해도 산은 멀고 물은 넓어 어디 계신지?(昨夜西風凋碧樹, 獨上高樓, 望盡天涯路. 欲寄彩箋兼尺素, 山長水闊知何處)"

桃佯怒曰:

"狂客胡乃至此乎?"

生曰:

"客本非狂, 主人能使客狂之耳."

桃方微笑, 令生足成其詞, 詞曰:

小院沉沉春意鬧,

月在花枝,

寶鴨[15]香烟裊.

窓裡玉人愁欲老,

搖搖斷夢迷芳草.

誤入蓬萊十二島,[16]

誰識樊川,[17]

却得尋芳草?

15) 寶鴨(보압): 향로(香爐)다. 오리 모양 향로라 이렇게 부른다. 손방(孫紡)의 시 「야좌夜坐」에 "재가 쌓여 이리저리 긋고 보니 그 자국 푸른 용이 서린 듯, 오랫동안 앉아 있노라니 연기는 향로 향과 함께 사라지네(劃多灰雜蒼虯跡, 坐久煙消寶鴨香)"라는 구절이 있는데, 위 구절과 연결된다.
16) 蓬萊十二島(봉래십이도): 삼신산 중 하나인 봉래산(蓬萊山)이다. 『산해경山海經』에 의하면, 봉래산은 방장산(方丈山)·영주산(瀛州山)과 함께 '삼신산'으로 불리며 발해(渤海)에 있다고 한다. 이곳은 예로부터 신선의 거처로 알려져 있다. '십이도(十二島)'는 이 봉래산이 열두 개의 섬으로 이루어졌다는 의미인데, 여기서는 특정한 것을 의미하기보다는 상투적으로 쓰였다. 따로 '무산십이봉(巫山十二峰)'은 육지의 선계(仙界)를 표상한다.
17) 樊川(번천): 만당(晩唐) 때 시인 두목(杜牧). 자가 목지(牧之)이며, 『통전通典』을 편찬한 두우(杜佑, 735~812)의 손자다. 그가 만년에 중서사인(中書舍人)으로 장안의 남쪽 번천에 살았기에 '두번천(杜樊川)'이라 불리며, 그의 문집도 『번천집』이다. 칠언절구에 특히 뛰어나 일가를 이루어, 두보와 구별하여 '소두(小杜)'라고 일컬어졌다. 또한 당대 정계에서도 활약해 개혁안을 제시하는 등 정치가로서의 면모도 강했다. 그러나 무엇보다 미남으로 유명했으며, 지방 관직을 거치는 동안 청루를 드나들며 화려하고 감성적인 시를 지어 뭇 여인의 마음을 홀렸다고 한다. 특히 낙양(洛陽)의 명기(名妓) 자운(紫雲)과의 로맨스가 유명한데, 그녀와의 만남이 어그러지자 「탄화嘆花」라는 시를 지은 바 있다.

睡起忽聞枝上鳥,

翠簾無影朱欄曉.

　詞罷, 桃自起, 以藥玉舡[18]酌瑞霞酒,[19] 勸生. 生意不在酒, 固辭不飮. 桃
知生意, 乃凄然自敍曰:

　"妾之先世, 乃豪族也. 祖某提擧泉州市舶司,[20] 因有罪, 廢爲庶人, 自此,
子孫貧困, 不能振起. 妾早失父母, 見養於人, 以至于今. 雖欲守貞自潔, 名
已載於妓籍,[21] 不得已强與人爲宴樂. 每居閑處獨, 未嘗不看花掩泣, 對月消
魂. 今見郞君, 風儀秀朗, 才思俊逸, 妾雖陋質, 願薦枕席, 永奉巾櫛. 望郞君
他日立身, 早登要路, 拔妾於妓籍之中, 使不忝先人之名, 則賤妾之願畢矣.
後雖棄妾終身不見, 感恩不暇, 其敢怨乎?"

　言訖, 淚下如雨. 生大感其言, 就抱其腰, 引袖拭淚, 曰:

　"此男兒分內事耳, 汝雖不言, 我豈無情者哉?"

　桃收淚改容, 曰:

<hr>

18) 藥玉舡(약옥강): '약옥선(藥玉船)'이라고도 한다. 약물을 칠해 구운 아름다운 돌 술잔이다.
예로부터 이곳 전당 지역에서 나는 반질반질한 돌 술잔이 유명했던바, 소식(蘇軾, 1036~1101)
의 「십이월삼일점등회객十二月三日點燈會客」에 "운몽의 고아주를 열어 전당의 약옥선에 한껏
따르네(試開雲夢羔兒酒, 快瀉錢塘藥玉船)"라는 시구가 그 실례다.
19) 瑞霞酒(서하주): '자하주(紫霞酒)'라고도 하며, 신선이 마신다는 붉은빛이 도는 고급 술이
다. 미주(美酒)를 상징적으로 표현한 용어이기도 하다.
20) 泉州市舶司(천주시박사): 천주는 복건성 주명으로, 지금의 천주시다. 이곳에 명대부터 부
(府)를 두어 진강(晉江), 민후(閩侯) 등 다섯 개 현을 관할했다. 대만 해협과 면접해 있는 항구도
시로 명청대 요충지이자 항해의 관문이기도 했다. 시박사는 상선, 관세 등을 담당하던 관서로
제거(提擧) 1인과 부제거(副提擧) 2인을 두었다.
21) 妓籍(기적): 기녀의 장부에 올랐다는 의미로 기녀가 되었다는 뜻이다. 관기 위주였던 우리
와 달리 중국에서는 당나라 때부터 '관기(官妓)' '사기(私妓)' '시기(市妓)' 등 세 가지 기녀가 있
었다. 관기는 관아에 소속되어 잡예를 담당했고, 사기는 유력한 집안에 소속되어 유흥을 도왔으
며, 시기는 저잣거리에서 사람을 상대했다. 나중에 알려지지만 배도의 경우 사기와 시기의
면모를 동시에 보여준다.

"『詩』不云乎? '女也不爽, 士貳其行.'[22] 郎君不見李益·霍小玉[23]之事乎? 郎君若不我遐棄, 願立盟辭."

仍出魯縞[24]一尺授生, 生卽揮筆書之, 曰:

青山不老, 綠水長存.
子不我信, 明月在天.

寫畢, 桃心封血緘, 藏之裙帶中. 是夜, 賦「高唐」,[25] 二人相得之好, 雖金生之於翠翠,[26] 魏郎之於娉娉,[27] 未之愈也.

---

22) 女也不爽, 士貳其行(여야불상, 사이기행): '여자는 변함없거늘 남자의 행실은 그렇지 못하다'는 뜻이다. 이 문구는 『시경』 위풍(衛風) 「맹氓」편에 나온다. 신실한 여자에 비해 남자는 우유부단함을 비유한 구절이다. 참고로 이 편의 전체 내용은 다음과 같다. "뽕잎이 떨어지니 누렇게 되어 떨어지네요. 내 그대에게 시집간 뒤로 삼 년 동안 가난하게 살았네요. 기수가 넘실넘실 흘러 수레의 휘장을 적시네요. 여자가 잘못한 것이 아니라 남자의 행실이 두 가지여서이지요. 남자가 망극하니 그 덕이 이랬다저랬다 하네요(桑之落矣, 其黃而隕. 自我徂爾, 三歲食貧. 淇水湯湯, 漸車帷裳. 女也不爽, 士貳其行. 士也罔極, 二三其德)."
23) 李益(이익)·霍小玉(곽소옥): 당대(唐代) 애정전기 중 비극미가 극대화된 작품인 장방(蔣防)의 「곽소옥전霍小玉傳」 속 남녀 주인공이다. 주지하듯이 남주인공 이익은 곽소옥과 인연을 맺은 후 과거를 보기 위해 고향으로 돌아가면서 다시 돌아오겠다고 맹세했으나, 고향에서 결혼하고 끝내 돌아오지 않았다. 배신당한 곽소옥은 이익을 원망하다가 병으로 죽는다. 지금 주생과 배도의 애정 모티프는 이 「곽소옥전」을 차용한 것인바, 곽소옥 또한 기녀 신분이었다. 배도는 이런 전개를 예감하듯 이들 주인공을 들먹인다.
24) 魯縞(노호): 노(魯) 땅, 그중에서도 곡부(曲阜)에서 생산되는 고급 비단이다. 가늘고 촘촘하기가 비길 데 없어 예로부터 "강노의 남은 힘으로도 노호를 뚫지 못하네(彊弩之末力, 不能入魯縞)"라는 문구가 회자될 정도였다.
25) 「高唐고당」: 송옥(宋玉)의 「고당부高唐賦」를 말한다. 고당에서 운우지정을 나눈 초(楚)나라 회왕(懷王)과 무산신녀의 일을 노래한 작품으로, 후세에 대표적인 애정시가로 회자되었다.
26) 金生之於翠翠(김생지어취취): 『전등신화剪燈新話』 「취취전翠翠傳」의 남녀 주인공인 김정(金定)과 취취(翠翠)를 지칭한다. 「취취전」 또한 비극적인 작품으로 부부였던 김정과 취취는 원말 장사성(張士誠, 1321~1367)의 난으로 이별했다가 이후 극적으로 상봉하나 끝내 해후하지는 못한다는 내용이다. 김시습은 「제전등신화후題剪燈新話後」에서 "김정과 취취의 묘 앞 산수는 곱기도 하지(金翠墓前溪山麗)"라고 하여 이들 부부의 비극적인 죽음을 역설적으로 표현한 바 있다.
27) 魏郎之於娉娉(위랑지어빙빙): 『전등여화剪燈餘話』 부록으로 실린 「가운화환혼기賈雲華還魂記」의 남녀 주인공인 위붕(魏鵬)과 가빙빙(賈娉娉)이다. 이들은 사촌 남매지간으로 사랑을 키

明日, 生方詰夜來人語馬嘶之故, 桃云:

"此去里許, 有朱門面水家, 乃故丞相盧某宅也. 丞相已沒, 夫人獨居, 只有一男一女, 皆未婚嫁, 日以歌舞爲事. 昨夜遣騎邀妾, 妾以郎君之故, 辭以疾也."

自此, 生爲桃所惑, 謝絶人事, 日與桃調琴漉酒, 相與戲謔而已.

워가나 인척관계를 극복하지 못하고 결국 이별해야 했다. 뒤에 조선에서는 「빙빙전」이라는 국문번역본이 존재할 만큼 많이 읽힌 작품이다. 실제로 이 작품은 「취취전」과 함께 조선 중기 이후 애정전기소설에 적잖은 영향을 미쳤던 것으로 판단된다.

운명의 상대 선화를 만나다

一日近午, 忽聞有人叩門, 云:

"俳娘在否?"

桃令兒出應, 乃丞相家蒼頭也. 致夫人之辭, 曰:

"老婦今欲設小酌, 非娘莫可與娛, 故敢送鞍馬, 勿以爲勞也!"

桃顧謂生曰:

"再辱貴人命, 其敢不承?"

卽粧梳改服而出, 生付囑曰:

"幸莫經夜!"

送之出門, 言'莫經夜'者三四. 桃上馬而去, 人如輕燕, 馬若飛龍, 迷花暎柳, 冉冉而去. 生不能定情, 便隨後趕去, 出湧金門,[1] 左轉而至垂虹橋, 果見甲第連雲, 眞所謂朱門面水者也. 雕欄曲檻, 半隱於綠楊紅杏之間, 鳳笙龍管

---

1) 湧金門(용금문): 항주성(杭州城)의 서문으로, 이곳을 나가면 서호가 펼쳐졌다. 「최척전」에서 최척이 가족을 잃고 명장(明將) 여유문(余有文)을 따라 항주에 간 부분에 이 지명이 다시 등장한다.

之聲, 漂渺然如在半空中, 時時樂止, 則笑語之聲, 琅琅然出諸外. 生彷徨橋
上, 乃作古風一篇, 題於柱曰:

柳外平湖湖上樓, 朱甍碧瓦照靑春.

香風吹送笑語聲, 隔花不見樓中人.

却羨花間雙燕子, 任情飛入珠簾裡.

徘徊不忍踏歸路, 落照纖波添客思.

彷徨間, 漸見夕陽斂紅, 暝靄凝碧. 俄有女娘數隊, 自朱門騎馬而出, 金鞍
玉勒, 光彩照人. 生以爲桃也, 卽投身於路傍空店中, 窺之, 閱盡十餘輩, 而
桃不出. 生心中大疑, 還至橋頭, 則已不辨牛馬矣. 乃直入朱門, 了不見一人,
又至樓下, 亦不見一人. 正納悶間, 月色微明, 見樓北, 亦有蓮池, 池上雜花
葱蘢, 花間細路屈曲. 生緣路潛行, 花盡處有堂, 由階而西折數十步, 遙見葡
萄架下有屋, 小而極麗. 紗窓半啓, 畫燭高燒, 燭影下紅裙翠袖, 隱隱然往來,
如在畫圖中. 生匿身而往, 屛息而窺, 金屛彩褥, 奪人眼睛. 夫人衣紫羅衫,
斜倚白玉案而坐, 年近五十, 而從容顧眄之際, 綽有餘妍. 有少女, 年可
十四五, 坐于夫人之側, 雲鬟綠鬢, 醉臉微紅, 明眸斜眄, 若流波之暎秋月,
巧笑生渦, 若春花之含曉露. 桃坐於其間, 不啻若鴟梟之於鳳凰,[2] 沙礫之於
珠璣也. 生魂飛雲外, 心在空中, 幾欲狂叫突入者數次. 酒一行, 桃欲辭歸,
夫人挽留甚固, 而桃請益懇, 夫人曰:

"娘子平日不會如此, 何遽邁邁[3]若是? 豈有情人之約乎?"

---

2) 鴟梟之於鳳凰(치효지어봉황): 치효(鴟梟)는 '치효(鴟鴞)'라고도 하며 올빼미류다. 통상 탐악
한 사람을 비유한다. 『시경』 빈풍(豳風) 「치효鴟鴞」 편에 "올빼미야 올빼미야 이미 내 새끼를
잡아갔으니 내 집을 부수지 말거라(鴟鴞鴟鴞, 旣取我子, 無毀我室)"라고 한 바 있다. '시랑(豺狼)'
과 함께 소인(小人)을 표상하기도 한다. 따라서 여기서 봉황에 빗댄 것은 단순한 비교 우위 정
도를 넘어선다.
3) 邁邁(매매): 길을 나서거나 멀리 가는 모양이다. 도잠(陶潛, 365~427)의 「시운時運」에 "저

桃斂衽避席而對曰:

"夫人下問, 妾敢不以實對?"

遂將與生結緣事, 細說一遍. 夫人未及言, 少女微笑, 流目視桃曰:

"何不早言? 幾誤了一宵佳曾也."

夫人亦笑而許歸. 生趨出, 先至桃家, 擁衾伴睡, 鼻息如雷. 桃追至, 見生臥睡, 卽以手扶起, 曰:

"郞君方做何夢耶?"

生應口朗吟曰:

　　夢入瑤臺[4]彩雲裡, 九華帳[5]裡夢仙娥.

桃不悅, 詰之曰:

"所謂仙娥者, 是何人也?"

生無言可答, 卽繼吟曰:

　　覺來却喜仙娥在, 奈此滿堂花月何?

仍撫桃背, 曰:

아득한 시운이여, 이 성대한 아침이로다(邁邁時運, 穆穆良朝)"라는 구절이 있다.

4) 瑤臺(요대): 전설상 신선이 산다는 거처 가운데 하나다. 왕가(王嘉)의 『습유기拾遺記』에 따르면 요대는 곤륜산(崑崙山)에 위치하며, 사방 넓이가 천 보이고 누대 기단은 오색의 옥으로 장식되어 있다. 통상 선녀가 여기에 거처한다고 전해지는 터라 옥으로 장식된 아름답고 화려한 누대를 미칭하기도 한다. 굴원(屈原)의 「이소離騷」에 "높이 솟은 요대를 바라보니, 융 땅의 미녀가 거기에 있네(望瑤臺之偃蹇兮, 見有娀之佚女)"라는 문구가 유명하다.

5) 九華帳(구화장): 화려하게 장식된 휘장이다. '구화'는 온갖 화려한 문양을 의미하여, '구화대(九華臺)' '구화궁(九華宮)' '구화등(九華燈)' 등의 건물이나 물건이 있었다. 백거이(白居易, 772~846)는 「장한가長恨歌」(『장경집長慶集』 권12)에서 "한 황제의 사자가 왔다는 말 전해듣고, 구화장 꿈속에서 혼이 놀라네(聞道漢家天子使, 九華帳裏夢魂驚)"라고 읊은 바 있다.

"爾非吾仙娥耶?"

桃笑曰:

"然則郎君豈非妾仙郎耶?"

　自此, 相呼以仙郎·仙娥. 生問晚來之故, 桃曰:

"宴罷後, 夫人令他妓皆歸, 獨留妾, 別於少女仙花之室, 更設小酌, 以此差遲耳."

　生細細引問, 則曰:

"仙花字芳卿, 年纔三五, 姿貌雅麗, 殆非塵世間人. 又工詞曲, 巧於刺繡, 非賤妾所敢望也. 昨日新製「風入松」6)詞, 欲被之管絃, 以妾知音律故, 留與度曲耳."

　生曰:

"其詞可得聞乎?"

　桃娘吟一篇曰:

　　玉窓花爛日遲遲,
　　院靜簾垂.

---

6) 「風入松풍입송」: 사패의 하나. 원래 악부(樂府) 고금곡(古琴曲)의 하나였다가 후대에 사곡이 된 악조(樂調)다. 처음 위(魏)나라 혜강(嵇康, 223~262)이 「풍입송가風入松歌」를 지어 여인의 그리움의 정서를 노래한 것이 시초이며, 당대(唐代)에 승려 교연(皎然)이 가행(歌行)으로 남긴 것을 후대에 사곡으로 정립했다. 쌍조에 일흔두 자에서 일흔여섯 자로 전후 각 여섯 구씩으로 구성되어 있다. '풍입송만(風入松慢)'이라고도 한다. 교연의 「풍입송가」를 참고로 소개해둔다. "서편 고개 솔바람에 가을 해가 지는데, 천 가지 만 잎사귀엔 바람 소리 쉬이익. 미인은 이 소리에 거문고 잡고 곡을 이루어, 소나무 사이에서 쓰노라니 소리 멎었구나. 이어지는 소리 끊어졌다 살아나니 내 마음 맑아져, 물결에 능 무너짐을 무어 논하라. 깊은 밤 미인은 달빛 아래 앉아, 잠깐 상성을 머금더니 맑은 치음으로 잇네. 바람은 어찌 저리 처량하게 불어, 찬 솔을 스치더니 밤에 또 일어나는지. 이 밤 아직 끝나지 않았거늘 곡은 왜 이리 긴지, 금줄 다시 소리를 재촉해 이어지고 이어지네. 누가 이때 마음을 얻지 못했기에, 그 마음 슬픈 현처럼 객당에 들리네(西嶺松聲落日秋, 千枝萬葉風颼颼. 美人援琴弄成曲, 寫得松間松聲斷. 續聲斷續淸我魂, 流波壞陵安足論. 美人夜坐明月裏, 含少商兮照淸徵. 風何凄兮飄飀, 攪寒松兮又夜起. 夜未央曲何長, 金徽更促聲泱泱. 何人此時不得意, 意若悲聞客堂)."

188

沙頭彩鴨倚斜照,

羨一雙對浴春池.

柳外輕烟漠漠,

烟中細柳絲絲.

美人睡起倚欄時,

翠臉愁眉.

燕雛解語鶯聲老,

恨韶華夢裡都衰.

却把瑤琴輕弄,

曲中幽怨誰知?

每誦一句, 生暗暗稱奇, 乃詒桃曰:

"此詞曲盡閨裡春懷, 非蘇若蘭[7]織錦手, 未易到也. 雖然, 未及吾仙娥雕
花刻玉之才也."

生自見仙花之後, 向桃之情已淺, 雖應酬之際, 勉爲笑歡, 而一心則惟仙
花是念.

---

7) 蘇若蘭(소약란): 동진(東晉) 때 여류 시인 소혜(蘇蕙)로, 약란은 그녀의 자다. 다음과 같은 일
화로 유명하다. 그녀의 나이 열여섯에 진주자사(秦州刺史)였던 두도(竇滔)에게 시집을 갔는데,
뒤에 두도는 따로 조양대(趙陽臺)라는 애첩을 들였다. 이후 두도는 안남장군(安南將軍)으로 부
임하면서 양대를 데려가고는 소혜에게 소식을 끊었다. 이에 소혜는 슬퍼하며 오색 비단에 팔
백여 자의 회문시(回文詩)를 지어 두도에게 보냈다. 두도는 이 시에 감동하여 소혜를 다시 사랑
하게 되었다. 여기서 '직금수(織錦手)'는 글솜씨가 비단을 짜는 듯 정교하다는 의미다. 일설에는
두도가 유사(流沙) 지역으로 귀양을 가게 되어 그리움을 담아 이 회문시를 지어 보냈다고도 한다.
후대에는 배신한 정인(情人)의 마음을 아름다운 시구로 되돌린 고사로 회자되었다.

꿈같은 하룻밤

一日, 夫人呼小子國英, 命之曰:

"汝年十二, 尙未就學, 他日成人, 何以自立? 聞徘娘夫婿周生, 乃能文之士也, 汝往請學, 可乎!"

夫人家法甚嚴, 國英不敢違命, 卽日挾冊就生. 生心中暗喜曰:

"吾事諧矣!"

再三謙讓而後, 敎之.

一日, 俟桃不在, 從容謂國英曰:

"爾往來受業, 甚是苦勞. 爾家若有別舍, 吾移寓于爾家, 則爾無往來之勞, 而吾之敎爾專矣."

國英拜謝曰:

"不敢請固所願也!"

歸白於夫人, 卽日迎生. 桃自外歸, 大驚曰:

"仙郞殆有私乎? 奈何棄妾而他適也?"

生曰:

"聞丞相家藏書三萬軸, 而夫人不欲以先公舊物妄自出入, 吾欲往讀人間未見書耳."

桃曰:

"郎君之勤業, 妾之福也."

生移寓于丞相家, 晝則與國英同住, 夜則門闥甚嚴, 無計可施. 輾轉浹旬, 忽自念曰:

"始吾來此, 本圖仙花, 今芳春已老, 奇遇未成, 俟河之淸,[1] 人壽幾何? 不如昏夜唐突, 事成則爲卿, 不成則見烹,[2] 可也."

是夜無月, 生踰墻數重, 方至仙花之室, 回廊曲檻, 簾幕重重. 良久諦視, 幷無人跡, 但見仙花明燭理曲. 生伏於檻間, 聽其所爲, 仙花理曲罷, 細吟蘇子瞻「賀新娘」,[3] 詞曰:

簾外誰來推繡戶,[4]

1) 俟河之淸(사하지청): 늘 탁한 황하가 맑아지기를 기다린다는 뜻으로 이는 거의 불가능하거나 부질없는 기대를 품었음을 상징하기도 한다.
2) 事成則爲卿, 不成則見烹(사성칙위경, 불성칙견팽): 일이 성사되면 재상이 되나 그러지 못하면 죽임을 당한다는 뜻이다. 『사기』 「오자서열전伍子胥列傳」에 나오는 "일이 성사되면 정승이 될 것이요, 성사되지 못하면 팽을 당하리라(事成爲卿, 不成而烹)"라는 언급을 원용한 예다. 다만 '사성즉위경(事成則爲慶)'으로 나온 이본도 있는바, 이는 현실적인 문맥으로 조정한 경우다.
3) 「賀新娘하신랑」: 즉 소식(蘇軾)의 「하신랑」 사조(詞調)다. 원래 북송의 섭몽득(葉夢得, 1077~1148)이 이 사조에 내용을 채워 '금루곡(金縷曲)'으로 불리다가, 소식이 다시 정리하여 '하신랑'으로 이름이 바뀌었다. 신랑을 맞이하는 여인의 정회를 서술한 내용으로 '풍고죽(風敲竹)'이라고도 한다. 쌍조에 일백여섯 자로 전후 단락이 열 구다. 참고로 선화가 부른 소식의 「하신랑」 부분은 전편(前篇)의 후구(後句)인데, 전체를 소개하면 다음과 같다. "어린 제비 단청 집에 날아들었네. 아무도 없어 적적해하더니, 오동나무 그늘 정오가 되어 오후의 서늘함에 새로 목욕하네. 희고 둥근 생초 부채를 손으로 부치는데, 부채와 손이 한 가지로 옥 같아라. 발 밖에 누가 와서 여인의 문 밀치는지, 괜스레 남의 꿈속 요대곡을 끊게 하는지. 그게 아니면 바람이 대를 스치는 소린가(乳燕飛華屋. 悄無人, 桐陰轉午, 晚涼新浴. 手弄生綃白團扇, 扇手一時似玉. 漸困倚孤眠淸熟. 簾外誰來推繡戶, 枉敎人夢斷瑤臺曲. 又却是, 風敲竹)."
4) 繡戶(수호): '수방(繡房)' '수각(繡閣)'이라고도 하며, 아름답게 꾸민 젊은 처자의 방을 미화한 용어다.

枉敎人夢斷瑤臺曲.

又却是,

風敲竹.

生卽於簾下, 微吟曰:

莫言風敲竹,

眞箇玉人來.

仙花佯若不聞, 滅燭就寢. 生入與同枕, 仙花稚年弱質, 未堪情事, 微雲澁雨, 柳態花嬌, 芳唼軟語, 淺笑輕嚬. 生蜂貪蝶戀, 意迷神融, 不覺近曉. 忽聞流鶯睍睆,5) 啼在檻外花梢. 生驚起出戶, 則池館悄然, 曙氣矇矓矣. 仙花送生出門, 却閉門而入, 曰:

"此後勿得再來! 機事一泄, 死生可念."

生埋塞胸中, 哽咽趨去, 而答曰:

"纔成好事, 一何相待之薄耶?"

仙花笑曰:

"前言戲之耳. 將子無怒, 昏以爲期."

生諾諾連聲而去.

仙花還室, 作「早夏聞曉鶯」一絶, 題窓上曰:

漠漠輕陰雨後天, 綠楊如畫草如烟.

春愁不共春歸去, 又逐曉鶯來枕邊.

---

5) 睍睆(현환): 새소리가 청아한 모양이다. 『시경』 패풍(邶風) 「개풍凱風」편의 "곱고 고운 꾀꼬리여, 그 소리 아름답기도 하여라(睍睆黃鳥, 載好其音)"에서 유래했다.

後夜, 生又至, 忽聞墻底樹陰中, 戛然有曳履聲, 恐爲人所覺, 便欲返走, 曳履者, 却以靑梅子擲之, 正中生背. 生狼狽無所逃避, 投伏叢篁之下. 曳履者, 低聲語曰:

"周郞無恐, 鶯鶯[6]在此!"

生方知爲仙花所誤, 乃起抱腰, 曰:

"一何欺人若是?"

仙花笑曰:

"豈敢欺郞? 郞自㤼耳."

生曰:

"偸香盜玉,[7] 烏得不㤼?"

便携手入室, 見窓上絶句, 指其尾曰:

"佳人有甚愁, 而出言若是耶?"

仙花悄然曰:

"女子一身, 與愁俱生, 未相見, 願相見; 旣相見, 恐相離. 女子之身, 安往

---

6) 鶯鶯(앵앵): 당대 원진(元稹, 779~831)이 지은 애정전기 「앵앵전鶯鶯傳」의 여주인공 최앵앵이다. 주지하듯이 「앵앵전」은 앞에서 거론한 「곽소옥전」과 함께 당대 애정전기의 대표작으로, 원대(元代) 이후 희곡 「서상기西廂記」로 재탄생해 동아시아 애정서사에 많은 영향을 끼쳤다. 지금 선화는 자신을 앵앵으로 표현하는바 「주생전」의 후반부, 즉 선화와의 결연과 이별 부분은 실제 「앵앵전」의 모티프를 적극적으로 차용한다. 결말 부분에서 '여(余)', 즉 관찰자이자 작가인 권필(權韠, 1569~1612)이 원진의 회진시체(會眞詩體)를 모의해 주생을 위로하는 장면도 이런 맥락에서 이해된다. 결과적으로 「주생전」은 당대의 대표적인 애정전기 「곽소옥전」과 「앵앵전」을 각각 전반부와 후반부에서 절묘하게 패러디해 비극성을 고조한 셈이다.
7) 偸香盜玉(투향도옥): '투향'은 진(晉)나라 때 가녀(賈女)와 한수(韓壽)의 고사다. 가녀는 무제 때 고관을 지낸 가충(賈充)의 딸로, 한수라는 사내를 좋아해 부친이 무제로부터 하사받은 외국산 명향(名香)을 훔쳐 그에게 주고 사통했다. 뒤에 한수의 옷에서 나는 향기 때문에 이 일이 드러나 마침내 둘은 혼인을 하였다. '도옥'은 '절옥(竊玉)'으로 많이 쓰며, 남의 여자를 훔치는 행위를 일컫는다. 따라서 '절옥투향(竊玉偸香)'이라는 성어가 「서상기」나 『금병매金甁梅』 등 애정서사에서 두루 쓰였다.

而無愁哉? 況郎君犯折檀之譏,[8) 妾受行露之辱![9) 一朝不幸, 情跡敗露, 則不容於親戚, 見賤於鄉黨, 雖欲與郎君執手偕老, 那可得乎? 今日之事, 比如雲間月葉中花, 縱得一時之好, 其奈未久何?"

言訖淚下, 珠恨玉怨[10), 殆不自堪. 生拭淚慰之, 曰:

"丈夫豈不能取一女子乎? 我當終修媒妁之信, 以禮迎子, 子休煩惱!"

仙花收淚, 謝曰:

"必如郎言, 桃夭灼灼, 縱乏宜家之德,[11) 采蘩祁祁, 庶殫奉祭之誠."[12)

自出香匲中小粧鏡, 分爲二段, 一以自藏, 一以授生, 曰:

"留待洞房華燭之夜, 再合, 可也."

又以執扇贈生, 曰:

---

8) 折檀之譏(절단지기): 남의 집 처녀를 엿보는 일을 실없이 놀린다는 뜻이다. '절단'은『시경』정풍(鄭風)「장중자將仲子」편의 "청컨대 중자여 내 동산을 넘어오지 마소. 내가 심은 박달나무를 꺾지 마소(將仲子兮, 無踰我園, 無折我樹檀)"라는 문구에서 유래한 것으로, 남의 집 동산에 심어진 전단나무를 무단히 꺾는다는 의미다. 전단나무는 향목(香木)인데 여기서는 여성을 상징한다.

9) 行露之辱(행로지욕): 새벽이슬을 밟고 임을 만난다는 뜻으로, 여자가 부정하게 남자와 만나 욕을 받는다는 의미다. '행로'는『시경』소남(召南)「행로行露」편의 "함초롬히 이슬 젖은 길에 어찌 아침저녁인들 다니지 않겠소마는 길에 이슬이 많아서라네(厭浥行露, 豈不夙夜, 謂行多露)"라는 구절에서 유래하여, 여자의 부정을 상징하는 용어가 되었다.

10) 珠恨玉怨(주한옥원): '구슬처럼 아롱진 원망과 한'이란 뜻으로, 여성의 한과 원망을 미화한 표현이다.

11) 桃夭灼灼, 縱乏宜家之德(도요작작, 종핍의가지덕): '도요작작'은 시집갈 나이가 된 여자를, '의가지덕'은 혼인하여 가정을 화목하게 하는 덕을 뜻한다. 이 구절은『시경』주남(周南)「도요桃夭」편의 "복숭아나무의 요요함이여 곱고 고운 그 꽃이로다. 이 아가씨의 시집감이여 그 집안을 화목하게 하리라(桃之夭夭, 灼灼其華. 之子于歸, 宜其室家)"라는 구절에서 따왔다. 하지만 선화 자신은 그렇지 못한 자질이라는 것이다.

12) 采蘩祁祁, 庶殫奉祭之誠(채번기기, 서탄봉제지성): '채번기기'는 제사에 쓰일 나물을 뜯어 삼가 그 예를 다하는 것을 말한다. 이 구절은『시경』소남「채번采蘩」편의 "이에 새발쑥 뜯기를 못가에서 물가에서. 이에 이것 쓰기를 공후의 제삿일이라. (…) 머리 꾸밈의 곧고 단정함이여 새벽부터 밤늦도록 공청에 있도다. 머리 꾸밈의 여유로움이여 잠깐 돌아가도다(于以采蘩, 于沼于沚. 于以用之, 公侯之事. (…) 被之僮僮, 夙夜在公. 被之祁祁, 薄言還歸)"라는 구절을 차용한 것으로, 시집간 여자가 나물을 뜯어 시댁 제사를 정성껏 받들겠다는 다짐이다.

"二物雖微, 足表心曲. 幸念乘鸞之女,[13] 莫貽秋風之怨![14] 縱失姮娥之影,[15] 須憐明月之輝."

自此, 昏聚曉散, 無夕不會.

13) 乘鸞之女(승란지녀): 춘추시대 진(秦)나라 목공(穆公)의 딸인 농옥(弄玉)을 가리킨다. 전설에 의하면, 그녀는 퉁소를 잘 불던 소사(蕭史)를 사랑해 함께 퉁소 연주를 하곤 했는데, 그럴 때면 봉황(난새라 하기도 함)이 날아오곤 했다. 급기야 이들은 봉황을 타고 하늘로 올라갔다고 전해진다.

14) 秋風之怨(추풍지원): 버림받은 여인의 원망이란 뜻이다. 가을바람이 부니 부채가 버려진다는 뜻의 '추풍단선(秋風團扇)'이라는 용어가 있는데, 이는 여인이 총애를 잃은 상황을 비유한 표현이다. 이와 별개로 한나라 무제(武帝)가 지은 「추풍사秋風辭」가 유명한데, 이는 헤어진 임을 그리워 잊지 못하는 심정을 읊은 것이다.

15) 姮娥之影(항아지영): 달그림자. 여기서 항아는 '월신(月神)'이다. 이 구절은 옛날 진(陳)나라 태자사인(太子舍人) 서덕언(徐德言)과 그의 부인 낙창공주(樂昌公主)의 고사에서 따온 것이다. 진나라가 망국의 위기에 처하자 서덕언은 거울을 쪼개 나누어 갖고는 훗날 다시 만날 날을 기약했다. 그러나 부인은 양소(楊素)에게 거두어져 재회하지 못하고 나누어 가졌던 거울만 돌아왔다. 이에 서덕언은 "거울과 그녀 모두 떠났거늘 거울은 돌아왔는데 그녀는 돌아오지 않았네. 이제 다시 항아의 그림자 없는데 공연히 밝은 달만 비추네(鏡與人俱去, 鏡歸人不歸. 無復姮娥影, 空餘明月輝)"라는 시를 지어 슬퍼했다. 양소가 이 시를 보고 부인을 서덕언에게 돌려보냈다고 한다.

원망으로 죽은 배도, 둘 사이를 갈라놓다

一日, 生忽念久不見徘桃, 恐桃見怪, 乃往桃家不歸. 仙花夜至生館, 潛發生藏囊,[1) 得桃寄生詩數幅, 不勝恚妬, 取案上筆墨, 塗抹如鴉,[2) 自製「眼兒媚」[3)一関,[4) 書于翠綃, 投之囊中而去. 其詞曰:

窓外踈螢滅復流,

---

1) 藏囊(장낭): 간단한 물건이나 글의 초고 따위를 넣어두는 작은 주머니나 상자다.
2) 塗抹如鴉(도말여아): 까맣게 먹칠해서 지워버렸다는 뜻이다. 여기서 '아'는 까마귀로 까마귀처럼 '검다'는 의미다.
3) 「眼兒媚안아미」: 사조(詞調)의 한 종류로 쌍조에 마흔여덟 자, 전후 다섯 구로 구성된다. '추파미(秋波媚)'로도 불린다. 떠나간 임을 그리워하는 내용을 담고 있다. 참고로 육유(陸游, 1125~1210)의 「추파미」를 소개하면 다음과 같다. "가을 찾아온 변성엔 호각 소리 슬프고, 봉화는 높은 누대에서 밝혀 있네. 슬픈 노래에 축을 켜며 높은 데 기대 술을 따르니 이 흥 아득하구나!(秋到邊城角聲哀, 烽火照高臺. 悲歌擊筑, 凭高酹酒, 此興悠哉)" "다정한 이 누구던가 남산의 달인 양 다만 땅은 어두워지고 구름 걷힐 뿐. 패교의 이내에 쌓인 버들, 곡강의 지관에서 임이 오기를 기다린다네(多情誰似南山月, 特地暮雲開. 灞橋烟柳, 曲江池館, 應待人來)."
4) 一関(일결): 원래는 한 곡조가 끝났다는 의미인데, 악곡의 한 수를 지칭하기도 한다. 여기서는 한 곡에 해당한다.

斜月在高樓.

一階竹韻,

滿簾梧影,

夜靜人愁.

此時蕩子無消息,

何處得閑遊?

也應不念,

離情脈脈,[5]

坐數更籌.

　明日生還, 仙花了無妬恨之色, 又不言發囊之事, 蓋欲令生自認, 而生曠然無他念.

　一日, 夫人設宴, 召見徘桃, 稱周郎之學行, 且謝敎子之勤, 令桃傳致意於生. 生是夜爲盃酒所困, 矇不省事, 桃獨坐無寐, 偶發藏囊, 見其詞爲墨汁所昏, 心頗疑之. 又得「眼兒媚」詞, 知仙花所爲, 乃大怒, 取其詞, 納諸袖中, 又封結其囊如舊, 坐而待朝. 生酒醒, 桃徐問曰:

"郎君久寓於此而不歸, 何也?"

曰:

"國英時未卒業故也."

桃曰:

"敎妻之弟, 不容不盡心也."

生报报然面頸發赤, 曰:

---

5) 脈脈(맥맥): 물끄러미 바라보는 모습이다. 감정이 사무쳐 아무 말도 못하는 모습을 형용한 것이다.

"是何言歟?"

桃良久不言, 生惶惶失措, 掩面伏地. 桃乃出其詞, 投之生前, 曰:

"踰墻相從,[6] 鑽穴相窺,[7] 豈君子所可爲哉? 我將入, 自于夫人!"

便引身起, 生慌忙抱持, 以實告之, 且叩頭哀乞曰:

"仙娥與我, 永結芳盟, 何忍置人於死地?"

桃意方回, 曰:

"郎君便可與妾同歸! 不然, 則郎旣背約, 妾何守盟?"

生不得已托以他故, 復歸桃家. 桃自覺仙花之事, 不復稱生爲仙郎者, 蓋心不平也. 生篤念仙花, 日漸憔悴, 托病不起者數旬.

俄而, 國英病死, 生具祭物, 往奠于柩前. 仙花亦因生致病, 起居須人, 忽聞生至, 力疾强起, 淡粧素服, 獨立於簾內. 生奠罷, 遙見仙花, 流目送情而出, 低回顧眄之間, 已杳然無所覩矣.

後數月, 桃得疾不起. 將死, 枕生膝, 含淚而言曰:

"妾以葑菲之下體,[8] 依松栢之餘蔭, 豈料芳菲未歇, 鶗鴃先鳴?[9] 今與郎

-----

6) 踰墻相從(유장상종): 담을 넘어 남녀가 만난다는 뜻이다. 여기서도 『시경』 정풍(鄭風) 「장중자將仲子」편 내용을 원용한 것이다. 이에 대해서는 앞의 '절단지기' 참조.

7) 鑽穴相窺(찬혈상규): 구멍을 뚫어 서로 엿본다는 뜻으로, 남녀가 부정한 방법으로 몰래 만난다는 의미다. 앞의 '유장상종'과 함께 남녀의 야합을 의미한다. '찬혈유장(鑽穴踰墻)'이란 성어도 있는데, 이는 『맹자』 「등문공하滕文公下」의 "장부가 태어나면 아내를 얻기를 바라고, 여자가 태어나면 가정을 갖기를 바라는 것은 부모의 마음이라면 다 있는 법이다. 그러나 부모의 영과 매파의 전언을 기다리지 않고 구멍을 뚫어 서로를 엿보고, 담장을 넘어 서로 따른다면 부모와 나라 사람들이 모두 천시하게 된다(丈夫生而願爲之有室, 女子生而願爲之有家, 父母之心, 人皆有之, 不待父母之命·媒妁之言, 鑽穴隙相窺, 踰墻相從, 則父母國人, 皆賤之)"라는 구절에서 유래했다.

8) 葑菲之下體(봉비지하체): 채소의 뿌리 정도의 약하고 천한 존재라는 뜻이다. 이 구절은 『시경』 패풍 「곡풍谷風」편에 나오는 "온화한 동풍에 날이 흐려지며 비가 내리나니, 힘쓰고 힘써 마음을 함께하되 노여움을 가져서는 안 되리. 순무를 캐고 순무를 뜯음은 뿌리 때문이 아니니 덕음이 어긋남이 없을진대 그대와 죽을 때까지 함께하리(習習谷風, 以陰以雨. 黽勉同心, 不宜有怒. 采葑采菲, 無以下體. 德音莫違, 及爾同死)"라는 구절에서 유래한다. 이 두 채소는 순무의 일종으로 그 뿌리가 써서 먹기가 힘들다. 따라서 비천한 사람이나 덕이 없는 인물을 지칭할 때 쓰인다.

9) 鶗鴃先鳴(제계선명): 꽃이 지기도 전에 두견새가 먼저 울었다 즉 순서가 어그러져 일이 낭패

198

君便永訣矣, 綺羅管絃, 從此畢矣, 夙昔之願, 已缺然矣. 但望妾死之後, 娶仙花爲配, 埋我骨於郎君往來之路側, 則雖死之日, 猶生之年也."

言訖氣絶, 良久乃甦, 開眼視生, 曰:

"周郎, 周郎! 珍重珍重!"

連言數次而死. 生大慟, 乃葬于湖上大路傍, 從其願也. 祭之以文, 曰:

維年月日, 梅川居士, 以蕉黃荔丹[10]之奠, 祭于俳娘之靈. 嗚呼, 惟靈! 花情艶麗, 月態輕盈.[11] 舞學章臺之柳,[12] 風欺綠線;[13] 色奪幽谷之蘭, 露濕紅英. 回文則蘇若蘭, 詎容獨步; 艶詞則賈雲華,[14] 難可爭名. 名雖編於妓籍, 志則存於幽貞. 某也, 蕩情風中之絮, 孤蹤水上之萍. 言采沫鄕之

를 보았다는 뜻이다. '계계'는 두견새인데 두견새가 울 무렵이면 봄꽃이 시든다고들 한다. 한편 제계는 정직한 사람을 방해하거나 참소한다는 상징도 있는바, 여기서는 선화와의 관계를 상정하는 의미도 내포된다.

10) 蕉黃荔丹(초황여단): 누런 파초(芭蕉)와 붉은 여지(荔枝), 즉 파초와 여지의 열매 색깔을 나타낸다. 파초 열매는 바나나와 색이 비슷하며 여지 열매는 붉다. 주로 중국 남방 지역에서 불전(佛殿)에 공양으로 올렸던 과실로 여기서는 제수용 과일을 미화한 표현으로 이해된다.

11) 輕盈(경영): 몸매가 유연하고 동작이 경쾌한 여인의 모습을 형용한다. 이백(李白, 701~762)의 「상봉행相逢行」에 "수레에서 내림에 어찌나 유연하고 경쾌한지, 사뿐하기가 떨어지는 매화 같구나(下車何輕盈, 飄然似落梅)"라는 표현이 있다.

12) 章臺之柳(장대지류): 당대의 애정전기인 허요좌(許堯佐)의 「유씨전柳氏傳」의 주인공 유씨이자 기녀를 상징한다. 남주인공 한익(韓翊)이 안록산의 난으로 유씨와 헤어지자 인편으로 소식을 전하면서 "장대의 버들이여 장대의 버들이여! 옛날 푸르고 푸른 모습 지금도 여전한지? 긴 가지 예전처럼 늘어져 있어도 이젠 남의 손에 꺾이고 말았겠지(章臺柳章臺柳! 昔日青青今在否? 縱使長條似舊垂, 亦應攀折他人手)"라고 읊었는데, 유씨는 정말로 적장 사타리(沙吒利)에게 거둬져 훼절당했다. '장대'는 원래 당나라 수도 장안(長安)의 번화한 거리로 기녀들의 공간이었던바, 후대에 남녀 간의 사랑과 불가피한 훼절의 장소로 회자되곤 했다.

13) 風欺綠線(풍기녹선): '녹선'은 '녹면(綠綿)'이라고도 하며 유사(柳絲), 즉 버들개지를 뜻한다. 앞의 장대지류의 기녀이자 버드나무를 이어 표현한 것으로, 바람이 버들개지를 속였다는 말은 기녀로서 소원을 이루지 못했다는 의미다.

14) 賈雲華(가운화): 「가운화환혼기賈雲華還魂記」의 여주인공으로, 앞의 '위랑지어빙빙'조 참조. 실제 「가운화환혼기」에는 위붕과 화답한 가운화의 염정사(艶情詞)가 많이 수록되어 있다.

唐,¹⁵⁾ 贈之以相好; 不負東門之楊,¹⁶⁾ 副之以不忘. 月出皎兮, 雲窓¹⁷⁾夜靜; 結芳盟兮, 花院春晴. 一椀瓊漿, 幾曲鸞笙,¹⁸⁾ 豈意時移事往樂極哀生? 翡翠之衾未暖, 鴛鴦之夢先驚, 雲消歡意, 雨散恩情. 屬目而羅裙變色, 接耳而玉珮無聲. 一尺魯縞, 尙有餘香; 朱絃綠綺,¹⁹⁾ 虛在銀床, 藍橋舊宅,²⁰⁾ 付之紅娘.²¹⁾ 嗚呼! 佳人難得, 德音不忘. 玉貌花容, 宛在目傍. 天長地久, 此恨茫茫, 他鄉失侶, 誰賴誰憑? 復理舊楫, 再就來程, 湖海濶遠, 乾坤崢嶸. 孤帆萬里, 去去何依? 他年一哭, 浩蕩難期. 山有歸雲, 江有回潮, 娘之去矣, 一何寂寥? 致祭者酒, 陳情者文. 臨風一奠, 庶格芳魂. 嗚

---

15) 言采沬鄉之唐(언채말향지당): 말(沬) 땅의 나물을 캔다는 뜻이다. 『시경』 용풍(鄘風) 「상중桑中」편의 "토사 캐기를 말읍의 시골에서 하도다. 누구를 그리워하는가 아름다운 맹강이로다(爰采唐矣, 沬之鄉矣. 云誰之思, 美孟姜矣)"라는 구절에서 따온 것으로, 남녀의 만남을 상징한다. 여기서 '말'은 춘추시대 위(衛)나라의 고을 이름이고, '당'은 토사초(菟絲草)라는 새삼과에 속하는 한해살이 나물이다.

16) 東門之楊(동문지양): 동문 가의 버들로, 이 또한 동문 밖에서 남녀가 만나기로 한 약속을 뜻한다. 『시경』 진풍(陳風) 「동문지양東門之楊」편의 "동문의 버들이여 그 잎 무성하고 무성하도다. 어두울 때 만나기로 약속하니 계명성이 빛나고 빛나도다(東門之楊, 其葉牂牂. 昏以爲期, 明星煌煌)"에서 나온 말로, 동문 밖에서 만나기로 했으나 이를 저버린 상황을 표현한 부분이다.

17) 雲窓(운창): 높은 누각의 창문을 뜻한다. 안개와 구름 속에 솟은 높은 누각을 형용하여 '운창무각(雲窓霧閣)'이라 한다. 한유(韓愈, 768~824)의 「화산녀華山女」에 "구름 낀 창 안개 서린 누각 온통 황홀하고, 깊고 깊은 푸른 휘장 안엔 금병풍이 깊었어라(雲窓霧閣事恍惚, 重重翠幕深金屛)"란 시구가 유명하다.

18) 一椀瓊漿, 幾曲鸞笙(일완경장, 기곡난생): 선계의 술과 음악을 즐긴다는 뜻이다. '경장'은 신선이 마시는 술이며, '난생'은 앞의 소사와 농옥의 고사에 나오는 통소로, 신선 세계의 음악을 상징한다.

19) 綠綺(녹기): 거문고의 이름이다. 원래 사마상여(司馬相如, B.C. 179?~B.C. 117)의 거문고를 말하지만, 거문고를 미화할 때도 일반적으로 쓰인다. 주지하듯이 사마상여가 거문고를 쳐서 탁문군(卓文君)을 꾄 일화가 전한다. 참고로 초장왕(楚莊王)의 '요량(繞梁)', 채옹(蔡邕, 133~192)의 '초미(焦尾)'도 유명한 거문고 명칭이다.

20) 藍橋舊宅(남교구택): '남교'는 섬서성 남전현(藍田縣)의 한 지명으로, 당나라 배형(裴鉶)의 『전기傳奇』에 실린 「배항裴航」의 배경이 된 곳이다. 주인공 배항과 운영(雲英)이 이곳의 신선굴(神仙窟)에서 만나 사랑을 나누었다. 여기서도 이를 빗대어 처음 사랑을 나누었던 옛집이란 뜻으로 쓰였다.

21) 紅娘(홍랑): 여종. 여기서는 배도의 여종으로 설정되어 있으나, 원래 홍랑은 「앵앵전」의 여주인공 앵앵의 여종으로 등장한다. 「주생전」 후반부가 「앵앵전」의 구도를 원용하기 때문에 여종의 이름도 이를 따른 것으로 판단된다.

200

呼, 哀哉! 尙饗.

祭罷, 與二丫鬟別, 曰:

"汝等好守家舍! 我他日得志, 必來收汝."

丫鬟泣曰:

"兒輩仰主娘如母, 主娘視兒輩如女. 兒輩命薄, 主娘早沒, 所恃以慰此心者, 惟有郎君. 今郎君又去, 兒輩何依?"

號哭不已, 生再三慰撫, 揮淚登舟, 不忍發棹.

是夕, 宿于垂虹橋下, 望見仙花之院, 銀缸絳燭, 明滅林裡. 生念佳期之已邁, 嗟後會之無因, 口占「長相思」[22]一闋, 曰:

花滿烟,

柳滿烟.

音信初憑春色傳,

綠窓[23]深處眠.

好因緣,

惡因緣.

曉院銀釭已惘然,

歸帆雲水邊.

---

22)「長相思장상사」: 사곡의 하나다. 원래 악부의 편명이며, 고시에 '장상사'라는 구절을 많이 사용했던바, 양(梁)나라 장솔(張率)이 처음 이 세 자로 구를 만들어 사곡에 편입되었다고 한다. 참고로 당나라 백거이의 「장상사」가 대표적이다. 그 내용은 다음과 같다. "변수가 흐르고 사수도 흐르네. 그 물 흘러 과주의 옛 나루에 이르니, 오산에는 시름이 얼기설기. 이 생각 아득하고 한도 아득하네. 이 한 돌아올 땐 잠시 내려놓을지니 밝은 달빛 아래 그 사람 누에 기대 있네(汴水流, 泗水流. 流到瓜州古渡頭, 吳山點點愁. 思悠悠, 恨悠悠. 恨到歸時方始休, 月明人倚樓)."

23) 綠窓(녹창): 녹색의 비단 창문. 주로 가난한 여인의 처소를 일컫는 말로, 부유한 집을 상징하는 '홍루(紅樓)'와 대비되어 쓰인다.

生達曉沈吟, 輾轉不寐, 欲去則與仙花永隔, 欲留則徘桃·國英已死, 無可聊賴. 百爾所思,[24] 未得其一. 平明, 不得已開舡進棹, 仙花之院, 徘桃之塚, 看看漸遠, 山回江轉, 忽已隔矣.

24) 百爾所思(백이소사): '백방으로 생각해봐도' 정도의 뜻이다. 이 표현은 『시경』 용풍 「재치載馳」편의 "대부와 군자여 나를 허물하지 마소. 그대들 백방으로 생각해도 내가 가는 것만 못하리(大夫君子, 無我有尤. 百爾所思, 不如我所之)"에서 따온 것으로, 원래 지위가 높은 대부와 군자도 자신의 미욱한 우국충절만은 못하다는 의미로 쓴 말이다.

못다 한 사랑

生之母族有張老者, 湖州¹⁾巨富也. 素以睦族稱, 生試往依焉, 張老館待之
甚厚. 生身雖安逸, 念仙花之情, 久而彌篤, 轉輾之間, 已及春月, 實萬曆壬
辰²⁾也. 張老見生容貌日悴, 怪而問之, 生不敢隱, 以實告之. 張老曰:

"汝有心事, 何不早言? 老妻與盧丞相同姓, 累世通家, 老當爲汝圖之."

明日, 張老令妻修書, 遣老蒼頭, 專往錢塘, 議王·謝之親³⁾焉.

仙花自別生後, 支離在床, 綠憔紅悴. 夫人亦知爲周郞所祟, 欲成其志, 生

---

1) 湖州(호주): 지금 절강성 호주시(湖州市). 원래 오흥군(吳興郡)이었다가 수(隋)나라 때 호주로
승격, 부를 설치했다. 위치상 소주와 항주의 접경이다.
2) 萬曆壬辰(만력임진): 1592년. '만력이십년임진(萬曆二十年壬辰)'으로 나온 이본도 있다. 만력
은 명나라 신종(神宗)의 연호이며, 1573~1620년에 해당한다. 임진년은 임진왜란이 발발한 해
다. 이 전란의 파고는 남녀 주인공의 이별을 상징하며, 이 작품의 후반부 분위기를 반영한다.
3) 王·謝之親(왕사지친): 왕사는 육조시대 고문대족(高門世族)이었던 왕씨와 사씨로, 이 두 집
안은 대대로 혼사를 맺었다. 육조시대까지는 이처럼 왕족이나 세족 중심으로 권력 구도가 형
성되어 있었던바, 후대 고문대가를 일컫는 대표적인 용어가 되었다. 당나라 시인 유우석(劉禹
錫, 772~842)은 「오의항烏衣巷」에서 "예전 왕씨 사씨 집 처마에 오던 제비가, 평범한 백성의
집에 날아드네(舊來王謝堂前燕, 飛入尋常百姓家)"라고 읊은 바 있다.

已去矣, 無可奈何, 忽得盧氏書, 闔家驚喜. 仙花亦强起梳洗, 有若平昔. 乃以是年九月, 爲結縭⁴⁾之期.

生日往浦口, 悵望蒼頭之還. 未及一旬, 蒼頭乃還, 傳其定婚之意, 又以仙花私書授生. 生發書視之, 粉香淚痕, 哀怨可想. 其書曰:

　　薄命妾仙花, 沐髮淸齋, 上書周郞足下. 妾本弱質, 養在深閨, 每念韶華之易邁, 掩鏡自惜; 縱懷行雲⁵⁾之芳心, 對人生羞. 見陌頭之楊, 則春情駘蕩; 聞枝上之鶯, 則曉思朦朧. 一朝彩蝶傳情, 仙禽引路, 東方之月, 姝子在闥.⁶⁾ 子旣踰垣, 我敢愛檀? 玄霜搗盡, 不上崎嶇之玉京;⁷⁾ 明月中分, 空成契闊之深盟, 那圖好事難常, 佳期易阻? 心乎愛矣, 躬自悼矣. 人去春來, 魚沉雁斷,⁸⁾ 雨打梨花, 門掩黃昏, 千回萬轉, 憔悴因郞. 錦帳空兮晝寂寂, 銀缸滅兮夜沉沉. 一日誤身, 百年含情. 殘花打腮, 片月凝眸, 三魂已散, 八翼莫飛.⁹⁾ 早知如此, 不如無生. 今則月老有信, 星期可待, 而單居悄

---

4) 結縭(결리): '결리(結褵)'라고도 한다. '리'는 여자들이 입는 수건, 즉 앞치마다. 여자가 출가를 하면 어머니가 이 수건을 매어주면서 시집살이를 잘하라고 당부했다. 『시경』 빈풍 「동산東山」편의 "지자가 시집을 가니 황백색과 얼룩무늬 말이로다. 친히 그 향주머니 매어주니 그 위의가 아홉이고 열이 되었네(之子于歸, 皇駁其馬. 親結其縭, 九十其儀)"라는 표현에서 유래했다.
5) 行雲(행운): 아름다운 여인을 지칭한다. 이 역시 운우지정의 고사에서 유래했다. 무산신녀가 초나라 회왕에게 자신을 "또한 아침에 구름이 되었다가 저물녘엔 비가 되어 내리지요(且爲朝雲, 暮爲行雨)"라 했는데 여기서 따왔다.
6) 東方之月, 姝子在闥(동방지월, 주자재달): 달밤에 사내가 여자 집에 찾아왔다는 뜻이다. 『시경』 제풍(齊風) 「동방지일東方之日」편의 "동방의 달이여! 저 아름다운 그대가 내 문 안에 있도다(東方之月兮, 彼姝者子, 在我闥兮)"라는 구절에서 유래했다.
7) 玄霜搗盡, 不上崎嶇之玉京(현상도진, 불상기구지옥경): 선약(仙藥)을 다 찧어도 상천(上天)에 오를 수 없다. 즉, 아무리 노력해도 바라던 이와 만날 수 없다는 의미다. 현상은 선약을, 옥경은 천궐(天闕)을 뜻한다. 배형(裴鉶)의 전기 작품 「배항裴航」의 "경옥을 한번 마시면 온갖 감흥이 일고, 현상을 다 찧으면 운영을 볼 수 있다네. 남교가 바로 신선 굴이니, 하필 저 험한 옥청에 오르랴(一飮瓊漿百感生, 玄霜搗盡見雲英. 藍橋便是神仙窟, 何必崎嶇上玉淸)"란 시구에서 따온 말이다. 「배항」에서는 배항이 병에 걸린 운영의 할머니를 위해 현상을 옥 절구로 찧어 바친 뒤 운영을 다시 만나 혼인을 한다.
8) 魚沉雁斷(어침안단): '침어낙안(浸魚落雁)'의 다른 표현으로 아름다운 여인을 미화한 말이다.
9) 三魂已散, 八翼莫飛(삼혼이산, 팔익막비): '삼혼'은 사람 마음에 있는 태광(台光)·상령(爽靈)·

悄, 疾病沉綿, 花顔減彩, 雲鬟無光, 郞雖見之, 不復前度之恩情矣. 但所恐者, 微懷未吐, 溘然朝露, 九重泉路, 私恨無窮. 朝見郞君, 一訴衷情, 則夕閉幽房, 無所怨矣. 雲山千里, 信使難頻, 引領遙望, 骨折魂飛. 湖州地偏, 瘴氣侵人, 努力自愛, 千萬珍重. 千萬情緒, 不敢言盡, 分付歸鴻, 帶將去矣. 某月日, 仙花白.

生讀罷, 如夢初回, 似醉方醒, 且悲且喜, 而屈指九月, 猶以爲遠. 欲改定其期, 乃請於張老, 再遣蒼頭, 而又以私答仙花之書, 曰:

芳卿足下. 三生緣重, 千里書來, 感物懷人, 能不依依? 昔者, 投迹玉院, 托身瓊林, 春心一發, 雨意難禁, 花間結約, 月下成緣. 猥蒙顧念, 信誓琅琅,[10] 自念此生, 難報深恩. 人間好事, 造物多猜, 那知一夜之別, 竟作經年之恨? 相距敻絶, 山川脩阻, 匹馬天涯, 幾度惆悵? 雁叫吳雲, 猿啼楚峀,[11] 旅館獨眠, 孤燈悄悄, 人非木石, 能不悲哉? 嗟呼芳卿! 別離傷懷, 子所知也. 古人云: '一日不見如三秋兮.'[12] 以此推之, 則一月便是九十年

유정(幽精) 이 세 가지 영혼으로 '삼정(三精)'이라고도 한다. 주로 도가에서 '삼혼칠백(三魂七魄)'이라 하여 자주 쓰인다. '팔익'은 여덟 개의 날개로 하늘에 오른다는 뜻으로, 진(晉)나라 때 도간(陶侃)이 꿈에 날개 여덟 개가 생겨 하늘로 날아올라갔다는 고사에서 유래했다. 『전등신화』「취취전」의 "높은 하늘을 바라보나 팔익으로 날아오를 수 없고, 고국을 그리워하나 삼혼만 자주 흩어지네(望高天而八翼莫飛, 思故國而三魂屢散)"라는 구절과 비슷하다.

10) 琅琅(낭랑): 원래 새가 지저귀거나 글을 낭랑하게 읽는 소리를 형용한 말이지만 인품이 꼿꼿하고 고결함을 뜻하기도 한다. 여기서는 후자를 의미한다.

11) 雁叫吳雲, 猿啼楚峀(안규오운, 원제초수): '기러기는 구름 이는 오 땅에서 울고, 원숭이는 초 땅의 산협에서 운다'는 뜻이다. 오 땅은 기러기가 남쪽으로 날아가는 경유지이고, 초 땅 특히 삼협(三峽)은 원숭이들의 서식지로 알려져, 주로 객회를 불러일으키는 대상으로 인구에 회자되었다. 여기서는 주인공 주생이 오초 지역을 떠도는 상황을 표지하기도 한다.

12) 一日不見如三秋兮(일일불견여삼추혜): 이 구절은 원래 『시경』 왕풍(王風) 「채갈采葛」편에 "저 쑥을 캠이여! 하루 동안 보지 못함이 삼추와 같도다(彼采蕭兮, 一日不見, 如三秋兮)"에 근거한다. 그 해석에 "사념(思念)의 정(情)이 그칠 줄 모른다"고 했는데 이후 남녀 간 그리움을 표현하는 대표적인 고사가 되었다.

矣. 若待高秋以定佳期, 則不如求我於荒山衰草之裏矣. 情不可極, 言不可盡, 臨楮嗚咽, 夫復何言? 月日某白.

書旣具未傳, 會朝鮮爲倭賊所迫, 請兵於天朝甚急. 皇帝[13]以謂, '朝鮮至誠事大, 不可不救. 且朝鮮破, 則鴨江以西, 亦不得安枕而臥矣. 況存亡繼絶, 王者之事也.' 特命提督李如松,[14] 帥師討賊, 而行人司行人[15]薛藩,[16] 回自朝鮮, 奏曰:

"北方之人, 善禦虜; 南方之人, 善禦倭. 今日之役, 非南兵則不可."

於是, 湖·浙諸郡,[17] 發兵甚急. 遊擊將軍[18]姓某, 素知生名, 引以爲書記之任, 生辭不獲已. 至朝鮮, 登安州百祥樓,[19] 作七言古風, 失其全篇, 惟記結尾四句, 其詩曰:

---

13) 皇帝(황제): 명나라 신종황제.
14) 李如松(이여송, ?~1598): 명나라 무장으로 그의 선조가 조선인으로 알려져 있다. 자는 자무(子茂)다. 임진왜란이 일어나자 제독계료보정산동등처군무방해어왜총병관(提督薊遼保定山東等處軍務防海禦倭總兵官)에 임명되어 원병을 이끌고 출전해 평양 탈환을 주도했다. 1597년에는 요동총병관이 되어 만주족 달자(躂子)와 대결하다가 전사했다. 한편 조선 후기 한문 단편에서 이여송은 평양에 주둔했을 때 조선을 차지하려는 야욕을 보인 부정적인 존재로 형상화되곤 하는데, 이로써 조선에서는 그를 이중적인 시선으로 바라보았음을 미루어 짐작할 수 있다.
15) 行人司行人(행인사행인): 행인사의 행인이라는 뜻이다. '행인사'는 명대에 전지(傳旨)·책봉(冊封)·무유(撫諭) 등의 일을 관장하던 관청이며, '행인'은 행인사의 관직명으로 외국 사신을 접대하는 등 외교 관련 업무를 맡아보았다.
16) 薛藩(설번): 그의 생력과 행적은 자세하지 않다. 『선조실록』에 의하면 그는 광동(廣東) 출신으로 1592년 9월 2일 신종황제의 칙서를 가지고 조선에 사신으로 왔다고 한다. 따라서 여기 언급은 그가 조선에 사신으로 왔다가 돌아가 신종에게 보고한 부분인 셈이다.
17) 湖·浙諸郡(호절제군): 호남성과 절강성의 여러 고을.
18) 遊擊將軍(유격장군): 명대의 무관직으로, 잡호장군직(雜號將軍職)이다. 한나라 때부터 요기장군(驍騎將軍)과 함께 전선에서 지휘 책임을 맡았다.
19) 安州百祥樓(안주백상루): 안주는 평안남도 서북단의 고을로, 의주로 통하는 길목에 위치한다. 이곳의 백상루는 서북 지역의 명승 가운데 하나로, 조선조 문인들은 이곳을 소재로 많은 시문을 남겼다. 권필은 「백상루월야차사상운百祥樓月夜次使相韻」(『석주집石洲集』 권7)을 남겼으며, 그와 절친했던 허균(許筠, 1569~1618)도 「백상루百祥樓」 연작을 남겼다. 최근 「백상루기百祥樓記」라는 19세기 염정 희곡이 발굴되어 소개된 바도 있는데 안주와 백상루는 조선시대 서북 지역 문학의 산실로 꼽힌다.

愁來獨登江上樓, 樓外靑山多幾許?

也能遮我望鄕眼, 不肯隔斷愁來路.

　明年癸巳[20]春, 天兵大破倭賊, 追至慶尙道, 而生置念仙花, 遂成沉痼, 不能從軍南下, 留在松都. 余適以事往, 遇生於館驛之中, 而語言不同, 以書通情. 生以余解文, 待之頗厚. 余詢其致病之由, 愀然不答. 是日, 爲雨所拘, 因與生張燈夜話, 生以「踏莎行」[21]一闋, 示余, 其詞曰

　　隻影無憑,

　　離懷難吐,

　　歸鴻暗暗連江樹.

　　旅窓殘燭已驚心,

　　可堪更聽黃昏雨.

　閬苑[22]雲迷,

---

20) 癸巳(계사): 임진왜란 이듬해인 1593년.
21) 「踏莎行답사행」: 사곡의 하나다. 「취취전」의 남주인공이자 당나라 대력(大曆, 766~780) 연간 때 시인인 한익(韓翊)의 시 「과역양산계과欒陽山谿」의 "사초를 밟으며 풀길을 지나니 봄 계곡이라(踏莎行草遇春谿)"라는 구절에서 명명되었으며, 따로 '희조천(喜朝天)' '유장춘(柳長春)' 으로도 불린다. 쌍조에 오십팔 자가 정격이며, 전조(轉調)로는 예순네 자와 예순여섯 자의 두 가지 유형이 있다. 강가 모래톱을 거닐며 임을 그리워한다는 내용의 노래다. 여기서는 구양수(歐陽脩, 1007~1072)의 「답사행」을 들어둔다. "역관의 매화는 시들고 시내 다리엔 버들이 돋네. 풀은 향기롭고 바람은 따뜻한데 원정의 말고삐 끄는구나. 이별의 시름 멀어질수록 끝이 없어 이어지고 이어져 봄물처럼 끊어지지 않네(候館梅殘, 溪橋柳細, 草薰風暖搖征轡. 離愁漸遠漸無窮, 迢迢不斷如春水)." "한마디 여린 속 고운 얼굴엔 분과 눈물뿐. 누가 높으니 가까이 난간에 기대지 말기를. 무성한 평원이 다한 곳엔 봄 산이요, 떠나는 이는 그 봄 산 밖에 있다네(寸寸柔腸, 盈盈粉淚, 樓高莫近危欄倚. 平蕪盡處是春山, 行人更在春山外)."
22) 閬苑(낭원): 곤륜산에 있다는 신선의 거처 가운데 하나다. 원래 '낭풍지원(閬風之苑)', 즉 곤륜산의 한 봉우리인 낭풍에 있는 동산이란 뜻으로 '현포(玄圃)'라고 한다. 현포는 낭원과 함께

瀛洲[23]海阻,

玉樓珠箔今何許?

孤蹤願作水上萍,

一夜流向吳江[24]去.

余異其詞意, 懇問不已, 生乃自敍其首尾如此. 又自囊中出示一卷書, 名曰'花間集',[25] 生與仙花·徘桃唱和詩百餘首, 儕輩詠其詞者, 又十餘篇. 生爲余墮淚, 求余詩甚切. 余效元稹「會眞詩」[26]體, 作三十韻排律, 題其卷端, 以贈之. 又從而慰之曰:

곤륜산에 있다고 전해지는 대표적인 선경(仙境)이다.

23) 瀛洲(영주): 삼신산 가운데 하나인 영주산(瀛洲山)이다. 삼신산은 원래 진시황이 서불(徐市)을 시켜 찾게 함으로써 구체화된 선경으로, 그 내용이 『사기』 「진시황본기秦始皇本紀」 28년 조에 다음과 같이 나온다. "제나라 사람 서불이 글을 올려 동해에 삼신산이 있는데, 봉래·방장·영주라 불리우며 신선들이 거처한다고 하였다(齊人徐市等上書, 言海中有三神山, 名曰蓬萊·方丈·瀛洲, 仙人居之)." 제주의 '서귀포(徐歸浦)'는 서불이 귀착했다는 전설 때문에 명명된 지명이기도 하다.

24) 吳江(오강): 오송강(吳淞江)을 말한다. 강소성과 절강성에 걸쳐 흐르는 오송강은 태호(太湖)에서 발원하여 상해(上海)를 거쳐 황해로 흘러들어간다. 선화가 있는 전당으로 찾아간다는 것인데, 경로상 뱃길로 태호가 있는 호주에서 전당, 즉 항주로 가려면 이 강을 경유해야 한다.

25) 花間集(화간집): 따로 같은 제명의 시사집(詩詞集)이 전한다. 원래 후촉(後蜀)의 조숭조(趙崇祚)가 한시를 개작해 사곡(詞曲)으로 만들었는데, 이런 풍조가 중당(中唐) 때부터 활발해져 오대(五代)에는 극성했다. 특히 당말(唐末) 명가(名家)들의 사를 집성한 『화간집』이 사집의 대표적인 사례다. 여기서도 이 사례를 따라 주인공들이 화답한 사를 모아 이 제명을 붙인 것이다.

26) 元稹(원진) 「會眞詩회진시」: 원진은 전기소설 「앵앵전」을 지은 작가이며, 「회진시」는 이 작품의 결말부에 첨부된 시다. 「앵앵전」에서도 작가인 원진이 남주인공 장생(張生)을 위해 이 시를 지어주었다. 참고로 「회진시」 삼십 운 원문을 소개해둔다. '微月透簾櫳, 螢光度碧空. 遙天初縹緲, 低樹漸葱蘢. 龍吹過庭竹, 鸞歌拂井桐. 羅綃垂薄霧, 環珮響輕風. 絳節隨金母, 雲心捧玉童. 更深人悄悄, 晨會雨濛濛. 珠瑩光文履, 花明隱繡龍. 瑤釵行彩鳳, 羅帔掩丹虹. 言自瑤華浦, 將朝碧玉宮. 因游洛城北, 偶向宋家東. 戲調初微拒, 柔情已暗通. 低鬟蟬影動, 迴步玉塵蒙. 轉面流花雪, 登床抱綺叢. 鴛鴦交頸舞, 翡翠合歡籠. 眉黛羞偏聚, 脣朱暖更融. 氣淸蘭蕊馥, 膚潤玉肌豐. 無力傭移腕, 多嬌愛斂躬. 汗流珠點點, 髮亂綠葱葱. 方喜千年會, 俄聞五夜窮. 留連時有恨, 繾綣意難終. 慢臉含愁態, 芳詞誓素衷. 贈環明運合, 留結表心同. 啼粉流宵鏡, 殘燈遠暗蟲. 華光猶冉冉, 旭日漸曈曈. 乘鶩還歸洛, 吹簫亦上嵩. 衣香猶染麝, 枕膩尙殘紅. 幂幂臨塘草, 飄飄思渚蓬. 素琴鳴怨鶴, 淸漢望歸鴻. 海闊誠難渡, 天高不易冲. 行雲無處所, 簫史在樓中.'

"大丈夫所憂者, 功名未就耳, 天下豈無美婦人乎? 況今三韓已定, 六師[27]將還, 東風已與周郎便矣.[28] 莫慮喬氏[29]之鎖於他人之院也!"

明早揖別, 生再三稱謝曰:

"可笑之事, 不必傳也."

時生年二十七, 眉宇炯然, 望之如畫云.

癸巳仲夏, 無言子權汝章[30]記.

27) 六師(육사): '육군(六軍)'이라고도 하며 천자의 군대를 말한다. 『주례周禮』에 의하면, 육군은 칠만 오천 명 규모였다. 따라서 일군(一軍)은 일만 이천오백 명에 해당한다. 그래서 천자는 육군을, 대국(大國)은 삼군(三軍)을, 차국(次國)은 이군(二軍)을, 소국은 일군을 거느린다고 했다. 일군은 현재 우리 기준으로 사단급 병력이다.

28) 東風已與周郎便矣(동풍이여주랑편의): '동풍이 이미 주유(周瑜, 175~210)의 편이 되었다'는 뜻이다. 삼국시대 적벽대전에서 조조(曹操, 155~210)의 군대를 대파한 오(吳)나라 명장 주유는 동풍, 즉 바람을 이용한 것으로 유명하다. 당나라 시인 두목은 「적벽赤壁」 시에서 "동풍은 주랑을 위해 불지 않고, 봄 깊은 동작대엔 이교가 갇혀 있네(東風不與周郎便, 銅雀春深鎖二喬)"라고 읊은 바 있다.

29) 喬氏(교씨): 주유가 완성(皖城)을 공격해 얻은 여인이다. 주유가 처음 손권(孫權, 182~252)의 부친 손책(孫策)을 따라 강남(江南)의 완성을 공격해 그곳의 세력가 교공(喬公)의 아름다운 두 딸을 얻었다. 이때 손책은 큰딸〔大喬〕을 취하고, 주유는 작은딸〔小喬〕를 취했다. 앞의 두목의 「적벽」 시의 '이교'도 이 두 딸을 이른다. 여기서는 선화를 가리킨다.

30) 權汝章(권여장): 작자인 권필. 무언자(無言子)는 그의 호이며, 여장은 그의 자다.

| 원본 |

운영전

雲英傳

폐허가 된 옛 수성궁에서 운영과 김진사를 만나다

壽聖宮,[1] 卽安平大君[2]舊宅也. 在長安城西仁王山[3]之下, 山川秀麗, 龍

---

1) 壽聖宮(수성궁): '수성궁(壽城宮)' '수성궁(壽成宮)'으로 표기된 이본도 있다. 인왕산 남쪽 기슭의 수성동(水聲洞) 계곡에 있었던 별궁이다. 정선(鄭敾, 1676~1759)의 그림 〈수성구지壽城舊趾〉를 보면, 그 위치가 수성동 계곡이었음을 짐작할 수 있다. 자료에 의하면, 이 수성궁은 원래 문종의 후궁이 거처하던 별궁으로 연산군 대에는 성종의 후궁이 거처했다고 한다. 또 명종 때는 궁인들의 병을 치료하는 공간으로도 이용되었으나, 숙종 대에는 이미 폐궁이었다. 따라서 17세기 전후에 이미 폐허가 되었음을 짐작케 한다. 한편 수성동 계곡은 경치가 빼어난 곳으로 유명했던바, 그런 연유로 이 계곡의 이름과 동일한 궁명을 지은 게 아닐까 싶다. 원래 문종의 후궁 거처였다면 실제로 동생인 안평대군의 사저로 쓰였을 가능성은 낮지만 그럼에도 여기서는 이렇게 설정한다. 원래 안평대군의 거처로는 비해당(匪懈堂, 즉 무계정사)이 있는데, 이곳은 인왕산 뒤편에 위치한다. 뒤에서 확인되지만 "수성궁 위쪽에 무계정사를 짓는다(卽搆精舍十數間于其上, 扁其堂曰匪懈堂)"는 언급이 나오는 것으로 보건대 실제 공간과는 다소 차이가 있다. 결국 이 수성궁은 실제 안평대군이 거처한 공간이 아니라 작품에서 가탁했을 가능성이 크다.
2) 安平大君(안평대군, 1418~1453): 이름은 용(瑢), 자는 청지(淸之), 호는 비해당·낭간거사(琅玕居士)·매죽헌(梅竹軒)이다. 세종의 셋째 아들로, 첫째가 문종이고 둘째가 세조다. 1428년 안평대군에 봉해졌고, 1429년 좌부대언(左副代言) 정연(鄭淵)의 딸과 결혼했다. 1438년 이후 북방 경계에 나서 야인을 토벌하는 등 실무 경험을 쌓아 차츰 조정의 실력자로 등장해 황보인(皇甫仁)·김종서(金宗瑞) 등과 손잡고 형인 수양대군 즉 무신 세력과 맞서기에 이르렀다. 그러나 1453년 계유정난으로 강화에 유배되었다가 교동(喬桐)에서 사사(賜死)되었다. 시문과 글씨가

盤虎踞,⁴⁾ 社稷⁵⁾在其南, 景福⁶⁾在其東. 仁王一脈, 逶迤而下, 臨宮阧起, 雖不高峻, 而登臨俯覽, 則通衢市廛, 滿城第宅, 碁布星羅, 歷歷可指, 宛若絲列而派分. 東望則宮闕縹緲, 複道橫空, 雲烟積翠, 朝暮獻態, 眞所謂絶勝之地也. 一時酒徒射伴, 歌兒笛童, 騷人墨客, 三春花柳之節, 九秋楓丹之時, 則無日不遊於其上, 吟風咏月, 嘯翫忘歸.

靑坡士人柳泳,⁷⁾ 飽聞此園之勝槪, 思欲一遊焉, 而衣裳藍縷, 容色埋沒,

당대에 최고여서 중국에까지 알려졌으며, 그림과 음악에도 조예가 깊은 조선 전기를 대표하는 예술가였다.

3) 仁王山(인왕산): 서울 종로구와 서대문구에 걸친 산으로 조선시대 도성이 구축될 때 대표적인 서북쪽 도산(都山)이 되었다. 풍수적으로는 조산(祖山)인 북한산에서 주맥인 북악산과 왼편으로 낙산(洛山)이, 오른편으로 인왕산이 좌청룡 우백호의 형상을 보여준다. 그리 높지는 않으나 산세가 웅장하고 아름다워 시인 묵객들의 소요 장소이자 산수화의 주요 소재로 등장했다. 원래는 '서산(西山)' '서봉(西峰)' 등으로 불리다가 이곳에 인왕사(仁王寺)가 있는 관계로 광해군 때 인왕산으로 불리게 되었다. 따라서 정선의 「인왕제색도仁王霽色圖」는 인왕산으로 불리기 시작한 시점에서 얼마 지나지 않은 작품인 셈이다.

4) 龍盤虎踞(용반호거): '용이 서리고 호랑이가 걸터앉은 형상'이란 뜻으로, 통상 제왕의 도읍이 될 만한 형세를 지칭한다. '용반'은 '용변(龍蟠)'으로도 쓴다. 이백의 「영왕동순가永王東巡歌」에 "용반호거의 형세라 제왕의 고을이요, 제왕의 아들 금릉에서 옛 무덤을 찾았네(龍盤虎踞帝王州, 帝子金陵訪古丘)"라는 구절이 있다.

5) 社稷(사직): 즉 사직단(社稷壇). 1395년 경복궁 서쪽 인달방(仁達坊, 현재 종로구 사직동)에 축조해 사단(社壇)은 동쪽, 직단(稷壇)은 서쪽에 배치했다. 주지하듯이 '사직'은 땅[社]과 오곡[稷]을 뜻하며, 이에 국가적인 제례를 올리는 게 유교 정치 질서의 한 핵을 이루었다. 우리의 경우 삼국시대부터 이 사직단을 설치했다. 1426년에는 단의 북쪽에 사직서(社稷署)를 설치해 국가 제사를 관할하게 했으며, 1908년 칙령에 의해 폐지되었다.

6) 景福(경복): 즉 경복궁(景福宮). '북궐(北闕)'이라고도 하며, 조선시대 5대 궁궐 중 정궁(正宮)에 해당한다. 조선 왕조가 개국하면서 가장 먼저 세운 궁궐로 1395년에 완공되었다. 궁명은 『시경』의 대아(大雅) 「기취旣醉」편의 "이미 취하되 술로써 하고 이미 배부르되 덕으로써 하네. 군자가 만년토록 너에게 큰 복을 열리라(旣醉以酒, 旣飽以德. 君子萬年, 介爾景福)"에서 따왔다. 그러나 이런저런 이유로 조선 왕들이 경복궁에 머문 시기는 조선 전기에 한정되며, 대개는 별궁인 창덕궁(昌德宮)이 정전 역할을 해왔다. 임진왜란 때 전소된 뒤 폐허 상태로 남아 있다가 1867년 흥선대원군이 대규모 중건 사업을 진행한 바 있다.

7) 柳泳(유영): 이 작품의 관찰자로, 실제 인물인지는 미상이다. 『광해군일기』에 동명의 인물이 보이기는 한다. "1612년 7월 17일조에 현감을 지낸 유영이 그의 부친 유몽정(柳夢鼎)의 임진왜란 때 공훈을 추록(追錄)해줄 것을 청원하는 상소를 올렸다"는 내용이 있으나 동일인인지는 확인되지 않는다. 간혹 이 관찰자를 창작자로 비정하기도 하는데 가능성이 희박하며, 작자가 가상의 인물을 내세웠을 가능성이 크다. 참고로 1910년대에 나온 이 작품의 최초 영문 번역본 James Scarth Gale의 『The Sorrows of Oon-yung』에서는 작자를 '유영(柳泳)'으로 특정하고,

自知爲遊客之取笑, 足將進而趑趄者, 久矣.

萬曆辛丑[8]春三月旣望, 沽得濁醪一壺, 而旣乏童僕, 又無朋知, 躬自佩壺, 獨入宮門, 則觀者相顧, 莫不指笑. 生慙而無聊, 仍入後園, 登高四望, 則新經兵燹之餘,[9] 長安宮闕, 滿城華屋, 蕩然無有. 壞垣破瓦, 廢井頹砌, 草樹茂密, 唯東廊數間, 巋然獨存. 生步入西園泉石幽邃處, 則百草叢芊, 影落澄潭, 滿地落花, 人跡不到, 微風一起, 香氣馥郁. 生獨坐岩上, 仍咏東坡'我上朝元春半老, 滿地落花無人掃'之句,[10] 輒解所佩酒, 盡飮之, 醉臥岩邊,

---

그의 부친인 유몽정에 대한 정보를 소개하였다. 유몽정은 실제로 이 시기에 활약한 인물로 사료에 자주 등장하나 그와 유영의 관계는 명확하지 않다.

8) 萬曆辛丑(만력신축): 즉 선조 34년인 1601년이다.

9) 兵燹之餘(병선지여): 전란을 치른 뒤. 신축년(1601)이면 임진년(1592)과 정유년(1597)의 왜란을 이미 겪은 뒤이기 때문이다. 두 전란으로 도성 안이 쑥대밭이 된 시점에서 이 이야기가 시작된다는 점이 의미심장한데, 폐허가 된 나라의 중심부에 묻혀 있던 하나의 사건, 그것도 인간과 인간 성정의 근본적인 문제를 들춰낸다는 설정이 구성상 절묘하다.

10) 東坡'我上朝元春半老, 滿地落花無人掃'之句(동파아상조원춘반로, 만지낙화무인소지구): 소식(蘇軾)의 시「여산驪山」의 일부다. 여기서 '조원'은 조원각(朝元閣)으로, 당나라 현종(玄宗)이 강소성 여산에 세운 누각이다.「여산」은 망국의 정서를 노래한 시로, 병란으로 폐허가 된 이 작품의 시작 지점과 맞닿아 있다. 서두의 배경 묘사도 이 시에서 차용했음을 확인할 수 있다. 요컨대 작품 서두의 시공간적 배경과 이 시의 분위기가 절묘하게 합치된다. 이해를 위해「여산」(『소동파전집蘇東坡全集』 속집續集 권1)의 전문을 소개해둔다. "궐문은 하늘처럼 몇 겹으로 깊은지, 임금은 천제처럼 정전에 좌정했네. 인생살이 난처는 바로 안온한 생활이라, 무엇하러 이곳 여산에 왔던가? 복도는 구름을 뚫고 금궐에 닿았고, 누각은 이내에 가린 채 푸른 허공에 비꼈네. 숲 깊고 안개 자욱하여 팔준마가 헤매고, 아침엔 동쪽 저녁엔 서쪽으로 육룡이 괴로워하네. 그 육룡 타고 서쪽으로 아미산 잔도로 피신하니, 슬픈 바람이 곧 화청궁으로 불어오네. 예상곡 쓸쓸히 흩어져 우의가 텅 비니, 고라니 사슴 와서 놀고 원숭이 학 슬피 우네. 아침에 조원각에 오르니 봄은 벌써 지나가고, 꽃이 땅에 가득 떨어졌어도 쓰는 사람 없네. 갈고루는 높이 솟아 저녁해가 걸렸고, 장생전은 묻힌 지 오래라 푸른 풀이 자랐구나. 가련타 오나라 초나라 두 하루살이 같아, 누대 다 짓기도 전에 벌써 슬픔을 맞았으니. 장양궁과 오작궁 지은 한제는 다행히 면했으나, 강도에 미루(迷樓) 지은 수제는 스스로 빠지고 말았네. 예로부터 그만두지 못해 나라 망친 경우 많았으니, 잔치는 짐독 같아 사치하고 현혹되기 때문이라네. 세 풍조와 열 허물 예로부터 경계한 것이니, 꼭 여산으로만 나라를 망칠 건 아니라네(君門如天深幾重, 君王如帝坐法宮. 人生難處是安穩, 何爲來此驪山中. 複道凌雲接金闕, 樓觀隱煙橫翠空. 林深霧暗迷八駿, 朝東暮西勞六龍. 六龍西幸峨眉道, 悲風便入華淸院. 霓裳蕭散羽衣空, 麋鹿來游猿鶴怨. 我上朝元春半老, 滿地落花無人掃. 羯鼓樓高掛夕陽, 長生殿古生靑草. 可憐吳楚兩醯鷄, 臺未就已堪悲. 長楊五柞漢幸免, 江都樓成隋自迷. 由來留連多喪國, 宴安酖毒因爹惑. 三風十愆古所戒, 不必驪山可亡國)." 한편 이 시는 원작자 논란이 있는데, 소식의 제자인 이천(李薦)의 문집『제남집濟南集』「여산가驪山歌」(권3)

以石支頭.

俄而酒醒, 擡頭視之, 則遊人盡散, 山月已吐, 烟籠柳眉, 風動花腮. 時聞
一條軟語, 隨風而至. 生異之, 起而視之, 則有一少年, 與絶色靑蛾, 班荊對
坐.[11] 見生至, 欣然起迎, 生與之揖, 因問曰:

"秀才[12]何許人, 未卜其晝, 只卜其夜?[13]"

少年微哂曰:

"古人云: '傾蓋若舊.'[14] 正謂此也."

相與鼎足而坐語. 女低聲呼兒, 則有二丫鬟, 自林中出來, 女謂其兒曰:

"今夕邂逅故人之處, 又逢不期之佳客, 今日之夜, 不可寂寞而虛度. 汝可
備酒饌, 兼持筆硯而來."

二丫鬟承命而往, 少選而返, 飄然若飛鳥之往來. 琉璃樽盛紫霞之酒,[15]
珍果奇饌, 列於銀盤, 以白玉杯, 酌而飮之, 酒味肴饌, 皆非人世所有. 酒三

에도 이 시구가 들어 있다. 이 때문에 중국에서는 이 시의 작자를 이천으로 보기도 한다.

11) 班荊對坐(반형대좌): '싸리 자리를 깔고 마주하여 앉다'라는 뜻이다. 주로 반가운 벗을 길
에서 만나 자리를 가리지 않고 그 자리에서 회포를 풀 때를 지칭한다. 이와 관련해 '반형도고
(班荊道故)'라는 고사성어가 있다.

12) 秀才(수재): 과거를 준비하는 서생. 원래 한(漢)나라 때 인재를 선발하던 시험의 과목을 뜻
하는 용어로, 당나라 때는 명경과(明經科), 준사과(俊士科), 수재과(秀才科), 진사과(進士科)로 세
분되었다가 뒤에 준사과와 수재과가 없어지고 명경과와 진사과만 남았다. 미혼인 남자를 일컫
기도 한다.

13) 未卜其晝, 只卜其夜(미복기주, 지복기야): 『춘추좌씨전』 장공(莊公) 22년조의 "신은 낮은 판
단하오나 밤은 모르나이다(臣卜其晝, 未卜其夜)"라는 문구를 차용하여 '수재는 낮이 아니고 이
밤에 여기에 있는가'라고 물은 것이다. 참고로 『춘추좌씨전』에서는 진(陳)나라의 공자 완(完)
과 전손(顓孫)이 도망하여 제(齊)나라 환공(桓公)에게 귀순하자, 환공이 환대하여 술자리를 밤
까지 이으려고 하자 완이 사양하며 '낮에는 가능하나 밤까지는 생각을 못해 받들지 못하겠다'
고 하였다. 지금 여기 분위기와 엇비슷한 『전등신화』의 「등목취유취경원기滕穆醉遊聚景園記」
에도 "다만 밤을 기약할 뿐 낮은 예상할 수 없다(止卜其夜, 未卜其晝)"라는 구절이 나온다.

14) 傾蓋若舊(경개약구): '경개여고(傾蓋如故)'라고도 한다. 공자가 길을 가다가 우연히 정자(程
子)를 처음 만나 서로 수레의 덮개(蓋)를 기울이고 이야기를 나눴다는 고사에서 유래한 말로,
한 번 보고도 친구처럼 반갑게 만난다는 뜻이다.

15) 紫霞之酒(자하지주): 즉 '자하주'. 신선주를 표현한 용어이자 술에 대한 미칭이기도 하다.
이 작품의 전체 분위기가 선계 취향이 물씬 풍기는바, 그런 경향이 이러한 용어로 가시화된다.

行, 女口呼新詞, 以勸酒, 其詞曰:

重重深處別故人, 天緣未盡見無因.
幾番傷春繁花時, 爲雲爲雨夢非眞.
消盡往事已成塵, 空使今人淚滿巾.

歌竟, 歔歔飮泣, 珠淚滿面. 生異之, 起而拜曰:
"僕雖非錦繡之腸,[16] 早事儒業, 稍知文墨之功, 今聞此詞, 格調淸越, 而意思悲凉, 甚可怪也. 今夜之會, 月色如晝, 淸風徐來, 有足可賞, 而相對悲泣, 何哉? 一盃相屬, 情義已孚, 而姓名不言, 懷抱未展, 亦可疑也."
生先言己名而强之, 少年歎息而答曰:
"不言姓名, 其意有在, 君欲强知, 則告之何難, 而所可道也, 言之長也."
愀然不樂者久之, 乃曰:
"僕姓金, 年十歲能詩文, 有名學堂, 而年十四, 登進士第二科,[17] 一時人皆以金進士稱之. 僕以年少俠氣, 志慮浩蕩, 不能自抑. 又以此女之故, 將父母之遺體, 竟作不孝之子, 天地間一罪人, 罪人之名, 何用强知? 此女之名雲英,[18] 彼兩兒, 一名'綠珠', 一名'宋玉', 皆故安平大君宮人也."

16) 錦繡之腸(금수지장): '금심수장(錦心繡腸)' 또는 '금심수구(錦心繡口)'라고 하는데 시문에 뛰어나 지은 글이 비단이나 수를 놓은 것처럼 아름답다는 뜻이다. 유종원(柳宗元, 773~819)의 「걸교문乞巧文」에 "사륙변려문이 비단 같은 심사요 수놓은 입이로다(騈四儷六, 錦心繡口)"라는 표현이 보인다.
17) 進士第二科(진사제이과): 진사과의 두번째 급수다. 대과(大科)에서 세 급수로 합격을 시켰는데, 제일과는 장원에 해당하며 한 명, 제이과는 다섯 명 내외, 제삼과는 열 명 내외를 선발했다. 따라서 장원은 아니고 차석 정도에 해당한다. 참고로 고전소설 속 남주인공은 거의 대부분 '모진사(某進士)'로 상정되고 '모생원(某生員)'으로는 잘 등장하지 않는다. 진사는 주로 시문을 공부하는 코스이고, 생원은 유가 경전을 공부하는 코스이기 때문에 진사를 감성적인 성격의 소유자라고 취택하였기 때문이다. 가끔 '모생원'으로 설정하기도 하나 이때는 주로 사리분별이 떨어지거나 고지식한 인물로 등장한다.
18) 雲英(운영): 선녀의 한 이름이기도 하다. 특히 당대 전기집인 배형의 전기 「배항裴航」의 여주인공 이름이 운영인데 선녀가 된 그녀는 배항과 인연을 맺고 선계로 들어간다. 이를 『태평

生曰:

"言出而不盡, 則初不如不言之爲愈也. 安平盛時之事, 進士傷懷之由, 可得聞其詳乎?"

進士顧雲英曰:

"星霜屢移, 日月已久, 其時之事, 汝能記憶否?"

雲英答曰:

"心中畜怨, 何日忘之耶? 妾試言之, 郞君在傍, 補其闕漏, 而把筆以記之."

又命又鬢曰:

"汝奉硯, 可乎!"

乃言曰:

『광기』에서 "배항이 남교를 지나가다가 운영을 만나, 옥 절구로 그녀를 아내로 맞이하였다. 뒤에 이들 부부는 신선이 되어 떠나갔다(裴航過藍橋, 遇雲英, 以玉杵臼娶爲妻, 後夫婦俱仙去)"라고 묘사했다. 이 작품에서 운영도 나중에 천상의 선녀였음이 밝혀지는바, 이 이름의 출처를 짐작할 만하다. 이하 다른 궁녀 이름도 선계 취향의 명칭과 관련이 깊다.

안평대군의 의심을 산 운영의 시

莊憲大王[1]子八大君[2]中, 安平最爲英睿, 上甚愛之, 賞賜無數, 故田民
財貨, 獨步諸宮. 年十三, 出居私宮, 私宮名卽壽聖宮也. 以儒業自任, 夜則
讀書, 畫則或賦詩, 或書隷, 未嘗一刻放過. 一時文人才士, 咸萃其門, 較其
長短, 或至鷄叫參橫,[3] 講論不怠. 而大君又工於筆法, 鳴於一國, 文廟[4]

---

1) 莊憲大王(장헌대왕): 즉 세종(世宗, 1397~1450). '장헌'은 시호다.
2) 八大君(팔대군): 즉 첫째인 문종과 뒤에 세조가 되는 수양대군(首陽大君), 그리고 안평대군,
임영대군(臨瀛大君), 광평대군(廣平大君), 금성대군(錦城大君), 평원대군(平原大君), 영응대군(永
膺大君)이다.
3) 鷄叫參橫(계규참횡): 닭이 울고 참성(參星)이 비껴 있는 때, 곧 '새벽이 되도록'이라는 의미
다. 남방 별자리에 해당하는 참성은 황혼 때 나타났다가 한밤중이면 서쪽으로 기울었다가 새벽
이면 다시 나타나 새벽 또는 아침을 알리는 별자리로 알려져 있다. "동방이 이미 밝아옴에 달이
지고 참성이 비끼었네(東方已白, 月落參橫)"라는 언급이 대표적인 예다.
4) 文廟(문묘): 즉 문종(文宗, 1414~1452)의 묘호다. 세종의 맏아들로 이름은 향(珦), 자는 휘지
(輝之)다. 1421년 왕세자에 책봉되어 이십 년간 세자로 있으면서 언로를 열어 민의를 파악하는
등 국정을 보좌했다. 1450년 즉위했으나 삼 년 만에 병사했다. 그러나 짧은 재위 기간 중에『동국
병감東國兵鑑』『고려사』『고려사절요』 등 굵직한 편찬 사업이 이루어졌으며, 군제(軍制)가 재정
비되었다. 학문에도 관심이 있어 유학은 물론 천문·역법·산술(算術) 등에 뛰어났다. 그가 죽고 나
이 어린 아들 단종이 즉위하나, 동생 수양대군이 계유정난을 일으켰다.

在邸時, 每與集賢殿[5]諸學士, 論安平筆法曰:

"吾弟若生於中國, 雖不及於王逸少,[6] 豈下於趙松雪[7]乎!"

稱賞不已.

一日, 大君語宮人曰:

"天下百家之才, 必就安靜處, 做工而後可成. 都城門外, 山川寂寥, 閻落稍遠, 於此做業, 可以專精."

卽搆精舍十數間于其上, 扁其堂曰'匪懈堂',[8] 又築一壇于其側, 名曰'盟

5) 集賢殿(집현전): 조선 초 학문 연구기관이다. 고려 때 집현전제를 본떠 1399년 처음 설치했으나 이듬해 보문각(寶文閣)으로 개칭했다가 곧 폐지된다. 그러나 세종이 왕위에 오르면서 학문 증진의 일환으로 새롭게 개편하여 1420년 조정의 핵심적인 연구기관으로 재탄생한다. 이때 당대의 학사들이 집현전으로 모여들어 1456년 사육신 사건을 계기로 혁파될 때까지 조선 초기 학문의 중추적 역할을 도맡았다. 도서 편찬과 이용, 학사들의 학문 활동과 국왕의 자문 활동을 주로 수행하여 중국 및 조선의 각종 관찬서가 이곳에서 편찬, 보급되었으며 『훈민정음』 창제의 산실 역할도 했다. 또한 집현전 학사들의 학문 활동 덕분에 조선 초 유교적인 문풍이 진작될 수 있었다.

6) 王逸少(왕일소): 즉 왕희지(王羲之, 307~365). '일소'는 그의 자다. 동진(東晉)의 서예가로 낭야(琅琊) 출신이다. 뒤에 회계(會稽) 산음(山陰)에 정거했다. 우군장군(右軍將軍)을 지내 통상 '왕우군(王右軍)'으로 불린다. 당대 유명한 서예가였던 위부인(衛夫人)에게 글씨를 배워 모든 서체에 정통했으며, 후대에 '서성(書聖)'으로 일컬어졌다. 353년 소흥(紹興)의 난정(蘭亭)에서 모임을 갖고 주고받은 시화집에 서문을 썼는데, 이것이 바로 「난정집서蘭亭集序」로 불후의 명작이 되었다. 이 원작을 당 태종이 너무 흠모한 나머지 자신의 능에 수장하게 했다는 고사가 유명하다. 동생인 왕헌지(王獻之)도 함께 서예가로 명성을 날렸다.

7) 趙松雪(조송설): 즉 조맹부(趙孟頫, 1254~1322). '송설'은 그의 호이며, 자는 자앙(子昻)이다. 그는 송나라 종실 출신으로 한림학사 등을 역임했다. 시서화에 모두 뛰어나 원대의 화풍과 시풍을 진작시켰다. 부인 관도승(管道昇)도 서법, 그중에서도 사군자에 뛰어나 '관부인(管夫人)'으로 일컬어졌다. 저서로 『송설재집松雪齋集』이 있다.

8) 匪懈堂(비해당): 일찍이 무이정사를 짓고 학문과 예술을 향유했던 안평대군의 당호였다. '비해(匪懈)'는 '비해(匪解)'라고도 하는데 게으름을 피우지 않겠다는 다짐이다. 이는 『시경』 대아 「증민烝民」편의 "아침저녁으로 게으르지 않고 한 사람을 섬기네(夙夜匪解, 以事一人)"에서 유래했다. 성현(成俔, 1439~1504)의 『용재총화慵齋叢話』에 의하면, 북문(北門) 밖에 무이정사를 짓고 책 만 권을 비치해두고서 집현전 학사 및 여러 인사를 초청해 학문과 토론을 이어나갔으며, 이들에게 '비해당사십팔영(匪懈堂四十八詠)'을 짓도록 했다고 한다. 지금 서울시 종로구 부암동 일대로, 그 위쪽으로 탕춘대가 있었다. 이렇게 보면 앞에 나온 수성궁과 여기 비해당은 인왕산 남쪽과 북쪽에 각각 위치한다.

詩壇',⁹⁾ 皆顧名思義¹⁰⁾之意也. 一時文章鉅筆, 咸集其壇, 文章則成三問¹¹⁾爲首, 筆法則崔興孝¹²⁾爲首, 雖然, 皆不及於大君之才也.

一日, 大君乘醉, 呼諸侍女曰:

"天之降才, 豈獨豊於男而嗇於女乎? 今世以文章自許者, 不爲不多, 而皆莫能相尙, 無出類拔萃者, 汝等亦勉之哉!"

於是, 宮女中, 擇其年少美姿容者十人, 敎之. 先授『諺解小學』,¹³⁾ 讀誦而後, 庸·學·論·孟·詩·書¹⁴⁾·『通宋』,¹⁵⁾ 盡敎之, 又抄李·杜唐音¹⁶⁾數百首, 敎之,

---

9) 盟詩壇(맹시단): 가상의 공간이다. 통상 '맹단'이라고 하면 혈맹을 하는 단으로, 도원결의(桃園結義) 같은 의미다. 여기서는 시로 혈맹을 맺자는 강한 의지를 반영했다.

10) 顧名思義(고명사의): '이름을 보고 그 의미를 되새겨 본다'는 뜻이다. 비슷한 예로 『삼국지·위지魏志』 「왕창전王昶傳」에 "너희가 입신하여 잘 처신하기 위해서는 유가의 가르침을 따르고 도가의 말을 실천해야 한다. 그러므로 현묵과 충허로 이름을 삼았으니, 이는 너희가 이름을 돌아보고 그 의미를 생각하여 감히 어기지 못하도록 하기 위함이다(欲使汝曹立身行己, 遵儒家之敎, 履道家之言, 故以玄黙沖虛爲名, 欲使汝曹顧名思義, 不敢違越也)"라는 언급이 보인다.

11) 成三問(성삼문, 1418~1456): 자는 근보(謹甫)·눌옹(訥翁)이며, 호는 매죽헌(梅竹軒)이다. 세종·단종 때 대표적인 학자이자 문신으로 사육신 가운데 한 사람이다. 1438년 과거에 합격한 뒤 집현전 학사가 되었으며, 집현전부제학, 예조참의 등을 역임했다. 1442년에는 박팽년·신숙주 등과 함께 사가독서(賜暇讀書)를 했으며, 1446년 훈민정음 반포에도 중심적인 역할을 수행했다. 1453년 계유정난이 일어난 이후 단종 복위 운동을 주도하다가 발각되어 능지처참을 당하고 멸문의 화를 당했다. 1691년에 신원되었다. 저서로 『매죽헌집』이 있다.

12) 崔興孝(최흥효): 자는 백원(百源), 호는 월곡(月谷)이다. 생몰년이 미상이나 1370년경에 태어나 1452년 이후 사망한 것으로 추정된다. 태종 때 문과에 급제하여 예문관제학(藝文館提學)을 지낸 바 있다. 조선 초기 대표적인 서예가로, 특히 초서에 뛰어났다. 성현의 『용재총화』에 안평대군이 최흥효의 글씨를 찢어 벽에 발랐다는 일화가 나오고, 조신(曹伸, 1454~1529)의 『소문쇄록謏聞瑣錄』에 "최흥효의 초서와 안평대군의 행서가 세상에 유명한데, 지금은 전하지 않는다"라고 남은 것으로 보아 최흥효가 안평대군과 함께 당대를 대표하는 명필이었음을 미루어 짐작하게 한다. 그의 유작으로 「두목시념석유杜牧詩念昔遊」와 「최치운묘비崔致雲墓碑」가 있다.

13) 『諺解小學언해소학』: 『소학언해』, 즉 『번역소학飜譯小學』을 가리키는 것으로 보인다. 그런데 『소학』을 처음 언해한 『소학언해』는 중종 때인 1518년에 나온다. 명나라 때 중국에서 출간된 『소학집성小學集成』과 『소학집설小學集說』이 세종 때 조선에 들어오기는 했으나 이에 대한 언해는 아직 이루어지지 않은 상태였다. 따라서 안평대군 때를 배경으로 이 책을 언급한 것은 실정에 맞지 않다.

14) 庸·學·論·孟·詩·書(용학논맹시서): 즉 『중용』, 『대학』, 『논어』, 『맹자』, 『시경』, 『서경』이다.

15) 『通宋통송』: 곧 『통감절요通鑑節要』로, 송나라 강지(江贄)가 지은 편년체 절요사서(節要史書)다. 조선 초기부터 '통감(通鑑)'이란 이름으로 널리 읽혔으며, 초학들의 역사 교재로 애용되

五年之內, 果皆成才. 大君入, 則使妾等不離眼前, 作詩斥正, 第其高下, 明用賞罰, 以爲勸奬之地. 其卓犖之氣像, 縱不及於大君, 而音律之淸雅, 句法之婉熟, 亦可以窺盛唐詩人[17]之藩籬也. 十人之名, 則小玉·芙蓉·飛瓊·翡翠·玉女·金蓮·銀蟾·紫鸞·寶蓮·雲英, 雲英卽妾也. 大君皆甚撫恤, 常鎖畜宮中, 使不得與人對語, 日與文士, 盃酒戰藝, 而未嘗以妾等一番相近者, 蓋慮外人之或知也. 常下令曰:

"侍女一出宮門, 則其罪當死; 外人知宮女之名, 則其罪亦死."

一日, 大君自外而入, 呼妾等曰:

"今日與文士某某飮酒, 有一抹靑烟, 起自宮樹, 或籠城堞, 或飛山麓. 我先占五言絶句一首, 使坐客次之, 皆不稱意. 汝等以年次, 各製以進."

小玉先呈曰:

綠烟細如織, 隨風伴入門.

依微深復淺, 不覺近黃昏.

芙蓉呈曰:

었다. 참고로 중국에서는 '통감'이라 하면, 사마광(司馬光, 1019~1086)의 『자치통감資治通鑑』을 일컫는다.

16) 李·杜唐音(이두당음): 즉 이백과 두보의 시. 이들이 당나라 한시를 대표하기 때문에 '당음'이라 한 것이다. 나중에 김진사가 안평대군 앞에서 이 두 위대한 시인을 비교 평가하는 부분이 흥미롭거니와, 이 작품의 전체적인 분위기와도 밀접하게 연관된다. 아무튼 이 작품에서 당시(唐詩)를 많이 거론하는데, 이로써 이 작품의 창작 시기에 당시풍이 고조된 분위기였음을 알수 있다.

17) 盛唐詩人(성당시인): '성당'은 앞의 이백과 두보가 활약한 시기를 일컫는다. 당시는 초당(初唐), 성당(盛唐), 중당(中唐), 만당(晩唐)으로 시대를 구분하는바, 성당은 당시가 창작이나 작품성 면에서 가장 정점이던 시기다. 이백과 두보 외에도 뒤에 거론될 맹호연(孟浩然, 689~740), 왕유(王維, 699~759) 등 걸출한 시인이 이 시기에 활약해 명실공히 중세 시가문학을 꽃피웠다.

飛空遙帶雨, 落地復爲雲.

近夕山光暗, 幽思向楚君.[18]

翡翠呈曰:

覆花蜂失勢, 籠竹鳥迷巢.

黃昏成小雨, 窓外聽蕭蕭.

飛瓊呈曰:

小杏難成眼, 孤篁獨保靑.

輕陰暫見重, 日暮又昏冥.

玉女呈曰:

蔽日輕紈細, 橫山翠帶長.

微風吹漸散, 猶濕小池塘.

金蓮呈曰:

<hr>

18) 楚君(초군): 초나라 회왕을 가리킨다. 송옥(宋玉)의 「고당부高唐賦」에 의하면, 초나라 회왕
은 고당(高塘)에서 노닐던 중 꿈에서 무산(巫山)의 신녀(神女)를 만나 사랑을 나누었다. 신녀는
"첩은 무산의 남쪽 높은 언덕의 험한 곳에 거처하고 있답니다. 아침에는 구름이 되고 저물녘
엔 비가 되어 아침마다 저녁마다 양대의 아래로 내려온답니다(妾在巫山之陽, 高丘之阻, 旦爲朝
雲, 暮爲行雨, 朝朝暮暮, 陽臺之下)"(『문선文選』 권17)라고 자신의 존재를 말한바, 여기서 남녀의
사랑을 상징하는 '운우지정(雲雨之情)'이라는 성어가 생겨났다. 이와 관련해 '조운(朝雲)' '운우
(雲雨)' '고당(高唐)' '양대(陽臺)' 등의 용어는 모두 남녀의 사랑을 지칭하게 되었다.

山下寒烟積, 橫飛宮樹邊.
風吹自不定, 斜日滿蒼天.

銀蟾呈曰:

山谷繁陰起, 池臺綠影流.
飛歸無處覓, 荷葉露珠留.

紫鸞呈曰:

早向洞門暗, 橫連高樹低.
須臾忽飛去, 西岳與前溪.

妾亦呈曰:

望遠靑烟細, 佳人罷織紈.
臨風獨惆悵, 飛去落巫山.[19]

寶蓮呈曰:

短墻春陰裡, 長安水氣中.
能令人世上, 忽作翠珠宮.

---

19) 巫山(무산): 산명이자 현명(縣名)인데, 일반적으로 신선의 거처를 일컫는다. '무협(巫峽)'이
라고도 한다. 사천성의 서편 파산산맥(巴山山脈)에서 돌출한 산으로 그 봉우리가 열두 개라 '무
산십이봉'으로 불린다.

大君覽畢, 大驚曰:

"雖比於晚唐之詩,[20] 亦可伯仲, 而謹甫[21]以下, 不可執鞭[22]也."

再三吟咏, 莫知其高下, 良久曰:

"芙蓉詩, 思戀楚君, 余甚嘉之. 翡翠詩, 比於騷·雅,[23] 玉女詩, 意思飄逸, 末句有隱隱然餘意, 以此兩詩, 當爲居魁."

又曰:

"我初見詩, 優劣莫辨, 再三翫繹, 則紫鸞之詩, 意思深遠, 令人不覺嗟嘆而蹈舞[24]也. 餘詩亦皆淸好, 而獨雲英之詩, 顯有惆悵思人之意, 未知其所思者何人, 似當訊問, 而其才可惜, 故姑置之."

妾卽下庭, 伏泣而對曰:

"遣辭之際, 偶然而發, 豈有他意乎? 今見疑於主君, 妾萬死無惜."

大君命之坐, 曰:

"詩出於性情,[25] 不可掩匿, 汝勿復言!"

---

20) 晚唐之詩(만당지시): 당시의 마지막 분기(分期)로, 중당(中唐)을 포함해 네 시기로 나눌 때는 태화(太和) 연간(827~835) 이후를, 초·중·만 세 시기로 나눌 때는 원화(元和) 연간(806~820) 이후를 지칭한다. 뒤에서 거론될 이상은(李商隱, 812~858) 등이 대표적인 만당 시인이다. 후대에 만당 시풍을 두고 지나친 수사와 험괴한 내용이 많다며 비판하기도 했다.

21) 謹甫(근보): 즉 성삼문의 자다.

22) 執鞭(집편): '채찍을 잡고 수레를 몰다'라는 뜻. 뒤따라온다 또는 뒤를 따른다는 의미다. '집편지사(執鞭之士)'라 하여 자신을 낮추어 남을 추종하는 사람을 뜻하기도 한다. 『논어』「술이述而」편에 "부유함은 추구할 만하니 비록 채찍을 잡고 수레를 모는 선비가 된다 하더라도 나는 이것을 할 것이니라(富而可求, 雖執鞭之士, 吾亦爲之)"라고 한 것이 그 예다.

23) 騷·雅(소아): 즉 굴원의 「이소」와 『시경』의 대아·소아다. 주지하듯이 중국 초기 시가를 북방의 『시경』과 남방의 『초사』로 양분하는바, 이 두 작품집을 대표하는 편명이다. 따로 시문의 재주를 지칭하기도 한다.

24) 嗟嘆而蹈舞(차탄이도무): '자기도 모르게 감탄하여 발을 구르며 춤추게 된다'는 뜻으로, 시문의 감흥 정도를 일컫는다. 『예기·악기樂記』의 "짧은 말로 부족하여 길게 말하며, 길게 말하는 것으로 부족하여 찬탄해한다. 그러나 이 찬탄만으로도 부족하여 자신도 모르게 손이 춤추고 발을 구른다(言之不足, 故長言之; 長言之不足, 故嗟嘆之; 嗟嘆之不足, 故不知手之舞之足之蹈之也)"라고 한 데서 유래했다.

25) 詩出於性情(시출어성정): 시는 자연스러운 성정에서 우러나오므로 속일 수 없다는 뜻으로, 예로부터 시 창작의 전범으로 제시된 바 있다. 주로 『시경』이나 기타 고시(古詩)를 언급할 때

卽出綵帛十端, 分賜十人. 大君未嘗有私於妾, 而宮中之人, 皆知大君之意在於妾也.

十人皆退在洞房,[26] 畫燭高燒, 七寶書案置『唐律』[27]一卷, 論古人宮怨詩[28]高下. 妾獨倚屛風, 悄然不語, 如泥塑人, 小玉顧見妾, 曰:

"日間賦烟之詩, 見疑於主君, 以此隱憂而不語乎? 抑主君向意, 當有錦衾之歡, 故暗喜而不語乎? 心中所懷, 未可知也."

妾歛袵而答曰:

"汝非我, 安知我之心哉? 我方賦一詩, 搜奇未得, 故苦思不語耳."

銀蟾曰:

"意之所向, 心不在焉, 故傍人之言, 如風過耳. 汝之不語, 不難知也, 我將試之."

卽以窓外葡萄架爲題, 使作七言四韻, 促之, 妾應口卽吟, 其詩曰:

蜿蜒藤草似龍行, 翠葉成陰忽有情.

暑日嚴威能徹照, 晴天寒影反虛明.

많이 쓰는 표현인데 "고시는 진실한 성정에서 나왔기에 선왕의 융성한 시대의 풍교가 진작되어 사람마다 그 성정의 올바름을 얻게 된다(古之詩出於性情之眞, 先王盛時風敎興行, 人人得其性情之正)"(眞德秀, 『西山文集』 권31)라고 언급한 예가 대표적이다. 뒤에 자란의 발화에 다시 나온다.

26) 洞房(통방): 신부가 거처하는 방이라는 의미도 있으나, 통상 깊은 곳에 자리한 규방(閨房)을 뜻한다.

27) 『唐律당률』: 당시 중에 율시(律詩)만을 모은 책이겠으나 구체적인 책명으로 알려진 것은 없다. 다만 당시를 엮은 책으로는 앞에서 언급한 『당음』이 있다. 실제 이본 중에는 '당음'이라고 표기한 예도 있다. 이 책은 원(元)나라 때 양사굉(楊士宏)이 편집한 것으로, 시음(始音) 한 권, 정음(正音) 여섯 권, 유향(遺響) 일곱 권 등 총 열네 권으로 구성되어 있다. 성당·중당·만당의 여러 대가의 시뿐만 아니라 여성, 승려 등의 시까지 망라했다. 이 책이 조선에 수용된 시기는 불명확하나 『연산군일기』 1505년 5월에 교서관에서 이 책을 간행했다는 기록이 보인다.

28) 宮怨詩(궁원시): '궁사(宮詞)'라고도 한다. 궁정 생활, 그중에서도 궁녀들의 생활과 심회를 제재로 한 시로, 당나라 때 왕건(王建, 767~831)이 「궁사宮詞」 백 수를 창작한 이래 한시의 한 유형으로 자리잡았다. 특히 허균(許筠)은 왕건의 「궁사」를 토대로 한 「궁사」 백 수를 남겼으며, 이외에도 이달(李達, 1539~1612), 허난설헌(許蘭雪軒, 1563~1589), 권필 등도 궁사를 지었다. 아무튼 이 시기 조선 문단에서는 이례적으로 궁사 창작이 고조되고 있었다.

抽絲[29]攀檻如留意, 結果垂珠欲效誠.

若待他時應變化, 會乘雲雨上三淸.[30]

小玉朗吟久之, 起而拜曰:

"眞天下之奇才也! 風格之不高, 雖似舊調, 而倉卒製作如此, 此詩人之最難處也. 我之心悅誠服, 如七十子之服孔子[31]也."

紫鸞曰:

"言不可不愼, 何其許與之太過耶? 但文字蜿曲, 且有飛騰之態, 則有之矣."

一座皆曰:

"確論也!"

妾雖以此詩解之, 而群疑猶未盡釋.

---

29) 抽絲(추사): 실처럼 가는 포도 줄기의 끝이 쑥쑥 자라는 모습을 '실을 뽑듯'이라고 표현했다.

30) 三淸(삼청): 도가에서 말하는 하늘의 선계인 삼청궁(三淸宮)이다. 즉 신선이 거주하는 옥청(玉淸)·상청(上淸)·태청(太淸)을 이른다. 단성식(段成式, 803~863)의 『유양잡조酉陽雜俎』「옥격玉格」(권2)에는 따로 '삼청'을 대적(大赤)·우여(禹餘)·청미(淸微)로 구분해두었다. 작품 말미에서 확인되거니와 포도 줄기가 삼청까지 뻗치고자 한 이 시의 의취는 운영은 선계에서 하계로 내려온 존재이며 선계로의 복귀를 갈망함을 은유한다.

31) 七十子之服孔子(칠십자지복공자): 공자와 칠십 명의 제자 사이의 관계와 같다는 뜻이다. 공자의 제자는 모두 삼천 명이었는데, 그중 제일등 제자가 칠십 명이었다. 이 수는 일정하지 않아 『맹자』에는 '상작칠십인(上作七十人)'이라 했고, 『사기』와 『공자세가孔子世家』에는 '칠십이인(七十二人)'으로, 『중니제자전仲尼弟子傳』에는 '칠십칠인(七十七人)'으로 나온다.

운명적인 만남

翌日, 門外有車馬騈闐之聲, 閽者奔入, 告曰:

"衆賓至矣!"

大君掃東閣迎入, 皆一時文人才士也. 坐定, 大君以妾等所製賦烟詩, 示之, 滿坐大驚曰:

"不意今日復見盛唐音調, 非我等所可比肩也. 如此至寶, 進賜何從得之?"

大君微笑曰:

"何爲其然耶? 童僕偶得於街上而來, 未知何人所作, 而想必出於閭閻才士之手也."

群疑未定, 俄而, 成三問至, 曰:

"才不借於異代,[1] 自前朝迄于今六百餘年, 以詩鳴於東國者, 不知其幾人, 或沉濁而不雅, 或輕清而浮躁, 皆不合音律, 失其性情, 吾不欲觀諸. 今

---

1) 才不借於異代(재불차어이대): '재주를 다른 시대에서 빌리지 않는다'는 뜻으로, 당대의 정치나 학술 분야에서 발군의 능력을 발휘하는 경우를 일컫는다. 주로 '불차재이대(不借才異代)'로 쓴다. 성삼문의 이 발화는 궁녀들의 시재(詩才)가 탁월함을 상징한다.

228

觀此詩, 風格淸眞, 思意超越, 小無塵世之態. 此必深宮之人, 不與俗人相接, 只讀古人之詩, 而晝夜吟誦, 自得於心者也. 詳味其意, 其曰'臨風獨惆悵'者, 有思人之意; 其曰'孤篁獨保靑'者, 有守貞節之意; 其曰'風吹自不定'者, 有難保節之態; 其曰'幽思向楚君'者, 有向君之誠. 其曰'荷葉露珠留'者, '西岳與前溪'者, 非天上神仙, 則不得如此形容矣. 格調雖有高下, 而薰陶氣像, 則大約皆同. 進賜[2]宮中, 必儲養此十仙人, 願毋隱一見."

大君內自心服, 而外不頷可, 曰:

"誰謂謹甫有詩鑑乎? 我宮中豈有此等人哉! 可謂惑之甚矣."

于時, 十人從窓隙暗聞, 莫不歎服.

是夜, 紫鸞以至誠, 問於妾曰:

"女子生, 而願爲有嫁之心, 人皆有之. 汝之所思, 未知何許情人, 吾悶汝之形容日漸減舊, 以情悃問之, 幸須毋隱."

妾起而謝曰:

宮人甚多, 恐有屬垣, 不敢開口, 今承悃愊, 何敢隱乎? 上年秋, 黃菊初開紅葉新凋之時, 大君獨坐書堂, 使侍女磨墨張廣緗, 寫七言四韻十首. 小童自外而進, 曰: "有年少儒生, 自稱金進士請見之." 大君喜曰: "金進士來矣!" 使之迎入, 則布衣革帶, 趨進上階, 如鳥舒翼, 當席拜坐, 容儀若神仙中人. 大君一見傾心, 卽移席對坐, 進士避席而拜辭, 曰: "猥荷盛眷, 屢辱尊命, 今承警咳, 無任竦仄." 大君慰之曰: "久仰聲華, 坐屈冠蓋,[3] 光動一室, 錫我百

---

2) 進賜(진사): '나아리'의 이두식 표현으로 지위가 높은 벼슬아치, 주로 당상관 이상에 대한 경칭인 나리를 뜻한다. 『고금석림古今釋林』「나려이두羅麗吏讀」에 "進賜, 나으리. 堂官通稱進賜"라 했다.

3) 坐屈冠蓋(좌굴관개): 높은 지위에 있는 사람이 외람되게 찾아주셨다는 뜻이다. '관개'는 관리의 복식과 수레로 높은 위치를 상징한다. 이런 고관이나 사신 등의 긴 행렬을 '관개상망(冠蓋相望)' 또는 '관개상속(冠蓋相屬)'이라 한다. '좌굴'은 외람되게도 상대방이 자신을 찾아온 것을 말한다.

朋.[4]" 進士初入, 已與侍女相面, 而大君以進士年少儒生, 中心易之, 不令以妾等避之. 大君謂進士曰: "秋景甚好, 願賜一詩, 以此堂生彩." 進士避席而辭, 曰: "虛名蔑實, 詩之格律, 小子安敢知乎?" 大君以金蓮唱歌, 芙蓉彈琴, 寶蓮吹簫, 飛瓊行盃, 以妾奉硯. 于時, 妾以年少女子,[5] 一見郞君, 魂迷意闌, 郞君亦顧妾而含笑, 頻頻送目. 大君謂進士曰: "我之待君, 誠款至矣, 君何惜一吐瓊琚,[6] 使此堂無顏色乎?" 進士卽握管, 書五言四韻一首, 曰:

旅鴈向南去, 宮中秋色深.

水寒荷坼玉, 霜重菊垂金.

綺席紅顏女, 瑤絃白雪音.[7]

流霞一斗酒, 先醉意難禁.

大君吟咏再三, 而驚之曰: "眞所謂天下之奇才也! 何相見之晚耶?" 侍女十人, 一時回顧, 莫不動容, 曰: "此必王子晉[8]駕鶴而來于塵寰, 豈有如此人

---

4) 錫我百朋(석아백붕): 큰 기쁨을 주었다는 뜻이다. 이 문구는 『시경』 소아 「청청자아菁菁者莪」편의 "무성한 새발쑥이여 저 구릉 가운데 있네. 이미 군자를 만나게 되었으니 나에게 백붕을 주신 듯(菁菁者莪, 在彼中陵. 旣見君子, 錫我百朋)"에서 유래했다. 이 시는 손님을 초대해서 연회를 베풀 때의 기쁨을 노래한 내용이다. '붕'은 고대 화폐의 단위로 여기서 '백붕'은 많은 재물을 지칭해 큰 기쁨 정도로 풀이된다.
5) 年少女子(연소여자): 이본에는 '연십칠(年十七)'로 나와 있기도 하다. 이 경우는 운영의 이때 나이를 열일곱 살로 확정한 것이다.
6) 瓊琚(경거): 곱고 아름다운 패옥을 의미하나, 이를 확대해 고운 문장이나 화려한 시로 여기기도 한다. 한유는 유종원에 대한 제문(祭文)인 「제유자후문祭柳子厚文」(『창려집昌黎集』 권23)에서 "옥패와 경거가 그의 글에 넘쳐났지(玉佩瓊琚, 大放厥辭)"라 하여 그의 시문을 '경거'로 표현한 바 있다.
7) 白雪音(백설음): '백설요(白雪謠)'라고도 한다. 전하는 바에 따르면, 서왕모가 요지(瑤池) 위에서 목천자(穆天子)에게 불러준 노래였다. 그 첫 구에 "백설은 하늘에 있고 산릉은 절로 드러나네(白雪在天, 山陵自出)"라고 한 데서 이름이 붙었다. 통상 여인이 임을 그리워하는 노래로 알려져 있다.
8) 王子晉(왕자진): 『열선전列仙傳』에는 '왕자교(王子喬)'로 나온다. 고대 전설상의 신선으로, 원래 주(周)나라 영왕(靈王)의 태자였으나, 왕에게 직간하다가 서인으로 강등되었다고 한다.

哉?"大君把盃而問曰: "古之詩人, 孰爲宗匠?"進士曰: "以小子所見言之, 李白天上神仙, 長在玉皇香案前, 而來遊玄圃,[9] 餐盡玉液, 不勝醉興, 折得萬樹琪花, 隨風雨散落人間之氣像也. 至於盧·王,[10] 海上仙人, 日月出沒, 雲華變化, 滄波動搖, 鯨魚噴薄, 島嶼蒼茫, 草樹薈鬱, 浪花菱葉, 水鳥之歌, 蛟龍之淚, 悉藏於胸襟雲夢之中,[11] 此詩中造化也. 孟浩然[12]音響最高, 此學師曠,[13] 習音律之人也. 李義山[14]學得仙術, 早役詩魔,[15] 一生編什, 無非鬼語也. 自

『주일서逸周書』에 그와 악사(樂師) 사광(師曠)과의 일화가 전해진다. 그는 사광에게 삼 년 뒤 천제에게 초대받아 승천하리라고 예언했고 그 말대로 삼 년 뒤 신선이 되어 하늘로 올라갔다고 한다. 실제 춘추시대 인물인 사광과는 동시대가 아닌바, 이 일화는 그가 통소를 잘 불었기 때문에 음악과 관련해 만들어진 이야기인 셈이다.

9) 玄圃(현포): 선경의 하나다. 「주생전」의 '낭원'조 참조.

10) 盧·王(노왕): 초당 사걸(初唐四傑) 중 노조린(盧照鄰, 637~689)과 왕발(王勃, 650~676)이다. 노조린은 자가 승지(昇之), 호가 유우자(幽憂子)로 신도위(新都尉)를 지냈다. 일찍 수족이 마비되는 병을 얻어 구자산(具茨山)에 은거하며 「오비문五悲文」을 지어 자신의 처지를 드러냈으며, 결국 오랜 병마로 영수(潁水)에 몸을 던져 자결했다. 그는 특히 칠언(七言)의 가행(歌行)에 일가를 이루었다는 평을 들었으며, 비조(悲調)의 비판적인 시풍이 주조다. 『유우자집幽憂子集』이 남아 있다. 왕발은 자가 자안(子安)이어서 '왕자안'으로 많이 불렸다. 여섯 살부터 시재로 이름을 떨쳤고 호방한 시풍으로 유명하다. 그가 열네 살에 지은 「등왕각서滕王閣序」는 명문으로 회자된다. 스물여덟 살 때 교지(交趾, 지금의 북베트남 지역)에 부임한 부친을 뵈러 가다가 바다에 빠져 요절했다. 김진사가 '해상신선'으로 평한 것도 이 때문이다. 저서로 『왕자안집』이 있다. 참고로 '초당 사걸'은 이외에 양형(楊炯, 650~693?)과 낙빈왕(駱賓王, 650~676)이 포함된다.

11) 雲夢之中(운몽지중): '운몽'은 중국 남방의 운몽택(雲夢澤)을 지칭하기도 하나 대개는 대택(大澤)을 말한다. 강북(江北)의 대택을 '운'이라 하고, 강남(江南)의 대택을 '몽'이라 한다.

12) 孟浩然(맹호연, 689~740): 성당 때의 대표적인 산수 시인이다. 평생 벼슬에 나아가지 않고 주로 고향인 양양(襄陽)의 녹문산(鹿門山)에 은거해 산수를 유람하며 자연경관을 담박하게 시로 읊었다. 특히 오언고시(五言古詩)에 뛰어났으며, 이백, 장구령(張九齡, 673~740) 등이 이를 칭송했다. 동시대의 왕유(王維, 699~761)와도 병칭되었는데, 왕유는 「곡맹호연哭孟浩然」을 남긴바 있다.

13) 師曠(사광): 춘추시대 진(晉)나라의 악사로 자는 자야(子野)다. 태어날 때부터 눈이 멀어 소리와 음률을 잘 분별했다고 한다. 『맹자』「이루離婁」장에 "사광의 귀 밝음이여, 육률이 아니었으면 오음을 정하지 못했으리(師曠之聰, 不以六律, 不能正五音)"라는 언급이 보인다.

14) 李義山(이의산): 즉 이상은(李商隱, 812~858). '의산'은 그의 자이며, 호는 옥계생(玉谿生)이다. 공부원외랑(工部員外郞) 등을 역임했으나, 당시 우승유(牛僧孺, 779~847)와 이덕유(李德裕, 787~849) 간 파벌 싸움이었던 우이당쟁(牛李黨爭) 속에서 부침을 거듭했다. 절구와 율시에 뛰어나 온정균(溫庭筠, 812?~870?)과 함께 '온이(溫李)'로 병칭되었다. 그의 시는 문사가 풍부하고 서정이 뛰어났으나 조탁이 지나치고 기괴하여 만당의 시풍을 대변한 것으로 평가받는다.

餘紛紛, 何足盡陳?" 大君曰: "日與文士論詩, 以草堂¹⁶⁾爲首者多, 此言何謂也?" 進士曰: "然. 以俗儒所尙言之, 猶膾炙之悅人口, 子美之詩, 眞膾與炙也." 大君曰: "百體俱備, 比興¹⁷⁾極精, 豈以草堂爲輕哉?" 進士謝曰: "小子何敢輕之? 論其長處, 則如漢武帝御未央,¹⁸⁾ 憤四夷之猾夏, 命將薄伐,¹⁹⁾ 百萬熊羆之士, 連亙數千里. 言其大處, 則如使相如賦長門,²⁰⁾ 馬遷草封禪.²¹⁾ 求

저서로『의산집』이 있다.

15) 詩魔(시마): 시흥(詩興)을 주체하지 못해 마(魔)가 낀 것 같음을 비유하는 용어다. 이는 시 창작의 불가피성을 뜻하기도 하지만, 시의 격조가 괴벽한 데 빠졌음을 의미하기도 한다. 백거이의 「취음醉吟」(『장경집長慶集』권17)에 "술에 취해 광기 일자 다시 시마가 발동하여, 한낮에 슬피 읊조리더니 해가 질 때까지 멈추지 않네(酒狂又引詩魔發, 日午悲吟到日西)"라는 구절이 있다. 한편 송(宋)나라 엄우(嚴羽)는 『창랑시화滄浪詩話』에서 당시가 현종 시기 이후로는 지취가 높지 않고 괴벽함을 좇는 시마에 얽매였다고 평가한 바 있다.

16) 草堂(초당): 즉 두보(杜甫). 그가 쉰 살 전후에 성도(成都)에 머물렀는데, 그때 완화계(浣花溪) 등에 초당을 짓고 살았기에 그를 초당으로 많이 불렀다.

17) 比興(비흥): 원래는 『시경』의 수사법 '부비흥(賦比興)' 중 '비'와 '흥'을 말한다. 비는 사물에 비유해 심상을 드러내는 수사법, 흥은 사물을 먼저 언급해 심회를 돋우는 구현 방식이다. 참고로 '부'는 직접 대상을 읊어 거기에 뜻을 기탁하는 방식이다. 다만 여기서는 '비유'와 '흥취' 정도로 이해하면 되겠다.

18) 漢武帝御未央(한무제어미앙): '미앙'은 한대(漢代)의 궁전인 미앙궁(未央宮)이다. 고조(高祖) 때 소하(蕭何, ?~B.C. 193)가 주관해 당시 수도였던 장안성(長安城) 서쪽에 지었다. 동쪽의 장락궁(長樂宮)과 함께 한대의 대표적인 궁전이었다. 뒤에 왕망(王莽, B.C. 45~A.D. 23)이 '수성실(壽成室)'로 바뀌었고, 몇 차례 훼철과 재건을 거듭하며 당나라 때까지 남아 있었다. 백거이는 「장한가」에서 "태액지의 부용꽃과 미앙궁의 버들, 부용꽃은 사람 얼굴 같고 버들은 눈썹 같네(太液芙蓉未央柳, 芙蓉如面柳如眉)"라고 읊은 바 있다. 무제는 전한 7대 황제가 되어 문물의 정비와 국토 확장 등 한나라의 기틀을 닦았는데 열세였던 북방의 흉노를 크게 무찌른 것으로 유명하다. 이때 활약한 인물이 '사호석(射虎石)'으로 유명한 이릉(李陵)이다. 아울러 이 구절은 흉노, 즉 오랑캐를 무찌르는 장대한 기세를 표현한 것이다.

19) 薄伐(박벌): '정벌하다'라는 뜻이다. 여기서 '박'은 발어사로 '이에' '애오라지' 정도의 의미다. 『시경』 소아 「출거出車」편의 "혁혁한 남중이여! 서융을 정벌하도다(赫赫南仲, 薄伐西戎)"라는 전고에 의거한다.

20) 相如賦長門(상여부장문): 즉 사마상여의 「장문부長門賦」다. 사마상여는 전한시대 문인으로, 탁문군과의 고사로 유명하다. 특히 그는 부(賦)를 잘 지어 이것으로 무제에게 총애를 받기도 했다. 「장문부」 외에 「자허부子虛賦」와 「상림부上林賦」가 유명하다. 「장문부」는 효무제(孝武帝)의 비 진황후(陳皇后)가 궁궐 내 시기와 질투로 물러나 장문궁에 유폐된 고독과 슬픔을 노래한 작품으로, 이를 본 효무제가 감동해 다시 진황후를 총애하게 되었다고 한다. 이 고사와 관련해 '장문원(長門怨)'이라는 악부도 따로 전해진다. 『문선』에 실려 전한다.

神山, 則如使東方朔侍左右, 西王母獻天桃.[22] 是以, 杜甫之文章, 可謂百體
之俱備矣, 而至比於李白, 則不啻天壤之不侔, 江海之不同也. 至比於王·
孟,[23] 則子美驅車先適, 而王·孟執鞭爭道矣."大君曰:"聞君之言, 胸中敞
豁, 怳若御長風上太淸.[24] 第杜詩, 天下之高文, 雖不足於樂府,[25] 豈與王·
孟爭道哉? 雖然, 姑舍是, 願君又費一吟, 使此堂增倍一般光彩."進士卽賦
七言四韻一首, 書桃花紙[26]以呈, 曰:

21) 馬遷草封禪(마천초봉선): 즉 사마천(司馬遷, B.C. 145?~B.C. 86?)의 「봉선서封禪書」다. 「봉
선서」는 『사기』 팔서(八書, 즉 「예서禮書」 「악서樂書」 「율서律書」 「역서曆書」 「천관서天官書」
「봉선서封禪書」 「하거서河渠書」 「평준서平準書」) 가운데 하나로, 권28에 실려 있다. 여기서
'봉'은 태산(泰山) 위에 흙으로 단을 쌓아 하늘의 공덕을, '선'은 태산 아래에 있는 양보산(梁父
山)에서 땅의 공덕을 기리는 제사를 말한다. 제왕이 태산에서 천지에 제사지내는 의례가 봉
선인데, 사마천은 「태사공자서太史公自序」에서 "천명을 받아 왕이 되어서도 봉선에 부응함
이 드물었다. 이를 거행하게 되면 모든 신령이 제사를 받게 된다. 이에 여러 신과 명산대천
의 제례에 대해 그 근본을 탐색하여 「봉선서」를 지었다(受命而王, 封禪之符罕用, 用則萬靈罔不禋
祀, 追本諸神名山大川禮, 作封禪書)"라 하여, 그 취지를 밝혔다. 이 「봉선서」는 명문으로 알려져
있다.
22) 東方朔侍左右, 西王母獻天桃(동방삭시좌우, 서왕모헌천도): 동방삭(東方朔, B.C. 154?~B.C.
93?)은 한나라 무제의 신하이자 신선화된 인물이며, 서왕모는 대표적인 여선이다. 동방삭은
무제 곁에서 직간이 아닌 골계로 잘 보필했으며, 수많은 신선적인 자취를 남기기도 했다. 사마
천의 『사기』 「효제본기孝武本紀」에는 무제가 도선(道仙)에 빠진 사례가 많이 남았는데, 이로써
이 시기 도선에 관심이 고조되었음을 볼 수 있다. 바로 이 중심에 동방삭이 있었다. 여기서는
이런 신선들을 내세워 옆에서 모시면서 불사약인 '천도'를 바치는 이상적인 선계를 표현했다.
23) 王·孟(왕맹): 앞에서 거론된 왕발과 맹호연이다. 일반적으로 '왕맹'이라 하면 성당 때의
대표적인 산수시인인 왕유(王維)와 맹호연을 병칭하지만 여기서는 아니다.
24) 太淸(태청): 즉 태청궁. 삼청 중 하나로, 앞의 '삼청'조 참조.
25) 樂府(악부): 중국 고래의 민간 시가. 한나라 무제 때 음악을 관장하는 관서의 이름에서 유
래한 것으로, 한대에는 『시경』과 함께 민간 풍속을 이해하는 주요 지표였다. 그 천연한 성정의
발현을 높이 사서 당대에도 이백, 백거이 등이 이런 민가풍의 전통을 시로 옮겨 악부시가 탄생
했다. 여기서 두보의 시를 악부와 비교한 점이 흥미롭다. 주지하듯이 고려시대에는 이를 모방
한 '소악부(小樂府)'가 유행한 바 있다.
26) 桃花紙(도화지): 얇고 가는 꽃모양 종이다. '도화'는 실제 복사꽃이 아니라 엷고 고운 이미
지를 반영한 것이다. 『봉지편鳳池編』이란 자료에 "당나라 양염이 중서성 후각에 있을 때 도화
지에 기름을 칠해 창문에다 바르니 매우 밝았다(楊炎在中書後閣, 糊窓用桃花紙, 塗以水油, 甚明)"
라는 언급이 보인다.

烟散金塘露氣涼, 碧天如水夜何長?

微風有意吹垂箔, 白月多情入小堂.

庭畔陰開松反影, 盃中波好菊留香.

阮公[27]雖少頗能飮, 莫怪甕間醉後狂.

大君益奇之, 前席摻手, 曰: "進士非今世之才, 非余之所可得而論其高下
也. 且非徒能文, 筆畫又極神妙, 天之生君於東方, 必非偶然也." 又使草書揮
筆之際, 筆點誤落於妾之手指, 如蠅翼.[28] 妾以此爲榮, 不爲拭除, 左右宮人,
咸顧微笑, 比之登龍門. 時夜將半, 更漏[29]相催, 大君欠伸思睡, 曰: "我醉矣,
君亦退休, 勿忘'明朝有意抱琴來'之句.[30]"

翌日, 大君再三吟其兩詩, 而歎曰: "當與謹甫爭雄, 而其淸雅之態, 則過之
矣." 妾自是, 寢不能寐, 食減心煩, 不覺衣帶之緩, 汝未能識之乎?

紫鸞曰:

"我忘之矣! 今聞汝言, 怳若酒醒."

---

27) 阮公(완공): 즉 완적(阮籍, 210~263). 삼국시대 위(魏)나라 출신으로 자는 사종(嗣宗)이며,
죽림칠현(竹林七賢)의 한 사람이다. 군적(群籍)에 박학했으며 특히 노장사상에 심취했다. 혜강
과 함께 거문고를 잘 탄 것으로도 유명하다. 무엇보다 술에 탐취해 노상 술을 마셨는데, 보병
주(步兵廚)에 미주 삼백 말이 보관돼 있다는 소식을 듣고 이 술을 실컷 마시기 위해 보병교위
(步兵校尉) 자리에 자기 자신을 추천했다는 일화가 전해질 정도다. 작품으로 「달생론達生論」과
영회시(詠懷詩) 팔십 편 등이 있다.
28) 翼(익): '분(糞)'으로 나온 이본도 있다. 이 경우 먹물의 크기가 '파리똥'만하다는 의미가 된다.
29) 更漏(경루): 원래는 밤시간을 알리는 누호(漏壺)를 말한다. 즉 이 도구로 통행금지를 알렸는
데, 이를 '인정(人定)'이라고 한다. '경고(更鼓)'라고도 하며, 통상 삼경(밤 열시경)이면 통행금
지가 시작되어 오경삼점(五更三點, 대략 새벽 네시경)에 해제되는데, 이를 '파루(罷漏)'라 한다.
30) '明朝有意抱琴來'之句(명조유의포금래지구): 이백의 「산중여유인대작山中與幽人對酌」(『이
태백집李太白集』 권21)의 한 구절이다. 시 전문은 다음과 같다. "두 사람 산꽃이 핀 자리에서
대작하노니 한 잔 한 잔 또 한 잔이라. 나는 취해 잠자려 하니 그대 가시되, 내일 아침에도 생
각이 있으면 거문고를 가지고 오시게(兩人對酌山花開, 一杯一杯復一杯. 我醉欲眠卿且去, 明朝有意
抱琴來)."

궁궐 담을 넘다

其後, 大君頻接進士, 而未嘗以妾等相近, 故妾每從門隙而窺之. 一日, 以
薛濤牋,[1] 寫五言四韻一首, 曰:

　　布衣革帶士, 玉貌如神仙.
　　每向簾間望, 何無月下緣?[2]
　　洗顔淚作水, 彈琴恨鳴絃.

---

1) 薛濤牋(설도전): 설도가 만들어 썼다는 시전(詩箋)이다. 시를 쓰는 작은 편폭의 종이로 '팔
행홍전(八行紅牋)'이라고도 불린다. 설도는 당대(唐代)의 명기로, 자는 홍도(洪度)다. 원래 장안
의 양가 출신이었으나 부친이 벼슬살이 중 죽는 바람에 기녀 신분으로 전락하고 말았다. 그러
나 음률에 밝고 시에 뛰어나 당대의 시인이었던 원진·백거이·두목 등과 창화하기도 했다. 특
히 성도(成都)의 백화담(百花潭)에 우거하면서 '송화지(松花紙)' '심홍소채전(深紅小彩牋)' 따위
의 종이를 직접 제작해 명현들에게 시를 써서 바쳤기에 이를 '설도전'이라고 부르게 되었다.
2) 月下緣(월하연): 혼인의 신인 월하노인이 맺어준 인연을 말한다. 이 고사는 당나라 위고(韋
固)의 전설에 기원한다. 위고가 젊었을 때 송성(宋城)이란 곳을 여행하다가 주머니를 차고 달
빛 아래에서 책을 보는 한 이인을 만났다. 주머니에 든 것이 무엇이냐고 묻자 그는 부부의 다
리를 묶어 인연을 맺어주는 붉은 실이라고 답했다. 그는 위고에게 이곳 송성의 나물을 파는 진
녀(陳女)와 혼인할 것이라고 예언했는데 뒤에 과연 그 말대로 이루어졌다.

無限胸中怨, 攪頭獨訴天.

以詩及金鈿一隻同裹, 重封十襲, 欲寄進士, 而無便可達. 其夜月夕, 大君
開酒, 大會賓客, 盛稱進士之才, 以二詩示之, 俱各傳觀, 稱贊不已, 皆願一
見, 大君卽送人馬請之. 俄而, 進士至而就坐, 形容瘦瘦, 風槪消沮, 殊非昔
日之氣像. 大君慰之曰:

"進士未有憂楚之心,[3] 而先有澤畔之憔悴[4]乎?"

滿坐大笑. 進士起而謝曰:

"僕以寒賤儒生, 猥蒙進賜之寵眷, 福過災生, 疾病纏身, 食飮專廢, 起居須
人. 今承辱招, 扶曳來謁矣."

坐客皆歛膝而致敬. 進士以年少儒生, 坐於末席, 內外只隔一壁. 夜已將
闌, 衆賓大醉, 妾穴壁作孔而窺之, 進士亦知其意, 向隅而坐. 妾以封書, 從
穴投之, 進士拾得歸家, 拆而視之, 悲不自勝, 不忍釋手, 思念之情, 倍於曩
時, 如不能自存. 欲答書以寄, 而靑鳥無憑,[5] 獨自愁歎而已.

聞有一巫女, 居在東門外, 以靈異得名, 出入其宮中, 甚見寵信. 進士訪至
其家, 則其巫年未三旬, 姿色殊美, 早寡以淫女自處. 見生至, 盛備酒饌, 而
待之甚厚. 進士把盃不飮, 曰:

---

3) 憂楚之心(우초지심): 굴원이 조국 초나라를 걱정하는 마음이다. 굴원은 전국시대 초나라 왕
족 출신으로, 회왕의 신임을 받아 국정에 충실했으나 상관대부(上官大夫) 등과 충돌해 유배를
당했다. 이후 자신의 간언을 듣지 않았던 회왕이 객사하고 그의 아들 경양왕(頃襄王)이 즉위하
나 여전히 주변의 참소로 뜻을 못 이루자, 나라와 임금을 걱정하는 초사(楚辭)를 남기고 마침
내 멱라수(汨羅水)에 몸을 던져 자결했다.
4) 澤畔之憔悴(택반지초췌): 굴원이 참소를 입고 내쫓겨 강남의 소택지(沼澤地)에서 초췌해진
자신을 형용한 어구다. 그의 대표작 「어부사漁父辭」에 나오는 "굴원이 이미 내쫓기어 강담에
노닐 적에 연못가를 돌아다니며 읊조리는데, 안색이 초췌하고 외모가 비쩍 말라 있었다(屈原
旣放, 游於江潭, 行吟澤畔, 顔色憔悴, 形容枯槁)"라는 문구에서 취단한 것이다.
5) 靑鳥無憑(청조무빙): '청조'는 소식을 전해준다는 상상의 새로 서왕모와 관련된 고사에 특히
자주 등장한다. 편지·소식 등을 뜻하는 말로 전해진다. 여기서는 부탁할 청조가 없어 소식을
전할 수 없다는 의미다.

"今日有忙迫之事, 明日再來矣."

翌日又往, 則亦如之, 不敢開口, 且曰:

"明日又再來矣!"

巫見進士之容貌脫俗, 中心悅之, 而連日往來, 不出一言, 意謂, ‘年少之人, 必以羞澁不言, 我先以意挑之, 挽留繼夜, 要以同枕.’

明日, 沐浴梳洗, 盡態凝粧, 多般盛飾, 布滿花氈·瓊瑤席,[6] 使小婢坐門外候之. 進士又至, 見其容飾之華·鋪陳之美, 中心怪之. 巫曰:

"今夕何夕, 見此玉人?"

進士意不在焉, 不答其語, 愀然不樂. 巫怒曰:

"寡女之家, 年少之男, 何其往來之不憚煩?"

進士曰:

"巫若神異, 則豈不知我來之意乎?"

巫卽就靈座, 拜于神, 搖鈴抾瑟,[7] 遍身寒戰. 頃之, 動身而言曰:

"郞君誠可憐也. 以齟齬之策,[8] 欲遂難成之計, 非但其意不成, 未及三年, 其爲泉下之人哉!"

進士泣而謝曰:

"巫雖不言, 我亦知之. 然中心怨結, 百藥未解, 若因神巫, 幸傳尺素,[9] 則死亦榮矣."

---

6) 滿花氈(만화전)·瓊瑤席(경요석): 갖은 꽃을 수놓은 요와 옥으로 장식한 고운 방석을 말한다. 대개 규방의 화려한 분위기를 묘사할 때 이런 용어를 쓴다.

7) 搖鈴抾瑟(요령문슬): 무당이 접신할 때의 행동으로, ‘방울, 이른바 요령을 흔들고 거문고를 뜯는다’는 뜻이다. 다만 ‘문슬’은 그 의미가 불명확하다. 일반적으로 무당이 접신하거나 공수할 때는 방울을 흔들거나 부채나 징·제금 따위를 치기에 거문고나 비파를 들고 뜯는다는 사례는 잘 보이지 않는다. 다만 큰굿을 할 때 가끔 박수가 피리를 불거나 해금 등을 켜는데, 여기서도 해금 정도를 켜는 일을 이렇게 표현하지 않았나 싶다.

8) 齟齬之策(저어지책): ‘저어’는 윗니와 아랫니가 서로 어긋난다는 뜻으로 불합리하거나 잘 맞지 않은 계책이라는 의미다.

9) 尺素(척소): 서간(書簡)으로, ‘척독(尺牘)’이라고도 한다. 옛날엔 서함(書函)의 길이가 대략 한 자 정도였기 때문에 이렇게 불린다. 뒷부분에서 ‘척서(尺書)’로도 나온다.

巫曰:

"卑賤巫女, 雖因神祀, 時或出入, 而非有招命, 則不敢入. 然爲郎君, 試一往焉."

進士自懷中出一封書, 以贈曰:

"愼毋枉傳, 以作禍機!"

巫持入宮門, 則宮中之人, 皆怪其來. 巫權辭以對, 乃得間目, 引妾于後庭無人處, 以封書授之. 妾還房, 拆而視之, 其書云:

一自目成之後, 心飛魂越, 不能定情, 每向城西, 幾斷寸腸. 曾因壁間之傳書, 敬承不忘之玉音, 開未盡而咽塞胸中, 讀未半而淚滴濕字. 自是之後, 寢不能寐, 食不下咽, 病入膏肓, 百藥無效, 九原可見, 唯願溘然而從. 蒼天俯憐, 鬼神黙佑, 倘使生前一洩此恨, 則當粉身磨骨, 以祭于天地百神之靈矣. 臨楮哽咽, 夫復何言? 不備. 謹書.

書下復有一詩云:

樓閣重重掩夕扉, 樹陰雲影摠依微.

落花流水隨溝出, 乳燕含泥趁檻歸.

倚枕未成蝴蝶夢,[10] 眼穿懸望鴈魚[11]稀.

玉容在眼何無語, 草綠鶯啼淚濕衣.

---

10) 蝴蝶夢(호접몽): 『장자』「제물濟物」편에 나오는 유명한 고사로, 꿈과 현실의 무경계 또는 분간할 수 없는 지경, 즉 물아일체를 경험함을 말한다. 다만 여기서는 이런 경지가 아니라 간절하거나 애틋하여 깨고 싶지 않은 꿈 정도의 의미다.
11) 鴈魚(안어): 통상 '어안(魚鴈)'이라고 한다. 물고기와 기러기가 소식을 전한다고 해서 '청조'와 함께 소식 자체를 말하기도, 편지를 의미하기도 한다. '어신(魚信)' '안서(鴈書)' 등도 같은 말로 쓰인다. 당대(唐代)의 시인 호증(胡曾)의 「거요요車遙遙」에 "옥 베개 벤 찬 밤 어신은 끊겼고, 금비녀에 가을 저무는데 안서는 멀기만(玉枕夜寒魚信斷, 金鈿秋盡鴈書遙)"이라는 시구가 여기 분위기와 유사하다.

妾覽罷, 聲斷氣塞, 口不能言, 淚盡繼血, 隱身於屛風之後, 唯畏人知.

自是厥後, 頃刻不得忘, 如癡如狂, 見於辭色, 主君之疑, 人言之怪, 實不虛矣. 紫鸞亦怨女,[12] 及聞此言, 含淚而言曰:

"詩出於性情, 不可欺也."

一日, 大君呼翡翠曰:

"汝等十人, 同在一室, 業不專一, 當分五人, 置之西宮."

妾與紫鸞·銀蟾·玉女·翡翠, 即日移焉. 玉女曰:

"幽花細草, 流水芳林, 正似山家野庄, 眞所謂'讀書堂'[13]也."

妾對曰:

"旣非舍人,[14] 又非僧尼, 而鎖此深宮, 眞可謂'長信宮'[15]也."

左右莫不嗟惋. 其後, 妾欲作一書, 以致意於進士, 以至誠事巫, 請之甚懇,

---

12) 怨女(원녀): 원래 적령기가 되었음에도 혼인하지 못한 여자를 뜻한다. 『맹자』「양혜왕하梁惠王下」의 "안으로는 원녀가 없고 밖으로는 홀아비가 없네(内無怨女, 外無曠夫)"에서 유래한 표현이다. 여기서는 한 서린 궁녀라는 의미도 함께 담고 있다.

13) 讀書堂(독서당): 1492년 한강변에 설치한 전문 독서 연구기관으로 '호당(湖堂)'으로도 불린다. 원래 세종이 집현전 소속 문신들에게 휴가를 주어 독서에 몰두하게 해준 사가독서제에 기원하는 제도로 성종 대에 실시했다. 마포 한강변에 처음 설치했는데 이를 '남호독서당(南湖讀書堂)'이라 한다. 연산군 때는 사화로 인해 장소를 동대문 밖 숭인동의 정업원(淨業院)으로 옮겼다가 1517년 다시 두모포(豆毛浦)로 옮겼는데, 이를 '동호독서당(東湖讀書堂)'이라 한다. 임진왜란과 병자호란 이후 이 제도는 거의 유명무실해졌다가 정조가 규장각(奎章閣)을 설치함에 따라 완전히 혁파되었다. 인원은 대개 한번에 여섯 명 안쪽이었으며, 조선 전기 인재 양성의 중추적 역할을 수행했다. 다만 안평대군 시절에는 아직 독서당이 성립되지 않았기 때문에 옥녀(玉女)의 이 발화도 시대상 적절치 않다.

14) 舍人(사인): 일반 벼슬아치. 원래 주(周)나라 때 관명으로, 지관(地官)에 속했으며 조정의 재정(財政)을 관장했던바, 후세에는 임금을 근시(近侍)하는 관원을 지칭하게 되었다.

15) 長信宮(장신궁): 한대의 장락궁(長樂宮) 안에 위치한 궁으로, 원래는 태후(太后)가 거처한 곳이었다. 뒤에는 궁궐 여인이 유폐되는 공간으로 인식되어 '장신원(長信怨)'이라는 악부가 유행하기도 했다. 이와 관련해 성제(成帝)의 후궁으로 들어가 황후 자리까지 올랐다가 다시 서인으로 강등된 조비연(趙飛燕)의 고사가 유명하다. 한대 영현(伶玄)이 지은 「조비연외전趙飛燕外傳」이 이를 그린 작품이다.

而終不肯來, 蓋不無挾憾於進士之無意於渠也.

一夕, 紫鸞密言于妾曰:

"宮中之人, 每歲仲秋, 浣紗於蕩春臺[16]下之水, 仍設盃酌而罷. 今年則設於昭格署洞,[17] 而往來尋見其巫, 則此第一良策."

妾然之, 苦待仲秋, 度一日如三秋. 翡翠微聞其語, 佯若不知, 而語妾曰:

"汝初來時, 顔色如梨花, 不施鉛粉, 而有天然綽約之姿, 故宮中之人, 以虢國夫人[18]稱之. 比來容色減舊, 漸不如初, 是何故耶?"

妾答曰:

"稟質虛弱, 每當炎節, 則例有暑暍之病, 梧桐葉落, 繡幕生凉, 則自至稍蘇矣."

翡翠賦一詩戲贈, 無非玩弄之態, 而意思絶妙, 妾奇其才而羞其弄.

荏苒數月, 節屆清秋, 凉風夕起, 細菊吐黃, 草虫斂聲, 皓月流光. 妾心中

---

16) 蕩春臺(탕춘대): 종로구 창의문(彰義門, 즉 자하문) 밖 인왕산 자락에 자리잡은 누대다. 1504년 연산군이 이곳에 수각(水閣)을 세우고 '탕춘대'라 명명하고 화려한 연회를 베푼 데서 유래했다. 그후 상춘객들이 유람하고 활 쏘는 장소로 이용되었다. 1754년 영조가 이곳을 '연융대(鍊戎臺)'로 고쳐 부르기도 했다. 이 부근에 흥선대원군의 별장인 석파정(石坡亭)이 위치하며 수성궁과는 인왕산 너머 북편에 해당한다. 여기서 자란이 탕춘대를 지목한 것은 앞서 옥녀가 독서당을 언급한 예처럼 그 시대가 맞지 않는다. 요컨대 「운영전」이 17세기에 창작되면서 인명과 지명 및 기관의 시대적 차이가 발생한 것으로 판단된다.

17) 昭格署洞(소격서동): 삼청동 입구에 해당하는 현재 종로구 화동 일대다. 경복궁의 동편 삼청동의 남쪽이다. 이곳에 소격서가 위치해 붙은 동명이다. 주지하듯이 소격서는 도교의 기관으로 삼청성신(三淸星辰)에게 지내는 초제(醮祭)를 담당했다. 원래 도교의 전통에 따라 고려시대에 설치한 삼청전(三淸殿)과 소격전(昭格殿)을 지금의 삼청동 일대에 세운 것으로, 1466년 관제 개혁 때 이를 소격서로 격하시켰다. 이후 연산군, 중종 시기 이단에 대한 비판이 거세지자 혁파와 복원을 반복하다가 임진왜란 이후 완전히 폐지되었다. 시대 배경상 '소격서'가 아니라 '소격전'이라고 해야 옳다. 한편 무녀가 동대문 밖에 거주하기에 소격서동은 수성궁과 동대문 사이에 위치한다.

18) 虢國夫人(괵국부인, ?~756): 양귀비(楊貴妃)의 둘째 언니로, 본명은 옥쟁(玉箏)이다. 양귀비의 세 언니인 한국부인(韓國夫人), 괵국부인, 진국부인(秦國夫人)도 모두 현종(玄宗)의 총애를 받았다. 이중 괵국부인은 얼굴이 하얗고 고와서 현종을 알현할 때 지분(脂粉)을 따로 바르지 않았다 하여 자연 미인의 상징처럼 여겼다. 두보도 「괵국부인」 시에서 "연지와 분 외려 얼굴 망칠까 싫어하여, 눈썹만 옅게 그리고 지존을 뵈네(却嫌脂粉浣顔色, 淡掃蛾眉朝至尊)"라고 읊은 바 있다.

自喜, 而不形於言語間, 銀蟾曰:

"尺書佳期, 近在今夕, 人間之樂, 豈異於天上乎?"

妾知西宮之人已不可隱, 以實告之曰:

"願勿使南宮之人知之!"

于時, 旅鴈南飛, 玉露成團, 淸溪浣紗,[19] 正當其時. 欲與諸女, 牢定日期, 而論議甲乙, 未定浣濯之所. 南宮之人曰:

"淸溪白石, 無蹤於蕩春臺下."

西宮之人曰:

"昭格署洞泉石, 亦不下於門外, 何必舍邇而求諸遠乎?"

南宮之人, 固執不許, 未決而罷. 其夜, 紫鸞曰:

"南宮五人中, 小玉主論, 我以奇計, 可回其意."

以玉燈前導, 至南宮, 金蓮喜迎曰:

"一分西南, 如隔秦·楚,[20] 不意今夕, 玉鳥左臨, 深謝厚意."

小玉曰:

"何謝之有? 此乃說客也."

紫鸞斂袵正色, 曰:

"他人有心, 予忖度之',[21] 其子之謂歟!"

小玉曰:

---

19) 浣紗(완사): 여인들이 빨래하는 것을 말한다. 빨래터는 전통적으로 여성들에게 거의 유일한 소통 공간이자 해방 공간이었으므로 여성의 현실을 의미하기도 한다. 원래 미천했던 서시(西施)가 범려(范蠡)에게 발탁되어 오왕 부차(夫差)의 후궁이 되었던 곳도 바로 빨래터였다. 지금 절강성 소흥(紹興)에 그녀가 빨래했다고 전해지는 완사계(浣紗溪)가 남아 있다.
20) 如隔秦·楚(여격진초): 진(秦) 땅과 초(楚) 땅 사이처럼 멀리 떨어졌다는 뜻이다. 진 땅은 중국 서북부에, 초 땅은 동남부에 위치해 거리가 가장 멀다고 인식되어왔기에 이런 표현이 생겼다.
21) 他人有心, 予忖度之(타인유심, 여촌탁지): 남의 마음을 헤아려 이해한다는 뜻으로, 『시경』 소아(小雅) 「교언巧言」편에 나온다. 참고로 「교언」 제4장은 다음과 같다. "크고 큰 침묘를 군자가 만들었으며, 질서정연한 큰 도를 성인이 정하셨네. 타인이 가진 마음을 내가 헤아리나니, 빠르고 빠른 교활한 토끼가 개를 만나면 잡히느니라(奕奕寢廟, 君子作之. 秩秩大猷, 聖人莫之. 他人有心, 予忖度之. 躍躍毚兎, 遇犬獲之)."

"西宮之人, 欲往昭格署洞, 而我獨堅執, 故汝中夜來訪, 其謂說客, 不亦宜乎?"

紫鸞曰:

"西宮五人中, 吾獨欲往城內也."

小玉曰:

"獨思城內, 其意何居?"

紫鸞曰:

"吾聞昭格署洞, 乃祭天星之處, 而洞名三淸[22]云. 吾儕十人, 必是三淸仙女, 誤讀『黃庭經』,[23] 謫下人間. 旣在塵寰, 則山家野村, 農墅漁店, 何處不可, 而牢鎖深宮, 有若籠中之鳥, 聞黃鸝而歎息, 對綠楊而獻欷. 至於乳燕雙飛, 栖鳥兩眠, 草有合歡, 木有連理,[24] 無知草木, 至微禽鳥, 亦稟陰陽, 莫不交歡. 吾等十人, 獨有何罪, 而寂寞深宮, 長鎖一身, 春花秋月, 伴燈消魂, 虛抛靑春之年, 空遺黃壤之恨? 賦命之薄, 何其至此之甚耶? 人生一老, 不可復少, 子更思之, 寧不悲哉? 今可沐浴於淸川, 以潔其身, 入于太乙祠,[25] 扣

22) 三淸(삼청): 서울시 종로구 삼청동. 앞의 소격서동 북쪽에 위치하며, 이곳에 조선 초 삼청전(三淸殿)이 있었던 데서 동명이 유래했다. 인왕산 자락의 수성동 일대와 삼각산 자락의 삼청동은 조선시대 대표적인 승경처로 이곳에서 시인 묵객들의 시사(詩社)와 아회(雅會)가 펼쳐졌다.

23) 『黃庭經황정경』: 도가의 대표적인 경전인 『태상황정내외경옥경太上黃庭內外景玉經』이다. 칠언의 가결(歌訣) 형식으로 쓰인 초기 도가 경전으로, 정확한 성립 연대는 미상이나 갈홍(葛洪, 283?~343?)의 『포박자抱朴子』에 인용된 것으로 미뤄보아 그 성립 하한은 3세기 이전인 듯하다. '황정'은 인간의 성(性)과 명(命)의 근본을 가리키는 것으로, 구체적으로는 뇌〔上黃庭〕·심장〔中黃庭〕·비장〔下黃庭〕 따위를 말한다.

24) 草有合歡, 木有連理(초유합환, 목유연리): 즉 합환초(合歡草)와 연리지(連理枝)다. 모두 부부의 금슬이나 남녀 사이의 도타운 정을 상징한다. 합환초는 낮에는 줄기가 백 가닥으로 나뉘었다가 밤이 되면 한 줄기로 합쳐진다는 신초(神草)다. 왕가(王嘉)의 『습유기拾遺記』에 "위나라 명제가 이르기를, '합환초가 있는데 그 모양이 시초와 같고 한 그루에 줄기 백 개가 있다. 낮이면 여러 가지가 무성하게 퍼졌다가 밤이면 줄기 하나로 합쳐지는데 한 가닥도 따로 남지 않는다. 이를 신초라 한다'고 했다(魏明帝云, '有合歡草, 狀如蓍, 一株百莖, 晝則衆條扶疎, 夜則合爲一莖, 萬不遺一, 謂之神草')"라는 언급이 보인다. 연리지는 형제간, 동기간의 우애를 상징하기도 한다.

25) 太乙祠(태을사): 도교에서 최고신인 태을신(太乙神)을 모신 사당으로, 여기서는 소격서를 지칭한다. 도교에서 태을은 '태일(太一)'이라고도 하며, 우주 만물의 본원이자 본체인 '도(道)'

頭百拜, 合手祈祝, 冀資冥佑, 欲免來世之如此苦也, 豈有他意哉? 凡我一宮之
人, 情若同氣, 而因此一事, 疑人於不當疑之地, 緣我無狀言不見信之致也."

小玉起而謝曰:

"我燭理未瑩, 不及於君遠矣. 初不許城內者, 城中素多無賴俠客之徒, 慮
有意外强暴之辱, 故疑之. 今汝能使余不遠而復邇, 自今以後, 雖白日昇天,
而吾可從之; 雖憑河入海,[26] 而亦可從之, 所謂因人成事,[27] 而及其成功,
則一也."

芙蓉曰:

"凡事, 心定上言定末, 兩人爭之, 終日不決, 事不順矣. 一家之事, 主君不
知, 而僕妾密議, 心不忠矣, 日間所爭之事, 宵未半而屈之, 人不信矣. 且淸
秋玉川, 無處無之, 而必往城祠, 似不直矣. 匪懈堂前, 水淸石白, 每歲浣紗
於此, 而今欲改轍, 亦不宜矣. 一擧而有此五失, 妾不敢從命焉."

寶連曰:

"言者文身之具, 謹與不謹, 慶殃隨之. 是故, 君子愼之, 守口如甁. 漢時丙
吉·張相如,[28] 終日不語, 而事無不成, 嗇夫[29]喋喋利口, 而張釋之[30]奏託之.

를 뜻한다.
26) 憑河入海(빙하입해): 맨몸으로 강을 걸어서 건너고 바다에 들어간다는 뜻으로, 현실적으로
불가능한 일을 감행한다는 의미다. 앞 구절의 '백일승천(白日昇天)'도 원래는 대낮에 하늘로 올
라가 신선이 되거나 조만간 부귀해진다는 의미이나 여기서는 불가능하거나 난감한 상황을 이
른다.
27) 因人成事(인인성사): '남의 힘으로 하고자 하는 일을 이룬다'는 뜻으로, 『사기』(권76) 「평
원군우경전平原君虞卿傳」에 "공등은 능력이 모자라니 이른바 남을 통해 일을 이루는 자들이다
(公等錄錄, 所謂因人成事者也)"라는 언급이 보인다. 따라서 이 성어는 그 이전부터 쓰인 사례임
을 알 수 있다.
28) 丙吉(병길)·張相如(장상여): 전한(前漢) 선제(宣帝) 때 인물들로 황제를 잘 보좌한 것으로
유명하다. 병길(?~B.C. 55)은 자가 소경(少卿)으로, 박양후(博陽侯)에 봉해졌다. 그는 어린 선
제를 몰래 잘 보위해 나중에 제위에 오르게 도왔다. 그러나 자신의 공을 남에게 얘기하지 않아
한때 사람들이 그 공을 몰랐다고 한다. 뒤에 '구은(舊恩)'의 사표가 되었다. 장상여 역시 선제
때 인물로, 동양후(東陽侯)에 봉해졌다. 주발(周勃, ?~B.C. 169)과 함께 장자(長者)로 일컬어졌
으며, 묵묵히 정사를 잘 처리한 것으로 유명하다.
29) 嗇夫(색부): 말단직 관리다. 한대부터 두었으며, 후대에는 주로 백성을 단속하는 말단 관원

以妾觀之, 紫鸞之言, 隱而不發; 小玉之言, 强而勉從; 芙蓉之言, 務在文飾, 皆不合吾意, 今此之行, 妾不與焉."

金蓮曰: "今夜之論, 終不歸一, 我且穆卜.[31]"

卽展『羲經』[32]而占之, 得卦解之, 曰:

"明日, 雲英必遇丈夫矣. 雲英容貌擧止, 似非人世間者也, 主君傾心已久, 而雲英以死拒之, 無他, 不忍負夫人之恩也. 主君之威令雖嚴, 而恐傷雲英之身, 故不敢近之. 今舍此寂寞之處, 而欲往彼繁華之地, 遊俠少年見其姿色, 則必有喪魂欲狂者, 雖不能相近, 而指點送目, 斯亦辱矣. 前日主君下令曰: '宮女出門, 外人知名, 其罪皆死.' 今此之行, 妾不與焉."

紫鸞知事不濟, 憮然不樂, 方欲辭去. 飛瓊泣而把羅帶, 强留之, 以鸚鵡盃 酌雲乳酒,[33] 勸之, 左右皆飮. 金蓮曰:

"今夕之會, 務在從容, 而飛瓊之泣, 妾實悶之."

飛瓊曰:

을 지칭했는데 탐학을 부린다 하여 주로 부정적인 관리를 칭했다.

30) 張釋之(장석지): 전한 선제 때 인물로, 법을 공정하게 적용한 것으로 유명하다. 그가 황제 앞에서 '말만 잘하는 색부는 나라를 위태롭게 한다'며 물리친 일화가 『한서漢書』(권8) 「효문황 제기하孝文皇帝紀下」에 자세하다. "(…)황제가 상림원에 행차하여 장석지는 등호권으로 시종 하였다. 황제가 상림위에게 금수의 장부에 대해 하문했으나 상림위가 대답을 못했다. 이때 등 호권의 색부가 대신 대답하는데 전혀 막힘이 없었다. 황제는 '관리라면 이 정도는 되어야 하지 않은가?'라 하고는 장석지를 불러 그 색부를 제수하여 상림령으로 삼으려 하였다. 그러자 석 지는 진언하기를, '폐하께서는 주발·장상여는 어떤 사람이라고 보시옵니까?'라고 여쭈자, '장 자이니라!'라 했다. 이에 장석지는 '이 두 사람을 장자라고 칭송하는 것은 언사에 있어서 일찍 이 말을 밖으로 내지 않았기 때문이옵니다. 어찌 저 색부가 입에 발리듯 민첩한 것과 같겠사옵 니까?'라고 했다(上行上林苑, 釋之從登虎圈, 上問上林尉禽獸簿, 尉不能對, 虎圈嗇夫代尉對, 響應無窮. 上曰: '爲吏不當如此邪?' 詔釋之拜嗇夫, 欲爲上林令, 釋之進曰: '陛下以周勃·張相如, 何如人?'上曰: '長 者也!' 釋之曰: '此兩人, 稱爲長者, 言事曾未出口, 豈若嗇夫喋喋利口捷給哉?')."

31) 穆卜(목복): '정성을 다해 점을 친다'는 뜻이다. 『서경』 「금등金縢」편의 "나는 제왕을 위해 정성을 다해 점을 치노라(我其爲王穆卜)"에서 유래했다.

32) 『羲經희경』: 즉 『역경』.

33) 雲乳酒(운유주): 미주의 한 이름이다. 일설에 주(周)나라 문왕(文王)이 이 술을 마셨다고 전 한다. 그 유래는 불명확한데, 유주의 일종으로 주로 북방 지역에서 마신 술인 듯하다. 물론 앞 의 앵무배(鸚鵡盃)와 연결시켜 신선이 마시는 술쯤으로 봐도 무방하다.

"我初在南宮時, 與雲英交道甚密, 死生榮辱, 約與同之, 今雖異居, 寧忍忘之? 前日主君前問安時, 見雲英於堂前, 纖腰瘦盡, 容色憔悴, 聲音細縷, 若不出口, 起拜之際, 無力仆地. 妾扶而起, 以善言慰之, 雲娘答曰: '不幸有疾, 朝夕將死. 妾之微命, 死無足惜, 而九人之文章才華, 日就月將, 他日佳篇麗什, 聳動一世, 而妾必不及見矣, 是以, 悲不能禁.' 其言頗極悽切, 妾爲之下淚, 到今思之, 其疾崇在於所思也. 嗟呼紫鸞! 雲娘之友也. 欲以垂死之人, 置之於天壇之上,³⁴⁾ 不亦難哉? 今日之計, 若或不成, 則泉壤之下, 死不瞑目, 怨歸南宮, 其有旣乎! 『書』曰: '作善, 降之百祥; 作不善, 降之百殃.'³⁵⁾ 今此之論, 善乎, 不善乎? 小娘許諾, 三人之志順矣, 豈可半塗而廢乎? 設或事泄, 雲英獨被其罪, 他人何與焉哉?"

小玉曰:

"妾不爲再言, 當爲雲英死之."

紫鸞曰:

"從之者半, 不從者半, 事不諧矣."

欲起去而還坐, 更探其意, 或欲從之, 而以兩言爲恥. 紫鸞曰:

"天下之事, 有正有權, 權而得中, 是亦正矣. 豈無變通之權, 而膠守前言乎?"

左右一時從之, 紫鸞曰:

---

34) 天壇之上(천단지상): 즉 여기서는 하늘에 제사지내는 곳 중 하나인 소격서를 가리킨다. 자란을 비롯한 소궁 사람들이 빨래터를 소격서동으로 정하려 했기에 이렇게 표현한 것이다.
35) 『書』曰: '作善, 降之百祥; 作不善, 降之百殃'(서왈, 작선강지백상, 작불선강지백앙): 『서경』 상서(商書) 「이훈(伊訓)」편에 나오는 언급으로, 태갑(太甲)이 이훈에게 제위를 물려주면서 훈계한 말이다. 해당 부분을 인용하면 다음과 같다. "오호라! 사왕은 그 몸 공경하여 생각하라. 성인의 도모함은 넓고 넓어서 아름다운 말씀이 크고 밝으시다. 오직 상제는 일정하지 않아 선을 행하면 온갖 상서로움을 내려주고, 불선을 행하거든 온갖 재앙을 내리신다. 너의 덕이 작다 하지 마라, 이는 만방의 경사이니라. 또 너의 덕이 아니거든 크게 하지 마라, 그 마루를 실추할 것이니라(嗚呼嗣王! 祇厥身念哉. 聖謨洋洋, 嘉言孔彰. 惟上帝不常, 作善, 降之百祥; 作不善, 降之百殃. 爾惟德罔小, 萬邦惟慶; 爾惟不德罔大, 墜厥宗)."

"余非好辯, 爲人謀忠, 不得不爾."

飛瓊曰:

"古者蘇秦,[36] 能使六國合從, 今紫鸞能使五人承順, 可謂辯士!"

紫鸞曰:

"蘇秦能佩六國相印, 今吾以何物贈之乎?"

金蓮曰:

"合從者, 六國之利也. 今此承順, 有何利於五人乎?"

相對大笑. 紫鸞曰:

"南宮之人皆作善, 而能使雲英復繼垂絶之命, 豈不拜謝乎?"

仍起而再拜, 小玉亦起而答拜. 紫鸞曰:

"今日之事, 五人從之, 上有天, 下有地, 燈燭照之, 鬼神臨之, 明日豈有他意乎?"

仍起拜而去, 五人皆拜送于中門之外.

紫鸞歸語妾, 妾扶壁而起, 再拜而謝曰:

"生我者父母也, 活我者娘也. 未入地之前, 誓報此恩."

坐以待朝, 小玉與南宮四人, 入而問安, 退會於中堂. 小玉曰:

"天朗水冷, 正當浣紗之時, 今日設帳於昭格署洞, 可乎?"

八人皆無異辭. 妾退還西宮, 以白羅衫, 書滿腔哀怨而懷之, 與紫鸞故爲落後, 謂執鞭童僕曰:

"東門外巫女, 最爲靈驗云, 我將往其家, 問病而行."

---

36) 蘇秦(소진): 전국시대 책사다. 낙양 출신으로 자는 계자(季子)다. 처음 제(齊) 땅의 귀곡자(鬼谷子)에게 웅변술을 배워 연(燕)나라의 문후(文侯)에게 기용되었다. 당시는 칠국(七國)이 쟁패를 겨루는 시기로 여러 종횡가(縱橫家)가 활약했다. 그의 시대에는 진(秦)나라가 절대 강국이었기 때문에 제나라와 함께 중간에 끼인 한(韓)·위·조(趙)와 연합 전선으로 진나라와 맞서야 했다. 소진은 이들 여섯 나라의 연합을 이끌어낸 합종책으로 유명하다. 이에 앞서 장의(張儀)는 진나라에 유세해 다른 한 나라와 연합해 나머지 다섯 국가와 맞서도록 했는데 이를 연횡책이라 한다. 장의의 연횡책으로 진나라는 최강자로 부상할 수 있었다. 『사기』 등에 장의와 소진은 같은 시기의 인물로 비정하나, 실제로는 장의가 앞 시대이고, 소진은 뒤 시대 인물이다.

僮僕如其言. 至其家, 巽辭哀乞曰:

"今日之來, 本欲爲一見金進士耳, 可急走伻[37]通之, 則終身報恩."

巫如其言, 卽送人其家, 則進士顚到而至矣. 兩人相對, 不得出一言, 但相視流涕而已. 妾以封書給之, 曰:

"乘夕當還, 郞君可於此留待."

卽上馬而去. 進士拆封書而視之, 其辭曰:

曩者, 巫山神女,[38] 傳致一札, 琅琅玉音, 滿紙丁寧, 敬奉三復, 悲歡交極, 意不自定. 卽欲答書, 而旣無信使, 且恐漏泄, 引領懸望, 欲飛無翼, 斷腸消魂, 只待死日. 而未死之前, 憑此尺素, 吐盡平生之懷, 伏願郞君留神焉. 妾鄕南方也, 父母愛妾, 偏於諸子中, 出遊嬉戲, 任其所欲. 故園林水涯, 梅竹橘柚之陰, 日以遊翫爲事. 苔磯釣漁之徒, 樵牧弄笛之兒, 朝暮入眼, 其他山野之態, 田家之興, 難以毛擧. 父母初敎以『三綱行實』[39]·七言唐音,[40] 年十三, 主君招之. 故別父母遠兄弟, 來入宮中, 不禁思歸之情, 日以蓬頭垢面, 藍縷衣裳, 欲爲觀者之陋, 伏庭而泣, 宮人曰: '有一朶蓮花, 自生庭中.' 夫人愛之, 無異己出, 主君亦不以尋常侍兒視之, 宮中之人, 莫不親愛如骨肉. 一自從事學問之後, 頗知義理, 能審音律, 故年長宮

---

37) 走伻(주팽): 심부름하는 하인으로, 직접 달려가 전달하기 때문에 이렇게 불렸다. '주개(走介)'·'주개(走价)' 또는 '팽당(伻當)' 등으로도 쓴다.

38) 巫山神女(무산신녀): 원래는 운우지정 고사 속 인물이지만, 여기서는 편지를 전해준 '무녀'를 신격화해서 표현한 것이다.

39) 『三綱行實삼강행실』: 즉 『삼강행실도』다. 3권 1책이며, 1434년 집현전 부제학 설순(偰循, ?~1435) 등이 왕명으로 처음 편찬했다. 1428년 지방의 김화(金禾)라는 자가 부친을 살해한 사건이 일어나자, 세종은 백성을 교화하고자 삼강의 모범이 될 만한 충신·효자·열녀의 행실을 모아 이 책을 간행토록 했다. 먼저 중국의 서적에서 모범이 될 만한 인물들과 그 사적을 뽑고, 우리나라 인물들의 사례를 덧붙여 그림과 함께 엮었다. 그림 작업에는 안견(安堅) 등이 참여했다. 이 책은 1481년에 한글로 언해되었고 18세기까지 여러 번 중간되었다. 특히 임병양란 이후 조선 정부에서는 민심의 이반을 막기 위한 조처로 대규모 중간 사업과 반포를 진행하기도 했다.

40) 七言唐音(칠언당음): 당시 중 칠언시를 지칭한다. 책으로 엮었을 가능성이 없지 않으나 확인되진 않는다. 앞의 『당률』의 경우와 같다.

人, 莫不敬服. 及徙西宮之後, 琴書專一, 所造益深, 凡賓客所製之詩, 無一掛眼, 才難不其然乎![41] 恨不得爲男子之身, 揚名於當世, 而空爲紅顏薄命之軀, 一閉深宮, 終成枯落而已, 豈不哀哉? 人生一死之後, 誰復有知之者? 是以, 恨結心曲, 怨塡胸海. 每停刺繡而付之燈火, 罷織錦而投杼下機, 裂破羅幃, 折其玉簪. 暫得酒興, 則脫鳥散步, 剝落階花, 手折庭草, 如癡如狂, 情不自抑. 上年秋月之夜, 一見君子之容儀, 意謂, '天上神仙, 謫下塵寰.' 妾之容色, 最出九人之下, 而有何宿世之緣, 那知筆下之一點, 竟作胸中怨結之祟? 以簾間之望, 擬作奉箒之緣;[42] 以夢中之見, 將續不忘之恩. 雖無一番衾裡之歡, 玉貌丰容, 悅在眼中. 梨花杜鵑之啼, 梧桐夜雨之聲, 慘不忍聞; 庭前細草之生, 天際孤雲之飛, 慘不忍見. 或倚屛而坐, 或憑欄而立, 搥胸頓足, 獨訴蒼天, 不識郎君亦念妾否? 只恨此身未見郎君之前, 先自溘然, 則地老天荒, 此情不泯; 海枯石爛,[43] 此恨難消. 今日浣紗之行, 兩宮侍女皆以畢集故, 不得久留於此. 淚和墨汁, 魂結羅縷, 伏願郎君, 俯賜一覽. 又以拙句, 謹答前惠, 非此之爲美, 聊以寓永好之意. 其文, 一則傷秋之賦, 一則相思之詩也.

---

41) 才難不其然乎(재난불기연호): 재주를 얻기 어려움을 뜻하는 표현이다. 『논어』 「태백泰伯」 편의 "공자가 말씀하기를 '재주를 얻기 어렵다 했으니 이를 부정할 수 있겠는가! 요순 이래 주나라 조정에 인재가 많았다 하나 부인이 한 사람 있었고, 남자는 아홉 명뿐이었다'고 하셨다 (孔子曰: '才難不其然乎! 唐虞之際, 於斯爲盛, 有婦人焉九人而已')"라는 구절에서 유래했다. 주석에서는 '재'를 '덕의 활용이다(德之用也)'로 풀이했다.

42) 奉箒之緣(봉추지연): '봉추'는 '봉추(奉帚)'라고도 하며, 비를 들고 청소한다는 뜻이다. 원래는 후궁이 총애를 잃어 비를 쓰는 천역의 지위로 떨어졌다는 의미로도 쓰였으나, 후대에는 남의 아내가 되어 집안일을 한다고 여겨졌다. 따라서 여기서는 부부의 인연을 맺는다고 볼 수 있다.

43) 地老天荒 (…) 海枯石爛(지로천황, 해고석란): 땅이 늙고 하늘이 황폐해지며, 바닷물이 다 마르고 바위가 가루로 변하는 시간을 말한다. 그만큼 오랜 세월이 흘렀음을 의미한다. 송나라 양만리(楊萬里, 1124~1206)는 「알영우릉귀도유용서궁관우혈謁永祐陵歸途遊龍宮觀禹穴」이란 시에서 "우혈 아래를 엿보니 정히 깊고 온통 검어, 땅이 늙고 하늘은 폐해진 뒤에야 시비가 드러나리(禹穴下窺正深黑, 地老天荒知是非)"라고 했으며, 금(金)나라 원호문(元好問, 1190~1257)은 「서루곡西樓曲」에서 "바닷물이 마르고 바위가 가루로 변한대도 두 원앙은 지금껏 쌍으로 날다 곧 함께 죽겠지(海枯石爛兩鴛鴦, 只今雙飛便雙死)"라고 했다. 작품 말미에 김진사가 운영에게 한 언급에서도 같은 맥락으로 나온다.

是夕來時, 紫鸞與妾又先出, 而向東門外, 則小玉微哂, 賦一絶以贈之, 無非譏妾之意也. 妾中心羞赧, 而含忍受之. 其詩曰:

太乙祠前一水回, 天壇雲盡九門開.
細腰不勝狂風急, 暫避林中日暮來.

飛瓊卽次其韻, 金蓮·寶蓮·芙蓉相繼次之, 亦皆譏妾之意也.

妾騎馬先來, 至巫家, 則巫顯有含慍之色, 向壁而坐, 不借顔色. 進士抱羅衫, 終日飮泣, 喪魂失性, 尙不知妾之來矣. 妾解左手所着雲南玉色金環,[44) 納于進士之懷中, 曰:

"郎君不以妾爲菲薄,[45) 屈千金之軀, 來待陋舍, 妾雖不敏, 亦非木石, 敢不以死許之? 妾若食言, 有此金環."

行色忽遽, 起以將別, 流涕如雨. 與進士附耳語曰:

"妾在西宮, 郎君乘暮夜, 踰西墻而入, 則三生未盡之緣, 庶可續此而成矣."

言訖, 拂衣而去, 先入宮門, 則八人繼至. 夜已二更矣. 小玉與飛瓊, 明燭前導而來西宮, 曰:

"日者之詩, 出於無情, 而言涉戲翫. 是以, 不避深夜, 負荊來謝[46)耳."

---

44) 雲南玉色金環(운남옥색금환): 중국 운남산(雲南産) 옥빛 금가락지다. 『삼이필담三異筆談』(권4) 「보석비취문석寶石翡翠文石」조에 "(…) 또 낙군이 비취로 검은 알을 만들고, 운남옥으로 하얀 알을 만들어 상서성에 내려주니 각각 흑색과 백색 하나씩을 나누어 받았다(又駱君以翡翠根作黑子, 雲南玉作白子, 贈惠尙書, 分餉予黑白各一)"라는 언급이 보이는바, 운남옥은 희고 고와서 고급 패물로 사용했음을 알 수 있다.
45) 菲薄(비박): 가난하거나 보잘것없다는 뜻으로, 자신의 재덕이 하찮다는 겸사로 쓰인다. '비'는 순무 종류의 채소로 형편이 열악함을 상징한다. 『사기』 「봉선서封禪書」에 "그 덕 보잘것없으니 예악을 밝히지 못했네(維德菲薄, 不明于禮樂)"라는 언급이 보인다.
46) 負荊來謝(부형래사): 자기 스스로 형장을 짊어지고 와서 사죄한다는 뜻이다. '육단부형(肉

紫鸞曰:

"五人之詩, 皆出南宮. 一自分宮之後, 頗有形跡, 有似唐時牛·李之黨,[47] 何不爲其然也? 然女子之情, 則一也. 久閉離宮,[48] 長弔隻影,[49] 所對者燈燭而已, 所爲者絃歌而已. 百花含葩而笑, 雙燕交翼而戲, 薄命妾等, 同鎖深宮, 覽物懷春, 情思如何? 朝雲臺神, 而頻入楚王之夢;[50] 王母仙女, 而幾參瑤臺之宴.[51] 女子之意, 宜無異同, 而南宮之人, 何獨與姮娥苦守貞節, 不悔靈藥之偸[52]乎?"

袒負荊)'이라고 하여 본인의 죗값을 치르겠다는 의지와 자세를 의미하기도 한다. 『사기』「염파인상여전廉頗藺相如傳」(권81)에 "염파가 듣고는 웃통을 벗고 가시나무를 짊어진 채 빈객을 통해 인상여의 집 문 앞에 이르러 사죄하였다(廉頗聞之, 肉袒負荊, 因賓客至藺相如門, 謝罪)"라고 했다.

47) 牛·李之黨(우이지당): 즉 만당 시기 벌어진 우승유와 이덕유의 당쟁을 말한다. 앞의 '이의산'조에서 잠깐 언급했듯이 이들은 우당(牛黨)과 이당(李黨)의 영수로 목종(穆宗), 무종(武宗), 선종(宣宗) 등 3대에 걸쳐 정치적으로 대립했다. 일설에는 '우이'를 우승유와 이덕유가 아니라 우승유와 이종민(李宗閔)으로 보기도 한다. 이종민이 처음에 사당(私黨)을 만들어 우승유와 대립했으나 뒤에 이덕유와 대립하면서부터 우승유와 한패가 되었기 때문이다. 아무튼 이 정쟁을 중국 역사에서는 본격적인 당쟁의 시작으로 여기며, 당나라가 쇠망한 주요 원인으로도 꼽는다.

48) 離宮(이궁): 원래 왕이 출행할 때 머무는 별궁을 뜻하나, 세자나 태자가 거처하는 외궁(外宮)을 의미하기도 한다. 여기서는 세자궁이다.

49) 隻影(척영): 짝을 잃고 홀로 있는 것을 말한다. '경리지영(鏡裡之影)'이라고도 한다(「최척전」에 나온다). 새가 자기 짝을 잃고 슬퍼하는 정황을 묘사하는 용어로, 남조(南朝)시대에 이런 고사가 전한다. 계빈국(罽賓國)의 왕이 난새 한 마리를 얻어 그 울음소리를 듣고자 했으나 아무리 해도 울지를 앉자 왕비가 거울을 매달아 비춰주었다. 그러자 거울 속 홀로된 자신의 그림자[隻影]를 본 새가 슬피 울다가 죽었다. 뒤에 짝을 잃은 여인을 비유하는 말이 되었다. '척란(隻鸞)'이라고도 하는데, 『삼국유사』「조신調信」조에 "뭇새와 함께 굶주리기보다는 차라리 외로운 난새로 거울을 마주할 거예요(與其衆鳥之同餒, 焉如隻鸞之有鏡)"라는 표현이 나온다.

50) 朝雲臺神, 而頻入楚王之夢(조운대신, 이빈입초왕지몽): 앞의 '초군'조 참조. 초왕지몽은 따로 '운우지몽'이라고도 한다.

51) 王母仙女, 而幾參瑤臺之宴(왕모선녀, 이기참요대지연): 왕모선녀는 곧 서왕모로, 원래 곤륜산에 거처하는 것으로 알려져 있으나, 앞의 '동방삭'조에 나온 것처럼 한나라 무제의 궁궐에 노닐었다는 이야기도 따로 전한다. 참고로 무산의 신녀도 초나라 회왕과 노닌 곳이 '요대'인바, 요대·요지 따위는 신선들의 공간으로 표상되어왔다.

52) 靈藥之偸(영약지투): 항아가 후예(后羿)의 불사약을 훔쳐 달로 도망친 고사다. 이 고사는 한나라 장형(張衡, 78~139)의 「영헌靈憲」에 비교적 자세하다. 참고로 그 내용을 소개해둔다. "후예가 서왕모에게 불사약을 청해 얻었는데 항아가 이것을 훔쳐 달로 달아나려 하였다. 떠날 즈음 유황에게 점을 쳐달라고 하자, 유황이 점을 쳐보고는 '길하다. 나풀나풀 돌아가 홀로 서행하면 어두운 하늘 끝을 만나게 되리니 놀라거나 두려워 말라. 뒤에 크게 창성하리라'라고 하였

飛瓊與小玉, 皆不禁流淚, 曰:

"一人之心, 卽天下人之心也. 今承盛敎, 悲愴之懷, 油然而興矣."

因起拜而去. 妾謂紫鸞曰:

"今夕, 妾與進士, 有金石之約. 今若不來, 則明日必踰墻而來矣, 來則何以
待之?"

紫鸞曰:

"繡幕重重, 綺席燦爛, 有酒如河, 有肉如坡, 有疑不來, 來則待之何難?"

其夜果不來. 進士密窺其處, 則墻垣高峻, 自非身俱羽翼, 莫能至矣. 還家,
脈脈不語, 憂形於色. 其奴名特者, 素稱能而多術, 見生顏色, 進而跪曰:

"進士主, 必不久於世矣!"

伏庭而泣. 進士跪而執其手, 悉陳其懷抱, 特曰:

"何不早言? 吾當圖之."

卽造槎橋, 甚爲輕捷, 能捲舒, 捲之則如貼屏風, 舒之則五六丈, 而可運於
掌上. 特敎之曰:

"持此橋上宮墻, 而還捲舒於內, 而下來時, 亦如之."

進士使特試於庭, 果如其言, 進士甚喜之. 其夕將往, 特又自懷中出給毛
狗皮襪, 曰:

"非此難往!"

進士着而行之, 輕如飛鳥, 地上無足聲. 進士用其計, 踰內外墻, 伏於竹林,
月色如晝, 宮中寂寥. 少焉, 有一人自內而出, 散步微吟. 進士披竹出頭, 曰:

"有人來此矣!"

其人笑而答曰:

"郞出! 郞出!"

다. 항아는 마침내 자신의 몸을 달에 의탁하였다. 이것을 일러 '섬여'라 한다(羿請不死之藥於西
王母, 姮娥竊之以奔月. 將往, 枚筮之於有黃, 有黃占之曰: '吉. 翩翩歸妹, 獨將西行, 逢天晦芒, 毋驚毋恐,
後且大昌.' 姮娥遂託身於月, 是爲蟾蜍).

進士趨而揖曰:

"年少之人, 不勝風流之興, 冒犯萬死, 敢至于此, 願娘怜我悶我哀我恤
我!"

紫鸞曰:

"苦待進士之來, 若大旱之望雲霓, 今幸得見, 妾等其蘇矣. 願郎勿疑焉."

卽引而入, 進士由層階循曲欄, 竦肩而入. 妾開紗窓, 明玉燈而坐, 以獸形
金爐, 燒鬱金香,[53] 琉璃書案, 展『太平廣記』[54]一卷, 見生至, 起而迎拜. 郎
亦答拜, 以賓主之禮, 分東西而坐, 使紫鸞設珍羞奇饌, 而酌紫霞酒飲之. 酒
三行, 進士佯醉曰:

"夜如何其?[55]"

紫鸞會知其意, 垂帳閉門而出, 妾滅燈同枕, 喜可知矣. 夜旣向晨, 群鷄報
曉, 進士卽起而去. 自是以後, 昏入曉出, 無夕不然, 情深意密, 自不能知止.
墻內雪上, 頗有踐痕, 宮人皆知其出入, 莫不危之.

---

53) 鬱金香(울금향): 울금으로 만든 향료 또는 울금의 향기다. 울금은 생강과의 다년초로, 타원
형 잎이 뿌리 쪽에서 나며 여름에서 가을에 사람 입술처럼 생긴 노란색 꽃이 핀다. 향이 좋아
서 예로부터 향료로 많이 썼으며, '울금향'은 한시 등에도 자주 거론되었다.

54) 『太平廣記태평광기』: 송나라 이방(李昉)이 977년에 편한 총서다. 모두 오백 권에 칠천여 편
의 이야기가 수록되어 있다. 신선(神仙), 호협(豪俠), 부인(婦人), 잡전기(雜傳記) 등 총 아흔두
개 항목으로 분류해 한나라 때부터 북송시대까지의 단편 서사류를 총망라한 중국 서사문학의
보고다. 고려시대에 전래되어 읽혔으며, 조선 초에는 성임(成任, 1421~1484)이 이 책의 이야
기를 선별해 오십 권으로 축약한 『태평광기상절太平廣記詳節』을 편했다. 이런 전통에 따라 우
리나라 이야기를 함께 엮은 거질의 『태평통재太平通載』도 간행되었다. 16세기에는 『태평광기
언해太平廣記諺解』가 나오는 등 조선시대 우리나라 서사류의 유행과 창작에 적잖은 영향을 미
쳤다.

55) 夜如何其(야여하기): '이 밤을 어찌하지' 정도의 뜻이다. 『시경』 소아 「정료庭燎」편의 "밤
이 얼마나 되었나? 밤이 아직 한밤중이 아니어서 큰 촛불이 빛나네. 군자가 이에 이르니 방울
소리가 딸랑딸랑 울리네(夜如何其? 夜未央, 庭燎之光. 君子至止, 鸞聲將將)"에서 유래한다.

죽음으로 맞서다

一日, 進士忽慮好事之終成禍機, 中心大懼, 終日忽忽不樂. 特自外而進,
曰:

"吾功甚大, 迄不論賞, 可乎?"

進士曰:

"銘懷不忘, 早晚當重賞之."

特曰:

"今見顏色, 亦似有憂, 未知何故耶?"

進士曰:

"未見則病入心骨, 見之則罪在不測, 若之何不憂?"

特曰:

"然則何不竊負而逃乎?"

進士然之, 其夜, 以特之謀, 問於妾曰:

"特之爲奴, 素多智謀, 以此計指揮, 其意如何?"

妾許之曰:

"妾之父母, 家財最饒, 故妾來時, 衣服寶貨, 多載而來. 且主君之所賜甚多, 此物不可棄置而去. 今欲運之, 則雖馬十匹, 不能盡輸矣."

進士歸語特, 特大喜曰:

"何難之有?"

進士曰:

"若然則計將安出?"

特曰: "吾友有力士二十人,[1] 而日以强劫爲事, 國人莫敢當, 而與我深結, 唯命是從. 使此輩運之, 則泰山亦可移矣, 使此輩扶護進士, 則萬人不能敵, 千萬勿疑焉."

進士入語妾, 妾然之, 夜夜收拾, 七日之夜, 盡輸于外. 特曰:

"如此重寶, 積置于本宅, 則大上典必疑之; 積置于奴家, 則隣人必疑之. 無已, 則堀坑於山中, 深瘞而堅守之, 可矣."

進士曰:

"若或見失, 則吾與汝, 難免盜賊之名矣, 汝可愼守."

特曰:

"吾計如此之深, 吾友如此之多, 天下無難事, 有何畏乎? 況特持長劍, 晝夜不離, 則吾目可抉, 而此寶不可奪; 吾足可刖, 而此寶不可取, 願勿疑焉."

蓋特意, 得此重寶而後, 妾與進士, 引入山谷, 屠滅進士, 而妾與財寶自占之計, 而進士以迂儒不知也.

一日, 大君以前搆匪懈堂, 欲得佳製懸板, 而諸客之詩, 皆不滿意, 强邀金進士, 設宴懇之. 進士一揮而就, 文不加點, 而山水之景色, 堂搆之形容, 無不盡焉, 可以驚風雨泣鬼神. 大君句句稱賞曰:

---

1) 力士二十人(역사이십인): 역사라고 표현했으나, 주로 무력을 쓰는 하층 무뢰배를 가리킨다. 실제로 숙종(肅宗) 연간에 청파동(青坡洞) 일대에서 '살주계(殺主契)'라는 노비들의 비밀결사 조직이 적발됐다. 이는 임병양란을 거치며 혼란을 틈타 노비들이 세력을 모아 상층에 반항한 사례였다. '특'과 역사들은 이런 사회적 정황을 반영한 모습으로 판단된다.

"不意今日復見王子安!2)"

吟咏不已, 但至一句, 有'踰墻暗竊風流曲'之語, 停口疑之. 進士起而拜,
曰:

"醉不省人事, 願言辭退."

大君命童僕, 扶而送之. 翌日之夜, 進士入語妾曰:

"可以去矣! 昨日之詩, 疑入大君之意, 今夜不去, 恐不免禍."

妾對曰:

"昨夕夢見一人, 狀貌獰惡, 自稱'冒頓單于',3) 曰: '旣有宿約, 故久待長
城之下.' 覺而驚起, 甚怪夢兆之不祥, 郎君其亦思之?"

進士曰:

"夢裡虛誕之事, 何可信也?"

妾曰:

"其曰'長城'者, 宮墻也; 其曰'冒頓'者, 此特也. 郎君熟知此奴之心乎?"

進士曰:

"此奴素多頑兇, 然於我則盡忠, 今日與娘結此好緣, 皆此奴之計也. 豈獻
忠於始而爲惡於終乎?"

---

2) 王子安(왕자안): 즉 왕발. 여기서는 특히 왕발이 「등왕각서」를 지은 사례를 두고 안평대군
이 이와 같이 표현한 것이다. 「등왕각서」의 병서(幷序)에 의하면, 함형(咸亨) 2년(671) 이곳 홍
주(洪州)의 자사였던 염백서(閻伯嶼)가 등왕각에서 연회를 베풀고 서문을 지어 과시하려고 했
으나 문객 중에 이를 감당할 이가 없었다. 마침 말석에 자리한 왕발이 제일 뒤에 글을 지었는
데, 이 작품이 바로 「등왕각서」다. 자사는 놀라며 '천재'라고 칭탄했다고 한다. 이때 왕발의 나
이가 열네 살이었다.

3) 冒頓單于(모돈선우): 흉노의 전성기를 이끌었던 무특[墨毒, 또는 묵돌]선우다. 선우는 흉노
족 추장을 일컫는다. 무특선우는 뛰어난 지략과 힘으로 부친을 죽이고 자립해 동쪽으로 동호
(東胡)를, 서쪽으로 월지(月氏)를, 남쪽으로 누번(樓煩)을 병탄하고 막 중국을 통일한 한나라를
위협했다. 한나라의 고조와 혜제(惠帝)는 부득이 강화조약을 맺어 황실의 여인을 인질로 보내
고, 납세를 해야 했다. 이러한 상황은 전한 내내 이어져, 호한야선우(呼韓耶單于) 때는 비극적
인 여인 왕소군(王昭君)이 이 강화조약에 희생된 바 있다. 무특선우는 이후 문학작품에 무자비
한 폭력을 휘두르는 야만인으로 등장하곤 했다. 여기서도 하인 특과 무특의 음이 같아 이렇게
상정한 것이다.

妾曰:

"郞君之言, 如是懇眷, 何敢辭乎? 但紫鸞, 情若兄弟, 不可不告也."

卽呼紫鸞, 三人鼎足而坐, 妾以進士之計, 告之. 紫鸞大驚, 拍手罵之曰:

"相歡日久, 無乃自速禍敗耶! 一兩月相交, 亦可足矣, 踰墻逃走, 豈人之所忍爲也? 主君傾意已久, 其不可去, 一也; 夫人慈恤甚重, 其不可去, 二也; 禍及兩親, 其不可去, 三也; 罪貽西宮, 其不可去, 四也. 且天地一網罟, 非陞天入地, 則逃之焉往? 倘或被捉, 則其禍豈止於娘子之身乎? 夢兆之不祥, 不須言之, 而若或吉祥, 則汝肯往之乎? 莫如屈心抑志, 守靜安坐, 以聽於天耳. 娘子若年貌衰謝,⁴⁾ 則主君之恩眷漸弛矣, 觀其事勢, 稱病久臥, 則必許還鄕矣. 當此之時, 與郞君携手同歸, 與之偕老, 樂莫大焉. 今不此之思, 而敢生悖理之計, 汝雖欺人, 欺天乎?"

進士知事不成, 嗟歎含淚而出.

一日, 大君坐西宮繡軒, 倭躑躅⁵⁾盛開. 命西宮侍女, 各賦五言絶句以進, 大君大加稱賞曰:

"汝等之文, 日漸增長, 余甚嘉之, 而第雲英之詩, 顯有思人之意. 前日賦烟之詩, 微見其意, 今又如此, 汝之所欲從者, 何人耶? 金生賦上樑文,⁶⁾ 語涉

---

4) 衰謝(쇠사): 힘이나 아름다움이 쇠퇴한다는 뜻이다. 두보의 「남경정백중승覽鏡呈柏中丞」(『두공부집杜工部集』 권20)에 "거울 속의 내 얼굴 이리 쇠하였으니, 옛 정인이 어여삐 해줄는지(鏡中衰謝色, 萬一故人憐)"라는 구절이 보인다.

5) 倭躑躅(왜척촉): 일본에서 넘어온 철쭉으로 '왜철쭉' '외철쭉'이라고 한다. 일반 철쭉보다 꽃이 화려하고 아름다워 예로부터 분재를 하여 감상용으로 정원에 많이 두었다. 강희안(姜希顔, 1417~1464)의 『양화소록養花小錄』에 세종 23년(1441) 봄 일본에서 두어 화분을 조공으로 보내왔다는 기록이 보인다. 따라서 공교롭게도 이 작품의 시대적 배경과 그 전래 시기가 거의 일치한다. 현재는 이를 '영산홍'이라 부른다. 이 꽃이 만개했다는 것은 다시 봄이 무르익었음을 뜻한다.

6) 上樑文(상량문): 기둥에 보를 얹고 마룻대를 올리는 상량을 할 때 축원하는 글이다. 상량을 할 때 상량고사를 지내는데 연월, 일시, 좌향(坐向), 축원 등을 적은 상량문도 함께 올린다. 전통적으로 문재가 뛰어난 사람이어야 이 상량문을 짓는다고 알려져 있어 문인들의 일화나 서사의 소재로 쓰였다. 『금오신화』의 「용궁부연록龍宮赴宴錄」에 등장하는 한생(韓生)도 뛰어난 문재가 용궁에까지 알려져 용왕이 용궁의 상량문을 짓게 하려고 그를 초대했다. 또 한편 문재

疑異, 汝無乃與金生有私乎?"

妾卽下庭, 叩頭而泣曰:

"主君一番見疑, 卽欲自盡, 而年未二旬, 且以更不見父母而死, 心甚冤痛, 偸生苟活, 忍而至此, 又今見疑, 一死何惜? 天地鬼神, 昭布森列.[7] 侍女五人, 頃刻不離, 淫濊之名, 獨歸於妾, 生不如死, 妾今得所死矣."

卽以羅巾, 自縊於欄干, 紫鸞曰:

"主君如是英明, 而使無罪侍女自就死地, 自此以後, 妾等誓不把筆作句矣."

大君雖盛怒, 而中心則實不欲其死, 故使紫鸞救之, 得不死. 大君出素縑五端, 分賜五人, 曰:

"製作最佳, 是以賞之."

自是, 進士不復出入, 杜門病臥, 淚濺衾枕, 命如一線. 特來現曰:

"大丈夫死則死矣, 何忍相思怨結, 屑屑如兒女之傷懷, 自擲千金之軀乎? 今當以計取之, 亦不難也. 如其半夜人寂之時, 踰墻而入, 以綿塞其口, 負而超出, 則孰敢追我?"

進士曰:

"其計亦危矣, 不如以誠叩之."

其夜入來, 妾病不能起, 使紫鸞迎入. 酒三行, 妾以封書寄之, 曰:

"此後不得更見, 三生之緣, 百年之約, 今夕盡矣. 如或天緣未盡, 則當可相尋於九泉之下矣."

進士抱書佇立, 脈脈相看, 叩胸流涕而出. 紫鸞慘不忍見, 倚柱隱身, 揮淚

가 뛰어난 이가 요절을 하면 '천제가 천궁의 상량문을 짓기 위해 일찍 하늘로 불렀다'고도 이야기한다. 여기 김진사의 경우도 결과적으로 이와 비슷한 상황으로 전개된다.

7) 昭布森列(소포삼렬): 밝고 삼엄하게 늘어섰거나 배치되어서 속일 수가 없다는 뜻이다. 한유의 「여맹상서서與孟尙書書」에 "밝고 삼엄하게 늘어서 있으니 속일 수 없다(昭布森列, 非可誣也)"라는 언급이 보인다.

而立. 進士還家, 拆而視之, 其書曰:

　薄命妾雲英, 再拜白金郎足下. 妾以菲薄之質, 不幸爲郎君之留意, 相思幾日, 相望幾時? 幸成一夜之交歡, 未盡如海之深情. 人間好事, 造物多猜, 宮人知之, 主君疑之, 禍迫朝夕, 死而後已. 伏願郎君, 此別之後, 毋以賤妾置於懷抱間, 以傷思慮. 勉加學業, 擢高第而登雲路, 揚名於後世, 以顯父母. 而妾之衣服寶貨, 盡賣供佛, 百般祈祝, 至誠發願, 使三生緣分, 再續於後世, 至可至可矣.

進士不能盡看, 氣絶踣地, 家人急救乃甦. 特自外而入, 曰:
“宮人答之何語, 如是其欲死耶?”
進士無他語, 只曰:
“財寶汝愼守, 我將盡賣, 薦誠於佛, 以踐宿約矣.”
特還家自思曰:
“宮人不出來, 其財寶天與我也.”
向壁竊笑, 而人莫之知也.
　一日, 特自裂其衣, 自打其鼻, 以其流血, 遍身糢糊, 被髮跣足, 奔入伏庭, 而泣, 曰:
“吾爲强賊所擊!”
仍不復言, 若氣絶者然. 進士慮特死則不知埋寶處, 親灌藥物, 多般救活, 供饋酒肉, 十餘日乃起, 曰:
“孤單一身, 獨守山中, 衆賊突入, 勢將搏殺, 捨命而走, 僅保縷命. 若非此貨, 我安有如此之厄乎? 賦命之險如此, 何不速死?”
　卽以足頓地, 以拳叩胸而哭. 進士懼父母知之, 以溫言慰而送之.
　久之, 進士知特之所爲, 與所親者數人, 率奴十餘名, 不意圍其第搜之, 則只有金釧一雙·寶鏡一面, 以此爲臟物, 欲呈官推得, 而恐事泄不爲. 若不得

此物, 則無以供佛, 心欲殺特, 而力不能制, 嘿黙不語. 特自知其罪, 問於宮
墙外盲人曰:

"我向者晨, 過此宮墻之外, 有人自宮中踰西垣而出. 我知其爲賊, 高聲追
逐, 其人棄所持物而走, 我持歸藏之, 以待本主之來推. 吾主素乏廉隅,8) 聞
吾得物, 躬來索出, 吾答以'無他貨, 只得釧鏡二物'云, 則吾主躬入搜之, 果
得二物, 亦慾無饜, 方欲殺之. 故吾欲逃走, 逃走吉乎?"

盲人曰:

"吉矣."

其隣人在旁者, 多聞其語, 謂特曰:

"汝主何許人, 虐奴如是耶?"

特曰:

"吾主年少能文, 早晚應爲及第者, 而貪婪如此, 他日立朝, 用心可知."

此言傳播, 入於宮中, 宮人告大君, 大君大怒, 使南宮人搜西宮, 則妾之衣
服寶貨盡無矣. 大君招致西宮侍女五人于庭中, 嚴俱刑杖, 列於眼前, 下令
曰:

"殺此五人, 以警他人!"

又敎執杖者曰:

"勿計杖數, 以死爲準."

五人曰:

"願一言而死."

大君曰:

---

8) 廉隅(염우): 원래는 물건의 모서리란 뜻인데, 행실이 방정하고 절조가 굳음을 비유한다. '염'
은 '변(邊)'이고, '우'는 '각(角)'을 뜻한다. 튀어나온 부분이나 모서리 부분을 갈고 단련함 즉 절
차탁마를 의미한다. 『예기』「유행儒行」의 "강하고 굳셈으로 남과 더불고 박학약례하며, 꾸밈
(문장)에 그 바탕을 가리지 않고, 튀어나오고 모난 부분을 숫돌로 갈듯이 해야 한다(强毅以與
人, 博學以知服, 近文章, 砥礪廉隅)"라는 구절에서 유래했다.

"何言? 悉陳其情!"

銀蟾招曰:

"男女情欲, 稟於陰陽, 無貴無賤, 人皆有之. 一閉深宮, 形單影隻, 看花掩淚, 對月消魂, 梅子擲鸎,[9] 使不得雙飛; 簾帳燕幕, 使不得兩巢, 無他, 自不勝健羨之意妬忌之情耳. 一踰宮垣, 則可知人間之樂, 而所不爲者, 豈其力不能而心不忍哉? 唯畏主君之威, 固守此心, 以爲枯死宮中之計. 今無所犯之罪, 而欲置之於死地, 妾等黃泉之下, 死不瞑目矣."

翡翠招曰:

"主君撫恤之恩, 山不高海不深, 妾等感懼, 惟事文墨絃歌而已. 今不洗之惡名, 徧及西宮, 生不如死矣. 惟伏願速就死地矣."

玉女招曰:

"西宮之榮, 妾旣與焉; 西宮之厄, 妾獨免哉? 火炎崑崗, 玉石俱焚,[10] 今日之死, 得其所矣."

紫鸞招曰:

"今日之事, 罪在不測, 中心所懷, 何忍諱之? 妾等皆閭巷賤女, 父非大舜, 母非二妃,[11] 則男女情欲, 何獨無乎? 穆王天子, 而每思瑤池之樂;[12] 項羽英

---

9) 梅子擲鸎(매자척앵): 매화나무를 오르내리는 꾀꼬리다. '척앵'은 꾀꼬리가 나뭇가지 사이를 오르내리는 모습이 베틀에서 베를 짤 때 북이 오가는 모습과 흡사하다고 해서 나온 말이다.

10) 火炎崑崗, 玉石俱焚(화염곤강, 옥석구분): '곤강'은 곤륜산 언덕이다. 곤륜산에 불이 나서 옥과 돌을 가리지 않고 다 태운다는 뜻으로, 사람이 선악과 고하를 막론하고 모두 화를 당하는 상황에 비유하는 말이다. 이는 『서경』 하서(夏書) 「윤정胤征」편의 "화염이 곤륜산을 태우니 옥과 돌이 모두 타는구나. 하늘로부터 권한을 받은 위정자가 지나친 덕을 행하면 그 화는 맹렬한 불보다 심해진다. 큰 괴수를 죽이고, 협박으로 복종한 무리를 죄주지 않아 옛날에 물든 나쁜 습속을 모두 함께 새롭게 하리라(火炎崑崗, 玉石俱焚. 天吏逸德, 烈于猛火. 殲厥渠魁, 脅從罔治. 舊染汙俗, 咸與惟新)"라는 문구에서 나온 말로, 천리(天吏)가 사람의 선악을 가리지 않고 모두 도륙해 그 해가 맹렬한 기세의 불길보다 심함을 빗댄 표현이다.

11) 二妃(이비): 즉 아황(娥皇)과 여영(女英)이다. 요임금의 두 딸로, 요임금은 순임금에게 양위하면서 두 딸을 그의 아내로 삼아주었다. 뒤에 순임금이 창오(蒼梧)에서 죽자, 함께 상수(湘水)에 몸을 던져 수신(水神)이 되었다. 그래서 이들을 '상군(湘君)'이라고도 부른다. 순임금이 죽었을 때 이비가 흘린 눈물이 상수의 대나무에 얼룩이 졌는데, 이를 '소상반죽(瀟湘斑竹)' 또는 '상

260

雄, 而不禁帳中之淚.[13] 主君何使雲英獨無雲雨之情乎? 金生人中之英, 引
入內堂, 主君之事也; 命雲英奉硯, 亦主君之命也. 雲英久鎖深宮, 秋月春花,
每傷性情, 梧桐夜雨, 幾斷寸腸. 一見豪男, 喪心失性, 病入骨髓, 雖以長生
之藥, 越人之手,[14] 難以見效. 一夕如朝露之溘然, 則主君雖有惻隱之心, 顧
何益哉? 妾之愚意, 一使金生得見雲英, 以解兩人之怨結, 則主君之積善, 莫
大乎此. 前日雲英之毁節, 罪在妾身, 不在雲英. 妾之一言, 上不欺主君, 下
不負同儕, 今日之事, 死亦榮矣. 雲英之罪, 如可贖兮, 人百其身,[15] 伏願主
君, 以妾之身, 續雲英之命矣."

　　妾之招曰:

비죽(湘妃竹)'이라고 한다.

12) 穆王天子, 而每思瑤池之樂(목왕천자, 이매사요지지락): '목왕'은 주나라 목왕으로, 소왕(昭
王)의 아들이며 이름은 만(滿)이다. 즉위 후에 팔준마(八駿馬)를 타고 서정(西征)하여 유람하며
즐기다가 돌아오는 걸 잊는 바람에 한때 천자 자리가 위태로워질 정도였다. 그러나 견융(犬戎)
을 정복하고 개선했다. 그의 서유(西遊)를 다룬 『목천자전穆天子傳』이 전해지는데, 이는 진(晉)
나라 때 위나라 양왕(襄王)의 묘에서 발굴된 것으로, 곽박(郭璞)이 주를 달아 세상에 전하게 되
었다. 이 책 내용 중에 "을축에 천자가 요지 위에서 서왕모에게 술을 따라주자, 서왕모는 천자
를 위해 노래를 불렀다(乙丑天子觴西王母于瑤池之上, 西王母爲天子謠)"라고 하여, 목왕이 서정 중
요지에서 서왕모와 노닌 일화가 나온다.

13) 項羽英雄, 而不禁帳中之淚(항우영웅, 이불금장중지루): 항우가 한군(漢軍)에 쫓겨 해하(垓下)
에 이르렀을 때 장막 안에서 애첩 우미인(虞美人)과 노래하며 눈물을 금치 못한 내용이다. 여기
서 항우는 "산을 뽑을 힘에 세상을 덮을 기개여, 때가 불리하니 오추마는 가질 못하네. 오추마
가지 못하니 이를 어찌하랴, 우미인이여 우미인이여 너를 어찌하랴(力拔山兮氣蓋世, 時不利兮騅
不逝. 騅不逝兮可奈何, 虞兮虞兮奈若何?)"라는 노래를 남긴 것으로 유명하다. '사면초가'의 고사
와 함께 이 얘기는 『사기』의 「항우본기項羽本紀」에 나와 있다.

14) 越人之手(월인지수): 월인, 즉 편작(扁鵲)의 솜씨라는 뜻이다. 편작은 성이 진(秦)이며, 이름
이 월인이다. 전국시대 전설적인 명의로, 한나라 때의 화타(華佗)와 함께 병칭된다. 처음 장상
군(長桑君)에게 비방을 전수받아 진맥으로 사람의 병을 진단하고 치료했으며, 오장(五臟)을 투
시해 병을 고쳤다고 한다.

15) 如可贖兮, 人百其身(여가속혜, 인백기신): 속신(贖身)할 수 있다면 이 몸이 백번 죽어도 좋다
는 뜻이다. 『시경』 진풍 「황조黃鳥」편에 나오는 말로, 제1장의 전문은 이렇다. "이리저리 나는
황조여 가시나무에 앉았도다. 누가 목공을 따르는가 자거엄식이로다. 이 엄식이여 백부 중에
뛰어난 자로다. 그 구덩이에 임하여 덜덜 떨며 두려워하도다. 저 푸른 하늘이여 우리 훌륭한 사
람을 죽이는구나. 만일 대신할 수 있다면 그 몸 백번이라도 대신 바치리(交交黃鳥, 止于棘. 誰從穆
公, 子車奄息. 維此奄息, 百夫之特. 臨其穴, 惴惴其慄. 彼蒼者天, 殲我良人. 如可贖兮, 人百其身)."

"主君之恩, 如山如海, 而不能苦守貞節, 其罪一也; 前後所製之詩, 見疑於主君, 而終不直告, 其罪二也; 西宮無罪之人, 以妾之故, 同被其罪, 其罪三也. 負此三大罪, 生亦何顏? 若或緩死, 妾當自決矣."

　大君覽畢, 又以紫鸞之招, 更展留眼, 怒色稍霽. 小玉跪而泣, 曰:

　"前日浣紗之行, 勿爲於城內者, 妾之議也. 紫鸞夜至南宮, 請之甚懇, 妾怜其意, 排群議從之, 雲英之毀節, 罪在妾身, 不在雲英. 伏願主君, 以妾之身, 續雲英之命."

　大君之怒稍解, 囚妾于別堂, 而其餘皆放之. 其夜, 妾以羅巾, 自縊而死.

인간 세상을 돌아보며

進士把筆而記, 雲英引古而敍, 甚詳悉. 兩人相對, 悲不自抑. 雲英謂進士
曰:

"此以下, 郞君言之."

進士曰:

雲英自決之後, 一宮之人, 莫不號慟, 如喪同氣. 哭聲出於宮門之外, 我亦
聞之, 氣絶久矣, 家人將招魂發喪, 一邊救活, 日暮時乃甦. 方定精神, 自念,
'事已決矣, 無負供佛之約, 庶慰九泉之魂.' 其金釧寶鏡及文房諸具, 盡賣之,
得米四十石, 欲上淸凉寺[1]設佛事, 而無可信使喚者, 呼特而言曰:

---

1) 淸凉寺(청량사): 삼각산(三角山)에 있었던 사찰로, 그 위치와 창건 연대는 불분명하다. 『신증
동국여지승람新增東國輿地勝覽』에 의하면, 삼각산에 자리하며 고려 때 예종(睿宗)이 남행(南行)
하면서 춘천의 청평산(淸平山)에 은거중인 이자현(李資玄, 1061~1125)을 불러 청량사에 머물게
한 일화가 전한다. 이로 볼 때 청량사는 최소한 고려시대부터 있었던 사찰임이 분명하다. 김정호
(金正浩, 1804?~1866)의 「경조오부도京兆五部圖」에 청량사를 수유현(水踰峴) 줄기에 표기해놓은
바, 지금의 도선사(道詵寺) 주변이지 않을까 싶다. 따로 청량리 근방에 청량사도 있었다.

"我盡有汝前日之罪, 今爲我盡忠乎?"

特伏泣而對曰:

"奴雖冥頑, 亦非木石, 一身所負之罪, 擢髮難數. 今以宥除, 是枯木生葉, 白骨生肉, 敢不爲進士主致死乎?"

我曰:

"我爲雲英, 設醮供佛,[2] 以冀發願, 而無信任之人, 汝未可往乎?"

特曰:

"謹受敎矣!"

卽上寺, 三日叩臀而队, 招僧謂之曰:

"四十石之米, 何用盡入於供佛乎? 今可多備酒肉, 廣招俗客而饋之, 宜矣."

適有一村女過之, 特强劫之, 留宿於僧堂, 已過十餘日, 無意設齋, 寺僧齊憤之. 及其建醮之日, 諸僧曰:

"供佛之事, 施主爲重, 而施主不潔如此, 事極未安, 可澡浴於淸川, 潔身而行禮, 可乎!"

特不得已出, 暫以水沃濯而入, 跪於佛前, 祝曰:

"進士今日速死, 雲英明日復生, 爲特之配."

三晝夜發願之說, 唯此而已. 特歸語我曰:

"雲英閣氏,[3] 必得生道矣. 設齋之夜, 現於奴夢曰: '至誠供佛, 不勝感

---

2) 設醮供佛(설초공불): 즉 초제(醮祭)와 불재(佛齋)를 배설한다는 뜻이다. '초제'는 도교의 제례로 고려시대부터 왕권 차원에서 시행되었다. 주로 담당 기관이었던 소격전이나 각 지방의 도관(道觀)에서 치러졌으며, 조선시대 초기에도 소격서에서 제례가 이어졌다. 길사 때 지내는 것을 '초(醮)', 흉사 때 지내는 것을 '재(齋)'라 하여 구분한다. 불재는 부처에게 향화(香華)나 등명(燈明) 따위로 공양하는 의식인데, 조선시대 들면서 불교가 위축되자 승려들은 이 불재를 민간과 소통하는 창구이자 불교 자체를 유지하는 근간으로 삼기도 했다.
3) 雲英閣氏(운영각씨): '운영각시' 또는 '운영아씨'다. 원래 '각시(閣氏)'는 갓 혼인한 여성을 지칭하는 우리식 한자어인데 여기 표현으로 보면 '아씨' 정도의 의미다. 이런 여성의 모양을 본떠 만든 탈을 '각시탈'이라고 한다.

激.' 拜且泣. 寺僧之夢, 亦皆然矣."

我信之, 失性痛哭矣. 其時, 適當槐黃之節,[4] 雖無赴擧之意, 托以做工,
上淸凉寺, 留數日, 細聞特之事, 不勝其憤, 而無如特何. 沐浴潔身而就佛前,
再拜三叩頭, 薦香合掌而祝曰:

"雲英死時之約, 慘不忍負, 使特奴虔誠設齋, 冀資冥佑, 今聞此奴所祝之
言, 極其悖惡, 雲英之遺願, 盡歸虛地, 故小子敢復祝願矣. 世尊使雲英得以
還生, 世尊使金生作配雲英, 世尊使雲英·金生, 至於後世得免此寃痛. 世尊
殺特奴, 着鐵枷, 囚于地獄, 世尊烹特奴, 投諸狗. 世尊苟如此發願, 則雲英
爲尼, 燒十指,[5] 作十二層金塔, 金生爲僧, 舍五戒, 創三巨刹, 以報其恩."

祝訖, 起而百拜, 叩頭而出. 後七日, 特壓於陷井而死. 自是, 我無意於世
事, 沐浴潔身, 着新衣, 臥于安靜之房, 不食四日, 長吁一聲, 因遂不起.

寫畢擲筆, 兩人相對悲泣, 不能自止. 柳泳慰之曰:

"兩人重逢, 志願畢矣; 讐奴已除, 憤惋洩矣, 何其悲痛之不止耶? 以不得
再出人間而爲恨乎?"

金生收淚而謝, 曰:

"吾兩人皆含怨而死, 冥司怜其無罪, 欲使再生人世, 而地下之樂, 不減人
間, 況天上之樂乎! 是以, 不願出世矣. 但今夕之悲傷, 大君一敗, 故宮無主,

---

4) 槐黃之節(괴황지절): 노란 홰나무 꽃이 피는 계절, 즉 과거시험을 치르는 때를 말한다. 전통
적으로 과거시험은 음력 칠월에 시행하는데, 이때 홰나무 꽃이 노랗게 핀다. 홰나무는 과거 급
제와 벼슬을 상징하여 삼공(三公)의 지위를 '괴정(槐庭)'이라 한다. 한편으로는 가을로 넘어가
는 계절을 뜻하기도 한다.
5) 燒十指(소십지): 이른바 '소지공양(燒指供養)'이다. 불교에 귀의하는 의식이자, 소신공양 가
운데 하나다. 『법화경法華經』 「약왕보살본사품藥王菩薩本事品」에 "손가락이나 발가락 하나라
도 태워서 불탑에 공양하면, 나라의 성이나 처자나 삼천대천 국토의 산이나 숲이나 강이나 연
못의 모든 진귀한 보물로 공양하는 것보다 나으리라(能燃手指乃至足一指, 供養佛塔, 勝以國城妻子
及三千大千國土山林河池諸寶物而供養者)"라며 소지(燒指)하여 불탑을 조성하는 불가의 전통을 소
개한다.

烏雀哀鳴, 人跡不到, 已極悲矣. 況新經兵火之後, 華屋成灰, 粉墻頹毀, 而
唯有階花芬葌, 庭草敷榮, 春光不改昔時之景, 而人事之變易如此, 重來憶
舊, 寧不悲哉!"

泳曰:

"然則子皆爲天上之人乎?"

金生曰:

"吾兩人素是天上仙人, 長侍玉皇香案前. 一日, 帝御太淸宮,[6] 命我摘玉
園之果, 我多取蟠桃·瓊實·金蓮子,[7] 私與雲英而見覺, 謫下塵寰, 使之備經
人間之苦. 今則玉皇已宥前愆, 俾陞三淸, 更侍香案前, 而時乘飇輪,[8] 復尋
塵世之舊遊處耳."

乃揮淚而執柳泳之手, 曰:

"海枯石爛, 此情不泯; 地老天荒, 此恨難消. 今夕與子相遇, 攄此悃愊, 非
有宿世之緣, 何可得乎? 伏願尊君, 俯拾此藁, 傳之不朽, 而勿使浪傳於浮薄
之口, 以爲戲翫之資, 幸甚幸甚!"

進士醉倚雲英之身, 吟一絶句曰:

花落宮中燕雀飛, 春光依舊主人非.

中宵月色凉如許, 碧露未沾[9]翠羽衣.

---

6) 太淸宮(태청궁): 천제가 거처하는 천상의 궁궐이다. 앞의 '태청'조 참조.
7) 金蓮子(금련자): 원래 수초(水草)인 행채(荇菜)를 뜻하나 여기서는 연꽃을 미화한 표현으로
선계의 '연밥' 정도를 의미한다. '금련'은 여인의 섬섬한 발을 미화한 표현으로도 쓰인다. 참고
로 '변도(蟠桃)'와 '경실(瓊實)'은 신선 세계의 과일을 미화한 표현이다.
8) 飇輪(표륜): '표거(飇車)'라고도 하며 바람을 몰고 간다는 신령스러운 수레다. 신선이 되어
하늘로 올라감을 상징한다. 당나라 육귀몽(陸龜蒙, ?~881)의 시 「화습미강남도중和襲美江南道
中…」에 "동부에서 은자를 부를 수 있다고 말하지 마라, 응당 표거를 타고 옥황상제를 알현하
려니(莫言洞府能招隱, 會輾飇輪見玉皇)"라는 구절이 보인다.
9) 碧露未沾(벽로미점): '연류경연(細柳輕烟)'으로 나온 이본도 있다.

雲英繼吟曰:

故宮花柳帶新春, 千載豪華入夢頻.
今夕來遊尋舊跡, 不禁珠淚自沾巾.

柳泳乘醉暫睡. 少焉, 山鳥一聲, 覺而視之, 雲烟滿地, 曙色蒼茫, 四顧無
人, 只有金生所記冊子而已. 泳悵然無聊, 袖冊而歸, 藏之篋笥, 時或開覽,
茫然自失, 寢食俱廢. 後遍遊名山, 不知所終云爾.

|원본|

최척전
崔陟傳

전란으로 맺어진 인연

崔陟, 字伯昇, 南原人也. 早喪母, 獨與其父淑, 居于府西門外萬福寺[1]之
東. 自少倜儻,[2] 喜交遊, 重然諾,[3] 不拘齷齪小節. 其父嘗戒之曰:

"汝不學無賴, 畢竟做何等人乎? 況今國家興戎, 州縣方徵武士, 汝無以射
獵爲事, 以貽老父憂. 屈首受書,[4] 從事於擧子業, 雖未得策名登第, 亦可免

---

1) 萬福寺(만복사): 전라북도 남원(南原)의 기린산(麒麟山) 아래 위치한 절로 고려 문종 때 창건
되었다. 정유재란 때 소실되어 현재는 절터만 남아 있다. 이 작품 말미에도 이러한 내용을 확
인할 수 있다. 이곳의 장육불(丈六佛)은 향후 서사 전개에 중요한 기능을 하는데, 실제로 1979
년에 이 터에서 장육불이 발굴되기도 했다. 만복사는 『금오신화』 중 「만복사저포기萬福寺樗蒲
記」의 주요 무대인데 「최척전」이 불교 색채가 다분한 작품이라는 점에서 중요한 공간이다.
2) 倜儻(척당): '척당불기(倜儻不羈)'로 많이 쓰인다. 주로 기개가 있고 뜻이 커서 예법 등에 매
이지 않는 인물을 지칭한다. 『삼국지』 위지(魏志) 「왕찬전王粲傳」에 "완적의 글재주는 화려하
고 빼어나나 척당불기하여 방탕하기까지 하다(阮籍才藻艷逸, 而倜儻放蕩)"라는 언급이 보인다.
3) 重然諾(중연락): 승낙을 어렵고 신중하게 한다는 의미로, '연락필중응(然諾必重應)'(『소학』
「가언嘉言」편)에서 나온 용어다. 심사숙고하여 허락한 일은 반드시 믿음 있게 실천한다는 의미
도 포함된 말이다. 조식(曹植, 192~232)의 「진사왕증우陳思王贈友」(『문선』 권6)에 "연릉은 보검
을 가벼이 여겼고, 계포는 중연락했지(延陵輕寶劍, 季布重然諾)"라는 구절이 보인다.
4) 屈首受書(굴수수서): 고개를 숙이고 책을 본다, 즉 공부에 전심전력한다는 의미다. 『사기』
「소진전蘇秦傳」(권69)에 "무릇 선비가 업으로 고개를 숙이고서 글을 배우고도 존귀하고 영화

負羽從軍.[5] 城南有鄭上舍[6]者, 余少時友也, 力學能文, 可以開導初學, 汝往師之!"

陟卽日挾册及門, 請業不輟. 浹數月, 詞藻日富, 沛然如決江河, 鄉人咸服其聰敏. 每講學之時, 輒有丫鬟,[7] 年可十七八, 眉眼如畫, 髮黑如漆, 隱伏于窓壁間, 潛聽焉.

一日, 上舍方食不出, 陟獨坐誦書, 忽然窓隙中, 投一小紙, 取而視之, 乃書「摽有梅」[8]末章. 陟心魂飛越, 不能定情, 思欲昏夜唐突以竊而抱, 卽而悔之, 以金台鉉之事[9]自警, 沈吟思量, 義慾交戰. 俄見上舍出來, 遽藏其詩於袖中, 卒業而退. 門外有一靑衣, 尾陟而來, 曰:

"願有所白."

陟旣見詩, 心動之, 及聞靑衣之言, 甚怪之, 頷首呼來, 引至其家, 詳問之, 對曰:

로운 자리를 가질 수 없다면 많은 책을 읽은들 또한 무슨 소용이 있겠는가?(夫士業已届首受書, 而不能以取膴榮, 雖多, 亦奚以爲?)"라는 언급이 보인다.

5) 負羽從軍(부우종군): 등에 화살을 차고 종군한다는 뜻이다. '우'는 '전(箭)'과 같은 의미다. 강엄(江淹, 444∼505)의 '별부別賦'(『문선』 권16)에 "혹여 변방 고을이 순조롭지 못해 소요가 일면 화살을 차고 종군하리(或乃邊郡未和, 負羽從軍)"라는 언급이 보인다.

6) 上舍(상사): 진사나 생원을 가리키는 말이다. '상사생(上舍生)'은 지방 향시는 통과했으나 아직 중앙의 대소과에 응시하지 않은 상태이거나 입격하지 못한 경우를 말한다.

7) 丫鬟(아환): 원래 어린 여종으로「주생전」의 '차환'과 같은 뜻이다. 하지만 여기서는 아직 결혼하지 않은, 땋은머리를 한 어린 여자를 지칭한다.

8) 「摽有梅표유매」: 『시경』의 편명이자 '매실이 떨어지다' 정도의 뜻이다. 『시경』 국풍(國風) 소남(召南)의 시로, 혼기가 찬 처녀가 짝을 구하는 내용이다. 매실은 사월에 떨어지는데 이 시기는 남녀가 만나는 철을 상징한다. 참고로 이 시편의 말장(末章)은 이렇다. "떨어지는 매실이여, 광주리를 기울여 담도다. 나를 찾은 뭇 선비 그 말함에 이르도다(摽有梅, 頃筐塈之. 求我庶士, 迨其謂之)."

9) 金台鉉之事(김태현지사): 김태현(1261∼1330)은 고려 후기 문신으로, 자는 불기(不己)다. 그는 충혜왕·충숙왕 때 판삼사사(判三司事)로 국정을 임시로 맡는 등 고려 후기 정치사에 큰 족적을 남기고 『동국문감東國文鑑』을 편찬하기도 했다. 권별(權鼈)의 『해동잡록海東雜錄』에 다음과 같은 일화가 전한다. 젊은 시절 김태현이 스승의 문하에서 글을 배울 때 그 집 청상과부인 딸이 그를 사모해 시를 지어 창틈으로 던져넣었다. 그는 이를 거절하고 그후 다시는 스승의 문하에 출입하지 않았다고 한다.

"兒是李娘子奴春生也, 娘子使兒請郎君和詩而來矣."

陟訝曰:

"爾非鄭家兒耶? 何以曰'李娘子'也?"

對曰:

"主家本在京城崇禮門外靑坡里,[10) 主父李景新[11)早歿, 寡母沈氏, 獨與處子居焉. 處子名玉英氏, 投詩者, 是也. 上年避亂, 自江華乘船來, 泊于羅州會津,[12) 及秋自會津, 轉來于此. 此家主人, 與兒主母家族, 待之甚厚, 將欲爲娘子求婚, 而未得其佳婿耳."

陟曰:

"爾娘子, 以寡母之女, 何以能解文字也? 豈因天得而然耶?"

曰:

"娘子有兄, 曰得英氏, 甚有文章, 年十九, 未娶而夭. 娘子嘗掇拾於口耳, 故尙粗記姓名耳."

陟饋酒食慰諭, 因以赫蹏[13)報曰:

朝承玉音, 實獲我心, 卽逢靑鳥, 歡喜難勝. 每憑鏡裡之影,[14) 難喚畫中

10) 靑坡里(청파리): 즉 용산구 청파동이다. 숭례문 밖과 연접한 지역으로 지금의 서울역 동북편 연화봉(蓮花峰) 부근이다. 이곳 언덕이 푸르러 청파라리 불렀다. 세종 때 문신이었던 이건(李虔, ?~1460)이 이곳 지명을 따서 자신의 호를 '청파'라고 지은 바 있다. 「운영전」에 등장하는 유영도 이곳에 집이 있어서 '청파사인(靑坡士人)'이라고 지칭했다.
11) 李景新(이경신): 실존 인물인지는 미상이다.
12) 會津(회진): 전라도 나주시 서쪽에 위치한 고을로, 영산강을 끼고 있었다. 곡창지대인 이 지역은 서해 뱃길이 내륙으로 이어진 지점이라 예로부터 남도의 물류가 집산됐다.
13) 赫蹏(혁제): 얇고 폭이 좁은 종이쪽지를 말한다. '혁'은 비단 조각을, '제'는 글씨를 뜻한다. 종이가 처음 만들어진 한(漢)나라 말기에 등장한 용어로, 『한서』(권97) 외척전(外戚傳) 「효성조황후孝成趙皇后」에 "상자를 열어보니 그 속에는 약봉지 두 개와 종이쪽지에 쓴 글이 있었다(武發篋中, 有裹藥二枚·赫蹏書)"란 언급이 보인다.
14) 鏡裡之影(경리지영): 거울 속 외로운 그림자란 뜻으로, 「운영전」 '척영'조 참조.

之眞.[15] 非不知琴心可挑,[16] 篋香可偸,[17] 而實未測蓬山幾重, 弱水幾

里,[18] 經營計較之際, 鬒已黃而項已枯矣. 不意今者, 陽臺之雨, 忽然入夢;

王母之書, 遽爾來報. 倘成秦晉之好,[19] 以結月老之繩,[20] 則庶遂三生之

願, 不渝同穴之盟.[21] 書不盡言, 言豈悉意? 某拜答.

玉英得書, 喜甚. 翌日, 又以春生報書, 曰:

妾生長輦轂之下,[22] 粗識貞靜之行, 而不幸早失嚴父, 生丁亂離, 獨奉

15) 畵中之眞(화중지진): 그림 속 진영(眞影)이란 뜻으로, 한나라 무제와 이부인(李夫人)의 고사에서 유래했다. 무제는 사랑하던 이부인이 일찍 죽자, 그녀의 초상화를 그려놓고 방사(方士) 소옹(少翁)에게 혼을 부르게 했다. 소옹이 그 혼을 부르자 환영을 본 무제는 비감에 젖어 「이부인가李夫人歌」를 지었다. 그 내용은 이러하다. "이게 진짜인가 가짜인가? 선 채 바라보나 어찌 그리 천천히 더디오단 말인가?(是邪非邪? 立而望之, 偏何姍姍其來遲?)" 한편 무제는 그녀를 그리워해 따로 「추풍사秋風辭」를 남기기도 했다.

16) 琴心可挑(금심가도): 거문고 소리로 정을 통한다는 뜻이다. 사마상여와 탁문군의 고사에서 유래한 말로, 『사기』 「사마상여전司馬相如傳」에 "이때 탁왕손의 딸 문군이 막 과부가 되었는데 노래를 잘했다. 그래서 사마상여는 그녀와 관계를 얽고는 거문고 소리로 꼬드겨 정을 통했다(是時, 卓王孫有女文君新寡, 好音, 故相如繆與令相重, 而以琴心挑之)"라는 언급이 보인다.

17) 篋香可偸(협향가투): 화장갑 속 향을 훔친다는 뜻으로, 가충의 딸이 한수를 위해 향을 훔친 고사에 해당한다. 이에 대해서는 「주생전」 '투향도옥'조 참조.

18) 蓬山幾重, 弱水幾里(봉산기중, 약수기리): '봉산'은 삼신산의 하나인 봉래산이며, '약수'는 곤륜산 밖에 있는 강이다. 약수는 티끌도 못 띄울 정도로 부력이 없는데다 험하여 건널 수 없다고 알려져 있다. 모두 선경에 있는 지역으로, 봉래산이 몇 겹인지 약수가 몇 리인지 헤아릴 수 없다는 것은 그만큼 만나기 어려움을 뜻한다.

19) 秦晉之好(진진지호): 두 가문이 혼인을 한다는 뜻이다. 춘추시대 진(秦)나라와 진(晉)나라가 대대로 혼인을 통해 돈독한 관계를 유지한 일에서 유래한다. 『삼국지연의三國志演義』 16회에 "한윤이 서주에 이르러 여포를 보고 달래기를, '저의 주공께서 장군을 앙모하여 이번에 영애를 자부로 삼아 길이 진진지호를 맺으시려 합니다'라고 했다(胤到徐州, 見布稱說, '主公仰慕將軍, 欲求令愛爲兒婦, 永結秦晉之好')"라는 언급이 보인다.

20) 月老之繩(월로지승): 월하노인의 적승자(赤繩子). 이에 대해서는 「운영전」 '월하연'조 참조.

21) 同穴之盟(동혈지맹): 같은 무덤에 묻히자는 약속으로 여기서는 부부가 백년해로하다가 함께 죽는 것을 말한다. 이 맹세는 『시경』 왕풍 「대거大車」편에 나온 "살아서는 집을 달리하나 죽어서는 묘혈을 함께하리. 나를 믿지 못하겠다면 밝은 해를 두고 맹세하리(穀則異室, 列則同穴. 謂予不信, 有如曒日)"라는 구절에서 유래했다.

22) 輦轂之下(연곡지하): 즉 서울. '연곡'은 천자나 임금의 수레로, '천자의 거둥 아래 또는 주

偏慈, 終鮮兄弟, 漂泊南土, 僑寄宗黨. 年垂及笄,[23] 尙未移天,[24] 常恐一
朝兵戈搶攘, 盜賊橫行, 則難保珠玉之沈碎, 不無强暴之所汚. 以此, 老母
傷心, 以我爲念. 然而猶所患者, 絲蘿所托, 必在喬木,[25] 百年苦樂, 實由
他人, 苟非其人, 豈可仰望而終身? 近觀郎君, 辭氣雍容, 擧止閒雅, 誠信
之色, 藹然於面目, 若求賢夫, 捨子伊誰? 與其爲庸人之妻, 寧爲夫子之
妾, 而薄命崎嶇, 恐不得當也. 昨者投詩, 非爲其誨淫之意[26]也, 只欲試郎
君之俯仰也. 妾雖無狀, 初非依市之徒,[27] 寧有鑽穴之道?[28] 必告父母, 終
成委禽之禮,[29] 則貞信自守, 敢懈擧案之敬?[30] 投詩先瀆, 已犯自媒之醜

변'이란 뜻이니 서울을 지칭한다. 앞에서 그녀의 본가가 청파리였다는 사정과 호응한다.

23) 及笄(급계): 비녀를 꽂을 때가 된 여성의 나이로, 혼인이 가능함을 의미한다. 『예기』 「내칙內
則」에 "여자가 열다섯 살이 되면 비녀를 꽂는다(女子十有五年而笄)"라고 하여 통상 열다섯 살을
말하며 이때 혼인한다고 보았다. 그러나 스무 살이 되도록 혼인을 못 해도 비녀를 꽂게 했다.
24) 移天(이천): 시집간다는 뜻이다. 이는 삼종지도(三從之道)에 따른 것으로, 시집가기 전에는
아버지를 섬기다가 시집가서는 남편을 하늘로 섬긴다는 뜻에서 유래했다. 『의례儀禮』 「상복
전喪服傳」에 "아버지는 아들에게 하늘이요, 지아비는 아내에게 하늘이다(父者, 子之天也; 夫者,
妾之天也)"라고 했다. 경우에 따라서 '이천'을 재가(再嫁)의 의미로도 쓴다. 즉 남편을 옮긴다는
의미에서 그렇다.
25) 絲蘿所托, 必在喬木(사라소탁, 필재교목): 새삼 덩굴은 반드시 교목에 의지한다는 뜻이다.
'사라'는 토사(兎絲)와 송라(松蘿)로 모두 새삼과 덩굴식물로 주로 소나무나 잣나무 같은 교목
에 붙어 자란다. 여자가 교목과 같은 신심 있는 남자를 따라 혼인함을 비유한다. 여자 집에서
혼사를 부탁하는 일을 '사라지탁(絲蘿之託)'이라고도 한다.
26) 誨淫之意(회음지의): '난잡한 짓으로 꾀려는 뜻' 정도의 의미다. '회'는 '유인하다'라는 뜻으
로 주로 여성이 교태를 부려 남자를 유혹할 때 쓰인다. 참고로 '회음'은 『주역』 「계사상繫辭上」
의 "갈무리를 소홀히 하여 도둑을 꾀고, 교태로운 얼굴로 음란함을 꾄다(慢藏誨盜, 冶容誨淫)"
에서 유래했다.
27) 依市之徒(의시지도): 저잣거리에서 매음하는 무리다. 「주생전」 '기적'조에서 언급한 '시기'
에 해당한다.
28) 鑽穴之道(찬혈지도): 「주생전」 '찬혈상규'조 참조.
29) 委禽之禮(위금지례): 혼례를 말한다. 이를 '하빙례(下聘禮)'라 하며, '금'은 혼례에서 쓰는 납
채용 나무 기러기를 뜻한다. 『춘추』 소공(昭公) 원년조에 "정나라 서오범의 누이가 아름다워
공손초가 그녀를 아내로 맞이하려 했다. 그런데 형제인 공손흑도 강제로 혼례를 하려 했다(鄭
徐吾犯之妹美, 公孫楚聘之矣, 公孫黑又使强委禽焉)"라는 예가 보인다.
30) 擧案之敬(거안지경): '거안제미(擧案齊眉)' 고사로, 한나라 때 양홍(梁鴻)의 아내 맹광(孟光)
이 가난한 남편에게 눈썹 높이까지 밥상을 들어올려 예를 다했다는 이야기에서 유래했다. 전
한(前漢) 때의 포선(鮑宣)과 환소군(桓少君) 부부도 같은 사례로 병칭되곤 한다. 『금오신화』 「이

行, 往復私書, 尤失幽閑之貞操. 今旣肝膽相照, 不須書札浪傳. 自此以後, 必以媒妁相通, 而毋令妾重貽行露之譏,[31] 千萬幸甚.

陟得書喜悅, 請於其父曰:

"聞有寡母自京城來寓鄭家者, 有一處子, 年貌俱妙, 大人試爲不肖, 求於 上舍, 必不爲疾足者之先得."

父曰:

"彼以華族, 千里浮寄, 其志必欲求富, 吾家素貧, 彼必不肯."

陟反復申告曰:

"第往言之! 其成與否, 天也."

明日, 父往問之, 鄭曰:

"吾有表妹, 自京潛亂, 窮來歸我. 其女姿行, 秀出閨閣, 我方求婿, 欲作門 楣,[32] 固知令子才俊, 不負東床[33]之望, 而所患者寒儉耳. 吾當與妹商議, 更通."

淑歸語其子, 陟惱燥數日, 苦待其報. 上舍入言于沈氏, 沈氏亦難之, 曰:

생규장전李生窺墻傳」에도 "혼례를 치른 이후 부부는 서로 사랑하며 공경하여 손님을 대접하듯 했다. 비록 양홍과 맹광, 포선과 환소군이라도 족히 그 절의를 말하기 어려울 정도였다(自同牢 之後, 夫婦愛而敬之, 相待如賓, 雖鴻光·鮑桓, 不足言其節義也)"라고 표현한 바 있다.

31) 行露之譏(행로지기): 남녀가 부정하게 만나 조롱을 받는다는 뜻으로, 이에 대해서는 「주생 전」 '행로지욕'조 참조.

32) 門楣(문미): 원래 문 위의 들보를 뜻하나 여기서는 '집안의 지주' 정도의 의미다. 심씨와 옥 영 입장에서는 집안에 남자가 아무도 없기 때문에 사위를 얻어 집안의 중심을 삼고 싶다는 의 지의 표현이다.

33) 東床(동상): 사위. 보통 '동상(東廂)'으로 표기한다. 원래 동상은 묘당(廟堂)의 동측 곁채라 는 뜻이나 정당(正堂)의 동편 측실을 말한다. 과거 사위를 삼을 때 여기에 대상자를 머물게 하 고 통과의례를 했기 때문에 '사위' 또는 '사위 삼다'는 뜻이 되었다. 유의경(劉義慶, 403~444) 의 『세설신어世說新語』 「아량雅量」편에 "치태부가 경구에 있을 때 문생을 보내 왕승상에게 편 지로 사윗감을 구한다고 하자, 왕승상은 치태부에게 답신을 보내, '당신이 동편 곁채로 와서 마음 가는 대로 고르시오'라고 하였다(郗太傅在京口, 遣門生, 與王丞相書, 求女壻. 丞相語郗信, '君 往東廂, 任意選之')"라는 언급이 보인다.

"我以盡室流離, 孤危無托, 只有一女, 欲嫁富人, 貧家子雖賢, 不願也."

是夜, 玉英乃就其母, 口欲有言, 而囁嚅不發. 母曰:

"爾有所懷, 無隱乎我也."

玉英赧然遲疑, 强而後, 言曰:

"母親爲兒擇壻, 必欲求富, 其情則慽矣. 第惟家富而壻賢, 則何幸? 而如或家雖足食, 壻甚不賢, 則難保其家業. 人之無良, 我以爲夫, 而雖有粟, 其得而食諸? 竊瞷崔生, 日日來學於阿叔, 忠厚誠信, 決非輕薄宕子, 得此爲配, 死無恨矣. 況貧者, 士之常, 不義而富, 吾甚不願, 請決嫁之. 此非處子所當自言之事, 而機關甚重, 豈嫌於處子羞澁之態? 潛黙不言, 而竟致嫁得庸奴, 壞了一生, 則已破之甑, 難以再完; 旣染之絲, 不可復素, 啜泣何及? 噬臍莫追.³⁴⁾ 況今兒身, 異於他人, 家無嚴父, 賊在隣境, 苟非忠信之人, 何以仗母子之身乎? 寧從顔氏之請嫁,³⁵⁾ 不避徐妹之自擇,³⁶⁾ 豈可隱匿深房, 但望人口, 而置之於相忘之地乎?"

其母不得已, 明日, 告諸鄭曰:

"我夜者更思之, 崔郎雖貧, 我觀其人, 自是佳士. 貧富在天, 難可力致, 與其圖婚於所不知之何人, 寧欲得此而爲壻."

鄭曰:

"阿妹欲之, 我必勸成. 崔雖寒士, 其人如玉, 求之京洛, 鮮有此輩, 若志遂

---

34) 噬臍莫追(서제막추): '서제막급(噬臍莫及)'이라고도 한다. 뒤늦게 후회해도 소용없다는 뜻이다. 사향노루는 배꼽에서 사향을 풍기는데, 이 향 때문에 오히려 사냥꾼에게 잡힌다고 한다. 붙잡힌 뒤 사향노루는 자기 배꼽을 물어뜯지만 이미 때가 늦은 뒤다.

35) 顔氏之請嫁(안씨지청가): '안씨'는 공자의 어머니인 안징재(顔徵在)다. 공자의 아버지인 숙량흘(叔梁紇)이 딸이 셋인 안씨 집안에 청혼하자, 막내딸인 안징재가 스스로를 추천하여 숙량흘과 혼인했다.

36) 徐妹之自擇(서매지자택): 서매가 남편을 직접 골랐다는 고사다. 『춘추』 소공 원년조에 의하면, 정(鄭)나라 대부 서오범(徐吾犯)의 누이 서매는 왕가(王家)인 공손초(公孫楚)와 공손흑(公孫黑)이 동시에 청혼하자, 둘 중 한 명을 택해야 했다. 그녀는 방에서 이 두 명의 차림새를 보고 공손초가 장부(丈夫)라고 판단해 그를 남편으로 선택했다. 앞의 '위금지례'조에서 언급한 바 있다.

業成, 終非池中物[37]也."

卽日送媒定約, 乃以九月之望, 將行醮禮. 陟大喜, 屈指計日而待.

居無何, 府人前參奉邊士貞,[38] 起義兵赴嶺南, 以陟有弓馬才, 遂與同行. 陟在陣中, 憂念成疾, 及其約婚之日, 呈狀乞暇, 則義將怒曰:

"此何等時, 而敢求婚娶乎? 君父蒙塵, 越在草莽, 臣子當枕戈[39]之不暇, 而況汝未及有室之年, 滅賊而圖婚, 亦未晩也."

竟不許. 玉英亦以崔生從軍不返, 虛度約日, 減食不寐, 日漸愁惱. 隣有梁姓者, 家甚殷富, 聞其玉英之賢哲, 與崔生之不來, 乘間求婚, 潛以貨賂啗諸鄭妻, 逐日董成, 鄭妻言於沈氏曰:

"崔生貧困, 朝不謀夕, 一父難養, 常貸於人, 將何以畜此家累, 以保無患? 況從軍未返, 生死難期, 而梁氏殷富, 素稱多財, 其子之賢, 不下於崔."

夫妻合辭, 交口薦之, 沈意頗惑, 約以十月涓吉, 牢不可破. 玉英夜訴其母曰:

"崔從義陣, 行止係於主將, 非故負約, 而不俟其言, 徑自破約, 不義孰甚?

---

37) 池中物(지중물): 연못 속에 숨어 있어 당장은 쓸모없는 존재로 주로 용을 가리킨다. 연못에 있던 용이 때가 되면 비와 구름을 만나 승천하듯 훌륭한 인물이 때를 만나면 큰 공명을 이룬다는 의미로 쓰인다. 『삼국지』「주유전周瑜傳」에 "유비는 용맹하고 호방하여 방자하나 관우와 장비 같은 웅걸 찬 장수를 가졌으니, 아마도 교룡이 비와 구름을 만나면 끝내 연못 속의 존재로만 남지 않을 것이오(劉備以梟雄之姿, 而有關羽·張飛熊虎之將, 恐非蛟龍得雲雨, 終非池中物也)"라는 언급이 보인다.

38) 邊士貞(변사정, 1529~1596): 남원 운봉(雲峰) 출신으로, 자는 중간(仲幹), 호는 도탄(桃灘)이다. 일재(一齋) 이항(李恒, 1499~1576)의 문인으로, 1583년 학행으로 천거되어 참봉을 지냈다. 1592년 임진왜란이 일어나자 남원에서 의거해 '적개장군(敵愾將軍)'으로 불렸으며, 이후 상주·수원 등지에서 활약했다. 1594년에는 남원수어장으로 산성 수축 등을 주관하기도 했다. 운봉 용암서원(龍巖書院)에 제향되었으며, 문집으로 『도탄집』을 남겼다.

39) 枕戈(침과): 무기를 베개 삼아서 잔다는 뜻이다. 부모의 원수를 갚기 위해 애쓰거나 적을 무찔러 나라를 구하려는 굳은 결의를 나타낸다. 이에 따라 '침과상담(枕戈嘗膽)' '침과음혈(枕戈飲血)' '침과대단(枕戈待旦)' 같은 성어가 생겼다. 『구당서舊唐書』「정전전鄭畋傳」(권178)에 "매번 창을 베고서 아침을 기다리고, 언제나 피눈물을 흘리며 먹는 것을 잊곤 하였다(每枕戈而待旦, 常泣血而忘餐)"라는 언급이 보인다.

若奪兒志, 之死靡他, 母也天只, 不諒人只."[40]

母曰:

"汝何執迷如此? 當從家長之處分爾, 兒女何知?"

就寢而睡, 夜深夢間, 忽聞喘息汨汨之聲, 覺而撫其女, 不在焉. 驚起索之, 則玉英乃於窓壁下, 以手巾結項而伏, 手足皆冷, 喉嚨間汨汨之聲, 漸微且絶. 驚呼解結, 蹴春生點火而來, 抱持痛哭, 以勺水入口, 少頃而甦, 主家亦驚動來救. 自後, 絶不言梁家之事.

崔淑以書抵其子, 具道所以, 陟方患病篤, 聞此驚惑, 轉成危革. 義將聞之, 卽令出送, 還家數日, 沈痾忽痊. 遂以仲冬初吉, 合졸[41]于鄭上舍之家, 兩美相合, 其喜可知也. 陟載妻與沈氏, 歸于其家, 入門而僕隸懽悅, 上堂而親戚稱賀, 慶溢一家, 譽洽四隣. 攝衽抱機, 躬就井臼, 養舅事夫, 誠孝甚至, 奉上御下, 情禮俱稱. 遠近聞之, 皆以爲梁鴻之妻, 鮑宣之婦,[42] 殆不能過也. 陟聚婦之後, 所求如意, 家業稍足, 而常患繼嗣之尙遲, 每以月朔, 夫妻往禱於萬福寺. 明年甲午[43]元日, 又往禱之, 其夜, 丈六金身,[44] 見於玉英之夢,

---

40) 之死靡他, 母也天只, 不諒人只(지사미타, 모야천지, 불량인지):『시경』용풍「백주柏舟」편의 수장(首章) 부분이다. 이 시는 춘추시대 위나라 세자인 공백(共伯)의 아내였던 공강(共姜)의 노래로 알려져 있다. 공백이 일찍 죽어 공강의 부모가 그녀를 개가시키려 하자, 이 노래를 불러 다른 데로 시집가지 않겠다고 맹세했다. 참고로 이 수장의 전문은 다음과 같다. "둥둥 떠 있는 잣나무 배여, 저 황하 가운데 있구나. 너풀거리는 저 더벅머리 한 분이 실로 나의 짝이라네. 죽을지언정 다른 데 가지 않을 터, 어머니는 하늘과 같은데 이처럼 사람 마음 몰라주다니(汎彼柏舟, 在彼中河, 髧彼兩髦, 實維我儀. 之死靡他, 母也天只, 不諒人只)."
41) 合졸(합근): 혼례 때 신랑 신부가 표주박 술잔을 나누어 마시는 예식인 합근례로 '합표(合瓢)'라고도 한다. 『예기』「혼의昏儀」에 "함께 희생을 먹고, 술잔을 같이하여 조금씩 마신다(共牢而食, 合졸而酳)"라는 언급이 보인다.
42) 梁鴻之妻, 鮑宣之婦(양홍지처, 포선지부): 즉 양홍의 처 맹광과 포선의 아내 환소군. 이에 대해서는 앞의 '거안지경'조 참조.
43) 明年甲午(명년갑오): 즉 1594년.
44) 丈六金身(장육금신): 장육불. 길이가 한 장 육 척이 되는 불상으로 만복사 내 장육전(丈六殿)에 모셔져 있었다고 한다. 이 석불은 1979년 만복사 발굴 작업에서 실제 발굴되었다. 불상은 크기에 따라 장육상·반장육상·등신상(等身像)·결수반불상(傑手半佛像)·대불(大佛) 등으로 나뉘는데, 일반적으로 부처의 상은 장육상으로 만든다. 장육상의 영험으로 유명한 예는 신라

曰:

"我萬福寺之佛也. 嘉爾誠敬, 錫以奇男子, 生必有異相."

及期而果生男子, 背上有赤痣, 如小兒掌, 遂名之, 曰'夢釋'.

陟素善吹簫, 每月夕花朝, 相對而吹. 時當暮春, 清夜將半, 微風乍動, 素月揚輝, 飛花撲衣, 暗香侵鼻. 開缸漉酒, 引滿而飲, 據案三弄,[45] 餘音嫋嫋.

玉英沈吟良久, 曰:

"妾素惡婦人之吟詩者, 而到此情境, 不能自已."

遂詠一絶曰:

王子[46]吹簫月欲低, 碧天如海露凄凄.

會須共御靑鸞[47]去, 蓬島煙霞路不迷.

陟初不知其詞藻之如此, 聞詩大驚, 一唱三歎,[48] 卽以一絶和之, 曰:

황룡사 장육존상으로, 눈물을 흘려 대왕의 죽음을 예견한 바 있다(『삼국유사』 「합상塔像」편 「황룡사장육黃龍寺丈六」). 여기 장육불도 옥영의 꿈속에 자주 현시되어 최척 일가의 생환을 돕는 역할을 한다.

45) 三弄(삼롱): 피리 또는 퉁소의 별칭이다. 『세설신어』에 의하면, 환자야(桓子野)가 피리를 잘 불었는데, 왕자유(王子猷)가 그를 길에서 만나 불어주기를 부탁하자 수레에서 내려와 호상(胡床)에 걸터앉아 삼롱을 불었다고 한다. 이후 상등(上等)의 피리를 지칭하게 되었다.

46) 王子(왕자): 즉 왕자교로 「운영전」 '왕자진'조 참조.

47) 靑鸞(청란): 전설 속 신조로 봉래산에 깃들어 있다고 전해진다. 왕가의 『습유기』에 봉래산을 묘사하면서 "떠다니는 조릿대가 있는데 잎은 푸르고 줄기는 자색이다. 죽실은 크기가 구슬만한데 그 위로 청란이 모여들었다(有浮筠之簳, 葉靑莖紫, 子大如珠, 有靑鸞集其上)"라고 했다. '적영'의 고사에도 이 청란이 나온다.

48) 一唱三歎(일창삼탄): 한 번 읊자 세 번을 찬탄한다는 말로, 시문이 뛰어나 그 정감이 극대화된 상황을 뜻한다. 원래 종묘제례악에서 한 사람이 창가(唱歌)하면 세 사람이 감탄하며 크게 칭찬하면서 이에 화답하는 데서 유래했다. 『회남자淮南子』「태족훈泰族訓」에 "붉은 현의 소리가 가볍게 흩어지니 한 번 부르매 세 번 탄미하네. 들을 만하나 상쾌할 수는 없구나(朱絃漏越, 一唱而三歎, 可聽而不可快也)"라는 언급이 보인다.

瑤臺縹緲曉雲紅, 吹徹鸞簫[49]曲未終.

餘響滿空山月落, 一庭花影動香風.

吟罷, 玉英歡意未央, 興盡悲來, 涕泣悄然, 而謂曰:

"人間多故, 好事有魔, 百年之內, 離合難常, 以此忽忽[50]不能無感."

陟引袖拭涕, 慰解而言曰:

"屈伸盈虛, 天道之常理; 吉凶悔吝, 人事之當然. 設或不幸, 當付諸數, 豈可居易, 浪自爲悲? '無憂而戚',[51] 古人所戒; '言吉不言凶',[52] 諺亦有之. 不須憂惱, 以阻歡意."

自此, 情愛尤篤, 夫婦自謂知音,[53] 未嘗一日相離也.

49) 鸞簫(난소): 즉 퉁소다. 앞에 나온 퉁소를 잘 불었던 왕자교가 뒤에 난새를 타고 승천했기 때문에 이렇게 표현했다.

50) 忽忽(홀홀): 일반적으로는 순식간 정도의 뜻으로, 시간의 흐름이 매우 빠름을 형용한 표현이다. 다만 여기서는 실의한 모양을 나타낸다. '홀홀불락(忽忽不樂)'이라고 하여 슬퍼서 즐겁지 않다는 의미로 많이 쓰인다. 『사기』「한장유전韓長孺傳」(권108)에 "이리하여 더욱 동쪽으로 옮겨가 주둔하게 되니, 마음이 답답하고 즐겁지 않다가 몇 달 후 병이 들어 피를 토하고 죽었다(乃益東徙屯, 意忽忽不樂數月, 病歐血死)"라는 언급이 보인다.

51) 無憂而戚(무우이척): 근심거리가 없는데도 슬퍼한다는 뜻이다. 이 사례는 조식의 「상론相論」(『조자건집曹子建集』권10)의 "옛말에 '근심거리가 없는데도 슬퍼하면 우환이 반드시 이르고, 좋은 일이 없는데도 기뻐하면 즐거움이 반드시 따른다'라고 했다(語云, '無憂而戚, 憂必及之; 無慶而歡, 樂必隨之')"라는 언급에서 처음 보이며, 이후 문헌에 자주 인용되었다.

52) 言吉不言凶(언길불언흉): 『주역』과 『예기』 등에 나오는 "길사와 흉사는 말하지 않는다(不言吉凶)"라는 언급을 차용한 것이다.

53) 知音(지음): 즉 지기(知己). 원래 음률에 정통한 것을 말하는데, 춘추시대 백아와 종자기의 고사로 잘 알려져 있다. 이후 자신을 잘 알아주는 진정한 벗이나 그 관계를 의미하는 말로 쓰인다.

부부가 다시 이별하다

至丁酉[1]八月, 賊陷南原, 人皆逃竄, 陟之一家, 亦避于智異山燕谷.[2]
陟令玉英着男服, 雜錯於廣衆之中, 見之者, 皆不知其爲女子也. 入山累日,
糧盡將饑, 陟與丁壯數三, 出山求食, 且覘賊勢. 行到求禮, 猝遇賊兵, 潛身
於巖藪而避之. 是日, 賊入燕谷, 彌山遍谷, 搶掠無遺, 而陟路梗, 不得進退.
過三日賊退後, 還入燕谷, 則但見積屍遍橫, 流血成川, 林莽間, 隱隱有號咷
之聲. 陟就訪之, 老弱數輩, 瘡痍遍身, 見陟而哭曰:

"賊兵入山三日, 奪掠財貨, 芟刈人民, 盡驅子女, 昨已退屯蟾江.[3] 欲求

---

1) 丁酉(정유): 1597년으로 정유재란이 발발한 해다. 이해 일월 일본은 14만여 명의 병력을 동
원해 조선을 재차 침략했는데, 이때 남부 지방의 피해가 막심했다. 인명과 문화재를 약탈한 전
쟁으로도 잘 알려져 있다.
2) 燕谷(연곡): 지리산 한 골짜기로, 행정구역상으로는 전남 구례군 토지면에 속한다. 그 안쪽
이 '피아골'이며, 그 정상이 노고단이다. 여기에 연곡사(燕谷寺)가 있다.
3) 蟾江(섬강): 즉 섬진강. 지금 포로들은 연곡에서 붙잡혀 섬진강을 따라 내려오는 상황이다.
특히 섬진강을 묘사한 걸 보면, 포로들이 적선(賊船)에 오르거나 피살당하는 곳은 하동 방면으
로, 박경리의 『토지』 속 주무대인 평사리 근방으로 보인다. 섬진강은 이곳부터 모래사장이 펼
쳐지기 때문이다.

一家, 問諸水濱."

陟號天痛哭, 擗地嘔血, 卽走蟾江. 行未數里許, 見於亂屍中, 呻吟斷續, 若存若無, 而流血被面, 不知其爲何人也. 察其衣裳, 甚似春生之所着, 大聲呼之曰:

"爾無是春生乎?"

春生張目視之, 喉中作語曰:

"郎君! 郎君! 主家皆爲賊兵所掠而去, 吾負阿釋, 不能趨走, 賊引兵斫殺而去. 吾僵地卽死, 半日而甦, 不知背上之兒生死去留."

言訖而氣盡, 不復生矣. 陟搥胸頓足, 悶絶而仆. 旣已復生, 無可奈何, 起向蟾江, 則岸上有創殘老弱數十, 相聚而哭. 往問之, 則曰:

"俺等隱於山中, 爲賊所驅, 及船, 賊抽丁壯同載, 推下癯鋒老羸者如此."

陟大慟, 無意獨全, 將欲自裁, 被傍人救止, 踽踽[4]江頭而去, 無所之. 還尋歸路, 三晝夜, 僅達其家, 頹垣破瓦, 餘燼未息, 積骸成丘, 無地着足. 遂憩于金橋[5]之側, 不食累日, 奔走力盡, 昏倒不起. 忽有唐將, 率十餘騎, 自城中出來, 洗馬於金橋之下. 陟在義陣時, 與天兵應接酬酢之久, 稍解華語. 因道其全家之見敗, 且訴一身之無托, 欲與同入天朝, 以爲長往之計. 唐將聞而惻然, 且憐其志, 曰:

---

4) 踽踽(우우): 고독하게 홀로 가는 모양이다. 따로 느릿느릿 걷는 모양을 뜻하기도 한다. 『맹자』「진심盡心」하편에 "옛사람이여 옛사람이여! 가는 데 있어서 어찌 그리 홀로 주저주저하며 처량한지?(古之人古之人, 行何爲踽踽涼涼)"라는 내용이 보인다.

5) 金橋(금교): 남원 서남쪽에 있던 금석교(金石橋)로 곡성·순창 방면으로 나가는 통로였으나 현재는 철교가 놓여 있다. 『신증동국여지승람』「남원도호부南原都護府」조에 '부(府)의 서남쪽 4리에 있다'고 하고, 강희맹(姜希孟, 1424~1483)의 「호남형승십일절湖南形勝十一絶」 가운데 금석교를 읊은 부분을 인용했다. 해당 시 내용은 이러하다. "세찬 물 흐르는 강 양쪽 언덕에 긴 다리가 걸려 있고, 어둑한 수면에선 그림자가 흔들리네. 천 자나 되는 무지개는 가운데가 넓기도 한데, 느릿느릿 돌아가는 길은 얼마나 먼지 모르겠네(奔川兩岸駕長橋, 波面沉沉影動搖. 千尺玉虹腰正闊, 細尋歸路不知遙)."

"吾是吳摠兵[6]之千摠[7]余有文也. 家在浙江姚興府,[8] 雖貧, 足以自食. 人生貴相知心, 遊息適意, 無論遠近, 爾旣無家累之戀, 何必塊守一方, 蹴蹴[9]靡所騁乎?"

遂以一馬, 載歸于陣. 陟容貌俊爽, 計慮深遠, 便於弓馬, 贍於文字, 余公愛之, 共牢而食, 同衾而寢. 未幾, 摠兵撤歸, 以陟隷戰亡軍簿, 而過關至姚興, 居焉.

初陟家被擄至江, 賊以陟之父與姑老病, 不甚看護, 二人伺賊怠, 潛逸于蘆中, 賊去, 行乞村閭, 轉入燕谷寺.[10] 聞僧房有孫兒啼哭之聲, 沈氏泣謂崔淑曰:

"是何兒之聲, 一似吾兒也?"

淑遽推戶視之, 果夢釋也. 遂取置懷中, 撫哭移時, 因問:

"此兒何處得來?"

僧有慧正者, 進曰:

---

6) 吳摠兵(오총병): 총병 오유충(吳惟忠)이다. '총병'은 군대가 출정할 때 군무(軍務)를 총괄한 명나라 고위 무관직이다. 정유재란 때 오유충은 총병 양원(楊元, ?~1598)과 함께 원군을 이끌고 조선에 와서 활약했다.

7) 千摠(천총): 명나라 때 하급 무관이다. 원래 명나라 초에는 경군(京軍)의 군영을 관장하는 고위직이라 주로 공신들이 도맡았으나, 점차 직위가 낮아져 명말청초 시기에는 수비대의 하급 관리로 전락했다.

8) 姚興府(요흥부): 절강성 여요현(餘姚縣)이다. 태평산(太平山)에서 발원한 요강(姚江)을 낀 지역이다. 참고로 양명학의 개조(開祖) 왕수인(王守仁, 1472~1528)이 이곳 출신이었다. 때문에 양명학파를 요강학파라고 부른다.

9) 蹴蹴(축축): '축연(蹴然)' '축축연' 등으로 쓴다. 마음이 불안한 모양이다. 『장자』 「천운天運」 편에 "자공이 마음을 다잡지 못하고 불안해하며 서 있었다(子貢蹴蹴然立不安)"라는 표현이 보인다.

10) 燕谷寺(연곡사): '연곡사(鷰谷寺)'라고도 한다. 전남 구례군 토지면 내동리 지리산 자락에 위치한 사찰로, 545년 창건되었다. 화엄사의 말사로 나말여초에는 선도량(禪道場)으로 유명했다. 이 절은 전란으로 부침을 거듭했다. 「최척전」의 배경대로 정유재란 때 소실되었는가 하면, 1910년대 의병활동이 벌어지고 한국전쟁 때 피아골 전투로 인해 또다시 폐허가 되었다. 현재는 일부가 복원되어 지금에 이른다. 대웅전 뒤편 산자락에는 국보와 보물인 부도탑 세 기가 자리한다.

"吾於路傍屍中, 聞啼聲, 愍然收來, 以待其父母, 今果是也, 豈非天耶!"

淑旣得孫兒, 與沈氏遞負而歸, 收集奴僕, 經紀家事.

時玉英, 則見執於倭奴[11]頓于, 頓于老倭卒, 不殺生, 慈悲念佛. 以商販爲業, 習御舟楫, 倭將行長,[12] 以爲船主而來. 頓于愛玉英機警, 惟恐見逋, 給以善衣美食, 慰安其心. 玉英欲投水溺死, 再三出船, 輒爲所覺而止. 一夕, 丈六金佛夢玉英, 而告曰:

"我萬福寺佛也. 愼無死, 後必有喜."

玉英覺而診其夢, 不能無萬一之冀, 遂强食不死. 頓于家在狼姑射,[13] 妻老女幼, 無他子男, 使玉英居家, 不得出入. 玉英謬曰:

"我本孱少男子, 弱骨多病, 在本國, 不能服役丁壯之事, 只以裁縫炊飯爲業, 餘事固不能也."

頓于尤憐之, 名之曰'沙于', 每乘船行販, 以火長[14]置舟中, 往來于閩·浙[15]

11) 倭奴(왜노): 왜구의 다른 표현이자 일본 자체를 의미하기도 한다. 『신당서新唐書』 「동이전東夷傳」에서 "일본은 옛 왜노이다(日本, 古倭奴也)"라고 했다.

12) 行長(행장): 즉 고시니 유키나가(小西行長). 임진왜란과 정유재란 때 가토 기요마사(加藤淸正)와 함께 왜군의 선봉장으로 평양까지 진격했다. 왜란이 실패해 일본으로 돌아갔으나 히데요시의 몰락으로 그도 처형당했다.

13) 狼姑射(낭고야): '나고야'의 음차다. 일반적으로 나고야 하면 아이치현의 '명고옥(名古屋)'을 말하지만, 여기서는 규슈 지방의 사가현에 위치한 '명호옥(名護屋)'으로 판단된다. 이곳을 흔히 명고옥과 구분해 '히젠(肥前) 나고야'라고 부른다. 이곳이 과거 소국(小國)시대에 비전국(肥前國)에 속했기 때문이다. 특히 임진왜란 때 고시니 유키나가가 왜병 20만을 집결시켜 주둔했다가 조선으로 출병한 지역으로 유명하다. 지금 이곳의 나고야성은 버려진 채 남아 있으며, 바로 인근에 나고야역사박물관이 들어서 있다. 한편 이 일대는 대륙인이 일본에 도래하는 관문이자 이후 조선을 비롯해 중국과 베트남 등 동아시아와 무역을 할 때의 전초기지로 '가라쓰(唐津)'란 지명이 이를 말해준다. 아울러 서쪽의 히라도(平戶)는 포르투갈, 네덜란드 등 초기 대서(對西) 무역지이기도 했다. 강항(姜沆, 1567~1618)의 『간양록看羊錄』에도 이곳이 수로사행(水路使行)의 첫 도착 지점이라고 했다.

14) 火長(화장): 항해장(航海長)에 해당한다. 선상에서 항로를 주관하는 인원으로 '선사(船師)'라고도 부른다. 송나라 오자목(吳自牧)의 『몽량록夢粱錄』 「강해선함江海船艦」조에 "비바람이 불거나 어둑할 때면 오직 나침반에 의지하여 배가 움직이는데 이것을 화장이 맡았다. 결코 한 치라도 차이가 생겨서는 안 되니, 한 배 사람들의 목숨이 달려 있기 때문이다(風雨晦冥時, 惟憑

之間.

是時, 陟在姚興, 與余公結爲兄弟, 欲以其妹妻之, 陟固辭曰:

“我以全家陷賊, 老父弱妻, 至今未知生死, 終不得發喪服衰, 豈敢晏然婚娶以爲自逸之計乎?”

余公義而止之. 其冬, 余公病死, 陟尤無所歸, 落拓江·淮,[16] 周遊名勝, 窺龍門,[17] 深禹穴,[18] 窮沅·湘,[19] 航洞庭,[20] 上岳陽,[21] 登姑蘇,[22] 嘯咏於湖山

針盤而行, 乃火長掌之, 毫釐不敢差誤, 蓋一舟人命所繫也)”라는 언급이 보인다. 최근에는 이 화장을 항해사가 아니라 선상의 식사를 주관하는 직책으로 보는 주장도 있는데, 후반부 옥영의 발화("出沒於鯨波駿浪之中, 占星候潮, 涉歷已慣. 風濤險易, 我自當之; 舟楫安危, 我自御之)로 보아 그 가능성은 희박하다.

15) 閩·浙(민절): 중국 복건성과 절강성 지역이다. '민'은 월족(越族)에서 갈라져나온 소수민족으로, 복건성 일대에 흩어져 살았기 때문에 이곳을 '민 땅'이라고 불렀다. '절강'은 현재 전당강(錢塘江)으로 이를 기준으로 하여 성명(省名)이 나왔다.

16) 江·淮(강회): 양자강과 회수(淮水)다. '회수'는 하남성에서 발원해 양자강으로 흘러드는 강이다. 일반적으로 '강회'라 함은 이 두 강 유역을 범칭하는바, 구체적으로는 강소성과 안휘성을 말한다.

17) 龍門(용문): 섬서성 한성현(韓城縣)에 속한 황하 상류 지역으로, 현재의 한성시(韓城市)다. 폭포와 협곡으로 이루어져 군사적 요충지였다. 수말(隋末)의 이연(李淵), 명말의 이자성(李自成, 1606~1645) 등이 이곳을 통해 황하를 건너 중원을 차지했다. 입신출세를 의미하는 '등용문'은 물고기가 이 협곡을 오르는 모습을 비유해 생겨난 고사다. 따로 이 지역 중 산서성 하진현(河津縣) 서북쪽과 섬서성 한성현 동북쪽에 걸쳐 있는 유역을 '우문(禹門)'이라 하는데, 우(禹)임금이 이곳을 뚫어 치수(治水)를 했다고 전해진다. 다음의 '우혈'과 연관된 지명이다.

18) 禹穴(우혈): 절강성 소흥현(紹興縣) 회계산의 한 봉우리인 완위산(宛委山)에 있는 우임금이 팠다는 혈이다. '우정(禹井)'이라고도 한다. 『사기』 「태사공자서太史公自序」에 “스무 살에 남쪽으로 강회 지역을 유람하고 회계산에 올라 우혈을 탐승하였다(二十而南遊江淮, 上會稽, 探禹穴)”라는 언급이 보인다. 현재 이곳에는 우임금이 죽은 곳이라 하여 '대우릉(大禹陵)'이 조성돼 있다.

19) 沅·湘(원·상): 원수(沅水)와 상수(湘水)다. 모두 동정호로 흘러들어간다. '원수'는 귀주성에서 발원해 동정호로 유입되는 물길이며, 상수는 '상강(湘江)'이라고 하며 광서성에서 발원해 역시 동정호로 합류한다.

20) 洞庭(동정): 즉 동정호. 호남성 북동부에 위치한 중국 최대 호수다. 원수와 상수, 그리고 자수(資水) 등 세 물길이 유입되어 형성된 호수로, 장강(長江)과도 연결된다. 동쪽으로 악양현(岳陽縣), 북쪽으로 화용현(華容縣), 서남쪽으로 한수현(漢壽縣)을 경계로 한다. 또 주변에는 청초호(青草湖)·적사호(赤沙湖)·안남호(安南湖) 등 작은 호수를 끼고 있다. 호수 안에도 군산(君山) 등 크고 작은 산이 많은데다 풍광이 뛰어나 중국 남방 지역 랜드마크로 꼽힌다. 이 호수와 관련된 고사와 시문이 매우 많다.

21) 岳陽(악양): 즉 악양루다. 호남성 악양현 동정호 동편에 자리한 누각으로, 무한(武漢)의 황학루(黃鶴樓), 남창(南昌)의 등왕각(滕王閣)과 함께 중국 강남(江南)의 3대 누각이다. 716년경에

之上, 婆娑於雲水之間, 有飄飄遺世之志. 聞海蟾道士王用,[23] 隱居靑城山,[24] 燒金煉丹, 有白日飛昇之術,[25] 將欲入蜀而學焉. 適有宋佑[26]者, 號鶴川, 家在杭州湧金門[27]內, 博通經史, 不屑功名, 以著書爲業, 喜施與, 有義氣, 與陟許以知己. 聞其入蜀, 載酒而來, 飮至半酣, 字陟而謂曰:

"伯昇! 人生斯世, 孰不欲長生而久視, 古今天下, 寧有是理? 餘生幾何, 而何乃服食忍飢, 自苦如此, 而與山鬼爲隣乎? 子須從我而歸, 浮扁舟, 適吳·越, 販繒賣茶, 以娛餘年, 不亦達人之事乎?"

陟洒然而悟, 遂與同歸.

중서령(中書令) 장설(張說)이 이 지역 장관으로 부임해 여러 재사들과 이 누각에 올라 시부를 짓고 완상해 유명해졌다. 이곳에서 동정호를 바라보는 풍광이 일품으로 알려져 있다. 두보의 「등악양루登岳陽樓」와 범중엄(范仲淹, 989~1052)의 「악양루기岳陽樓記」가 유명하다.

22) 姑蘇(고소): 즉 고소대다. 강소성 소주(蘇州) 고소산(姑蘇山)에 있는 누대다. 전하는 바에 의하면 춘추시대 오왕 부차가 월(越)나라를 무너뜨리고 미인 서시를 얻었던 곳에 이 누대를 쌓았다고 한다. '고서대(姑胥臺)'라고도 한다.

23) 海蟾道士王用(해섬도사왕용): 명대에 실존한 도사로 판단되나 미상이다.

24) 靑城山(청성산): 사천성 관현(灌縣) 서남쪽에 있는 산으로, 위진시대 도교 발상지 중 하나다. 후한대의 장도릉(張道陵)과 당대의 손사막(遜思邈, 581~682) 같은 유명한 도사가 이 산에 은거했다. 중국 도교의 남상은 이 청성산을 근거지로 한 북방 지역과 남방 지역으로 대별되는데, 강소성 구용현(句容縣)에 있는 구곡산(句曲山)은 이 남방 도교의 성산이다. 갈홍(葛洪, 283~343?)과 함께 남방 도교의 조사(祖師)로 불리는 도홍경(陶弘景, 456~536)이 이 구곡산에 은거하며 '산중재상(山中宰相)'으로 일컬어진 바 있다.

25) 白日飛昇之術(백일비승지술): 신선이 시해(尸解)해 하늘로 올라가는 법술로, 장생불사의 의미다. 통상 '백일승천'이라 한다. 『한서』 「석로지釋老志」에 "행실을 닦고 공을 세워 덕이 쌓이고 선이 커지면, 대낮에도 하늘에 오를 수 있고 세상에서 오래도록 살게 된다(積行樹功, 累德增善, 乃至白日昇天, 長生世上)"라는 언급이 보인다.

26) 宋佑(송우): '주우(朱祐)'로 나온 이본도 있다.

27) 杭州湧金門(항주용금문): 「주생전」 '용금문'조 참조.

최척과 옥영이 이국에서 해후하다

歲庚子[1]春, 陟隨佑, 與同里商船, 往賈於安南.[2] 時有日本船十餘艘, 亦泊于浦口,[3] 留十餘日. 因值四月旁死魄,[4] 天無寸雲, 水光如練, 風息波

---

1) 庚子(경자): 즉 1600년.

2) 安南(안남): 월남(越南), 즉 베트남이다. 대개 과거 베트남은 북쪽 교지국(交趾國)과 남쪽 안남국으로 나뉘었는데, 이는 현 북베트남 지역에 해당한다. 16세기 이후 지금의 중부 지방 및 남부 지방에 걸쳐 있던 참파국을 복속시켜 현재의 베트남이 되었다. 참고로 이때는 여조(黎朝)에서 막씨(莫氏) 정권으로 바뀐 상황이었으며, 베트남의 정사 『대월사기전서大越史記全書』를 편찬하는 등 독립국가 시대를 맞고 있었다. 최척과 옥영의 안남행은 이 시기 포로로 잡혀가 일본 상선을 타고 안남에 갔다가 생환한 조완벽의 체험과 흡사하다. 이수광(李睟光, 1563~1628)의 「조완벽전趙完璧傳」(『지봉집芝峰集』 권23)을 보면 안남까지의 해로(海路)와 이곳 풍속 등이 소개되어 있다.

3) 浦口(포구): 베트남 중부에 위치한 무역의 중심지였던 호이안(會安)의 항구로 비정된다. 호이안은 현재 베트남 중부 지방의 대표적 휴양지이나 과거에는 무역의 중심지로 중국과 일본의 상선이 주로 이곳에 닿았다. 16세기에 형성된 중국촌과 일본촌이 다리 하나를 사이에 두고 형성되어 있었다. 이 다리는 지금도 남아 있다.

4) 旁死魄(방사백): 음력 초이틀에 해당한다. '백'은 초사흘에 처음으로 나타나는 달을 뜻하며, 이 달이 아직 나오지 않은 초하루를 '사백'이라 한다. 방사백은 이 사백의 다음날인 초이틀이다. 반대로 '생백(生魄)'은 달에 검은 부분이 처음 생기는, 즉 하현이 시작되는 음력 16일을 뜻한다. 일설에는 달빛이 그믐에 가까워져 대부분의 빛이 가려진 것을 '사백'이라 하여 25일에서

恬, 聲沈影絶. 舟人牢睡, 渚禽時鳴, 但聞日本船中念佛之聲, 聲甚棲惋. 陟獨倚篷窗,5) 感念身世, 卽出裝中洞簫, 吹界面調6)一曲, 以舒胸中哀怨之氣. 時海天慘色, 雲烟變態, 舟人驚起, 莫不愀然. 日本船念佛之聲, 聞然而止. 少選, 以朝鮮音詠七言絶句, 曰:

      王子吹簫月欲低, 碧天如海露凄凄.

      會須共御靑鸞去, 蓬島烟霞路不迷.

    吟罷, 有噓唏唧唧之聲. 陟聞詩驚動, 悄怳如失, 不覺擲簫於地, 嗒然如死人形. 鶴川曰:

    "何爲其然耶? 何爲其然耶?"

    再問再不答, 三問之, 陟欲語而哽塞, 淚簌簌下. 移時定氣而後, 言曰:

    "此詩乃吾荊布7)所自製也, 平日絶無他人聞知者. 且其聲音, 酷似吾妻, 豈其來在彼船耶? 此必無之事也."

    因述其陷賊事甚悉, 一舟之人, 咸驚怪之. 座有杜洪者, 年少勇敢士也, 聞陟之言, 義形於色, 以手擊楫, 奮然而起, 曰:

    "吾欲往探之."

그믐까지의 기간을 지칭하기도 한다.

5) 篷窓(봉창): 햇빛이나 비바람을 가리기 위해 설치한 덮개인 뜸을 내려뜨린 배의 창문이다. '선창(船窓)'이라고도 한다.

6) 界面調(계면조): 음조의 하나다. 평조와 대립하는 악조로, 매우 감상적이고 슬픈 곡조여서 '애원처창(哀怨悽悵)' '오열처창(嗚咽悽悵)'이라는 감상이 붙는다. 『악학궤범(樂學軌範)』「악조총의(樂調總義)」에 의하면, "악조(樂調)에는 궁(宮)·상(商)·각(角)·치(徵)·우(羽)의 5조가 있고, 악시조(樂時調)·우조(羽調)·평조(平調)·계면조(界面調)·하림(河臨)·최자(嗺子)·탁목(啄木) 등의 7조가 따로 있다"고 한다.

7) 荊布(형포): '형차포군(荊釵布裙)'의 줄임말로, 가시나무 비녀에 거친 베치마, 즉 여인의 가난하거나 검소한 옷차림을 말한다. 앞에서 나온 양홍의 처 맹광의 차림새에서 나온 말이다. 이를 『열녀전(列女傳)』에서는 "양홍은 맹광의 아내로 가시나무 비녀에 베치마 차림이네(梁鴻妻孟光, 荊釵布裙)"라고 했다. 따로 '형처(荊妻)'라 하여 자신의 아내를 지칭할 때 겸칭하기도 한다.

鶴川止之曰:

"深夜作亂, 恐致生變, 不如朝日從容處之."

左右皆曰:

"然!"

陟坐而待朝. 俄而, 東方乍明矣, 卽下岸, 至日本船, 陟以鮮語問之曰:

"夜間詠詩者, 必是朝鮮人也. 吾亦鮮人, 倘一得見, 則奚啻越之流人[8]見人之相似者而有喜者也?"

玉英夜於船中, 聞其簫聲, 乃是朝鮮之曲, 而一似疇昔慣聆之調, 竊疑其夫或來于其船, 試詠其詩而探之. 及聞此言, 惶忙失措, 顚倒下船, 二人相見, 驚呼抱持, 宛轉沙中, 聲絶氣塞, 口不能言, 淚盡繼血, 目無所視. 兩國船人, 聚觀如堵, 初不知其親戚歟交遊歟, 久之然後, 聞知其爲夫婦也. 人人咋咋, 相顧而言曰:

"異哉, 異哉! 此其天祐神助, 古未嘗有也."

陟問父母消息於玉英, 玉英曰:

"自山驅至江上, 父母姑無恙, 日暮上船, 蒼黃相失."

二人相對痛哭, 聞者莫不酸鼻. 鶴川請於頓于, 欲以白金三錠買歸, 頓于怫然曰:

"我得此人, 四年于玆, 愛其端愨, 視同己出, 寢食未嘗少離, 而終不知其是婦人也. 今而目覩此事, 天地鬼神, 猶且感動, 我雖頑蠢, 異於木石, 何忍貨此而爲食乎?"

便於囊中出十兩銀, 贐之, 曰:

"同居四載, 一朝而別, 悵惘之懷, 雖切於中, 而重逢配耦於萬死之餘, 此人世所無之事, 我若隘之, 天必殛之. 好去沙于! 珍重珍重!"

---

8) 越之流人(월지유인): 월 땅을 떠도는 사람 또는 떠도는 월 땅의 사람 정도의 의미다. 지금 이곳이 월남이거니와, 예로부터 '월조(越鳥)'라 하여 고국을 떠나 고향을 그리워하는 심상을 표상했다. 뒤의 '월조소남, 호마의북(越鳥巢南, 胡馬依北)'조에 자세하다.

玉英執手謝曰:

"賴主翁保獲, 得不死, 卒遇良人, 受惠多矣. 矧此嘉貺, 何以報塞?"

陟亦再三稱謝, 携玉英歸寓其船. 隣船之來觀者, 連日不絶, 或以金銀綵繒相遺, 以爲賀餞, 陟皆受而謝之. 鶴川還家, 別掃一室, 館陟夫妻, 使之安頓.

陟旣得妻, 庶有安樂之心, 而遠托異國, 四顧無親, 係念老父, 傷心稚子, 日夜疢懷, 黙禱生還而已. 居一歲, 又生一子, 産兒之前夕, 丈六佛又見于夢, 曰:

"兒生, 亦有背痣."

夫妻咸以爲夢釋再來, 遂名之, 曰'夢仙'. 夢仙旣長, 父母欲求賢婦. 隣有陳家女, 名曰'紅桃', 生未晬, 其父偉慶, 隨劉摠兵[9]東征不還, 不及長而其母繼歿. 紅桃養於其姨家, 常痛其父歿於異域, 而生不知其面目也, 願一至父死之國, 復哭[10]而來. 耿耿冤恨, 銘于心腑, 而身爲女子, 計不知所出. 及聞夢仙求婦, 議於其姨曰:

"願得爲崔家婦, 而冀一至於東國也."

其姨素知其志, 卽詣陟, 語其故, 陟與其妻歎曰:

"女而如是, 其志可嘉."

遂娶而爲婦.

---

9) 劉摠兵(유총병): 유정(劉綎, ?~1619). 강서성 남창(南昌) 출신으로, 자는 성오(省吾)다. 만력 초에 유격장군(遊擊將軍)으로 발탁되어 남방에서 활약했으며, 1592년 부총병으로 조선 원정에 참여했다. 원정 이후에는 사천총병관(四川摠兵官)으로 지방 반란을 진압하기도 했다. 그리고 이 작품의 배경이 되는 1619년 후금과의 전투에 제독(提督)으로 출전했다가 이듬해 전사했다. 그래서 뒤에서는 '유제독'으로 나온다. 수많은 전쟁에 참여해 '유대도(劉大刀)'로 불렸다.
10) 復哭(복곡): 초혼(招魂)과 곡(哭)이다. 장례의 절차로, '복'은 '고복(皐復)'이라 하여 사람이 죽은 뒤에 혼을 부르는 의식이다. '고호(皐呼)'라고도 한다.

明年己未,[1] 奴酋[2]入寇遼陽,[3] 連陷數鎭, 多殺將卒, 天子[4]震怒, 動天下

之兵以討之. 蘇州人吳世英, 喬遊擊[5]之百摠[6]也, 曾因余有文, 素知崔陟才

---

1) 己未(기미): 즉 1619년. 명나라의 요구로 조선이 1618년에 원정대를 파견하여 이해에 조명 (朝明)연합군이 후금과 건주에서 대결했다. 이 원정의 도원수였던 강홍립은 결과적으로 후금 에 투항한다.

2) 奴酋(노추): 청나라 태조 누르하치(奴爾哈齊, 1559~1626). 『조선왕조실록』 등에는 '노아합 적(奴兒哈赤)' 등으로 표기되어 있다. 원래 만주 여진족의 한 부족인 건주여진(建州女眞)의 추장 으로, 나머지 네 여진 부족을 병합해 만주국을 세웠다. 1601년에는 청나라 군사조직의 근간인 팔기군(八旗軍)을 창설해 점차 세력을 확대했다. 1616년 연호를 '천명(天命)'이라 하고 스스로 칸이라 칭했으며 국호를 후금(後金)이라 했다. 이후 수도를 요양(遼陽)으로 옮기고 1618년부터 본격적으로 명나라 공략에 들어갔다. 1626년 요원성(寧遠城)을 공략하다가 부상을 당해 죽었 다. 그의 과업은 이후 2대인 홍타이지(皇太極, 1592~1643)와 3대 도르곤(成宗, 1612~1650)으 로 이어져 마침내 명나라를 무너뜨리고 청제국이 탄생했다.

3) 遼陽(요양): 구체적으로는 요녕성 요양현 일대로 양수(梁水)와 혼하(渾河)가 만나는 지역이 다. 통상 이 지역과 주변을 요양이라 통칭한다. 예로부터 중국과 북쪽 금나라, 그리고 조선 등 이 교차하는 교통과 군사적 요충지였다.

4) 天子(천자): 즉 명나라 신종이다.

5) 喬遊擊(교유격): 교일기(喬一琦)로 자는 백규(伯珪)다. 만력 연간에 무관이 되었으며, 임진왜 란 때 유격장군으로 조선 원정에 참여했다. 그래서 '교유격'이라 한 것이다. 그는 유정과 함께

勇, 引而爲書記, 俱詣軍中. 將行, 玉英執手涕泣, 而訣曰:

"妾身險釁, 早罹憫凶,[7] 千辛萬苦, 十生九死, 賴天之靈, 邂逅郎君, 斷絃再續, 分鏡重圓.[8] 旣結已絶之緣, 幸得托祀之兒, 合歡同居, 二紀于玆, 顧念疇昔, 死亦足矣. 常欲身先溘然, 以答郎君之恩, 不意垂老之年, 又作參商之別.[9] 此去遼陽數萬里, 生還未易, 後會何期? 願以不貲[10]之身, 自裁於離席之下, 一以斷君閨房之戀, 一以免妾夜朝之苦. 去矣郎君! 千萬永訣, 千萬永訣!"

言訖痛哭, 抽刀擬頸, 陟奪刀慰諭曰:

"蕞爾小酋, 敢拒螳臂?[11] 王師濯征,[12] 勢同壓卵, 從軍往來, 只費時月之勤苦. 無如是妄生煩惱, 待吾成功而還, 置酒相慶, 可也. 況仙兒壯健, 足以

아포달리(阿布達哩) 언덕에서 후금과 싸우다 패하자 물에 투신해 전사했다.

6) 百摠(백총): 우리식 한자어로 온갖 사무를 총괄한다는 의미로, 원래는 조선시대 관리영(管理營)의 정3품 무관을 지칭한다. 하지만 여기서는 '부관' 정도의 의미다.

7) 憫凶(민흉): 부모의 상(喪)을 뜻한다. 『후한서後漢書』「헌제기獻帝紀」에 "짐이 부덕하여 일찍 부모의 상을 당하게 되었다(朕以不德, 少遭憫凶)"라는 언급이 보인다.

8) 斷絃再續, 分鏡重圓(단현재속, 분경중원): 끊어진 현을 다시 잇고, 깨진 거울을 다시 합친다는 뜻으로, 헤어졌거나 죽은 부부가 다시 해후하거나 살아났다는 의미다.

9) 參商之別(삼상지별): 떨어져 이별한다는 뜻이다. '삼상'은 동서로 떨어져 있는 별로, 삼성(參星)은 서쪽, 상성(商星)은 동쪽에 위치한다. 벗이나 친한 이가 멀리 떨어져 만나지 못한다는 의미로 형제간의 우애가 없음을 비유하기도 한다. 조식의 「여오계중서與吳季重書」에 "만남은 주마간산처럼 빨리 지나가고, 이별하니 삼성과 상성처럼 멀어지고 말았네(面有過景之速, 別有參商之闊)"라는 내용이 보인다.

10) 不貲(불자): 한정이 없다는 뜻으로, '불자(不訾)'라고도 한다. 끝없이 헤매거나 상황이 악화될 때 쓰인다. 『진서晉書』「부현전傅玄傳」에 "천하의 뭇 관리가 쓸데없이 많기에 불가불 그 마땅한 사람을 잘 살펴 얻어야 한다. 그러지 않으면 하루에도 손해가 한정이 없거늘, 하물며 여러 날이 쌓인다면 어쩌랴!(天下群司猥多, 不可不審得其人, 一日則損不貲, 況積日乎!)"라는 언급이 보인다.

11) 螳臂(당비): '당비당거(螳臂當車)'의 줄임말로, 곧 '당랑거철'과 같은 뜻이다.

12) 王師濯征(왕사탁정): 천자의 군대가 큰 정벌에 나선다는 뜻이다. 『시경』대아「상무常武」편의 "왕의 군대가 많고 많으니 나는 듯하고 활개치듯 하도다. 강과 같고 한수와 같으며, 산의 밑동과 같으며 내의 흐름과도 같도다. 면면히 이어지되 질서정연하며 측량할 수 없고 감당할 수 없어서 서국을 크게 정벌하도다(王旅嘽嘽, 如飛如翰, 如江如漢. 如山之苞, 如川之流. 緜緜翼翼, 不測不克, 濯征徐國)"에서 따온 말이다. 그 주에 '탁(濯)'은 '대야(大也)'이며, '서국(徐國)'은 '서이(徐夷)'라고 풀이했다.

爲倚, 努力加餐, 勿貽行路之憂也."

遂趣裝而行. 至於遼陽, 涉胡地數百里, 與朝鮮軍馬, 連營于牛毛寨.[13] 主將輕敵, 全師敗衄, 奴酋殺天兵無遺類, 誘脅朝鮮, 無一殺傷. 喬遊擊領敗卒十餘人, 投入鮮營, 乞着鮮衣, 元帥姜弘立[14]給其餘衣, 將免死焉. 從事官李民寏,[15] 懼其見忤於奴酋, 還奪其服, 執送賊陣, 而陟本鮮人, 遑亂之中, 匿編行間, 獨漏免殺. 及弘立輩納降,[16] 陟與本國將士, 就擒於虜庭.

是時, 夢釋亦自南原, 以武學[17]赴西役, 在元帥陣中. 奴酋分置降卒之時, 陟實與夢釋同囚於一處, 父子相對, 莫知其爲誰某也. 夢釋疑其陟之言語硬

---

13) 牛毛寨(우모채): 우모령 산채로, 조선군 주둔지였다. 우모령은 건주(建州)에 속한 고개로, 1619년 우모령 전투로 잘 알려진 곳이다. 이에 앞서 명나라 군대는 부차령(富車嶺) 전투에서 후금에 대패한 터라 제독 유정은 조선군이 주둔한 이 우모령에서 합세해 후금에 반격할 계획이었다. 그러나 여기서도 대패해 강홍립은 투항했으며, 영장(營將) 김응하(金應河, 1580~1619)는 장렬하게 전사했다.

14) 姜弘立(강홍립, 1560~1627): 선조·광해군 때 문신으로, 자는 군신(君信), 호는 내촌(耐村)이다. 1597년 과거에 급제해 진주사(陳奏使)의 서장관으로 명나라에 다녀왔으며, 한성부윤 등을 거쳐, 1618년 진령군(晉寧君)에 봉해졌다. 이즈음 명나라가 후금을 공략하면서 조선에 원병을 요청하자 광해군은 그를 오도도원수(五道都元帥)로 임명해 부원수 김경서(金景瑞, 1564~1624)와 출병시켰다. 이듬해 명나라 제독 유정과 합류하여 부차에서 후금과 일전을 벌였으나 [즉 심하(深河)전투] 패하자, 후금에 투항했다. 이 투항 문제와 관련해 광해군이 밀지를 주었는지 논란이 있거니와, 아무튼 이 투항 때문에 향후 정쟁에서 강홍립은 배명(背明)의 아이콘이자 만고의 역적으로 인구에 회자된다. 이후 후금에 포로로 잡혀 있다가 정묘호란 때 후금의 선도(先導)가 되어 조선에 입국, 화의를 주선하기도 했다. 국내에서는 역신으로 몰려 관직을 삭탈당했다. 이런 강홍립의 면모를 부정적으로 묘사한 작품이 바로 권칙(權侙, 1599~1668)의 「강로전姜虜傳」이다.

15) 李民寏(이민환, 1573~1649): 광해군·인조 때 문관으로, 자는 이장(而壯), 호는 자암(紫巖)이다. 장현광(張顯光, 1554~1637)의 문인으로, 1600년 과거에 합격해 평안도 관찰사, 형조 참판 등을 역임했다. 1618년 평안도 관찰사로 있던 중 강홍립의 종사관으로 참전했다가 부차령 전투에서 후금의 포로가 되었다. 1620년 석방되어 환국했으나 박엽(朴燁, 1570~1623)의 무고를 받고 물러나 관서 지방에서 은거했다. 이후 호란 때 호종과 참전을 거듭했다. 이 참전의 기록으로『건주견문록建州見聞錄』을 남겼으며, 문집으로『자암집紫巖集』이 있다.

16) 納降(납항): 즉 투항. 강홍립이 밀지를 받아 후금에 투항했다는 이 사건은 광해군조의 가장 큰 이슈로 꼽힌다. 광해군이 당시 정세를 파악해서 상황에 따라 투항하라고 밀지를 줬다는 게 중론이다.

17) 武學(무학): 무과 출신 정도의 의미다. '유학(儒學)'처럼 무과에 입격하기 위해 병학(兵學)을 공부하는 과정에 있는 이를 가리킨다.

澁, 意謂天兵之解鮮語者, 懼其見殺, 冒以爲鮮人也, 詰其居住. 陟亦疑其胡人之詗得實狀也, 權辭詭說, 或稱全羅, 或稱忠淸, 夢釋心怪而不測. 已過數日, 情誼甚親, 同病相憐, 少無猜訝, 陟吐實歷陳平生. 夢釋色動心驚, 且信且疑, 卒然問其所亡之兒年歲多少, 身體貌樣, 陟曰:

"生於甲午十月, 亡於丁酉八月, 背上有赤痣, 如小兒掌."

夢釋失聲驚倒, 袒而示其背, 曰:

"兒實是也!"

陟始認其爲己子也, 因各問其父母俱存, 相持而哭, 累日不止. 主家老胡, 頻頻來視, 若有解聽其語, 而有矜憫色者焉. 一日, 群胡皆出, 老胡潛來陟所, 同席而坐, 作鮮語而問曰:

"汝輩哭泣, 大異於初, 豈有別事耶? 願聞之."

陟等恐生變, 不能直說, 老胡曰:

"無怖! 我亦朔州[18]土兵也. 以府使侵虐無厭, 不勝其苦, 擧家入胡, 已經十年. 胡人性直, 且無苛政. 人生如朝露, 何必局束於捶楚鄕[19]乎? 奴酋使我領八十精兵, 管押本國人, 以備逃逋. 今聞爾輩之言, 大是異事, 我雖得責於奴酋, 安得忍心而不送乎?"

明日, 備給餱糧, 使其子指送間路. 於是, 陟率其子, 生還故國於二十年之後, 急於省父, 兼程南下, 適患背疽, 不遑調治. 行到恩津,[20] 腫勢轉劇, 委

---

18) 朔州(삭주): 삭주군. 평안북도 서북단에 위치하며, 서쪽으로는 의주, 동쪽으로는 창성군과 경계다. 또 북쪽으로 압록강을 사이에 두고 만주와 마주본다. 1466년 이후 삭주진을 설치, 병마첨절제사를 두어 관할하게 할 만큼 중요한 국경 지역이었다. 이 때문에 중국 및 북방 이민족과 분쟁이 끊이지 않았다. 『동문휘고同文彙考』를 보면, 19세기까지도 이 지역의 벌목 따위 문제로 중국과 분쟁을 거듭하였다. 따라서 이곳의 민인은 압록강을 넘나들며 조선과 중국, 양국의 정체성을 동시에 가진 것으로 판단된다. 여기 노호(老胡)의 존재는 이런 현상을 반영한다.

19) 捶楚鄕(추초향): 고향을 그리워하느라 받는 고통이라는 의미다. '추초'는 몽둥이나 회초리를 맞아 고통스러워한다는 뜻이다.

20) 恩津(은진): 충남 논산의 옛 지명이다. 덕은(德恩)과 시진(市津) 두 현을 합쳐 부른 이름으로, 고려시대에는 공주에 속했으나 조선시대 들어 은진현으로 통합되었다. 1914년 행정구역 개편 때 논산군에 병합되어 은진면으로 남았다. 주변에 강경포(江景浦)와 시진포(市津浦)가 있

頓旅次, 喘喘將死. 夢釋奔遑憂悶, 鍼藥難求, 適有華人逃匿者, 自湖右向嶺左, 見陟而驚曰:

"危哉! 若過今日, 不可救也."

拔其囊中鍼, 決其癰, 卽日而愈. 纔經二日, 扶杖而還家, 渾舍驚痛, 如見死人, 父子相抱, 嗚咽竟晷, 似夢非眞也.

沈氏一自失女之後, 喪心如癡, 只依夢釋, 而釋又戰歿, 沈綿床席, 不起者累月. 及見夢釋與父偕來, 且聞玉英之生存, 狂呼錯愕, 全不省其悲與喜也. 夢釋感華人之活父之恩, 與之偕來, 思欲重報之. 陟問:

"子是天朝人, 家在何地, 姓名云何?"

答曰:

"我姓陳, 名偉慶, 家在杭州湧金門內. 萬曆二十五年,[21] 從軍于劉提督,[22] 來陣于順天. 一日, 以偵探賊勢, 忤主將旨, 將用軍法, 夜半潛逃, 仍留至此."

陟聞之, 大驚曰:

"君家有父母妻子乎?"

曰:

"家有一妻, 而來時産得一女, 纔數月矣."

陟又問:

"女名云何?"

曰:

"兒生之日, 適有隣人, 饋以桃實, 因名曰'紅桃'."

어 예로부터 금강 유역의 물류 집산지로 꼽힌다.
21) 萬曆二十五年(만력이십오년): 즉 1597. 이렇게 따져보면 현재(1619) 홍도의 나이는 스물세 살 정도다.
22) 劉提督(유제독): 앞서 '유총병'으로 나온 유정이다.

陟遽執偉慶之手, 曰:

"怪了怪了! 吾在杭州, 與君家作隣而住. 君之妻, 病死於辛亥[23]九月, 獨紅桃見養於其姨吳鳳林家, 我娶以爲兒子之婦, 不圖今日値君於此也."

偉慶驚痛, 嘆嘖不怡者良久, 旣而歎曰:

"唉! 我托於大邱地朴姓人家, 得一老婆, 而自以鍼術糊口. 今聞子言, 如在鄕里, 吾欲移來于此地."

夢釋作而言曰:

"公非但有活父之恩, 吾母及弟, 托在於令女, 旣爲一家之人, 有何難事?"

卽令移來. 夢釋自聞其母之生存, 日夜腐心, 將有入天朝將母之計, 而無以自達, 徒號泣而已.

當是時, 玉英在杭州, 聞官軍陷沒, 以爲陟橫死戰場無疑也, 晝夜哭不絶聲, 期於必死, 水漿不入於口. 忽於一夕, 夢見丈六佛, 撫頂而言曰:

"愼無死! 後必有喜."

覺而語夢仙曰:

"吾於被擄之日, 投水欲死, 而南原萬福寺丈六金佛, 夢余而言曰: '愼無死! 後必有喜.' 後四年, 得見爾父於安南海中. 今吾欲死, 而又夢如是, 汝父豈或免於鋒鏑歟? 汝父若存, 吾死猶生, 顧何恨焉?"

夢仙哭曰:

"近聞奴酋盡殺天兵, 而鮮人皆脫云, 父親本自鮮人, 獲生必矣. 金佛之夢, 豈虛應哉? 願母親須臾無死, 以待父親之來也."

玉英幡然[24]曰:

23) 辛亥(신해): 즉 1611년.
24) 幡然(번연): 갑자기 변하는 모양으로, '번연(翻然)'과 같은 뜻이다. 『맹자』「만장萬章」편에 "탕임금이 세 번이나 사람을 시켜 이윤을 초치하니, 이윤이 이윽고 갑자기 생각을 바꿔 '탕임금이 나와 함께 논두렁과 밭이랑 사이에 계시는구나'라고 하였다(湯三使往聘之, 旣而, 幡然改曰:

"奴酋窟穴, 距朝鮮地界, 纔四五日程, 汝父雖生, 其勢必走本國, 安能冒涉
萬里程, 來尋妻孥哉? 我當往求於本國. 苟死矣, 親往昌州[25]境上, 招得旅
魂, 葬於先塋之側, 使免長餒於沙漠之外, 則吾責塞矣. 況越鳥巢南, 胡馬倚
北,[26] 今且死日將迫, 尤不堪首丘之戀.[27] 獨舅·偏母及弱孩, 俱失於陷賊之
日, 其生其死, 雖莫聞知, 頃因日本賈人聞之, 則鮮人被擄者, 連續出送云,
斯言果信, 亦豈無一人之生還乎? 汝父汝祖, 雖皆暴骨於異域, 而先祖丘墓,
誰復看護? 內外親屬, 亦豈盡歿於亂離? 苟得相見, 是亦一幸, 汝其雇船舂
糧! 此去朝鮮, 水路僅二三千里, 天地顧佑, 倘得便風, 未滿旬朔, 當到彼岸.
吾計決矣!"

夢仙泣訴曰:

"母親何爲出此言也? 若能得達, 則豈非大善, 而萬里滄波, 非一葦可航之
地, 風濤蛟鱷, 爲禍不測, 海寇·邏船, 到處生梗, 母子俱葬魚腹, 何益於死父
乎? 子雖愚騃, 當此大事, 非敢爲推托之說也."

紅桃在傍, 謂夢仙曰:

"無阻, 無阻! 親計自熟, 外患不暇論也. 雖在平地, 水火盜賊, 其可免乎?"

'與我處畎畝之中')"라는 내용이 보인다.
25) 昌州(창주): 평안북도 창성군(昌城郡)이다. 앞에 나온 삭주군과 접경이며, 그 동쪽은 벽동
군(碧潼郡)이다. 고려 초엔 장정현(長靜縣)이었으며, 1035년에 창주방어사를 둠으로써 창주로
불렸다. 조선조에 들어와 '창성군'으로 개칭하고 1438년에는 창성도호부로 승격시켰다. 삭주
군과 마찬가지로 국경 지역이었다.
26) 越鳥巢南, 胡馬倚北(월조소남, 호마의북): 월 땅의 새는 남쪽 가지에 둥지를 틀고, 호 땅의
말은 북풍 불 때 운다는 뜻으로, 고향을 그리워하는 정서를 나타낸다. 이 구절은 주로 고시에
많이 등장하는데, 약간의 글자 출입이 있다. 즉 서진(西晉) 때 좌사(左思, 250~305?)의 「도리증
매도리첩매(悼離贈妹)」에는 "越鳥巢南, 胡馬仰北"으로, 매승(枚乘, ?~B.C. 141)의 「잡시雜詩」에는 "胡馬嘶
北風, 越鳥巢南枝"로 나온다.
27) 首丘之戀(수구지련): 고향을 그리워하는 정을 뜻한다. 원래 '수구'는 여우가 죽을 땐 그 머
리를 자신이 살던 구혈(丘穴)을 향한다는 『예기』 「단궁檀弓」 상편의 "옛사람들의 말이 있으니,
'여우는 죽으면 그 머리를 태어난 구혈로 향한다' 하니 이것이 인이다(古之人有言, 曰狐死正首丘,
仁也)"라는 구절에서 유래했다. 이것이 죽어서 고향에 묻힌다는 뜻으로 쓰이다가 고향을 그리
는 정으로도 의미가 확대되었다.

玉英又曰:

"水路艱難, 我多備嘗. 昔在日本, 以舟爲家, 春商閩·廣,[28] 秋販琉球,[29] 出沒於鯨波駭浪之中, 占星候潮, 涉歷已慣. 風濤險易, 我自當之; 舟楫安危, 我自御之. 脫有不幸之患, 豈無方便之道?"

卽裁縫鮮·倭兩國服色, 日令子婦敎習兩國語音, 因戒夢仙曰:

"船行專依於檣楫, 必須堅緻, 而尤不可無者, 乃指南石也. 卜日開船, 無違我志!"

夢仙悶默而退, 私責紅桃曰:

"母親出萬死不顧一生之計, 冒危而行. 死父已矣, 置母於何地, 而汝且贊成? 何不思之甚也?"

紅桃答曰:

"母親以至誠, 出此大計, 固不可以言語爭也. 今若止之以其所必不止, 慮有難追之悔, 不如順適之爲愈也. 妾之私情, 遑恤言乎?[30] 生纔數月, 慈父戰歿, 骨暴殊方, 魂纏野草, 擧顔宇宙, 何以爲人? 近聞道路之言, 則戰敗之卒, 或有遺脫而留落於本國者, 尙多云. 人子至情, 不能無徼倖, 若以郎君之力, 得抵東土, 彷徨於蟲沙之場,[31] 小洩其終天之寃, 則朝以入夕以死,

28) 閩·廣(민광): 즉 복건성과 광동성.

29) 琉球(유구): 오키나와. 중국과는 당대(唐代)부터 조공 체제로 이어진 독립국이었으나 1875년 일본이 병합해 충승현(沖繩縣)으로 편입시켰다. 조선과도 선린관계를 지속했는데, 특히 임진왜란 이후 포로로 잡혀가 이곳에 정착한 조선인이 많았던바, 조선 민요와 씨름·널뛰기 등의 풍속이 그대로 남아 있다. 근대 이후에도 미군의 동아시아 전진기지로 이용되는 등 역사적 부침이 거듭되고 있다.

30) 遑恤言乎(황휼언호): '어느 겨를에 불쌍타고 말하겠는가' 정도의 뜻이다. '황휼'은 '황휼아후(遑恤我後)'라는 『시경』의 문구에서 따온 말이다. 『시경』 패풍 「곡풍」편에 "내 어량에 가지 말아 내 통발 꺼내지 말았으면 좋으련만, 내 몸 주체할 수 없거늘 하물며 내 뒤를 걱정하랴!(毋逝我梁, 毋發我笱, 我躬不閱, 遑恤我後!)"라는 언급이 보인다. 비록 남편이 자신을 아껴주지 않아도 갓 혼인한 부인이 정성을 다한다는 의미다.

31) 蟲沙之場(충사지장): 전쟁터. '충사'는 전사자 혹은 전란으로 죽은 인민을 지칭한다. 따로 '원학(猿鶴)'은 상급 계열의 전사자를 의미한다. 이는 『예문유취藝文類聚』 「포박자抱朴子」편에 "주나라 목왕이 남정했다가 하루아침에 모두 전몰하니, 군자는 원숭이와 학이 되고, 소인은

實所甘心."

因嗚咽, 泣數行下.

벌레와 모래가 되고 말았네(周穆王南征, 一朝盡化, 君子爲猿爲鶴, 小人爲蟲爲沙)"라는 주목왕의 남
정 고사에서 유래한 것이다. 당나라 한유는 「송구홍남귀送區弘南歸」(『창려집』 권4)에서 "옛날
목왕이 남정한 군대가 돌아오지 못해, 충사와 원학으로 엎어진 채 혼이 날았지(穆昔南征軍不歸,
蟲沙猿鶴伏以飛)"라고 읊은 바 있다.

가족 품으로

夢仙知母妻之志不可撓奪, 結束治行, 以庚申[1]二月朔, 發船. 玉英謂夢仙曰:

"朝鮮當在東南, 必待西北風, 汝堅坐執櫓, 聽吾指揮!"

遂懸羽於旗竿, 置指南石於前頭, 點檢舟中, 無一不具. 俄而, 河豚出戲, 旗羽指巽[2]累然, 三人齊力擧帆, 疾馳橫截, 無分昏晝, 劈箭入浪, 飛雷攘海, 一瞬登·萊,[3] 半餉靑·齊,[4] 蒼茫島嶼, 轉眄已失. 一日, 遇天朝邏船, 來問曰:

"何處船, 向何方?"

玉英應聲曰:

1) 庚申(경신): 즉 1620년.
2) 指巽(지손): 동남방을 가리킨다. '손'은 방위로 동남방이다.
3) 登·萊(등래): 등주(登州)와 내주(萊州)다. 등주는 산동성 모평현(牟平縣) 일대로, 명청시대에는 등주부(登州府)였다. 당대(唐代) 이전에는 동래군(東萊郡)에 속해 있었다. 내주는 산동성 액현(掖縣) 일대로, 당시 액현, 고양현(高陽縣), 교수현(膠水縣), 즉묵현(卽墨縣) 등 현 네 곳을 관할했다.
4) 靑·齊(청제): 청주(靑州)와 제주(齊州)다. 청주는 산동성 제남(濟南) 일대이고, 제주는 산동성 역성현(歷城縣)으로 서로 경계한 지역이다.

"杭州人, 將往山東賣茶耳."

卽過去. 又過一日, 有倭船來泊, 玉英卽變着日本衣服, 而待之, 倭人問:

"從何來?"

玉英作倭語曰:

"以漁採入海, 爲風所飄, 盡棄舟楫, 雇得杭州船而來矣."

倭曰:

"良苦! 此路去日本差枉, 向南方而去."

亦別去. 是夕, 南風甚惡, 波濤接天, 雲霧四塞, 咫尺不辨, 檣摧帆裂, 不知所屆. 夢仙與紅桃, 惶怖匍伏, 困於水疾, 玉英獨坐, 祝天念佛而已. 夜半, 風浪少息, 轉泊小島, 修葺船具, 留數日不發. 渺茫洋中, 有船看看漸近, 令夢仙取船中裝, 藏槖于巖竇. 俄而, 其船人呌噪而下, 語音衣服, 俱非鮮·倭, 略與華人相似, 手無兵器, 惟以白梃歐打, 索其貨物. 玉英以華語, 對曰:

"我以天朝人, 漁採于海, 漂泊於此, 本無貨物."

涕泣求生, 卽不殺, 只取玉英所乘船, 繫其船尾而去. 玉英曰:

"此必是海浪賊[5]也. 吾聞海浪賊, 在華·鮮之間, 出沒搶掠, 不喜殺人, 此必是也. 我不聽兒言, 而强作此行, 昊天不弔, 終致狼狽, 旣失舟楫, 夫何爲哉? 接天溟海, 不可飛越, 枯槎難泛, 竹葉無憑, 但有一死, 吾死晩矣. 可憐吾兒, 因我而死."

卽與子婦, 相扶哀號, 聲震巖崖, 恨結層波, 海若瑟縮[6], 山鬼嚬呻. 玉英登臨絶崖, 將欲投身, 而子婦共挽, 不得自投, 顧謂夢仙曰:

"爾止吾死, 將欲何俟? 槖中餘糧, 僅支三日, 坐待食盡, 不死何爲?"

---

5) 海浪賊(해랑적): 즉 해적이다. 서해상에 주로 왜구가 출몰했으나, 다국적 또는 무국적 해적도 다수 활동한 것으로 짐작된다. 참고로 이 후반부는 표류 소재를 적극적으로 활용하는데, 해적이 주인공에게 구체적인 위협 요소로 설정된 점이 흥미롭다.

6) 海若瑟縮(해약슬축): '해약'은 해신(海神)의 딴 이름이다. 바다신도 움츠러든다는 뜻으로, 『초사楚辭』「원유遠遊」속 "상령으로 하여금 비파를 뜯게 함이여, 해약으로 하여금 풍이를 춤추게 하노라(使湘靈鼓瑟兮, 令海若舞馮夷)"라는 언급에서 따온 것이다.

夢仙對曰:

"糧盡而死, 亦未晚也. 其間萬一有圖生之路, 則悔無及矣."

遂扶下來, 夜伏于巖穴. 天且曉矣, 玉英謂子婦曰:

"我氣困神疲彷彿之間, 丈六佛又見, 其言云云, 極可異也."

三人相對, 念佛而祝曰:

"世尊, 世尊![7] 其念我哉! 其念我哉!"

過二日, 忽見風帆自杳茫中出來. 夢仙驚告曰:

"此船曾所未覩之船, 甚可憂也."

玉英見而喜曰:

"我生矣! 此是朝鮮船也."

乃着鮮服, 使夢仙登崖, 以衣揮之. 船人卽停帆, 而問曰:

"汝是何人, 住此絶島?"

玉英以鮮語應曰:

"我本京城士族, 將下羅州, 猝遇風波, 舟覆人死, 獨吾三人, 攀抱驪席, 漂轉至此, 姑延殘喘耳."

船人聞而憐之, 下碇載去, 曰:

"此乃統制使之貿販船[8]也. 官程有限, 不可遲往."

至順天, 泊岸而下, 時庚申[9]四月也.

---

7) 世尊(세존): 즉 석가세존이다. 이는 동아시아 해양의 관음신앙과 연결된 사안으로, 전통적인 표류담을 보면 바다에서 위급한 상황이 발생했을 때 뱃사람들은 석가세존에게 구원해주기를 빌곤 한다. 장한철(張漢喆, 1744~?)의 『표해록漂海錄』에도 이런 장면이 나오는바, 이런 맥락은 바닷사람들에게는 일종의 레토릭처럼 쓰였다.

8) 統制使之貿販船(통제사지무판선): 통제사는 삼도수군통제사로 충청, 전라, 경상도의 수군을 통솔했다. 주지하듯이 충무공 이순신이 왜란중에 두 번에 걸쳐 이 직을 맡아 활약한 바 있다. 흥미로운 점은 무판선의 존재다. 실제 통영 등 수군통제사가 주재하는 곳에 관할의 무판선이 있어 소금이나 쌀 따위를 무역했다고 알려져 있다. 주로 조선 내지의 무역을 담당했다. 한편 통제사가 사사로이 이 배로 장사를 하여 이끗을 챙겨 백성의 고충이 심하다는 사헌부의 건의가 올라온 기록이 실록에 보인다(『인조실록』 1649년 1월 26일조).

9) 庚申(경신): 1620년.

玉英率子婦, 間關跋涉五六日, 方到南原. 意謂一家皆爲殄陷, 但欲求見夫家舊基, 尋萬福寺而去, 至金橋望見, 城郭宛然, 村閭依舊. 顧謂夢仙, 指點而泣曰:

"此是汝父弊廬, 今不知誰人入居, 第往寄宿, 以圖後計."

到其門, 門外見陟方對客, 坐於柳樹之下, 近前熟視, 乃其夫也. 母子一時號哭, 陟始知其妻與子, 一聲大號曰:

"夢釋之母來矣! 此天耶人耶? 神耶夢耶?"

夢釋聞此, 跣足顚倒而出, 母子逢場, 景光可知. 扶將入室, 沈氏於沈痼之中, 得聞其女來, 驚仆氣塞, 已無人色. 玉英抱救得蘇, 久而獲安. 陟呼偉慶曰:

"令女亦至矣!"

命紅桃語其事. 一家之人, 各抱子女, 生死重逢, 驚號相哭, 古今天下, 復豈有如此神異絶奇之事也? 聲動四隣, 觀者如堵, 且怪且異, 及聞玉英·紅桃終始之事, 莫不擊節歎嗟, 爭相傳說.

玉英謂陟曰:

"吾等之得有今日, 寔賴丈六佛之陰騭, 而今聞金像亦皆毁滅, 無所憑禱, 而神靈之在天, 容有不泯者存, 吾等豈不知所以報乎?"

乃大供具, 詣廢寺, 潔齋修享. 陟與玉英, 上奉父母, 下育子婦, 居于府西舊家.

噫! 父子·夫妻·舅姑·兄弟, 分離四國, 悵望三紀,[10] 經營賊所, 出入死地, 畢竟團圓, 無不如意, 此豈人力之所致哉? 皇天后土, 必感於至誠, 而能致此奇異之事也. 匹婦有誠, 天且不違, 誠之不可掩如是夫!

---

10) 三紀(삼기): 삼십육 년 또는 삼십여 년에 해당한다. 다만 심씨와 옥영이 임진왜란으로 청파리에서 남원으로 피란한 시점부터 여기 가족이 모두 해후하는 1620년까지는 채 삼십 년이 되지 않는다.

余流寓南原之周浦,[11] 陟時來訪余, 道其事如此, 請記其顛末, 無使湮沒,
不獲已略擧其槪. 天啓元年[12]辛酉閏二月日, 素翁[13]題.

---

11) 周浦(주포): 남원부 남쪽 십오 리에 위치한 지역으로 조선시대에는 '주포방'이라 했다. 현
재 남원시 주생면 영천리 지역이다. 작자 조위한(趙緯韓, 1567~1649)은 1613년 일어난 계축옥
사로 파직된 이후, 이곳 주포에 내려와 머물고 있었다. 따라서 이때가 이 작품의 창작 시기가
되는 셈이다. 물론 이듬해인 1622년 조위한이 동생 조찬한(趙纘韓, 1572~1631)과 함께 상주에
있을 때 지었다는 설도 있다.
12) 天啓元年(천계원년): 1621년. '천계'는 명나라 희종(熹宗)의 연호다.
13) 素翁(소옹): 작자 조위한의 호로 '현곡(玄谷)'이란 호도 사용했다.

|원본|

상사동기 相思洞記

봄날의 흥취, 미인을 만나다

弘治[1]中, 有成均進士金生者, 忘其名. 爲人容貌粹美, 風度絶倫, 善屬文, 能笑語, 眞世間奇男子也, 鄕里以風流郎稱之. 年甫弱冠, 登進士第一科,[2] 名動京華, 公卿大家, 願嫁愛女, 約不論財貨也.

一日, 自泮宮[3]還其第, 馬上遙見, 靑帘隱映於綠柳紅杏之間, 生不勝春情之惱, 思醉如渴. 遂典白紵單衫, 沽得眞珠紅酒,[4] 酌以花磁盞[5]而飮之, 醉臥

---

1) 弘治(홍치): 명나라 효종(孝宗)의 연호로, 해당 기간은 1488~1505년이다. 성종·연산군 때에 해당한다.
2) 登進士第一科(등진사제일과): 소과(小科), 즉 성균관 입학시험에 최상위로 선발되었다는 뜻이다. 조선시대 과거제도는 크게 소과와 대과로 나뉘는데, 소과에 해당하는 초시와 복시를 치러 생원과 진사를 각각 백 명씩 선발하고, 이들이 성균관에 진학하여 대과를 통해 벼슬길에 올랐다. 이 소과의 복시에 최종 선발하는 백 명은 제1과 다섯 명, 제2과 스물다섯 명, 제3과 일흔 명이었다. 김생의 경우 진사과 제1과인 다섯 명 안에 들었다는 의미다.
3) 泮宮(반궁): 즉 성균관. 원래 중국의 옛 제도로 국가의 국학기관을 천자국에는 '벽옹(辟雍)', 제후국에는 '반궁'으로 구별했다. 조선시대 성균관도 제후국의 반궁에 해당했다. 벽옹의 경우 사방으로 물길을 두르지만, 반궁은 물길을 반달 모양으로 일부만 둘렀다. 실제 성균관도 동서편으로 반수(泮水)가 흐르는데, 지금은 모두 복개된 상태다.
4) 眞珠紅酒(진주홍주): '진주홍' '진주주'라고도 하며, 향기로운 향이 나는 홍주다. 주로 옛날 시에서 많이 거론되었다. 이하(李賀, 790~816)의 「장진주將進酒」에 나오는 '유리 술병은 진한

酒墟[6]之側, 花香襲衣, 竹露灑面. 俄而, 夕陽橫嶺, 飛鳥栖林, 僕夫促歸, 生起而上馬, 揮鞭登途, 則白沙平鋪乎遠近, 細柳垂裊乎川原.[7] 遊人盡歸, 行路漸稀, 生感興微吟, 遂成一絶, 曰:

東陌看花柳, 紫騮[8]驕不行.

何處玉人在, 桃夭[9]無限情.

吟竟, 半擡醉眼, 則有一美人, 年纔二八, 蓮步[10]輕移, 陌塵不起, 腰肢嫋嫋, 態度婷婷. 或行或止, 或東或西, 或拾瓦礫, 打起鶯兒; 或攀柳條, 佇立斜陽; 或抽玉簪, 輕搔綠鬢. 翠袂飄拂乎春風, 紅裳照曜乎晴川. 生望而視之, 神魂飄蕩, 不能自抑, 促鞭馳詣, 睍而視之, 雅齒韶顔, 眞國色也. 生盤馬踟蹰, 或先或後, 留神注目, 終莫能捨去也. 女知生不能無情, 含羞低眉, 不敢

호박색이고, 술 빚는 작은 통엔 진주홍이 방울졌네(琉璃鍾琥珀濃, 小槽酒滴眞珠紅)'라는 구절이 그 예다.

5) 花磁盞(화자잔): 꽃 그림이 새겨진 고급 자기 술잔이다.

6) 酒墟(주로): '주로(酒鑪)'라고도 표기하며, 술집에서 술독을 올려놓는 흙으로 쌓은 자리다.

7) 白沙平鋪乎遠近, 細柳垂裊乎川原(백사평포호원근, 세류수뇨호천원): 성균관에서 상사동(相思洞)으로 가는 길에 대한 묘사다. 이는 현재 창경궁과 서울대학교병원 사이의 복개도로인데, 복개하기 전에는 반수(泮水) 냇가로 모래사장이 펼쳐져 있었다. 이곳 천변에 버들이 늘어져 있었던 정황을 상기시켜준다.

8) 紫騮(자류): 흑갈색 털을 가진 옛날 준마다. 이백의 「채련곡採蓮曲」에 "자류마 울며 들어옴에 꽃잎이 떨어지니, 이것 보고 서성이며 부질없이 애를 끊네(紫騮嘶入落花去, 見此踟蹰空斷腸)"라는 시구가 있다. 뒤에 영영이 이모 집에 온 장면에서 '자류장시(紫騮長嘶)'란 표현이 다시 나온다.

9) 桃夭(도요): 『시경』 주남(周南)의 편명으로, 젊은 남녀가 제때 혼인하는 것을 찬미한 내용이다. 복숭아나무가 고운 자태를 뽐내는 상태로, 아름다운 여인을 지칭하기도 한다. 참고로 「주남」의 내용은 이러하다. "어여쁜 복숭아나무여 그 꽃 화사하고 화사해라. 그 집에 시집감이여 그 집안을 잘 건사하리(桃之夭夭, 灼灼其華, 之子于歸, 宜其室家)."

10) 蓮步(연보): 미인의 걸음걸이를 미화한 표현이다. 남제(南齊)의 동혼후(東昏侯)가 금을 연꽃 모양으로 만들어 땅에 놓고 이를 반비(潘妃)더러 밟게 하고는 "걸음걸음마다 살아 있는 연꽃이로다"라고 한 데서 유래했다(『남사南史』「제동혼후기齊東昏侯紀」. "鑿金爲蓮華以帖地, 令潘妃行其上, 曰: '此步步生蓮華也'.").

310

仰視. 女行漸遠, 生亦相隨, 趁其所終到處, 則相思洞[11]路傍蝸室數間, 乃其所止也. 生盤桓佇立, 不堪惆悵, 然日已夕矣, 知其無可奈何, 怏怏然而去, 茫茫然而自失, 如醉如癡. 中夜撫枕, 寢不安席, 臨飧忘飯, 食不下咽, 形容憔悴似枯木, 顏色慘憺如死灰. 黯黯懷愁, 黙黙不語, 雖家人父母, 莫曉其所以然也.

纔過十餘日, 有老蒼頭莫同[12]者, 乘間進謁, 垂淚而問曰:

"郎君平日, 言笑豪縱, 卓犖不羈, 今乃感感如有隱憂, 是何憔悴悶怨如是耶? 無乃有所思而然耶?"

生悽然感悟, 乃以實告莫同, 莫同深思良久, 曰:

"僕爲郎君, 請獻磨勒之計,[13] 郎君無用自煎!"

生曰:

"然則將奈何?"

曰:

"郎君急辦美酒嘉肴, 須使極侈, 直至美人所到家, 若將餞客之爲者然, 借一間, 設盤筵, 呼奴請客. 奴亦承命而往, 食頃而返曰: '且至矣, 且至矣!' 郎君又命之, 再請之, 奴亦承命而往, 日暮而返曰: '今日餞之者衆, 故醉甚不得來, 明日則定行云矣.' 於是, 呼主人出, 命之坐, 以其酒肴, 醉飮之, 不視顏色

---

11) 相思洞(상사동): 종묘의 동쪽, 창경궁 남쪽에 위치한 지역으로, 현재 종로구 원남동 일대다. 조선시대에 궁궐의 말을 관리하던 내사복시(內司僕寺)에서 발정이 난 말이 날뛰면 이곳 좁은 골목으로 몰아 잡았다고 하여 동 이름이 이렇게 붙었다.
12) 莫同(막동): 이본 중에는 '대해(大海)'로 표기한 경우도 있다.
13) 磨勒之計(마륵지계): '마(磨)' 자가 저본과 몇몇 이본에는 '마(麿)'로 되어 있으나 잘못이다. '마륵'은 당나라 전기소설인 「곤륜노전崑崙奴傳」의 주인공 곤륜노로, 그는 주인인 최생(崔生)이 가기(歌妓) 일품(一品)을 그리워하자, 기지를 발휘해 둘의 결연을 성사시켰다. '곤륜'은 원래 중국 서쪽 타클라마칸사막 남부에 펼쳐진 산맥을 가리킴과 동시에 선계로 표상되어왔다. 하지만 주로 베트남과 동남아시아 해상 지역 같은 남방 지역을 지칭하는데, 곤륜노는 바로 이 남방 지역에서 포로나 기타 이유로 중국에 흘러들어와 노비가 된 존재를 일컫는 일반명사다. 여기마륵은 후대에 기지를 발휘해 주인에게 충성하는 하인의 대명사가 되었다.

而退. 明日亦如之, 又明日又往焉, 亦如之. 一則懷惠, 二則感恩, 三則必疑之. 懷惠則思報, 感恩則思死, 疑則必請其所以然也. 於是, 開襟吐款, 則庶可圖矣."

生甚然之, 欣然而笑曰:

"吾事諧矣!"

從其計, 卽具酒肴, 直詣其家, 若餞客陳設, 送奴邀客, 一如蒼頭之言. 奴亦返命再三, 一如所約, 生佯罵曰:

"咄咄! 其人之誤佳期如是夫? 雖然携來春釀, 不可虛還. 於此, 爲主人一酬, 亦非惡事也."

仍呼主人出, 則七十老嫗來現矣. 生慰之曰:

"嫗且安坐! 適以餞客, 來舍于此, 而嫗善延納, 多謝厚意."

卽呼莫同, 命進酒肴, 與嫗相酬酌, 款若平生之舊, 不出一言而退. 生自料, '前所見少娥, 不知實是嫗家女否?' 悒悒懷悶, 如不能自存. 然冀其深感嫗, 而待其自疑然後, 發告私情.

明日, 仍往不懈. 如是者再三, 嫗果自疑, 斂容避席, 曰:

"老身竊有所請焉. 路邊人家緝緝,[14] 如魚鱗櫛比, 開樽送客, 何處不可, 獨尋區區之陋居如是乎? 且郎君京華巨族, 士林宗匠; 老身窮閻嫠婦, 草屋微生. 前有貴賤之嫌, 後無平生之舊, 而猥蒙厚恩, 以至此極, 老身何以得此? 實不識其然也."

生笑曰:

"吾因餞客來, 別無他意也. 且不與嫗戞然者, 以其賓主之禮, 當然也."

---

14) 緝緝(집집): 실을 잣듯이 줄지어 있는 모양이다. '철집(緝緝)'이라고도 한다. 한편 『시경』에는 실을 짜는 여인의 모습이 가볍고 경쾌하다고 하여, 쉽게 남의 입에 오르내린다는 부정적인 의미로 쓰인 바 있다. 그 내용은 이러하다. "경솔히 여기저기 다니니 누군가를 참소하려 하는 구나(緝緝翩翩, 謀欲譖人)." 『시경』 소아 「항백巷伯」편.

酒闌, 生輒解紫緋合歡單衫,[15) 投之於嫗而與之, 曰:

"每煩嫗家, 無以爲報, 以此爲信, 以備他日不忘之資也. 幸嫗勿却!"

嫗感之深, 又疑之甚, 卽起而再拜, 曰:

"郎君之賜至此, 則老身之感滋甚. 意者, 或有所以然而然耶? 丁寧老身, 寡居多年, 凡在鄰里人, 恒無顧藉, 況於郎君乎? 就令郎君有所望於老身, 雖死不辭也."

生笑而不答, 嫗之强請然後, 生莞爾而答曰:

"此洞名云何?"

曰:

"相思洞也!"

曰:

"吾爲洞名所惱耳."

嫗微哂曰:

"郎君無乃以邊嫗[16)之任望於老身乎? 但此洞無雲華[17)之窈窕, 其如魏郎之風流何?"

生知其所思嬋娟, 必不在此, 愀然失色曰:

"僕旣爲嫗所厚, 安得不以實告? 果於某月某日, 從某處來, 路上適見少娘子, 年甫十五六. 衣翠羅衫紅綺裳, 着白綾襪紫的鞋, 以眞珠鈿, 盤索頭; 以

---

15) 合歡單衫(합환단삼): 주로 '합환유(合歡襦)'라고 한다. 남녀가 혼인하거나 동침할 때 입는 옷으로, 여자의 저고리는 '합환고(合歡袴)'라고 한다. 주로 원앙을 수놓아 남녀 간 화합을 상징했다. 여기서 김생은 자줏빛 비단〔紫緋〕으로 만든 이 적삼을 노구에게 남겨 영영과의 동침을 기대한다는 뜻을 전한 셈이다. 후한 때 신연년(辛延年, B.C. 220~?)의 「우림랑羽林郎」에 "긴 길에 연리 혁대요, 넓은 소매에 합환 저고리라(長裾連理帶, 廣袖合歡襦)"라는 구절이 보인다.

16) 邊嫗(변구): 「가운화환혼기」에 등장하는 매파다. 그녀는 위랑(魏郎)의 부탁을 받고 운화(雲華), 즉 빙빙에게 접근해 둘 사이를 연결해주었다. 여기서도 '매파의 역할'을 뜻한다. 「가운화환혼기」에 대해서는 「주생전」 '위랑지어빙빙'조 참조. 한편 이본 중에는 이 '변구'를 '변구(辮嫗)'라는 일반명사로 표기한 경우도 있다.

17) 雲華(운화): 뒤이어 언급되는 '위랑'과 함께 「가운화환혼기」의 주인공이다. 이들은 전형적인 가인과 재자 유형으로 설정되어 있는데 영영과 김생을 각각 대입할 수 있다.

雪色瑤環, 約纖指, 由弘化門[18]前路, 逶迤而去. 僕以年少俠氣, 不禁春情之駘蕩, 尾而隨之, 趁其所到, 則嫗家是也. 自此, 心醉如泥, 萬事茫然, 惟其少娘是念. 明眸皓齒, 寤寐見之, 心摧腸斷, 非一朝一夕. 嫗見我顔色之枯槁, 爲如何哉? 如是, 則煩嫗家餞客, 不得不已."

嫗聞之, 深憐其意. 然未知生之所念爲何人也, 沈吟半餉, 釋然頓悟曰:

"果有之! 此乃亡兄之少女, 名英英, 字蘭香者也. 若然則誠難矣, 誠難矣!"

生曰:

"何故?"

嫗曰:

"是乃檜山君[19]宅侍女也. 生於宮中, 長於宮中, 不踏門前之路, 久矣. 姿色之美, 旣爲郞君所覩, 不必强爲郞君道, 雅心柔態, 無異於士族家處子, 加之以審音律, 能解文. 故進賜愛之憐之, 將以爲綠衣,[20] 而夫人不能免妬忌之俗, 甚於河東之吼.[21] 是以, 未果耳. 曩日, 英兒之來此不憚者, 以其時當

---

18) 弘化門(홍화문): 창경궁의 정문이다. 1483년 창경궁 창건 때 지어졌으며, 임진왜란 때 소실되었다가 1616년에 재건되었다. 문 양옆으로 궁궐 담이 이어져 있고, 안쪽의 행각 가운데로 물이 흐르도록 수각(水閣)을 설치한 것이 특징이다. 여기서 가까운 동소문(東小門)인 혜화문(惠化門)이 1397년 세워졌을 때 문 이름을 '홍화'라고 했으나, 창경궁 정문을 같은 이름으로 부르게 되자 '혜화'로 고쳤다고 한다.

19) 檜山君(회산군): 성종의 아들인 이념(李恬, 1481~1512)이다. 그는 숙용 홍씨(淑容 洪氏)의 소생으로, 안방언(安邦彦)의 딸과 결혼했다. 그에 대한 행적은 자세하지 않은데, 유독 그의 궁노가 거리에서 행패를 부리거나 노상에서 재상의 자제를 폭행하는 등 사회적 물의를 일으킨 일이 실록에 기록되어 있다. 여기에 그려진 회산군의 면모로 일정 부분 연상되거니와, 이 작품에서 그의 존재성은 「운영전」의 안평대군과 상당한 거리가 있다.

20) 綠衣(녹의): 비첩, 또는 후실을 뜻한다. 원래 『시경』 패풍 「녹의綠衣」편은 여인이 불우한 자신의 신세를 읊은 노래인데("초록색 저고리인가, 노란 속을 받친 저고리인가. 마음에 이는 시름이여 언제나 그칠려나綠兮衣兮, 綠衣黃裏. 心之憂矣, 曷維其已") 여기서 녹의는 '첩'으로, 정실의 자리를 빼앗는 것을 의미하게 되었다. 녹색은 간색이기에 천한 이들이 입는 옷을 '녹의'라고 했다. 『전등신화』의 「녹의인전綠衣人傳」에도 비첩으로 녹의인이 나오는데, 바로 이 『시경』 「녹의」편의 소재를 따와 비극적으로 형상화한 작품이다.

21) 河東之吼(하동지후): 엄하고 사나운 아내를 뜻한다. 송나라 진조(陳慥)의 아내 유씨(柳氏)는 사나운데다 질투가 심해 진조가 손님을 초청해 놀 때면 지팡이로 벽을 치고 소리를 질러 손님들을 몰아내곤 했다. 이를 두고 소식이 "갑자기 하동의 사자후를 듣고 보니, 지팡이가 떨어지

寒食節, 祀其亡父母之靈於此, 故請暇於夫人而來耳. 然適値進賜之出遊, 以致此行, 不然, 郎君何由得接面目乎? 噫! 爲郎君更圖一會, 誠難矣, 誠難矣!"

生仰天太息曰:

"已矣, 吾當死矣!"

嫗深憫之, 憮然爲間, 曰:

"無已, 則有一焉. 端午佳節, 只隔一月, 其時則老身當爲亡兄, 復設小奠. 以此告于夫人前, 請阿英半日之暇, 則尙可庶幾其萬一也. 郎君且歸, 待期來會, 可也."

生喜曰:

"果如嫗言, 人間之五月五日, 乃天上之七月七日也!"

生與嫗相別, 各道萬福而退. 生歸家, 喁喁然[22]視日之斜, 汲汲然望夜之至, 度一日如三秋, 待佳期如不及. 頻寄翰墨, 以宣其堙鬱, 乃作「憶秦娥」[23]一闋, 其詞曰:

기 무섭게 간담이 서늘하네(忽聞河東獅子吼, 拄杖落心茫然)"(『북리시화北里詩話』 권24)라고 시를 지어 희롱했다. 사자후는 원래 불가에서 위엄을 뜻하는 용어인데, 진조가 불교에 심취하여 이렇게 말한 것이다.

22) 喁喁然(우우연): 입을 위로 쳐든 채 애타게 기다리는 모양이다. 원래 물고기가 주둥이를 물 위로 내밀고 오물거리는 모양에서 유래했다. 『사기』「사마상여전」(권117)에 "목을 빼고 뒷다리를 들어 애타게 다투어 귀의하여 신첩이 되고자 하였다(延頸擧踵, 喁喁然, 皆爭歸義, 欲爲臣妾)"라는 내용이 보인다.

23) 「憶秦娥억진아」: 사패(詞牌)의 하나로, '진루월(秦樓月)'이라고도 한다. 당나라 문종(文宗)의 궁기(宮妓)인 심요요(沈翹翹)가 처음 지은 것으로 알려져 있다. 이 곡은 이백의 시 「억진아」에 모태를 두는데, 그후 체제가 일정치 않아 변화를 거듭했다. 진아는 진나라 목공의 딸 농옥으로, 퉁소를 잘 불었던 소사와 함께 봉황을 타고 하늘로 올라갔다고 알려져 있다. 참고로 이백의 「억진아」는 다음과 같다. "퉁소 소리 오열하니 진아의 꿈 끊어지고 진루엔 달만. 진루에 달 뜨고 해마다 버들 새로운데 패릉에서의 이별이 슬프구나. 맑은 가을 들에서 즐겁게 노니는데, 함양의 옛길엔 소식이 끊겼네. 소식이 끊기고 서풍에 남은 빛은 한가의 궁궐을 비추누나(簫聲咽, 秦娥夢斷秦樓月. 秦樓月, 年年柳色, 灞陵傷別. 樂游原上淸秋節, 咸陽古道音塵絶. 音塵絶, 西風殘照, 漢家陵闕)."

春寂寂, 一庭梨花風雨夕.

風雨夕, 相思不見, 音耗兩隔.

却悔當年遇傾國, 我心安得頑如石?

空相憶, 對花腸斷, 臨風淚滴.

김생, 상사동에서 애를 태우다

及期而往, 則嫗出而延之甚喜. 生問無恙外, 不暇出一言, 祗曰:

"事勢若何?"

嫗曰:

"昨日, 爲進夫人前, 請之甚懇, 夫人爲言, '進賜平日, 禁英兒出入甚嚴, 故 我不敢從汝所願. 若明日, 進賜爲卿宰所邀出遊, 而作令節,[1] 則吾何惜一 英兒暫時之閑也?' 夫人之諾, 則丁寧矣, 但未知進賜之出遊乎否也."

生將信將疑, 且喜且懼, 心莫能定, 而悄然憑几, 開戶而待之. 日將欹午, 了無形影, 胸煩腸熱, 凝坐成癡, 正若霜後蠅然也. 生翻然起立, 揮扇擊柱, 呼嫗而告之曰:

"望眼欲穿, 愁腸欲斷. 多少行人近而却, 非吾望絶矣?"

嫗慰之曰:

"至誠感天, 郎且少安!"

---

1) 令節(영절): 좋은 시절로, 여기서는 단오 무렵을 의미한다.

有頃, 窓外有曳履聲, 自遠而近, 生驚顧視之, 乃英少娘也. 生拍手曰:

"豈非天耶?"

嫗亦喜之, 如赤子之見慈母也. 英見門前綠柳, 紫騮長嘶; 庭畔淸陰, 僕夫羅列, 怪而踟躕, 不敢遽入. 嫗詭阿英曰:

"汝其速入, 無疑! 汝不識此郎君乎? 郎君乃吾亡夫之親族也. 適來陋舍, 將欲餞客耳, 且汝來何暮也? 吾恐汝終不來, 故已祭汝父母耳. 汝可入于內, 速取杯盤來, 將以奉郎君一酌."

英如其言, 奉盤而進, 嫗與生擧盃相屬. 酒半酣, 生謂英曰:

"娘亦就坐, 吾巡及至矣."

英含羞低顏, 不敢正對. 嫗曰:

"汝生長深宮, 不知世情之乃爾; 汝能識字, 不知酬酢之有禮乎?"

英乃受酒, 猶未快如也, 澁把香巵, 乍接朱唇而已. 少焉, 嫗佯醉倦坐, 欠伸思睡, 顧英而言曰:

"吾爲酒力所困, 氣甚不穩, 且欲少安, 汝暫侍坐."

卽起入內, 倒榻醉睡, 鼻息如雷. 於是, 生謂英曰:

"頃者, 自夫子廟[2]來, 相見于弘化門前路, 三月初吉, 實惟其時, 汝能記憶否?"

英答曰:

"記馬, 不記人也."

生曰:

"人不如馬耶?"

英曰:

"見馬, 不見人也."

---

2) 夫子廟(부자묘): '성균관'을 지칭한다. 공자를 모셨기에 이렇게 표현한 것이다. 성균관 '대성전(大成殿)'에 공자의 위패를 모신다. 중국의 부자묘는 1034년 남경(南京)에 세워진 이래 몇 곳에 있었다.

生曰:

"汝豈徒記馬不記人乎哉? 顔色之憔悴, 形容之枯槁, 不如曩者之相見者, 豈無所以然而然耶? 汝非我, 安知我之心哉?"

英笑曰:

"子非妾, 安知妾之不知子之心乎?"

生移席狎坐, 以實告之曰:

"吝爾蘭香! 汝豈無情人哉? 自從初逢不相話以來, 相思不相見, 今幾日月? 吝爾蘭香! 汝寧不悲乎哉? 徯我娘, 娘來其蘇[3]矣."

英微哂不答. 生欲留英于此, 仍以繼夜, 要以同枕, 英不可, 曰:

"吾進賜主, 朝以出遊, 暮以當還, 今日出遊, 故妾身且來于此耳. 還則必呼妾而解衣, 不可以婉婉之弱質, 陷於萬死之地也. 是以, 只卜其晝, 未卜其夜.[4]"

生知其不可久留於此, 仍以微意挑之, 曰:

"苟如汝言, 則當奈此心何? 日已云暮, 分手已迫; 後會不易, 良晤難再,[5] 汝其憐之, 毋吝乎半餉之歡."

遂欲狎之, 英斂袵正色, 曰:

"余豈木石人哉? 不知郎君之心內事乎? 但進賜不以妾爲菲薄, 不可使離

---

3) 徯我娘, 娘來其蘇(혜아랑, 낭래기소): '낭자를 애타게 기다렸다가, 그 낭자가 왔기에 이제 살게 되었다'는 뜻이다. 이는 『서경』 「중훼지고仲虺之誥」편의 "가신 곳의 백성들은 집집마다 서로 축하하며, '우리 임금을 기다렸다가 그 임금께서 오시니 이제 살았도다' 하였다. 백성이 상(商)을 받듦이 오래이도다!(攸徂之民, 室家相慶曰: '徯予后, 后來其蘇.' 民之戴商, 厥惟舊哉!)"라는 구절에서 따온 것으로, 여기 '후(后)'는 탕(湯)임금을 말한다. 이것을 『맹자』 「양혜왕梁惠王」 하편에서 "때에 맞춰 비가 내리듯 하여 백성들이 크게 기뻐하니, 『서경』에서 '우리 임금을 기다렸다가 그 임금께서 오시니 이제 살았도다'라고 한 것이다(若時雨降, 民大悅, 書曰: '徯我后, 后來其蘇')"라고 인용한 바 있다.

4) 只卜其晝, 未卜其夜(지복기주, 미복기야): 「운영전」 '미복기주, 지복기야'조 참조.

5) 日已云暮, 分手已迫; 後會不易, 良晤難再(일이운모, 분수이박, 후회불이, 양오난재): '날이 이미 저물어 헤어질 때가 닥쳤고, 다시 만나기는 어려운지라 좋은 만남은 재차 오기 어렵다'는 뜻이다. 딱히 전고는 없는 문장이나 마치 그런 양 구성한 예다. '일이운모'는 따로 이미 늦은 상황을 비유하기도 한다.

於前, 信而任之, 不出中門之外. 今之來此, 已犯嚴令, 若又恣行不法, 醜聲彰聞, 則死有餘罪, 縱欲從命, 其可得乎?"

生拊髀而歎曰:

"予豈生乎? 其爲泉下人哉!"

遂執其素手, 捫其酥乳, 接其玉脚, 唯心所欲, 無所不爲, 至於講歡,6) 則不可也. 生鼓情竭誠, 百端誘之曰:

"烏飛急, 兎走疾,7) 歲月如流; 紅已歇, 綠已衰, 蝴蝶莫戀. 其在人也, 何以異乎? 顔凋紅於轉頭, 髮生白於彈指.8) 朝雲暮雨, 陽臺神女,9) 本無定情; 碧海靑天, 月中姮娥, 應悔偸藥.10) 鳥生微而比翼,11) 木性頑而連理,12) 矧情慾之所鍾? 豈人物之異致? 春風蝴蝶之夢, 特惱空房; 夜月杜鵑

---

6) 講歡(강환): 잠자리의 기쁨을 맺는다는 뜻으로, '강환(强歡)'이라고도 한다.
7) 烏飛急, 兎走疾(오비급, 토주질): 세월의 빠름을 뜻한다. 여기서 '오'와 '토'는 각각 해와 달을 의미해 '오토'를 세월이라 한다. 불가에서 많이 쓰는 문구로 『경덕전등록景德傳燈錄』(권24)에 "번쩍번쩍 해가 날듯 급히 지나가고, 뛰어오르듯 달은 자주 달려 지나네(閃爍烏飛急, 奔騰兎走頻)"라는 구절이 보인다.
8) 顔凋紅於轉頭, 髮生白於彈指(안조홍어전두, 발생백어탄지): '고운 얼굴은 머리 돌리는 사이에 늙어가고, 백발은 손가락 퉁기는 사이에 생긴다'는 뜻이다. 인생의 화려한 때는 금세 지나간다는 의미다. 여기 '전두'와 '탄지'는 모두 찰나의 짧은 시간을 뜻한다.
9) 朝雲暮雨, 陽臺神女(조운모우, 양대신녀): 초나라 회왕과 무산의 신녀가 나눈 운우지정 고사로, 구체적인 내용은 「운영전」의 '초군'조 참조.
10) 月中姮娥, 應悔偸藥(월중항아, 응회투약): 항아가 예(羿)의 불사약을 훔쳐 먹고 달로 달아났다가 뒤에 이를 후회했다는 고사다. 이에 대해서는 「운영전」 '영약지투'조 참조.
11) 比翼(비익): 즉 비익조. 전설상의 새로, 암수가 눈과 날개가 하나씩이어서 나란히 자리해야만 날 수 있었다고 전해진다. 『산해경』에 "숭구산에 새가 있는데 오리 모양이고, 날개가 하나에 눈도 하나였다. 암수가 서로 만나야 날 수 있다(崇丘之山, 有鳥狀如鳧, 一翼一目, 相得乃飛)"라고 했다. 통상 '부부의 정의가 도타움'을 뜻한다. 물론 여기서는 '함께 난다'는 일반적인 의미로 쓰였다.
12) 連理(연리): 즉 연리지. 원래 효성이 지극함을 뜻하는 고사였으나, 남녀의 사랑을 의미하는 말로 쓰인다. 『후한서』 「채옹전蔡邕傳」에 나오는 고사다. 채옹(133~192)은 어머니에 대한 효성이 지극해 어머니가 죽은 후 삼 년 동안 묘를 지켰다. 어느 날 그 집 앞에 나무 두 그루가 자라더니 가지가 서로 붙었다. 사람들은 이를 두고 부모와 자식이 한몸이 된 것이라고 했다. 참고로 백거이는 「장한가」에서 "하늘에선 원컨대 비익조가 되고, 땅에선 바라건대 연리지가 되리. 천장지구라도 때는 다할 법하나 이 한이야 한없어 끝날 기약이 없어라(在天願作比翼鳥, 在地願爲連理枝, 天長地久有時盡, 此恨綿綿無絶期)"라고 읊은 바 있다.

之啼, 偏驚孤枕, 豈可使杜牧之尋春芳之晚?[13] 魏寓言, '見姮娥遲, 虛負靑春之年, 空遺黃壤之恨.'[14] 每恨西陵綠樹,[15] 寂寞千載之荒丘; 長信門扃,[16] 蕭條幾夜之秋雨. 嗟! 吾心之可惜, 恨娘子之無情, 生而何哉? 死而止耳!"

英終不肯隨, 曰:

"郎君固致意於賤妾, 可於他日相尋."

生不可, 曰:

"一別丰容, 宮門幾重, 欲寄音書, 無由可達, 其可更望喜眼之雙靑乎?"

英曰:

"此豈知我者哉? 是月望日夜, 進賜與王子諸君, 約爲翫月之會, 是必夜入而還矣. 且宮之墻垣, 適爲風雨所壞, 進賜緩於宮家故, 時未理之. 郎君可於此夜, 乘昏黑而來到, 從壞垣深入, 則中有短牆之門, 當啓而待之. 由門而入, 循墻而下, 東階十步許, 有別寢數間. 郎君潛身于此, 待妾出迎, 則何難乎佳

---

13) 杜牧之尋春芳之晚(두목지심춘방지만): 두목지는 두목으로, 「주생전」 '번천'조에 자세히 나와 있다. '심춘방지만'은 두목이 사랑하던 기녀 자운을 잃고 '고운 임을 찾으려 했으나 이미 때가 늦었다'는 취지로 읊은 시의 내용이다. 이 시가 바로 「탄화」(『번천집』 권22)로, 그 전문은 다음과 같다. "스스로 한하노니 꽃을 찾았으나 이미 늦어, 지난해 아직 피지 않을 때 봤던 거네. 지금은 바람에 쓸려 꽃은 어지러이 떨어지고, 푸르던 잎은 그늘을 이루고 가지엔 열매가 가득이라(自恨尋芳到已遲, 往年曾見未開時. 如今風擺花狼藉, 綠葉成陰子滿枝)."
14) 見姮娥遲, 虛負靑春之年, 空遺黃壤之恨(견항아지, 허부청춘지년, 공유황양지한): 육조시대 위나라의 우언이라고 했으나 출전은 미상이다. 달을 보며 청춘을 부질없이 보내 황천의 한을 되새긴다는 점은 일반적인 정서의 표현으로 이런 표현이 육조시대부터 생겨났음을 환기시킨다.
15) 西陵綠樹(서릉녹수): 서릉은 '고평릉(高平陵)'이라고도 하며, 위나라 무제(武帝)의 능으로, 하남성 임장현(臨漳縣) 서쪽에 있다. 무제는 이 맞은편에 동작대(銅雀臺)라는 화려한 누대를 만들고 자신이 죽으면 이 맞은편에 묘를 쓰라고 하여, 이 서릉이 조성됐다. 후대 사람들은 이 사실을 슬퍼해 동작대에서 서릉을 바라보며 시편을 많이 남겼다. 남조의 시인 사조(謝朓, 464~499)는 그의 「동작대」에서 "빽빽한 서릉의 소나무, 누가 이 노랫소리 들어줄까(鬱鬱西陵樹, 詎聞歌吹聲)"라고 읊은 바 있다. 이후 서릉의 녹수는 과거 화려한 시절을 회상하는 상징이 되었다.
16) 長信門扃(장신문경): 장신궁 궁문이 닫혀 쓸쓸하다는 뜻으로, 장신궁은 궁궐 안에 외로이 거처함을 의미한다. 이에 대해서는 「운영전」 '장신궁'조 참조.

期哉?"

　生頗然之, 牢定約束, 分袂而歸. 一時登途, 漸成南北, 立馬回首, 黯然消
魂而已.

하룻밤을 위해 궁궐 담을 넘다

生自此, 懸憶尤甚, 乃作四韻一首, 以自悼曰:

宮門何處鎖嬋娟,　一別芳容兩杳然.
此日難忘情態度,　前身應結好因緣.
心勞往事愁如雨,　苦待佳期日似年.
正欲尋芳三五夜,　登樓看月幾時圓.

及期而往, 則果有壞垣, 呀缺成門. 由之而入, 度密穿深, 乃得小門, 推而
試之, 則果不鎖也. 入而東下, 果得別寢, 心自私賀曰:

"蘭香不欺我矣!"

仍投身其中, 以待英出. 于時, 白月初高, 涼風乍起, 階上群芳, 暗香浮動;
庭前綠竹, 疎韻蕭灑. 忽聞開戶之聲, 自內而出, 生將信將疑, 屛息潛聽, 跫
音漸近, 衣香來襲, 開眼視之, 乃蘭香也. 生出而撫背, 曰:

"情人金某, 已在斯矣!"

英曰:

"郎君大是信士也."

卽携手狎坐, 問生安否, 生答曰:

"忍得萬死, 僅保殘喘耳!"

英曰:

"何故其然耶?"

生曰:

"地邇人遐之故也."

相與打話, 不覺夜深. 生仰視明月, 而驚之曰:

"我初來時, 此月在東, 今已中天, 夜將過半, 不以此時同枕, 將何俟爲?"

卽把英之衣襟而解之, 英止之, 曰:

"郎君何以待妾如桑間遊女[1]乎? 別有寢房一所, 可於其中穩度良夜."

生掉頭而謝曰:

"我旣冒法昧死, 崎嶇到此, 一之已甚, 其可再乎? 凡爲處事, 貴得萬全, 若又恣行唐突, 第恐事泄."

英曰:

"事之泄不泄, 惟我在, 郎君無用自煎."

乃携手擁入, 生不得已隨之, 跼蹐惶恐, 入門如臨深淵, 踏地如履薄冰. 每移一足, 動輒九蹶, 汗出至踵, 猶未能自覺也. 無何, 繞曲砌, 循回廊, 入門者再三然後, 達于大內. 宮人睡熟, 庭戶寂然, 惟見紗窓靑燈明滅, 可知夫人之寢所也. 英引生納之一房, 曰:

"郎且少安."

---

1) 桑間遊女(상간유녀): 상중(桑中)에서 남자를 기다리는 여자다. 예로부터 상수 물가는 풍속이 문란하기로 유명하거니와, 따로 '상간복상(桑間濮上)'이라 하여 상중의 복수(濮水) 지역은 음악이 문란해 망국의 소리로 알려지기도 했다. 한편『시경』용풍「상중」편은 남녀의 밀회를 읊은 시다. 그 수장(首章) 부분은「주생전」'언채말향지당'조에서 소개한 바 있다.

即入于內, 久而不出. 生不任無聊, 或坐或臥, 私怪殊甚. 既而, 有人趨入中門, 報曰:

"進賜且入矣!"

滿庭炬燭, 照曜煒煌, 侍女婢僕, 奔走左右, 擁衛而入. 進賜醉臥庭中, 尙不覺悟, 鼾睡漸熟. 英承夫人之命, 來報曰:

"久臥冷地, 恐爲風傷."

挽起王子, 扶而入內, 人聲漸息, 火光亦滅. 英右手持玉燈, 左手携銀瓶, 出而開戶, 則生塗壁累足而立, 自以爲將死而已. 英笑謂生曰:

"郞君無乃有驚懼之心乎? 妾欲慰之, 故持溫酒而來."

遂以金荷葉盞,[2] 酌而勸生, 生飮之. 英又勸一杯, 生辭曰:

"在情, 不在酒也!"

仍命撤去. 生見房中, 無他物, 只有朱紅書案置杜草堂詩[3]一卷, 以白玉書鎭, 鎭之, 琅玕卓上, 橫一短琴.[4] 卽口號二句先唱, 曰:

琴書瀟灑淨無塵, 正稱房中玉一人.

英英繼吟曰:

今夕不知何夕也, 錦衾瑤席侍佳賓.

2) 金荷葉盞(금하엽잔): 연잎 모양의 금 술잔이다. 일반적으로 '하엽배(荷葉杯)'라고 하며, 술잔 모양이 연잎처럼 위쪽 주변은 넓고 가운데는 움푹 들어가 있다. 백거이의 「주숙酒熟」에 "무료하니 유화 주발이요, 적막하니 하엽잔이로다(疎索柳花盌, 寂寥荷葉杯)"라는 구절이 보인다.
3) 杜草堂詩(두초당시): 두보의 시편을 엮은 책일 텐데, 구체적으로 어떤 책인지는 미상이다. 참고로 「운영전」의 안평대군과 김진사의 대화에서 확인할 수 있듯이 조선시대에 가장 칭앙되던 시인은 단연 두보였다. 두시(杜詩)에 대한 선집도 많았는데 대표적인 선집이 『두율杜律』이었다. 다만 『두율』은 정조 대에 나온 것이며, 그 이전 선집은 많이 알려져 있지 않다.
4) 短琴(단금): 길이가 짧은 거문고로, 보통 서재에 두고 아취를 돋우는 데 활용했다. 예로부터 고즈녁한 서재를 묘사할 때 '소서(素書)' '고검(孤劍)' 등과 함께 많이 쓰였다.

旣而, 相携昵枕, 纏盡繾綣之意,[5] 夜已將闌, 晨雞喔喔然催曉, 遠鐘隱隱
乎罷漏.[6] 生起而攝衣, 歔欷數聲曰:

"良宵苦短, 兩情無窮, 其如將別何? 一出宮門, 後會難期, 其如此心何?"

英聞之, 呑聲飮泣, 玉手揮淚, 曰:

"紅顏薄命, 自古有之, 非獨如今微妾. 生如此而別, 死如此而怨, 其生其
死, 如殘花落葉, 將不待歲月寒矣. 郎君以男兒鐵石之心, 何可屑屑然爲兒女
之念, 以傷性情乎? 伏願郎君, 此別之後, 無置妾面目於懷抱間, 以傷思慮,
善保千金之軀, 勉不廢學業, 擢高第, 登雲路, 以盡平生之願, 幸甚幸甚!"

仍抽兎毫管,[7] 開龍尾硯,[8] 展鸞鳳牋,[9] 遂寫七言律詩, 吟付爲贐,
曰:

　　幾日相思此日逢, 綺窓繡幕接丰容.

　　燈前不盡論心事, 枕上旋驚動曉鍾.

　　天漢不禁烏鵲散, 巫山那復雲雨濃.

5) 纏綣之意(견권지의): 단단히 결합하여 정이 도타운 마음이란 뜻인데, 주로 남녀 사이나 부부
간의 사랑을 상징했다. 여기서는 '운우지정'의 뜻으로 쓰였다. 또한 '주무견권(綢繆纏綣)'이라
하여 서로의 뜻이 단단히 묶여 풀 수 없는 지경을 의미하기도 한다. 원진의 「앵앵전」에서 앵앵
이 장생에게 보낸 편지에 "이에 자고 꿈꾸는 사이에도 헤어진 슬픔에 대한 생각으로 감읍하고
목이 메어, 그 도타운 정이 단단히 얽혀 잠시라도 평상시 같았지요(乃至夢寐之間, 亦多感咽離憂
之思, 綢繆纏綣, 暫若尋常)"라는 언급이 보인다.
6) 罷漏(파루): 우리말로 '바라[哱囉]'라 하며, 통행금지 해제를 알리는 신호다. 더 자세한 내용
은 「운영전」 '경루'조 참조.
7) 兎毫管(토호관): 토끼털로 만든 고급 붓이다. 『신당서新唐書』 「구양순전歐陽詢傳」(권198)에
"이리 털로 겹쳐 붓대롱을 만들고 토끼털로 덮어 완성한다(重以狸毛爲筆, 覆以兎毫管)"라는 언
급이 보인다.
8) 龍尾硯(용미연): 고급 벼루의 범칭이다. 중국 안휘성 무원현(婺源縣) 용미산(龍尾山)에서 나
는 돌로 만든 것으로, 벼루 중에서 최상품에 해당한다. 소식은 「용미연가龍尾硯歌」에서 "그대
용미연을 보니 그 재질이 어떤가, 고운 덕과 좋은 소리가 이 돌에 깃들었다네(君看龍尾豈石材,
玉德金聲寓於石)"라고 읊은 바 있다.
9) 鸞鳳牋(난봉전): 난새와 봉황이 그려진 고급 종이다.

326

遙知別後無消息, 回首宮門鎖幾重.

生覽之, 悲不自禁, 不覺淚下, 卽濡筆而和之, 曰:

燈盡紗窓落月斜, 將乖牛女隔天河.
良宵一刻千金直, 別淚雙行百恨和.
自是佳期容易阻, 由來好事許多魔.
他年縱使還相見, 無限恩情奈老何.

英英展而欲覽, 淚滴濕字, 不能盡篇. 收而藏之懷中, 脈脈無語, 握手相看
而已. 于時, 曙燈晻翳, 東窓欲明, 英乃携生而出, 送于壞墻之外. 兩人相與
嗚咽, 不能成泣, 慘於死別矣.

生旣還家, 喪神失心, 視不見物, 聽不聞聲, 筌蹄世故,[10] 無事掛念. 欲爲
一書, 以致懇懇之意, 而相思洞老嫗, 旣已捐世, 無便寄書, 徒費悵望, 虛勞
夢想而已.

---

10) 筌蹄世故(전제세고): 세상일에 뜻을 잃었음을 뜻한다. '전제'는 어디에 갇힌 듯 멍하니 아
무것도 못 하는 상황을 말한다. 원래 물고기를 잡는 통발[筌]과 토끼를 잡는 올가미[蹄]로,
『장자』 「외물外物」편에 나오는 "통발은 물고기를 잡기 위해 있는데 물고기를 잡고 나면 통발
은 잊게 된다. 또 올가미는 토끼를 잡기 위해 있는데 토끼를 잡고 나면 올가미를 잊어버린다
(筌者所以在魚, 得魚而忘筌; 蹄者所以在兔, 得兔而忘蹄)"에서 유래했다. '목적을 이루기 위한 방편'
또는 '본말이 전도'된 상황을 뜻하기도 한다.

김생과 영영, 재회하다

　歲月荏苒, 光陰倏忽, 百憂叢裡, 三秋已過, 情隨事變,[1] 念懷稍弛. 復事舊業, 沈潛乎經史, 發奮乎文章, 以待槐黃之期,[2] 與國士鬪觜距於試場. 再進再捷, 擢千人爲壯元, 光耀一世, 人莫比肩. 三日遊街,[3] 頭戴桂花, 手執牙笏,[4] 前導雙蓋, 後擁天童,[5] 衣錦唱夫, 左右呈技, 執樂工人, 衆聲並奏, 觀者滿街, 望若天上郎也. 生半醉半醒, 意氣浩蕩, 着鞭跨馬, 一日千家.

---

1) 情隨事變(정수사변): '정 또는 마음이 일에 따라 변해간다'는 뜻이다. 이 작품의 핵심어라고 할 수 있다.

2) 槐黃之期(괴황지기): 다른 말로 '괴추(槐秋)'라 한다. 「운영전」의 '괴황지절'조 참조.

3) 三日遊街(삼일유가): 과거에 급제한 사람이 사흘 동안 시관(試官)과 선배, 친척 등을 방문해 인사드리는 예식이다. 과거에 합격했을 때 벌이는 잔치를 '창방연(唱榜宴)'이라 하는데, 이 잔치의 하이라이트가 바로 유가로 통상 사흘간 치러지기에 이렇게 부른다. 여기 언급처럼 합격자는 어사화를 꽂고 홀을 쥔 채 기녀와 악공 등을 대동해 풍악을 잡는 등 하례식치고 대단한 장관이었다고 한다. 단원(檀園) 김홍도(金弘道, 1745~?)의 〈삼일유가三日遊街〉에 잘 묘사되어 있다.

4) 牙笏(아홀): 상아로 만든 홀이다. 홀은 신하가 임금을 뵐 때 조복에 맞추어 손에 쥐는 직사각형의 물건으로, 옥 따위로 만든다.

5) 天童(천동): 도가의 용어로 하늘에서 동자의 모습을 하고 나타난 존재. 여기서는 시동들을 미화해서 이렇게 표현했다. 참고로 불가에서는 부처를 호위하는 신을 지칭하기도 한다.

忽見道傍, 高墉遠墻, 逶迤乎百步; 碧瓦朱欄, 照曜乎四面; 千花百卉, 芬茀乎階庭; 戲蝶狂蜂, 喧咽乎林園. 生問之, 則乃檜山君宅也. 生忽念舊事, 心中暗喜, 佯醉墮馬, 臥而不起, 宮人出門, 聚觀者如市.

時檜山君殂世, 已闋三期, 素服初闋. 夫人索寞單居, 無以爲懷, 欲觀俳優伎倆, 命侍女扶入西軒, 臥以錦文席, 枕以竹夫人. 生昏昏瞑目, 若不覺悟. 於是, 唱夫·工人, 羅列庭中, 衆樂齊作, 百戲俱張. 宮中侍女, 紅顔粉面, 綠鬢雲鬟, 捲簾而觀者, 可數十許人, 而所謂英英者, 不在其中. 生私自怪之, 莫知生死. 諦而觀之, 則有一少娘, 出而望生, 入而拭淚, 乍出乍入, 不能自止. 蓋是英英, 不忍見生, 不禁流淚, 畏爲人所覺也.

生望之, 心甚悽然. 然日將夕矣, 知其不可久留于此, 欠伸而起, 顧而乍驚, 曰:

"此何所也?"

宮中老臧獲,[6] 趨而進曰:

"檜山君宅也!"

生益驚曰:

"我何爲來此耶?"

臧獲乃以實對, 生卽欲起出, 夫人念生酒渴, 命英英奉茶而進. 兩人相近, 不得出一言, 徒爲目成而已. 英奉茶旣竟, 將起入內, 則華牋一封, 落自懷中. 生拾而藏之袖中而出, 上馬還家, 拆而觀之, 其書曰:

---

6) 臧獲(장획): 남녀 종을 뜻한다. '장'은 남자 종이며, '획'은 여자 종이다. 그 유례가 양웅(揚雄, B.C. 53~A.D. 18)의 『방언方言』에 다음과 같이 나온다. "'장용'과 '모획'은 모두 노비를 천하게 칭하는 용어다. 형회·해대·잡제 지역에서는 남자 종을 욕해 '장'이라 하고, 여자 종을 꾸짖어 '획'이라 한다. 제 땅의 북비와 연 땅의 북교에서는 무릇 일반 백성으로 남자는 여자 종을 아내로 맞는데, 이를 '장'이라 하며, 여자는 남자 종에게 시집가기에 이를 일러 '획'이라 한다. 또 도망한 남자 종을 일러 '장'이라 하며, 도망한 여자 종을 일러 '획'이라 한다. 모두 이역 세계에서 노비를 타매하는 비루한 칭호다(臧甬侮獲, 奴婢賤稱也. 荊淮海岱雜齊之間, 罵奴曰臧, 罵婢曰獲. 齊之北鄙, 燕之北郊, 凡民男而壻婢, 謂之臧; 女而婦奴, 謂之獲. 亡奴謂之臧, 亡婢謂之獲, 皆異方罵奴婢之醜稱也)."

薄命妾英英, 再拜白金郎足下. 妾生不相從, 又不能死, 殘骸餘喘, 至今尚存, 豈妾微誠念君不至? 天何茫茫, 地何漠漠? 桃李春風, 閉妾深宮; 梧桐夜雨, 鎖妾空閨. 久廢絲桐, 蛛網生匣;[7] 空藏粧鏡, 塵土滿奩. 斜陽暮天, 能添妾恨; 曉星殘月, 誰念妾心? 登樓望遠, 雲蔽妾眼; 倚枕思睡, 愁斷妾魂. 吁嗟! 郎君寧不悲哉? 妾又不幸, 老嫗殞世, 欲寄音書, 無由可達, 徒想面目, 每斷心腸. 假令此身, 更獲相接, 芳容頓改, 厚惠何施? 不識郎君亦念妾否? 天荒地老, 妾恨無窮, 嗟哉奈何? 死而已矣. 臨楮悽然, 不知所云.

書下, 復有七言絶句五首, 曰:

好因緣反是惡緣, 不怨郎君只怨天.
若使舊情猶未絶, 他年尋我向黃泉.

一日平分十二時, 無時無日不相思.
相思何日期相見, 深恨人間有別離.

柳憔花悴若爲情, 鏡裡猶憂白髮生.
自是佳人無好事, 墻頭晨鷄爲誰鳴?

別來忍掃席中塵, 愛有郎君坐臥痕.

---

7) 久廢絲桐, 蛛網生匣(구폐사동, 주망생갑): '거문고를 오랫동안 타지 않아 거문고 갑에 거미줄이 쳐졌다'는 뜻이다. '사동'은 거문고의 별칭으로, 거문고를 오동나무로 만든 데서 유래한 말이다. '사'는 칠현(七絃)을 의미한다. 이백의 「원가행怨歌行」에 "빈한의 괴로움 차마 말을 못하고, 그대 위해 거문고를 탈 뿐(寒苦不認言, 爲君奏絲桐)"이라는 구절이 보인다.

寂寞深宮消息斷, 落花春雨掩重門.

欲寄幽懷竟得難, 幾回呵筆綠窓間.
空教別後相思淚, 點滴花牋一半斑.

生覽之, 沈吟愛玩, 不忍釋手, 置念英英, 倍於曩時. 然靑鳥不來, 消息難傳; 白雁久絶, 音信莫寄. 斷絃不能復續, 破鏡難得重圓,[8] 憂心悄悄, 輾轉何益? 形枯體鑠, 臥而成疾, 幾過數月. 適有同年李正字者, 來問生疾, 生携手陳情, 告以疾祟, 正字驚慰曰:

"君疾愈矣! 夫檜山君夫人於我爲姑, 義切情親, 可以達其所懷. 且夫人自失所天以來, 信幽明報應之說, 不愛家産珍玩, 好爲捨施, 可以更圖之矣."

生喜曰:

"不意今日, 復見茅山道士[9]也!"

乃申申然定約束, 再拜而送之. 卽日, 正字往于夫人前, 而告之曰:

"向者, 某月某日, 有及第壯元者, 醉過門前, 墮馬不省人事, 姑氏命扶入西軒, 有諸?"

曰:

"有之."

---

8) 斷絃不能復續, 破鏡難得重圓(단현불능부속, 파경난득중원): '끊어진 현은 다시 이을 수 없고, 깨진 거울은 다시 둥근 거울이 될 수 없다'는 뜻으로, 한번 틀어진 언약은 되돌릴 수 없음을 의미한다. 따로 '단현'은 아내의 죽음을, '파경'은 부부의 이별을 상징한다. 이런 상황을 되돌린 것을 '단현상속(斷絃復續)' '파경중원(破鏡重圓)'이라 한다. 이에 대해서는 「최척전」의 '단현재속, 분경중원'조 참조.

9) 茅山道士(모산도사): 당나라 설조(薛調)가 지은 전기소설 「무쌍전無雙傳」에 등장하는 도사다. 그는 남주인공 왕선객(王仙客)을 위해 적군에 붙잡혀 있었던 무쌍을 구해내는데, 무쌍을 죽은 상태로 있게 했다가 삼 일 뒤에 다시 살려내는 약술을 썼다. 당대 전기소설은 이처럼 도사나 매개자가 등장해 남녀 주인공을 해후시키는 내용이 적지 않은바, 이는 우리 쪽 전기소설과 분별되는 지점 중 하나다.

曰:

"命英英奉茶慰渴, 有諸?"

曰:

"有之."

曰:

"是乃姪之友, 壯元金某也. 爲人才器過人, 調度脫俗, 將大有爲之人也. 不幸嬰疾, 閉戶臥吟, 今已數月. 姪朝夕往來問疾, 則肥膚憔悴, 氣息奄奄, 命在朝夕. 姪甚憐之, 問疾所由, 則英英爲祟也. 不識可以活諸?"

夫人感激曰:

"吾何惜一英兒, 使汝伴人寃結以至死亡耶?"

卽命英英歸金生家. 二人相見, 其喜可掬. 生懘氣頓蘇, 數日乃起. 自此, 永謝功名, 竟不娶妻, 與英英相終云云.

生與英唱和詩文, 甚多積卷, 而生無子孫, 是以, 不傳于世. 吁, 可惜哉!

해설

심상치 않은 남녀의 사랑, 17세기 전기소설의 세계

▦ 16세기 후반~17세기 전반의 문풍과 애정전기소설

여기 수록된 네 작품은 최소한 16세기 말에서 17세기 전반 안짝에 나왔다. 「주생전」은 권필權韠, 1569~1612의 작품으로, 필사기에 의하면 1593년에 지었다. 「최척전」은 조위한趙緯韓, 1567~1649이 1620년 초반에 지은 것으로 판단된다. 「운영전」과 「상사동기」는 작가와 창작 시기가 명확히 밝혀져 있지 않다. 이중 「운영전」은 여러 정황으로 보아 1610년대 전후로 그 창작 시한을 잡을 수 있다. 다만 「상사동기」는 창작 시기를 비정하기가 다른 작품보다 상대적으로 더 어렵다. 더구나 누군가가 「운영전」을 패러디한 작품이라고 보는 혐의가 추가되어 「상사동기」를 한참 뒤에 나온 작품으로 추정하기도 한다. 그런데 권필의 조카인 권전權佺, 1583~1651의 『석로유고釋老遺稿』와 이건李健, 1614~1662의 『규창유고葵窓遺稿』 등에 「상사동기」를 읽은 기록이 등장해 그 시기가 좁혀진다. 특히 권전은 병을 앓던 중에 아이에게 이 작품을 읽도록 하여 그 이야기를 들으면서 마음을 달

해설 | 333

랬다고 한다. 이른바 '각병지자郤病之資'로 삼은 것인데, 이는 최소한 1650년 이전에 쓴 기록이니 대략 17세기 전반 이전에 창작되었음은 분명해 보인다.

그런데 이들 작품이 창작되던 시기는 고전문학사에서 보기 드문 변화의 국면이었다. 흔히 이 시기 문학은 한문학 사대가(이정귀·신흠·장유·이식)로 대표되곤 한다. 이를 문학의 '목릉성세穆陵盛世'라 할 만한데 이는 정통 한문학의 차원에서만 인정되는 부분이다. 이 시기에는 문학에 대한 이해는 우리에게 좀더 확대된 시야를 요구한다. 먼저 이때의 문학계의 변화 바람을 다음과 같은 몇 가지로 일별할 수 있다. 이 시기에는 당시풍唐詩風이 유행하고, 양명학이 유입되고 도선道仙 취향이 확대되는 등 사유의 전화轉化가 일어났다. 이로 인해 이 시기 문풍은 그야말로 전례없는 신경지에 접어들고 있었다. 이런 변화를 반영한 작품이 '낭만적인 경향'을 보여준다고 달리 말할 수 있다. 16세기 후반에서 17세기 전반에 이렇듯 낭만풍 사조가 출현하는 일은 고전문학사에서 그 유례를 쉽게 찾을 수 없다. 동아시아 전란 등 사회 조건의 변화와 맞물려 이러한 변화가 진행되었거니와, 정치사회의 혼란을 틈타 문학 분야는 그야말로 '조선의 르네상스'를 맞이하게 되었다.

이런 문풍의 변화와 문학 자체의 체질 개선은 이에 걸맞은 걸출한 작가군이 형성됨으로써 가능했다. 이 새로운 창작 주체의 등장도 장관이었다. 이달李達·최경창崔慶昌·백광훈白光勳 등 이른바 '삼당시인三唐詩人'을 비롯해, 앞에서 언급한 권필과 조위한은 물론 유몽인柳夢寅, 1559~1623, 허난설헌許蘭雪軒, 1563~1589, 허균許筠, 1569~1618 등 쟁쟁한 작가들이 문학의 새로운 기치를 드높였다. 특히 유몽인, 권필, 허균, 조위한 등은 소설류를 남긴 주체이자 이 시기 낭만풍을 진작시킨 그룹으로, 또다른 문학(또는 소설) 사대가라 부를 만하다. 개인적으로는 「운영전」을 창작한 유력한 후보로 허균을 꼽는다.

아무튼 이런 경향은 이 시기 문학을 한문학 사대가로 대표할 수 없는, 새로운 국면이라고 할 수 있겠다. 또한 그 분위기와 상황이 고전소설사의 한 획을 그을 네 작품이 산생産生된 기반이기도 했다. 그에 걸맞게 네 작품은 이 시기 문풍의 변화와 낭만적인 문학의 경향이 집약된 결과물이었다. 따라서 다른 어느 시문학 분야보다 이들 애정전기소설傳奇小說은 이 시기 문학의 특징을 담보하고 있는 셈이다.

▨ 남녀의 사랑, 그 내포와 문제성

애정전기소설은 나말여초의 「최치원崔致遠」부터 시작해 『금오신화』의 「만복사저포기萬福寺樗蒲記」「이생규장전李生窺墻傳」에서 뚜렷한 자기 변화와 함께 그 정체성을 드러낸 바 있다. 이런 전통이 16세기 말 17세기 전반 무렵 등장한 이 책 속 작품들로 이어졌다. 애정전기소설은 애정을 소재로 하는 만큼 모두 남녀 간의 사랑을 서사의 얼개로 한다. 그런데 그 변화 양상이 사뭇 흥미롭다. 초기 애정소설을 보면 주로 남녀 간의 만남이 지기知己를 추구하는 방향으로 이뤄졌다. 결핍된 자아의 욕망이 자신을 알아주는 존재, 즉 지기를 통해 모종의 합일에 이르나 다른 환경적인 요인 때문에 파탄나는 형국이었다. 그러나 17세기에 이르면 뚜렷한 변화 징후가 포착된다.

가장 먼저 눈에 띄는 부분은 애정의 서사가 다양한 방식으로 구현된다는 점이다. 우선 「주생전」을 살피면, 배도에게서 선화로 사랑의 대상을 바꾸는 남주인공 주생은 종래 전기소설에서 만나볼 수 없던 인물형이다. 「운영전」 속 운영과 김진사의 사랑은 두 인물의 만남 자체가 이미 금기를 넘어서 있으며, 남녀의 정욕을 긍정하는, 유교 사회에서는 결코 용납할 수 없는 논리를 구현한다. 이외에도 「최척전」은 청춘 남녀의 사랑이 부부애로 승화되면서 가족의 문제로 바뀌어 전개되는가 하면, 「상사동기」는 남녀 간 불온한 하룻밤의 결연에 온 힘을 쏟는다.

이렇게 작품마다 애정의 성격과 유형이 다변화하면서 길이가 대폭 확대된다는 점이 또하나의 특징이다. 남녀의 전지적 사랑이라는 기존의 틀에서 벗어나 주변 인물과 상황의 변화가 주인공에게 영향을 미치면서 서사가 확장되는 형국이다. 그런 과정에서 자연스레 당대, 또는 조선 사회의 면면이 드러나는 효과도 거둔다. 이 작품들을 통해 특히 동아시아 전란이 가감 없이 노출된다. 「주생전」 「최척전」은 바로 임병양란이라는 전란이 서사와 직결되어 인물들이 이 파고 속에서 부침하며,「운영전」에는 전란이 직접 반영되지는 않았지만 이 작품이 탄생하는 저변으로 자리한다. 이른바 전쟁과 사랑이라는 인류 역사의 보편적인 소재가 우리 소설사에서도 본격적으로 구현된 셈이다.

이런 전기소설의 자체적인 변화상은 동아시아 서사 전통에서도 그 유례를 찾기 힘들다. 전기소설은 동아시아 초기 서사 양식으로 우리나라에서는 애정 소재를 특화하여 비교적 늦은 이 시기까지 유지되었으나 중국이나 일본 등에서는 그렇지 않았다. 게다가 그 문제성을 유지하면서도 길이의 확장뿐만 아니라 작품성의 질적 제고까지 이루어진 경우는 더더욱 유일무이하다.

그렇다면 이들 작품에서 구현된 남녀 간의 사랑은 각각 어떤 모습인가. 「주생전」의 주생과 선화,「운영전」의 운영과 김진사,「최척전」의 최척과 옥영,「상사동기」의 김생과 영영은 모두 운명적인 만남을 경험했다. 전기소설은 원래 재자才子와 가인佳人의 결합을 그린다. 이들은 운명적으로 만나 절대적인 사랑에 몰입한다. 다만 이런 전통이 이 시기에 와서 약간 틀어지게 되었다. 운영과 영영은 궁녀 신분이기에 규방에서 미덕을 겸비한 가인이라는 면모로 봤을 때 결격이다. 주생과 김생도 상당히 충동적인 존재라는 점에서 전통적인 재자의 모습은 아니다. 이런 저들이 펼치는 '사랑놀음'은 그럼에도 변화한 시대의 다른 가능성으로 작용한다. 이들은 무엇보다 당대 제도와 사회의 인식틀을 벗어나 사랑 그 자체에 매달린다. 도대체 감정 조절을 하긴 하는가 싶을 정도의 탈주로 이어진다. 이는 곧 이 사랑이 당대의 질곡과 정면으로 맞서는 가장 중요한 무기였음을 상징한다. 주생과 배도, 선화 사이의 사랑은 어쩌면 주생의 탕아성薄兒性을 돋보이게 하려는 장치로 보일지도 모르나, 역시 그보다는 동아시아 전란의 소용돌이 속에 빠져들어감으로써 남녀 간 사랑이 어떤 상흔을 남기는가에 초점이 놓인다. 운영과 김진사의 사랑은 그야말로 인간 성정의 본위를 정면으로 논란토록 유도한다. 서슬 퍼런 궁궐에서 궁녀와 일개 선비의 사랑이 과연 가능했을까 싶은 「운영전」의 설정은, 따라서 금기를 위반한 대가를 톡톡히 치르도록 한다. 그럼에도 이들의 사랑은 궁녀의 일탈이라는 차원을 넘어 이 시기 가장 극적인 인간 해방의 제스처라 할 만하다. 이런 점에서 「주생전」과 「운영전」은 당대의 변화된 문풍과 분위기를 가장 극단적으로 끌고 간 사례로 들 만하다.

네 작품 중 그나마 유가적인 논리가 자리하는 「최척전」의 경우 최척과 옥영의 사랑 그리고 부부애가 이야기의 또다른 축을 구성했다. 전란으로 풍비박산 난 한 집안이 다시 극적으로 상봉하여 단란한 가정을 이루게 되는데 여기에 최척과 옥영의 사랑과 부부애가 근간으로 작동한다. 최척 일가가 이 전란에 노출됐을 때 국가는 전혀 도움이 되지 못했다. 거의 유일한 희망은 이들의 사랑과 가족의 연대였다. 즉 이들의 사랑은 사회 혼란을 이겨내는 힘 그 자체였다. 그런가 하면 「상사동기」의 김생과 영영의 만남은 애정전기소설에서 좀처럼 보기 어려운 모습이다. 비록 「운영전」의 틀을 빌려왔지만, 그리고 이들의 결연을 비현실적으로 직조함으로써 느닷없는 결론에 이르렀지만, 이 작품을 통해 남녀 간의 사랑에 새로운 활로가 열렸음은 부정할 수 없다.

이처럼 개별 작품마다 남녀 간 사랑은 비록 다른 형태로 등장하지만 정해진 방식을 벗어나 여러 방면으로 탈주하는 모습을 보여줬다. 때로는 헛헛한 헤어짐으로 나타나고, 때로는 자신들을 죽음으로 내몰기도 했고 때로는 예측할 수 없는 지점에서 화락한 결과로 맺어지기도 했다. 이런 다양한 면모는 어쩌면 불시에 들이닥친 짧은 시기의 낭만적인 풍조가 이들 남녀 주인공을 소환해 이룬 결과이지 않을까. 이들의 사랑은 변화가 꼭 필요했으나 아직 꿈쩍도 않던 사회에 대한 처절한 몸부림이었다. 그것은 너무나 시대와 잘 맞지 않은, 그래서 몹시 불온할 수밖에 없던 소재였다. 하지만 이게 이들 작품의 가장 문제적인 지점이기도 하다. 우리 소설은 여기에 와서 비로소 현실적 맥락을 갖게 됐기 때문이다. 작지만 큼지막한 변화의 서막이었다.

▧ 작품의 중요한 지점들

1) 「주생전」

주생의 애정 전선이 처음 배도에게서 선화에게로 옮겨간 것을 두고 최초의 삼각 연애물이라는 주장이 제기된 바 있다. 그러나 이는 전기소설의 문법을 잘 모르는 소리다. 초반에 주생과 배도의 관계가 워낙 각별해보여 이렇게 비치지만 결국 결연의 초점은 주생과 선화에게 맞춰진다. 기실 「주생전」은 당대唐代 대표적인 전기소설인 「곽소옥전霍小玉傳」과 「앵앵전鶯鶯傳」을 절묘하게 결합시킨 면이 없지 않다. 즉 전반부의 주생과 배도의 관계는 「곽소옥전」을, 중후반부의 주생과 선화의 관계는 「앵앵전」을 연상시킨다. 그러나 결코 이 두 작품을 단순하게 연결한 것은 아니다. 언뜻 보면 두 작품의 결합이 잘 드러나지 않을 정도로 정교하게 짜여 있다.

「주생전」은 다음 두 가지 측면에서 이후 소개한 세 작품과 차이를 보인다. 먼저 남녀 주인공이 모두 명인明人이다. 주생과 배도, 선화는 죄다 명나라 사람일뿐더러 배경 또한 절강 지역이 주무대다. 결말 부분에 주생이 명군으로 파견되어 조선 땅에 들어온 부분에서만 조선이 배경으로 나올 뿐이다. 이는 주생의 인물형과도 밀접하게 연관되는데 종래에 주생을 몰락한 조선 사인士人의 형상으로 보기도 했으나, 전혀 그렇지 않다. 과거를 버리고 상행위에 몸담거나 배도에게서 선화에게로 넘어가는 그의 모습은 아무래도 이 시기 조선 선비에게서 찾기 힘든 모습이다. 실제 명대 후기로 접어들면서 유학을 일삼던 선비들이 과업을 버리고 상행위나 출판업 등에 종사하며 좀더 유연한 계층을 형성하는데, 이런 유형을 '산인山人'이라 한다. 주생의 형상은 바로 이 산인이라 할 수 있는데 그렇기에 전혀 새로운 차원의 남녀관계를 만들어낼 수 있었다.

이 작품의 또 한 가지 특징은 전기소설의 전통 가운데 하나인 이른바 삽입시의 성격이 다르다는 점이다. 대부분의 전기소설에서는 일반 한시가 삽입되는데 이 작품에서는 대부분 노래로 부르는 사곡詞曲으로 대체되어 있다. 이처럼 남녀 간 사랑의 감정과 작중 분위기를 읊는 시가가 한시가 아닌 사곡이라는 점은 그 전개 방식에서 일정한 차이를 예감케 한다. 우리 소설사에서 흔치 않은 '사랑의 세레나데'가 바로 이 「주생전」인 셈이다. 앞으로 이러한 사안에도 주목해볼 만하다.

이런 사랑의 세레나데를 펼치던 주생과 선화는 우여곡절 끝에 결연을 맺으려는 찰나 헤어진다. 이들의 사랑을 가로막은 건 동아시아 전란이었다. 애꿎게도 주생은 원병이 되어 조선 반도로 출정해야 했다. 송도松都에 낙오한 채 선화를 절절이 그리워하는 주생의 마지막 모습은 애잔함을 더한다. 이때 그는 자신의 심정을 「답사행踏莎行」으로 남겼다. 그 내용 가운데 "낭원은 구름에 가렸고, 영주는 바다로 막혔어라閬苑雲迷, 瀛洲海阻"라는 표현이 보인다. 저 낭원과 영주, 즉 그리운 선화가 있는 곳은 구름과 바다로 막혀 이제 해후할 길이 막막해졌다. 지금 실의한 채 이국땅에 낙오된 주생의 사랑과 그리움은 현재진행형으로 남았다. 이것이 「주생전」의 주제의식이기도 하다.

2)「운영전」

「운영전」의 문제의식은 아무리 얘기해도 지나치지 않을 만큼 심중하다. 궁녀와 서생의 사랑이라는 인물 설정부터 인정과 정욕 측면에서 남녀가 따로 구분되지 않는다는 인간 해방의 슬로건을 내걸며, 위험천만한 장면을 작품 곳곳에서 활개치듯 보여준다. 이런 점 때문인지 많은 이본이 존재함에도 이 작품에 대한 후대의 언급이 전혀 없다. 많은 이가 몰래 읽고서 전혀 내색하지 않은 결과다. 당연히 현재까지 작자가 누구라는 단서 하나 발견되지 않는다. 그 작품성과 문제의식으로 볼 때 이 시기 유력한 문인이 아니면 창작할 수 없을 만하기에 작자 정보가 어떤 식으로든 드러날 성싶은데 그렇지 않다. 결국 이런 정황은 이 작품이 유가 사회에서 결코 용납될 수 없는 문제작임을 반증한다.

이 작품은 형식적으로도 매우 독특한 형태다. 수성궁을 중심으로 서울을 묘사한 도입부는 마치 조감을 하듯 그렸으며, 전란으로 인해 폐허가 된 궁궐터에서 안평대군 시절의 한 사건을 들춰내는 서사 방식은 놀랍도록 새롭다. 또한 전란을 직접적인 배경으로 삼지 않으나 꼭꼭 숨겨둬야 했던 궁중의 비화를 끄집어냄과 동시에 인간 본성의 근본적인 문제를 제기하도록 만든 토대는 결과적으로 보면 전란이었다. 뿐만 아니라 운영이라는 여성 화자가 자기 술회를 통해 서사를 진행하는 방식도 남다르다. 도입부와 종결부에 잠깐 서술자가 개입할 뿐 서사는 모두 당사자들의 입을 통해 이루어진다. 특히 운영의 술회를 통해 시간의 역전이 거듭되는가 하면, 1601년 현재와 15세기 안평대군 시절이 오버랩되면서도 그런 시대 차를 알아차릴 수 없도록 장을 구분한 서사 기법은 고전소설에서 달리 찾아볼 수 없는 면모다.

「운영전」은 그때까지의 규범이나 상식을 모두 깨뜨리는 과정이기도 했다. 궁녀 운영의 김진사에 대한 용납될 수 없는 사랑, 궁녀를 대하는 안평대군의 이중성과 결과적으로 운영과 김진사를 연결시키는 매개체로서의 면모, 이백李白과 두보杜甫의 비교에서 보이는 김진사의 파격, 무녀와 하인 특特의 되바라진 형상, 나머지 궁녀들의 공초供招를 통한 자유의지를 담은 발언 등. 이 모든 게 당대 통념상, 아니 유가 질서에서 결코 허용되지 않는 행위이자 발화였다. 「운영전」속 인물 모두는 불온한 존재이자 시대에 거슬리는 존재였다. 하나같이 문제투성이였기에 이들이 설 곳은 최소한 당대에는 없었다.

이처럼 주인공과 주변 인물 모두가 비정상적인 방향으로 달려가 운영과 김진사가 결연하느냐 아니냐 하는 안건으로 모였는데 당연하게도 이들의 발칙한 욕망은 이루어질 수 없었다. 그들 스스로 해서는 안 될 일을 저지른 것으로 아예 상정하고 있다. 그럼에도 왜 이들은 궁궐 담을 넘나들며 이 미친 질주를 해야만 했을까. 작품은 이렇게 독자에게 반문하는 듯하다. 그런데 그 이유가 공교롭게도 안평대군 앞에 끌려가 공초를 받을 때 은섬이 한 언급에서 확인된다. "남녀의 정욕은 음과 양으로 나뉘어 받아 귀하고 천할 것 없이 사람이면 누구나 있사옵니다男女情欲, 稟於陰陽, 無貴無賤, 人皆有之." 이것 말고 달리 말할 게 없다.

이 작품의 결말 또한 흥미롭다. 이를 보고 고개를 갸웃한 독자가 많을 듯하다. 왜냐하면 운영과 김진사는 실제 인간 세상의 사람이 아니고 천상의 신선이었다고 밝히기 때문이다. 스릴 넘치고 처절한 감정의 무게를 감당하지 못해 죽어야 했던 이들이 인간이 아니라 천상의 신선이었다니. 이 사실을 확인하는 찰나 김이 빠진 느낌마저 들었을 것이다. 그러나 이 장치는 오히려 절묘하다. 그 시대에 도저히 감당할 수 없는 문제가 이들의 사랑놀이로 야기되었으니 이에 대한 적당한 출구가 있을 리 없다. 다시 덮어버려야 할 상황이다. 이들이 원래 신선이었다는 설정은 그래서 미봉책처럼 느껴진다. 하지만 달리 어떤 방법이 있겠는가.

그만큼 설정과 서사 전개, 그리고 그 주제의식이 시대와 불화함을 반증한다.

3) 「최척전」

「최척전」은 시공간적으로 엄청나게 확장되어 있다. 여기 인물들은 조선은 물론 일본, 베트남, 중국 요녕 등 동아시아 전역을 쉼없이 오간다. 거기에 최척과 옥영이 사랑하고 결혼하고 아이를 낳고 이별하고 재회했다가 다시 이별하고, 마지막으로 가족이 상봉하기까지 근 삼십 년이 걸린다. 공간적 배경과 시간적 배경이 이 정도로 확대된 예는 여태까지 없었다. 그런데 이런 시공간의 확장을 상정했을 때 이 작품의 길이는 예상외로 짧다. 「운영전」이 이 시기 작품으로는 가장 길이가 긴데, 내용상 「운영전」보다 한참 길어야 마땅한데도 말이다. 작자는 부단한 장면전환 수법을 통해 분량 문제를 어느 정도 해결한 것으로 보인다. 「최척전」은 최척과 옥영, 조선과 해외라는 두 가지 축을 두고 수시로 장면을 전환해 이 굵은 서사를 이끌어간다는 데 그 형식적 묘미가 있다.

이런 구성에서 이 작품은 몇 가지 참신한 지점을 확보했다. 이것이 고전소설의 전통 및 갱신의 문제와 연동되는 점이다. 대개 애정을 소재로 한 전기소설은 남녀 주인공이 지기로서, 또는 같은 소망을 안고서 인연을 맺지만 그들의 욕망이 좌절되는 형국으로 전개된다. 다시 말해 애정 전기소설 속 남녀 주인공은 만남과 결연 이후 대개 파국으로 치달았다. 그런데 「최척전」의 경우 최척과 옥영이 청춘 남녀로 만나 결연하기까지의 과정은 이 작품의 서막에 불과하다. 오히려 이들이 혼사 장애를 극복하고 부부가 된 뒤 아이를 낳아 가족을 구성하면서부터 본격적인 서사가 전개된다. 이후 이들은 끈끈한 부부애와 가족애, 그리고 주변의 도움 덕분에 동아시아 전란의 파고 한가운데서 살아남는다. 그런 속에서 동아시아 주변인들의 숭고한 인간애가 빛난다. 아무튼 우리 소설사에서 처음 만나는 '가족 서사'라 하겠다. 잘 알려져 있듯이 이후 등장하는 소설의 주류가 가족 서사라는 점에서 이 작품을 하나의 기원으로 볼 수 있다.

그런데 최척과 옥영의 모습을 보다보면 어쩐지 「이생규장전」의 이생과 최랑의 모습이 떠오른다. 이생과 최랑도 주변의 난관을 극복하고 혼인까지 하지만 홍건적의 난으로 영별해야만 했다. 「이생규장전」은 전기소설에서 남녀 주인공이 부부가 되는 첫번째 사례인데, 이들의 현세에서 인연은 여기까지다. 이후 서사는 귀신이 된 최랑이 이생에게 다가와 원망과 바람을 쏟아내는 형식이다. 그러나 「최척전」에서 최척과 옥영은 현세에서의 모진 환란을 끝없이 감내하며 그 인연의 끈을 이어간다. 「이생규장전」과 비슷한 면도 있으나, 최척과 옥영은 이생과 최랑이 못다 이룬 부부로서의 삶을 엄혹한 세상에서 구현하는데 이런 점은 기존 전기소설에서 찾아볼 수 없는 면모다.

「최척전」은 불교적 색채가 다분한 작품이기도 하다. 이는 도선적 취향이 농후한 「운영전」 등과 비교되는 지점이다. 남원의 만복사와 구례의 연곡사 등이 주요 배경이면서 옥영을 도와 부부가 해후하도록 도와주었던 일본 상인 돈우는 신실한 불교인이었다. 또한 옥영이 조선행을 감행하다가 표류했을 때도 해양의 관음 신앙에 의거한 레토릭이 등장한다. 무엇보다 만복사 장육불의 은밀한 도움은 이 서사의 절대적인 축 가운데 하나다. 장육불은 감내하기 힘든 상황에 처한 옥영 곁에서 그녀를 지켜준다. 나아가 풍비박산이 났던 한 집안을 다시 단란하게 만든 절대적인 존재로 각인된다. 따라서 이 장육불의 도움은 이 작품의 또다른 축을 이룬다고 할 수 있다.

이런 점은 다시 『금오신화』의 한 작품을 떠올리게 한다. 바로 「만복사저포기」다. 공교롭게도 이 작품의 배경 또한 남원의 만복사였다. 물론 불교적 색채와 관련해 두 작품의 연관성은 앞의 「이생규장전」만큼 친연성이 깊진 않다. 그럼에도 이 두 작품은 종래 불교 영험담의 전통과 맞닿아 있다. 나려시대 서사의 주류였던 불교 영험서사는 조선시대로 넘어오면서 자기 갱신에 실패해 그 주류성을 상실한다. 그렇지만 「만복사저포기」는 이런 영험담의 전통을 획기적으로 갱신했고 「최척전」은 영험성이라는 소재만 빌려와 완전히 다른 형태로 구현했다. 난데없는 장육불의 개입을 두고 서사가 비현실적이라고 주장하는 이유도 이런 이전 시기 영험담의 소재를 차용했기 때문이다. 어쨌든 「최척전」은 이전 서사의 전통을 흥미롭게 자기화한 작품으로도 소설사에서 기억될 만하다.

이미 언급했듯이 「최척전」은 다른 작품과 달리 전란 속에서 살아남은 가족의 이야기다. 이런 전란과 가족의 문제를 또다른 차원에서 전개시킨 문제작으로 「김영철전金英哲傳」이 있다. 「김영철전」은 전란 속에서 모두 세 번에 걸쳐 혼인을 하고 이역에 자식과 부인을 두고 고국으로 돌아오는 이야기인데 전란이 어떻게 가족을 해체하는지를 잘 보여준다. 두 작품은 좋은 비교가 되는데, 「최척전」은 여전히 전기소설의 자장에 속하기에 그 주제의식은 남녀 간 결연과 해후의 문제로 수렴돼 결과적으로 이별에서 해후로 전환된다. 이는 옥영의 다음과 같은 말에서 확인할 수 있다. "천신만고하고 구사일생한 끝에 하늘에 계신 신령의 도움으로 낭군과 해후하여, 끊어진 현을 다시 잇고 나뉜 거울을 다시 합칠 수 있었지요千辛萬苦, 十生九死, 賴天之靈, 邂逅郎君, 斷絃再續, 分鏡重圓." 이는 기존 전기소설에서 이룰 수 없었던 원망이기도 하다.

4) 「상사동기」

「상사동기」는 한편으로는 풍유랑風流郎 김생의 좌충우돌과 꿈같은 하룻밤을 그리는, 또 한편으로는 느닷없는 해후와 해로로 갈음되는 좀 이상하다 싶은 작품이다. 예의 전기소설의 틀이나 문법은 물론이고 그 주제의식에서도 상당히 벗어나 있다. 또한 인물과 배경 등에서 「운영전」을 답습한 흔적이 역력하기 때문에 문제의식이 현저히 약화된 아류작이라는 부정적인 평가도 받는다. 물론 「운영전」의 구도와 결말을 비틀었다는 긍정적인 시각도 없지는 않다. 아무튼 이 시기 애정전기소설이 앞에서 살펴본 것처럼 전면적인 변화의 국면에 서긴 했지만, 이 가운데 「상사동기」만은 그 변화의 국면에 값하지 못하고 엄한 데로 빠져버리지 않았나 싶다.

　이런 혐의를 떠나 이젠 좀 달리 볼 필요가 있다. 필자는 과거에 이 작품을 '속화俗化'된 양상을 띤다고 평했으나 이를 부정적인 양상으로 볼 건 아니다. 마침 중국에서는 한 시대 앞서 흥미로운 변화가 일고 있었다. 즉 소설 분야에서 통속通俗의 기치가 드높아졌다. 풍몽룡馮夢龍을 위시로 명대 화본소설話本小說을 정리한 주체들은 통속, 즉 대중에게 다가가서 영향을 미치는 가장 적실한 장르가 소설이라고 주장했다. 이는 유가 경전을 중시하던 기존 분위기를 일신하는 문학계의 아방가르드였다. 그런데 중국에서 이 통속소설의 대상은 문인전기文人傳奇가 아닌 화본류였다. 애초 문인의 전기소설은 사인들 사유의 전유물로 대중과 소통하는 장르가 아니었다. 그러므로 이런 경향이 17세기에 우리 쪽에 영향을 미쳤다면 그에 상당하는 대중적인 장르가 필요했다. 그러나 우리나라에서는 전기소설(몽유록을 포함하여) 외에는 아직 그럴 만한 새로운 유형이 등장하지 않은 시점이었다. 그런데 이 「상사동기」에 그런 변화의 흔적이 흐릿하게나마 등장한다. 전기소설이지만 다른 작품과 달리 통속적인 면모를 보인다는 점에서 그렇다. 그런데 그것이 맞지 않은 옷을 입은 형태라고 할까, 어딘가 부자연스럽기까지 하다. 그래서 대놓고 통속소설이라고 하기는 어렵고 '속화의 경향'을 보인 작품 정도로 해석하려는 것이다.

　아무튼 이런 유형이 처음 나타났다는 점에서 대중 장르로서 소설계의 새로운 국면을 보였다는 사실은 부인할 수 없다. 이런 면모로 특정되는 지점을 살피자면 우선 대사회적인 요소가 거의 개입하지 않음을 들 수 있다. 앞서 살펴본 작품들은 제도나 전란 같은 묵직한 사회적 배경이 남녀 주인공의 결연에 직간접적으로 관여해 이들이 난관에 봉착하는 형식을 취한다. 기실 애정전기소설의 전통이 대개 비극적인 정조를 띠는 것은 사회적 요소가 옥죄는 형국이었기 때문이다. 그런데 이 작품은 그렇지 않다.

전도양양하던 성균관 유생 김생이 봄날 길에서 마주친 한 여인을 보고는 만사를 제치고 결연에 매달린다. 다행히 충복忠僕 막동과 영영의 이모가 도운 덕분에 이들의 만남은 성사된다. 하지만 김생은 자신의 육욕을 제어하지 못한다. 이들의 하룻밤 정사에 많은 지면이 할애된다. 안달하는 김생과 주도면밀한 영영을 통해 그 과정이 꽤 흥미진진하게 그려진다. 마치 이들의 이런 한 번의 결연을 위해 모든 것을 쏟아부은 작품이라 생각될 정도다. 이러한 과정이 전개됨에 있어서 특별한 사회적 요소가 등장하거나 주인공들이 그런 요소에 짓눌려 있지 않다. 따라서 김생과 영영은 전혀 어울리지 않는 형편임에도 불구하고 결연할 수 있었다.

문제는 그다음이다. 예의 전기소설이면 결연 이후 불가피한 운명에 휩쓸리는데, 여기서는 전혀 그렇지 않다. 하룻밤의 꿈같은 만남 이후 영영에 대한 애틋함은 온데간데없이 사라지고 김생은 언제 그랬냐는 듯이 본래 유생의 모습으로 돌아와버린다. 요즘으로 치면 나쁜 남자다. 서사는 김생의 이런 모습을 '정이라는 것도 일에 따라 변하는 법情隨事變'이라는 매우 현실적인 맥락으로 연결시킨다. 남녀관계에선 지탄받아야 마땅한 행동이나 이런 우유부단함 때문에 김생은 오히려 현실적인 인간으로 비친다. 왜냐하면 다른 전기소설 속 인물들은 자신의 욕망과 현실의 부조화 때문에 결국 비현실적인 존재로 남기 일쑤였기 때문이다. 결과적으로 이 '정수사변'의 논리가 남녀 애정 서사의 새로운 방향을 모색

한, 어느 정도 속화된 서사 세계를 제시했다고 볼 수도 있다. 이는 한국 전기소설의 변화와 확장, 해체의 도정을 동시에 표지하는 것이기도 하다.

우리가 고전에 눈을 돌리는 것은 고전으로 회귀하기 위해서가 아니다. 한국의 고전은 고전으로서 계승된 역사가 극히 짧고 지금 이 순간에도 발견되고 있으며 심지어 어떤 작품은 저 구석에서 후대의 눈길을 간절하게 기다리고 있기도 하다. 우리의 목표는 바로 이런 한국의 고전을 귀환시키는 것이다. 그러니까 고전 안에 숨죽이며 웅크리고 있는 진리내용들을 다시 불러들이고 그것으로 이 불투명한 시대의 이정표를 삼는 것, 이것이 우리의 궁극적인 목적이다.

문학동네 한국고전문학전집은 몇몇 전문가의 연구실에 갇혀 있던 우리의 위대한 유산을 널리 공유하는 것은 물론, 우리 고전의 비판적·창조적 계승을 통해 세계문학사를 또 한번 진화시키고자 하는 강한 열망 속에서 탄생하였다. 그래서 문학동네 한국고전문학전집은 이미 익숙한 불멸의 고전은 말할 것도 없고 각 시대가 새롭게 찾아내어 힘겨운 논의 끝에 고전으로 끌어올린 작품까지를 두루 포함시켰다. 뿐만 아니라 한국 고전의 위대함을 같이 느끼기 위해 자구 하나, 단어 하나에도 세밀한 정성을 들였다. 여러 이본들을 철저히 비교하는 과정을 거쳐 정본을 확정했고, 이제까지의 모든 연구를 포괄한 각주를 달았으며, 각 작품의 품격과 분위기를 충분히 살려 현대어 텍스트를 완성했다. 이 모두가 우리의 고전을 재발명하는 것이야말로 세계문학의 인식론적 지도를 바꾸는 일이라는 소명감 덕분에 가능했음은 물론이다. 부디 한국의 고전 중 그 정수들을 한자리에 모은 문학동네 한국고전문학전집이 그간 한국의 고전을 멀리했던 독자들에게 널리 읽히고 창조적으로 계승되어 세계문학의 진화를 불러오는 우리의, 더 나아가 세계 전체의 소중한 자산으로 자리하기를 기대해본다.

문학동네 한국고전문학전집 편집위원
심경호, 장효현, 정병설, 류보선

옮긴이 **정환국**

성균관대학교에서 한문학을 전공했으며, 현재 동국대학교 국어국문문예창작학부 교수로 재직하고
있다. 한국 고전서사를 전공하였으며, 고전문학을 동아시아적 시각과 하위주체의 관점에서 연구하고
소개하는 작업을 진행하고 있다. 저서로 『초기 소설사의 형성과정과 그 저변』 『제주 고전문학의 지평
과 해양문화』(공저) 등이 있고, 교감서 및 역서로 『정본 한국 야담전집』 『원문 교감표점 흠영』 『교감역
주 천예록』 『역주 유양잡조』 『역주 신단공안』 등이 있다.

한국고전문학전집 031

주생전 · 운영전 · 최척전 · 상사동기

ⓒ정환국 2022

초판 인쇄 | 2022년 9월 16일
초판 발행 | 2022년 9월 27일

옮긴이 정환국

책임편집 임혜지 | 편집 황수진 이현미 | 디자인 윤종윤 이주영
마케팅 정민호 이숙재 박치우 한민아 이민경 안남영 김수현 정경주
브랜딩 함유지 함근아 김희숙 박민재 박진희 정승민
제작 강신은 김동욱 임현식 | 제작처 영신사

펴낸곳 (주)문학동네 | 펴낸이 김소영
출판등록 1993년 10월 22일 제2003-000045호
주소 10881 경기도 파주시 회동길 210
전자우편 editor@munhak.com | 대표전화 031)955-8888 | 팩스 031)955-8855
문의전화 031)955-3578(마케팅) 031)955-2672(편집)
문학동네카페 http://cafe.naver.com/mhdn
인스타그램 @munhakdongne | 트위터 @munhakdongne
북클럽문학동네 http://bookclubmunhak.com

ISBN 978-89-546-8858-1 04810
       978-89-546-0888-6 04810 (세트)

www.munhak.com